Зоман Чейнані

ШКОЛА ДОБРА і ЗЛА

Ілюстрації Якопо Бруно

ВИДАВНИЦТВО
РАНОК

УДК 82-93
Ч-36

Серія «The School for Good and Evil»
Опубліковано за домовленістю з HarperCollins Publishers в Сполучених Штатах Америки
у 2013 році під оригінальною назвою «The School for Good and Evil»

Серія «Школа Добра і Зла»

Чейнані З.
Ч-36   Школа Добра і Зла / Зоман Чейнані; пер. з анг. Т. В. Марунич. — Харків : Вид-во «Ранок», 2018. — 608 с. — (Серія «Школа Добра і Зла»).

ISBN 978-617-09-3290-7

У Гавалдоні всі батьки тремтять від жаху. Повертається Директор легендарної Школи Добра і Зла, щоб назавжди забрати двох дітей до світу казки. І щоразу його вибір непередбачуваний. Проте Софі, білявка у рожевому платті і кришталевих туфлях, упевнена, що вона буде обрана до Школи Добра.

Та й на місце майбутньої злої чаклунки вже обране дитя — Агата. Чорні сукні, думки про смерть і неприязність до всіх — хіба ці якості не прямий квиток до Школи Зла?

Але все сталося не так, як гадалося: долі дівчат помінялися місцями. Можливо, це підказка для відгадування загадки, ким Софі та Агата є насправді?

УДК 82-93

Літературно-художнє видання
Серія «Школа Добра і Зла»
Чейнані Зоман
ШКОЛА ДОБРА І ЗЛА
для дітей середнього шкільного віку

Провідний редактор *І. І. Конопленко*
Літературний переклад
з англійської *Т. В. Марунич*
Технічний редактор *В. І. Труфен*
З питань реалізації звертатися:
Харків, тел.: (057) 727-70-77;
e-mail: deti@ranok.com.ua.

Ч681001У. Підписано до друку 20.11.2017.
Формат 84×108/32. Папір офсетний.
Гарнітура Академія. Друк офсетний.
Ум. друк. арк. 31,92.

ТОВ Видавництво «Ранок».
вул. Кібальчича, 27, к. 135, Харків, 61071
Свідоцтво суб'єкта видавничої справи
ДК № 5215 від 22.09.2016.
Для листів:
вул. Космічна, 21а, Харків, 61145 .
E-mail: office@ranok.com.ua.
Тел./факс: (057) 719-58-67.

Надруковано у друкарні ТОВ «ТРІАДА-ПАК» м. Харків, пров. Сімферопольський, 6. Тел. +38(057)703-12-21
www.triada-pack.com, email: sale@triada.kharkov.ua, ISO 9001:2015 № UA228351, FAMO TRIADA LLC (065445)

**Разом дбаємо
про екологію та здоров'я**

ISBN 978-617-09-3290-7

У вічній хащі лісовій,
там Школа є Добра і Зла.
Немов близнючки, вежі дві
Звелись у небо спроквола.
Одна для чистих і святих,
Для нечестивців друга Школа.
Якщо тікати здумав ти —
Не мрій, не вирвешся ніколи.
Та вихід є один — будь ласка:
Зумій зануритись у казку.

1
Принцеса і Відьма

Софі все своє життя чекала, що її викрадуть.

Сьогодні всі діти Гавалдона тремтіли у своїх ліжках. Якщо Директор школи забере їх, вони ніколи не повернуться. Ніколи не матимуть повноцінного життя. Ніколи не побачать своєї сім'ї. Цієї ночі дітям снився червоноокий злодій із тілом звіра, який прийшов, щоб стягнути їх із простирадл, затиснувши їхні роти.

Але Софі, на відміну від решти, бачила сон про принців. Їй марилося, що вона прибула до замку на бал, улаштований на її честь, і побачила залу вщерть наповненою сотнею женихів. Тут не було жодної дівчинки, окрім неї. І тут уперше були хлопчики, гідні її. Так уважала Софі, минаючи шеренгу юнаків. Густе блискуче волосся, пружні м'язи під сорочками, гладенька засмагла шкіра. Красиві й люб'язні, як справжні принци. Але тільки-но вона наблизилася до юнака, який здавався їй найкращим серед усіх, — з блискучими блакитними очима і фантастично білим волоссям — з таким можна було жити «Довго і Щасливо», — як раптом стукіт молотка зруйнував стіни кімнати і розбив принца на друзки.

Софі розплющила очі. Був ранок. Молоток був реальним. Принц — ні.

— Батьку, якщо я буду спати менше ніж дев'ять годин на добу, мої очі виглядатимуть набряклими.

— Усі кажуть, що тебе мають забрати цього року, — промовив батько, прибиваючи потворний засув на вікно її спальні, яке тепер було абсолютно приховане завдяки замкам, цвяхам і гвинтам. — Вони радять мені постригти тебе і вимазати твоє обличчя. Ніби я вірю у всі ці дурниці. Ніхто не потрапить сюди, тим паче сьогодні. Це напевно.

— Ти стукав занадто гучно.

Софі потерла вуха і, набурмосившись, подивилась на колись прекрасне вікно, через яке тепер її кімната була схожою на лігво відьми.

— Замки́. Чому ніхто раніше не подумав про це?

— Я не знаю, чому вони всі вважають, що це ти, — сказав батько. Сиве волосся блищало від поту. — Якщо Директор захоче когось доброчесного, то забере дочку Гунілди.

Софі напружилась.

— Белль?

— Це ідеальна дитина, — сказав він. — Носить батькові на млин обіди з дому. Віддає залишки їжі літній жебрачці, яка сидить на площі.

Софі вчувся докір у батьковому голосі. Вона ніколи не готувала їжу для нього, навіть після того, як померла її мати.

Безумовно, вона мала надзвичайно поважну причину (олія й дим могли закупорити пори на її шкірі), але вона також знала, що це питання було болісним для її батька. Це не означало, що її татусь ходив голодним. Вона завжди пропонувала йому свою улюблену їжу: протертий буряк, тушковану броколі, відварену спаржу, шпинат, приготований на пару. Батько не роздувся, наче дирижабль, як це сталося із татусем Белль, саме тому, що вона не годувала його фрикасе з баранини і сирним суфле. А щодо старої карги на площі, то всупереч її постійним скаргам на те, що вона щодня помирає від голоду, бабця була гладкою. І якщо Белль посприяла цьому, вона була не такою вже й доброю, а швидше найгіршою злостивицею. Софі посміхнулася батькові.

— Як ти сказав, уся ота дурня.

Вона схопилася з ліжка і грюкнула дверима, забігши до ванної кімнати.

Софі розглядала власне обличчя у дзеркалі. Невдале пробудження далося взнаки. Її золотаве волосся, що сягало талії, втратило свій звичайний блиск. Нефритово-зелені очі потьмяніли, а соковиті червоні губи пошерхли. Навіть сяюча кремово-персикова шкіра зблідла. «Проте я досі принцеса», — подумала Софі. Батько не вважав її особливою, натомість мати була впевнена в цьому. «Ти занадто красива для цього світу, Софі», — сказала вона помираючи.

Мати відійшла у кращий світ. А тепер Софі теж піде. Сьогодні вночі її поглине Ліс. Сьогодні вона почне нове життя. Сьогодні закінчиться її життя тут.

Тому вона має виглядати відповідно.

Для початку вона натерла шкіру рибною ікрою. Від ікри жахливо тхнуло, наче від брудних ніг, проте вона запобігала утворенню плям на обличчі. Потім Софі зробила масаж гарбузовим пюре, змила його козячим молоком, нанесла на обличчя маску з дині та жовтка яйця черепахи. Доки сохла маска, Софі гортала збірку оповідань і сьорбала огірковий сік, необхідний для пружності й свіжості шкіри. Вона розгорнула книжку на своїй улюбленій частині оповіді, де зла відьма скочується з пагорба у діжці, втиканій цвяхами, і зрештою від карги не лишається нічого, окрім браслета, виготовленого з кісток маленьких хлопчиків.

Софі дивилася на малюнок цього жахливого браслета, а її думки оберталися навколо огірків. А що як у Лісі не виявиться жодного огірка? Адже інші принцеси могли вичерпати усі запаси. Жодного огірка! Софі насупилася: її краса зблякне, вона...

Пластівці сушеної дині впали на сторінку. Вона глянула у дзеркало і помітила, як насупилася від хвилювання. Зранку жахливе пробудження — от і маєш зморшки. Так вона опівдні стане старою каргою. Софі розслабила обличчя й відігнала геть думки про будь-які овочі.

Щодо процедур для краси, то Софі могла написати про них цілу дюжину книжок (і то лише якщо обмежитися гусячим пір'ям, маринованою картоплею, кінськими копитами, подрібненими горішками кеш'ю і пляшечкою коров'ячої крові). Після двох годин ретельного догляду Софі вийшла з дому. Вона була одягнена у легку рожеву сукенку, взута у черевички з блискучими кришталевими підборами, а її волосся було заплетено у бездоганну косу. Вона мала всього-на-всього один день до приїзду Директора, тому мусила використати кожну хвилинку, щоб запевнити його в тому, що саме вона, а не Белль чи Табіта, чи Сабріна, чи будь-яка інша самозванка, має бути викрадена.

Найкраща подруга Софі жила на кладовищі. Зважаючи на те, що вона терпіти не могла нічого похмурого і сірого, було б краще, якби саме Софі приймала гостю в себе або знайшла нову подругу. Але натомість цього тижня Софі щодень видиралася на Могильний пагорб, де був розташований будинок її подружки. Вона робила це, щосили намагаючись, аби посмішка не зникла з її обличчя, оскільки це вважалося доброю справою.

Щоб дістатися будиночка, їй довелося пройти близько милі від яскравих хатинок із зеленими піддашками і залитими сонцем вежами до похмурого узлісся. Звуки молотків долинали з обійсть будинків, коли вона проминала їх. Там чоловіки обшивали дошками двері, а матері набивали опудала. Хлопчики й дівчатка сиділи згорблені на ґанках, схилившись носами до книжок. Останнє не дивувало Софі. Діти в Гавалдоні майже нічим не займалися, лишень читали казки. Але сьогодні Софі зауважила, якими дикими й несамовитими були їхні очі. Діти впивалися очима в кожну сторінку, наче від цього залежало їхнє життя. Чотири роки тому вона вже бачила такий відчай і таке відчайдушне бажання уникнути прокляття, але тоді була не її черга. Директор брав тільки тих, кому виповнилося дванадцять, тих, хто більше не виглядав, як дитина.

Тепер настала її черга.

Коли вона підіймалася на Могильний пагорб з кошиком для пікніка у руці, Софі відчула, як починають пашіти її стегна. Чи можуть усі ці сходження зробити її ноги товстими і негарними? У дитячих казках усі принцеси мали ідеальні пропорції — товсті стегна були настільки ж малоймовірними, як і гачкуватий ніс або гігантські ступні. Стривожена Софі заспокоювала себе під- рахунками своїх добрих справ за минулий день. По-перше, вона нагодувала гусей на озері суміш- шю сочевиці й порею (це природний проносний засіб, щоб нейтралізувати дію сиру, який вики- дають пустоголові діти). Потім вона пожертву- вала у міський сиротинець лимонний дезінфекцій- ний засіб для вмивання, приготований власноруч. Адже, як вона доводила спантеличеному благо- дійникові, правильний догляд за шкірою — це найважливіша справа з-поміж інших. Насамкінець вона повісила дзеркало у церковному туалеті, щоб люди могли повернутися до молитви, виглядаючи якнайкраще. Чи вистачить цього? Чи зможе це конкурувати з випіканням домашніх пирогів і го- дуванням старих безхатьків? Її думки нервово переметнулися на огірки. Можливо, вона зможе потайки налагодити особисте постачання їх до Лісу. Вона мала ще чимало часу, щоб зібрати багаж до сутінків. Але ж огірки були важкень- кими. Чи дозволить Школа прислати лакеїв? Можливо, їй слід начавити огіркового соку, перш ніж вона…

— Куди ти йдеш?

Софі обернулась. Рудий Редлі посміхнувся їй, показавши криві передні зуби. Він жив не так уже й близько від Могильного пагорба, але зазвичай вештався біля нього впродовж усього дня.

— Побачити подругу, — відповіла Софі.

— Чому ти товаришуєш із відьмою? — поцікавився Редлі.

— Вона не відьма.

— Вона не має друзів, і до того ж вона дивна. Це робить її відьмою.

Софі залишила при собі зауваження, що це саме можна сказати і про нього теж. Натомість вона посміхнулася хлопчикові, натякаючи йому, що робить добру справу, терплячи його присутність.

— Директор забере її до Школи Зла, — сказав Редлі. — І тобі знадобиться новий друг.

— Він забирає двох дітей, — відповіла Софі крізь зуби.

— Другою буде Белль. Нема нікого кращого за неї.

Посмішка Софі зникла.

— А я згоден бути твоїм новим другом, — промовив Редлі.

— Зараз у мене достатньо друзів, — різко відповіла Софі.

Редлі спалахнув.

— О, насправді... я тільки вважав... — і хлопчик відійшов, наче побитий собака.

Софі спостерігала, як віддалялася його постать зі скуйовдженою головою. «Ти це насправді зробила», — подумала вона. Місяці добрих справ і посмішок на показ — усе пішло прахом через цього коротуна Редлі. Чому ж вона не вчинила так само сьогодні? Можна ж було йому відповісти «я вважатиму за честь мати такого друга!» і подарувати цьому йолопу мить, яку він згадував би роками. Софі розуміла, що саме така поведінка була би розсудливою, адже Директор Школи, напевно, оцінюватиме її вчинки, наче святий Миколай напередодні Різдва. Однак вона не змогла цього зробити. Вона була красунею, а Редлі був потворним. Тільки негідник зміг би сказати йому неправду. Упевнена, Директор її зрозуміє.

Софі штовхнула іржаві ворота цвинтаря і відчула, як її ноги пірнули в зарості бур'янів. Вона йшла пагорбом, де серед куп опалого листя безладно стриміли запліснявілі надгробки. Продираючись між темними гробницями і трухлявими гілками, Софі ретельно рахувала ряди. Вона ніколи не дивилася на могилу своєї матері, навіть під час поховання. Так само вона вчинить і сьогодні. Коли дівчинка проминула шостий ряд, її погляд зупинився на вербі, але вона нагадала собі, де буде завтра, і рушила далі.

У самісінькій гущавині могил височів Могильний пагорб. Будиночок на ньому не був увесь оббитий дошками, як хатинки біля озера, але це анітрохи не додавало йому привабливості. Сходи, що вели на ґанок, були в зеленій плісняві. Зів'ялі гілки дерев і ліани звисали навколо темних дощок, а дах, чорний і темний, скособочився, наче відьомський капелюх. Підіймаючись сходами, що скрипіли від кожного кроку, Софі намагалася ігнорувати сморід (нестерпно тхнуло часником і мокрим котом) і безголових птахів, які лежали навколо (безсумнівно, вони стали жертвами останнього).

Софі постукала у двері й приготувалася до суперечки.

— Іди геть, — долинув грубий голос.

— Так не розмовляють із найкращою подругою, — відповіла на те дівчинка.

— Ти не моя найкраща подруга.

— Тоді хто? — запитала Софі. Їй було цікаво, чи часом Белль або хтось інший не протоптав собі дорогу до Могильного пагорба.

— Це не твоя справа.

Софі глибоко вдихнула. Вона не хотіла ще однієї сварки, як із Редлі.

— Ми так гарно провели час учора, Агато. Я гадала, що сьогодні все буде так само.

— Ти пофарбувала моє волосся в рудий колір.

— Але ж ми виправили це, чи не так?

— Ти завжди випробовуєш на мені свої креми й зілля, аби тільки побачити, як вони діють.

— Хіба ж не для цього й потрібні друзі? Аби допомагати одне одному.

— Я ніколи не буду так само гарною, як ти.

Софі намагалася дібрати приємні слова, але вона розмірковувала занадто довго і зрештою почула, як по той бік дверей хтось потупотів геть.

— Але ж це не означає, що ми не можемо бути подругами! — вигукнула Софі.

Знайомий плішивий насуплений кіт загарчав на неї, сидячи з іншого боку ґанку. Вона знову постукала в двері.

— Я принесла печиво!

Тупіт стих.

— Справжнє чи власного приготування?

Софі відмахнулася від кота, який підкрадався.

— Пухке і з маслом, як ти любиш!

Кіт зашипів.

— Агато, впусти мене...

— Ти сказала, що від мене тхне.

— Ні, не тхне.

— То навіщо ти це сказала минулого разу?

— Тому що ти тхнула минулого разу. Агато, кіт гарчить...

— Може, ти пахнеш прихованими намірами.

Кіт випустив пазурі.

— Агато, відчини двері!

Кіт стрибнув їй в обличчя. Софі закричала. Між ними промайнула рука й схопила кота.

Софі підвела очі.

— Різник знищив усіх пташок, — промовила Агата.

Її химерне чорне волосся було начебто вкрите нафтою. Важка чорна сукня більше скидалася на мішок для картоплі й не могла приховати ані бліду шкіру, ані випнуті кістки. На запалому обличчі горіли очі, чорні, мов дві вуглинки.

— Я думала, ми погуляємо, — сказала Софі.

Агата притулилася до дверей.

— Я досі намагаюся з'ясувати, чого це ти затоваришувала зі мною.

— Тому що ти мила й кумедна, — відповіла Софі.

— Моя мати запевняє, що я зла й дратівлива, — сказала Агата. — Тож одна із вас бреше.

Вона взяла кошик, відкинула серветку й побачила там сухе печиво з висівок. Агата поглянула на Софі нищівним поглядом і рушила до будинку.

— Тож ми можемо прогулятися?

Агата вже почала зачиняти двері, але, побачивши зажурене обличчя Софі, яка наче й справді з нетерпінням чекала на прогулянку, передумала.

— Не довго, — Агата проминула Софі. — Але якщо скажеш щось манірне, чи зверхнє, чи дріб'язкове, то я накажу Різникові переслідувати тебе до самого дому.

Софі побігла за нею.

— Але ж тоді я не зможу говорити!

Чотири роки збігли, тож наближалася страшна одинадцята ніч одинадцятого місяця. Пізно ввечері площа перетворилася на вулик. Усі готувалися до прибуття Директора Школи. Чоловіки гострили мечі, встановлювали пастки, складали план для нічної варти. Водночас жінки вишикували дітей і взялися до роботи. Вродливим підстригли волосся, начорнили зуби, а одяг роздерли на ганчір'я. Непривабливих ретельно вимили, вдягли в яскравий одяг і напнули їм вуалі. Матері благали своїх слухняних дітей лаятися і штовхатися зі своїми сестрами, а щодо шибеників, то частині з них дали грошей, щоб пішли молитися до церкви, а решту поставили на чолі церковного хору співати сільський гімн «Блаженні убогі».

Страх перетворився на чіпку імлу. У темному провулку м'ясник і коваль міняли книжки з казками на порадники щодо врятування дітей. А під похиленою вежею з годинником дві сестри вже зо дві години згадували імена казкових злодіїв, шукаючи зразкового. Купка хлопчиків прикували себе один до одного, кілька дівчаток сховалися у школі. Дитина в масці вистрибнула з кущів, щоб налякати матір, за що одразу ж отримала ляпаса. Навіть карга-безхатько почала стрибати біля вогнища й вигукувати:

— Спалити казки! Спалити всі!

Та її ніхто не слухав, і, звісно, книжки не спалили.

Агата дивилася на це й не вірила своїм очам.

— Як ціле місто може вірити в казку?

— Тому що це реальність.

— Ти не можеш вірити, що ця легенда — правда.

— Звісно, можу, — відповіла Софі.

— У те, що Директор Школи викрадає двох дітей, забирає їх до Школи і вони потрапляють у казки?

— Саме так.

— Скажи мені, коли побачиш піч.

— Навіщо?

— Я покладу туди голову. І чого, скажи, будь ласка, вони навчаються в цій Школі?

— Ну, в Школі Добра гарні хлопчики і дівчатка, схожі на мене, навчаються, як стати героями й принцесами, як справедливо правити королівствами, як жити Довго і Щасливо, — відповіла Софі. — А в Школі Зла діти навчаються, як стати злими відьмами або горбатими тролями, як накласти прокляття чи вигадати лихе заклинання.

— Лихе заклинання? — Агата гигикнула. — Хто це вигадав? Чотирирічна дитина?

— Агато, в книжках із казками є докази! Всіх зниклих дітей можна побачити на малюнках! Джека, Розу, Рапунцель — вони всі мають власні казки...

— Я не помічала нічого такого, бо не читаю дурних казок.

— Але чому ж біля твого ліжка їх лежить ціла купа? — запитала Софі.

Агата подивилася з-під лоба.

— Слухай-но, а хто каже, що ці книжки мають відношення до реальності? Може, це витівки продавців книжок? А може, це Старійшини вигадали, щоб утримати нас подалі від Лісу? Хай там як, але це не Директор Школи і не лихі чари.

— А хто ж тоді викрадає дітей?

— Ніхто. Кожні чотири роки два бевзі вислизають до Лісу, аби налякати своїх батьків, а там щезають, бо їх з'їдають вовки. І ось маєш — ви досі вірите в легенду.

— Це найбезглуздіше пояснення, що я коли-небудь чула.

— Я не вважаю, що з-поміж нас двох саме мені бракує клепки, — відповіла Агата.

Почувши таке, Софі спалахнула.

— Ти просто боїшся, — сказала вона.

— Добре, — Агата розсміялась. — І чому ж я боюся?

— Тому що ти знаєш, що поїдеш зі мною.

Агата припинила сміятися.

Вона перевела погляд із Софі на площу. Селяни дивилися на них, як на розв'язання проблеми. Добро в рожевому, Зло в чорному. Бездоганна пара для Директора Школи.

Агата завмерла, помітивши, як пильнують її безліч переляканих очей. Першим, що сяйнуло в її голові, була думка, що післязавтра вони знову мирно гулятимуть містом. Поряд із нею

Софі спостерігала, як діти уважно розглядають її обличчя, щоб упізнати його, якщо одного дня воно з'явиться у книжках із казками. Перше, про що подумала вона: чи так само діти дивляться на Белль. Потім вона побачила її крізь натовп. Голова поголена, в брудній сукні. Белль стояла навколішках у багні та в нестямі загиджувала своє обличчя. Вона була, як усі. Вона хотіла вийти заміж за чоловіка, який стане товстим, ледачим і прискіпливим. Вона хоче проживати одноманітні дні, наповнені готуванням, прибиранням, пранням, шитвом. Вона хоче копирсатися у гної, доїти овець, різати верескливих свиней. Вона хоче гнити в Гавалдоні, доки її шкіра не вкриється темними плямами, а зуби випадуть усі до одного. Директор ніколи не обере Белль, бо вона не принцеса. Вона… ніщо.

З відчуттям перемоги Софі знову глянула на жалюгідних мешканців села й побачила власне відображення в їхніх поглядах.

— Пішли, — сказала Агата.

Софі повернулася. Погляд Агати був прикутий до натовпу.

— Куди?

— Подалі від людей.

Сонце перетворилося на червону кулю, дві дівчинки, одна гарна, інша потворна, сиділи поруч на березі озера. Софі пакувала огірки в шовковий мішечок, Агата запалювала сірники й гасила їх об воду. Після десятого спалаху Софі поглянула на неї.

— Це мене заспокоює.

Софі силкувалася ввіпхнути останній огірок.

— Чому хтось такий, як Белль, може хотіти тут залишитися? Обрати оце замість казки?

— Хто ж захоче полишити свою сім'ю назавжди? — пирхнула Агата.

— Ну, окрім мене, ти хотіла сказати, — промовила Софі.

Вони замовкли.

— Ти коли-небудь цікавилася, куди подівся твій батько? — запитала Софі.

— Я тобі говорила, він залишив нас після мого народження.

— Але куди він пішов? Навколо нас тільки Ліс! Так раптово зникнути... — Софі повернулася. — Можливо, він знайшов шлях до казок! Може, він знайшов магічний портал! Можливо, він чекає на тебе з того боку!

— А може, він повернувся до своєї дружини, удав, що мене не було, і помер на млину понад десять років тому.

Софі прикусила губу і повернулася до своїх огірків.

— Твоєї матері ніколи немає вдома, коли я приходжу.

— Зараз вона ходить у місто, — сказала Агата. — Поруч замало пацієнтів. Мабуть, через розташування.

— Я у цьому впевнена, — сказала Софі. Хоча вона знала, що ніхто не довірив би матері Агати лікувати навіть попрілість у малюків, не те що справжню хворобу. — Гадаю, люди не почуваються комфортно на кладовищі.

— Кладовище має свої переваги, — промовила Агата. — Жодних допитливих сусідів. Жодних знижок у торговців. Жодних сумнівних подружок, які приносять маски для обличчя і дієтичне печиво й переконують тебе, що ти потрапиш до Школи Зла у Магічній країні Казок, — вона з насолодою запалила сірник.

Софі відклала огірки.

— То я тепер сумнівна подружка.

— А хто просив тебе приходити? Мені було непогано на самоті.

— Ти завжди мене впускаєш.

— Це тому, що ти виглядаєш дуже самотньою, — сказала Агата. — І мені тебе шкода.

— Шкода мене? — Софі поглянула їй в очі. — Та тобі пощастило, що хтось навідав тебе, коли решта забули й думати про тебе, що хтось, на кшталт мене, захотів стати твоєю подругою. Тобі пощастило, що я така гарна людина.

— Я так і знала! — спалахнула Агата. — Я твоя ДОБРА СПРАВА! Лише пішак у твоїх дурних фантазіях!

Софі мовчала дуже довго.

— Можливо, я вирішила стати твоєю подругою, аби справити враження на Директора

Школи, — зізналася вона. — Але тепер це не так.

— Це тому, що я тебе викрила, — пробурмотіла Агата.

— Це тому, що ти мені подобаєшся.

Агата повернулася до Софі.

— Тут ніхто мене не розуміє, — сказала Софі, дивлячись на руки. — Але не ти. Ти бачиш мене наскрізь. Саме тому я продовжую приходити. Тепер ти не моя ДОБРА СПРАВА, Агато.

Софі поглянула на дівчинку.

— Ти мій друг.

На шиї Агати виступили червоні плями.

— Що не так? — насупилася Софі.

Агата опустила очі додолу.

— Ну, власне... м-м-м... я... я не звикла до друзів.

Софі посміхнулася і взяла подругу за руку.

— Що ж, тепер ми будемо приятелювати в нашій новій Школі.

Агата застогнала й відсторонилася.

— Припустімо, що я опустилася до твого рівня інтелекту й повірила у все це. Чого б це я мала потрапити до Школи лиходіїв? Чому мене мають обрати Повелителькою Зла?

— Ніхто не вважає тебе злою, — зітхнула Софі. — Просто ти інша.

Агата примружила очі.

— Це як — інша?

— Ну, наприклад, ти вдягаєшся лише в чорні сукні.

— Тому що вони не брудняться.

— Ти ніколи не полишаєш свого будинку.

— Там на мене не дивляться люди.

— Під час змагання «Напиши казку» ти вигадала сюжет, у якому Білосніжку з'їли стерв'ятники, а Попелюшка втопилася в діжці.

— Я гадала, що так закінчити казку найліпше.

— Ти подарувала мені мертву жабу на день народження!

— Щоб нагадати, що ми всі помремо і під землею нас їстимуть черви. Тому ми маємо насолоджуватися кожним днем народження, доки вони в нас є. Мені здавалося, що такий подарунок заслуговує на роздуми.

— Агато, на Геловін ти вдяглася нареченою.

— Весілля лякають.

Софі здивовано подивилася на неї.

— Добре. Отже, я трохи інакша. — Агата зблиснула очима. — Що з того?

Софі завагалася.

— Ну, просто у казках інакші зазвичай виявляються... хм... лихими.

— Ти маєш на увазі, що я маю перетворитися на Велику Відьму? — ображено спитала Агата.

— Я кажу, що у будь-якому випадку ти маєш вибір, — лагідно промовила Софі. — Ми обидві оберемо, чим закінчаться наші казки.

Агата помовчала деякий час, а потім торкнулася руки Софі.

— Чому ти так хочеш полишити це місце? Тобі настільки зле тут, що ти готова повірити дурній легенді, хоча знаєш, що це все вигадки?

Софі зустрілася поглядом із великими щирими очима Агати. І вперше не засумнівалася.

— Тому що я не можу жити тут, — затинаючись, сказала Софі. — Я не можу жити звичайним життям.

— Смішно, — сказала Агата. — За це я тебе люблю.

— Тому що ти така сама?

— Тому що через тебе я почуваюся звичайною, — відповіла Агата. — А це єдине, чого я будь-коли бажала.

Десь у долині годинник пробив шосту чи сьому вечора — вони втратили відчуття часу. І коли відлуння згасло у віддаленому гаморі на площі, Софі й Агата разом загадали бажання, що завтра вони і досі будуть разом. Хай там як.

2

Мистецтво викрадення

До того часу, як сонце згасло, усіх дітей було замкнено. Крізь віконниці спалень вони дивилися на озброєних смолоскипами батьків, сестер, бабусь, які стояли вздовж темного Лісу, аби відважно вогняним кільцем відтяти шлях Директору Школи.

Коли інші діти, тремтячи від страху, затягували гвинти на своїх вікнах, Софі готувалася відчинити своє. Вона хотіла, щоб її викрадення було якомога зручнішим. Забарикадувавшись у кімнаті, вона дістала всі свої шпильки для волосся, пінцети, пилочки для нігтів, і робота завирувала.

Перше викрадення сталося двісті років тому. Кілька років поспіль забирали двох хлопчиків, кілька років — двох

дівчаток, а траплялося — хлопчика й дівчинку. Вибір не залежав від віку. Комусь було шістнадцять, комусь чотирнадцять, а декому щойно виповнилося дванадцять. Якщо спочатку вибір здавався випадковим, згодом вималювалася чітка закономірність. Одна дитина, на яку неухильно припадав вибір, мала бути гарною і доброю, такою, як бажає кожен батько, а інша — дивакуватою і незграбною, вигнанцем від народження. Дві протилежності обиралися з-поміж молоді й зникали в невідомому напрямку.

Звісно, спочатку селяни звинувачували у всьому ведмедів. Ніхто зроду не бачив цих звірів у Гавалдоні, але згадані події змусили людей наполегливо їх шукати. Чотири роки по тому, як зникли ще дві дитини, селяни визнали, що пояснення мають бути більш конкретними, і звинуватили в усьому чорних ведмедів. Чорних, бо їх не видно вночі. Коли діти й надалі зникали кожні чотири роки, селяни звернули увагу на тирлових ведмедів, примарних ведмедів, ведмедів-почвар... аж поки не стало зрозуміло, що справа зовсім не стосується ведмедів.

Тим часом, доки знетямлені селяни вигадували й надалі нові теорії (теорію про вирву, теорію про летючого людожера), діти Гавалдона помітили щось украй підозріле. Коли на площі вони розглядали фото зниклих безвісти, то обличчя щезлих хлопчиків і дівчаток видалися їм надзвичайно знайомими. Саме тоді вони розгорнули свої книжки із казками й побачили там викрадених дітей.

Джек, який зник понад сто років тому, анітрохи не постарів. На картинці він був зі звичним скуйовдженим волоссям, з ямочками на щоках і кривою посмішкою, що так подобалася дівчаткам Гавалдона. От тільки зараз у глибині його саду росло величезне бобове стебло, а він сам мав пристрасть до чарівних бобів. Тим часом Агнус, веснянкуватий бешкетник із загостреними вушками, який зник разом із Джеком, перетворився на гостровухого рябого велетня, що сидів на верхівці бобового стебла. Двоє хлопчиків знайшли свій шлях у казку.

Однак, коли діти розповіли свою версію щодо зникнення дітей, дорослі зробили те, що завжди роблять дорослі. Вони погладили дитячі голівки й повернулися до вирв і людожерів.

Але потім діти показали їм малюнки зі знайомими обличчями.

Викрадена п'ятдесят років тому миловида Аня тепер була Русалонькою і сиділа на скелі під місячним сяйвом, натомість жорстока Естра стала хитрою морською відьмою. Філіп, доброчесний син священика, тепер був Хоробрим кравцем, а пихата Гула стала Лісовою відьмою, що заманювала малюків у хащі. Безліч дітей, викрадених парами, віднайшли нове життя в казках: одні як герої, інші як лиходії.

Усі книжки надходили з «Книжкової крамниці містера Довіля», запліснявілого глухого закутка, розташованого поміж «Пекарнею Батерсбі» і пабом «Маринована свиня». Питання, власне, полягало в тому, де старий містер Довіль брав ці книжки.

Один раз на рік, ранком, яким саме, містер Довіль не брався передбачити, він приходив до своєї крамниці й знаходив усередині коробку з книжками. Чотири нові казки, по одному примірнику кожної. Цього ж ранку він вішав на двері напис «Зачинено до наступного оголошення». Потім сідав у віддаленій кімнатці крамниці й починав переписувати книжки, аж поки в його руках не була достатня кількість примірників, яких мало вистачити для усіх дітей Гавалдона. Разом із загадковими оригіналами одного ранку вони з'являлися у вітрині магазину. Це було ознакою того, що містер Довіль закінчив свою виснажливу працю. Він відчиняв двері перед чергою, що тягнулася на три милі, звивалася через площу, вниз схилами пагорбів, навколо озера. Діти бажали нових казок, а батьки з відчаєм шукали якісь новини про зниклих безвісти.

Звісно, Рада Старійшин мала дуже багато запитань до містера Довіля. Коли цікавилися тим, хто надіслав книжки, містер Довіль відповідав, що не має жодного уявлення. Коли питали, як давно ці книжки почали з'являтися, він відповідав, що навіть не може пригадати, коли вони не з'являлися. Коли запитували, чи мав він якісь сумніви щодо чарівного походження цих книжок, містер Довіль говорив:

— А як же інакше вони могли у мене опинитися?

А потім Старійшини помітили, що всі села на малюнках у книжках містера Довіля виглядають так само, як Гавалдон. Ті самі хатинки на березі озера і мальовничі піддашки. Ті самі барвисті й свіжі тюльпани вздовж вузьких ґрунтових доріг. Ті самі малинові візки, ті самі магазини з дерев'яними рундуками, жовта будівля школи, похилена годинникова башта. Тільки все це було намальоване наче якась прадавня земля із тридев'ятого царства. Ці казкові села були потрібні лише, щоб розпочати казку і закінчити. Решта подій відбувалися у темних Нескінченних Лісах довкола села.

Аж раптом усі відзначили, що довкола Гавалдона теж був темний Ліс.

У минулому, коли діти тільки-но почали зникати, люди поспішили до Лісу. Але їх зупинили бурі, повені, циклони і загати з дерев. Вони спробували прокласти шлях крізь усі перешкоди і зрештою знайшли місто, але виявлялося, що це їхнє власне місто. Ба більше, з якого б місця селяни не заходили до Лісу, вони поверталися туди, звідки прийшли. Здавалося, що Ліс не має жодного наміру повертати дітей. І одного дня вони з'ясували причину.

Містер Довіль саме закінчив розпаковувати книжки, коли помітив велику пляму, приховану на згині коробки. Він помацав пальцем і зрозумів, що це ще вологе чорнило. Придивившись, він побачив герб з перехрещеними головами двох лебедів — білого і чорного. А ще надруковані три букви:

Ш. Д. З.

Йому не потрібно було мізкувати над значенням цих букв. На гербі був прапор, а на ньому виднівся напис, який і пояснював, куди поділися зниклі діти:

Школа Добра і Зла

Викрадення тривали, але тепер усі знали, як звати злодія.

Вони назвали його Директором Школи.

Було вже кілька хвилин на одинадцяту вечора, коли Софі зняла останній замок із вікна й відчинила його. Вона могла розгледіти околиці Лісу, де її батько Стефан стояв разом із рештою охоронців. Замість того щоб нервувати, як решта батьків, він посміхався, поклавши руку на плече вдови Гонори.

Софі скривилася. Що батько знайшов у цій жінці? Не зрозуміло. Її покійна мати була бездоганною, наче казкова королева. Гонора ж мала маленьку голову, округле тіло і скидалася на індичку.

Батько прошепотів вдові на вухо щось пустотливе. Щоки Софі спалахнули. Якби щось загрожувало двом маленьким синам Гонори, батько був би вкрай серйозним. Щоправда, Стефан, зачиняючи її надвечір, поцілував доньку, наче справжній батько. Однак Софі знала правду. Вона бачила його обличчя щодня. Він не любив її, тому що хотів сина. Тому що вона була вкрай несхожою на нього. Тепер він хотів одружитися з цією потворою. Минуло п'ять років відтоді, як померла мати, і цей учинок уже не буде виглядати недоречно. Простий обмін обітницями — і він отримає двох синів, нову сім'ю, новий початок. І вона як дочка мала дати свою згоду перед Старійшинами. Батько кілька разів починав розмову, але Софі змінювала тему, або ж починала гучно шаткувати огірки, або посміхалася, так само як Редлі. І він припинив згадувати Гонору.

«Цей боягуз зможе одружитися, коли я зникну», — розмірковувала Софі, спостерігаючи за батьком крізь вікно. Лише коли вона зникне, він зрозуміє, що ніхто її не замінить. Лише тоді він її оцінить. Лише тоді зрозуміє, що народив когось кращого за сина.

Він народив принцесу.

На підвіконні вона розклала імбирне печиво у вигляді сердечок. Це для Директора. Уперше в житті вона додала туди масло й цукор. Воно ж особливе.

Воно мало повідомити, що вона йде за власним бажанням.

Дівчинка впала на подушку й забула про вдів, батьків, жалюгідний Гавалдон. Вона почала рахувати секунди, що наближали північ.

Щойно Софі зникла з вікна, Агата поклала до рота імбирне серце. «Єдині, кого ти привабиш, — це пацюки», — подумала вона. Крихти сипалися на її чорне потворне взуття. Вона позіхнула й пішла геть. А тим часом міський годинник відрахував чверть години.

Після прогулянки Агата повернулася додому, але уявила, як Софі тікає до Лісу, щоб знайти Школу для йолопів і психів, й гине під копитами кабана. Тож вона пішла до саду Софі й примостилася під деревом. Агата слухала, як Софі звільняла вікно (співаючи дурну пісню про принців), збирала валізи (тепер вона співала про весільні дзвони), робила макіяж і одягала найкращу сукню («Всі люблять принцес у рожевому?!») і нарешті (нарешті!) вклалася в ліжко. Агата розтоптала останні крихти своїми кломпами[*]

---

[*] Дерев'яне взуття селян у середньовічній Європі. — *Прим. пер.*

і попрямувала на кладовище. Софі у безпеці. А завтра, прокинувшись, вона почуватиметься дурепою. Але Агата не буде їй нагадувати про це. Софі потребуватиме її навіть більше, ніж зараз, і вона буде поряд. Тут, у цьому безпечному затишному світі, вони створять власний рай.

Коли Агата підіймалася схилом, вона помітила темне півколо на освітленому смолоскипами узліссі. Вочевидь, охоронці, відповідальні за кладовище, вирішили, що не варто захищати тих, хто тут мешкає. Скільки Агата себе пам'ятала, вона мала талант відлякувати людей. Діти тікали від неї, наче від кажана-упиря. Дорослі притискалися до стін, коли вона проходила повз них. Вони боялися, що вона може накласти прокляття на них. Навіть доглядачі кладовища утікали від неї. Щороку шепіт «відьма», «злодійка», «Школа Зла» ставав дедалі гучнішим. Нарешті вона вирішила зовсім не виходити назовні. Спочатку один день, потім тиждень... зрештою вона почала жити, як привид, зачинившись у будиночку на цвинтарі.

Вона мала чимало способів розважитися. Агата писала вірші («Це жалюгідне життя» і «Рай на Цвинтарі» були найкращими). Малювала портрет Різника — він лякав мишей більше, ніж оригінал. Вона навіть намагалася написати книжку казок «Довго і Сумно» про гарних дітей, які померли жахливою смертю. Проте поруч із нею не було нікого, кому б можна було все це показати, доки в її двері не постукала Софі.

Різник лизнув її ногу, коли вона ступила на рипучий ґанок. Вона почула всередині спів:

> «У вічній хащі лісовій,
> Там Школа є Добра і Зла».

Агата пустила очі під лоба і штовхнула двері. Мати стояла спиною, піднесено співала й пакувала у клунки чорні мантії, мітлу і гостроверхий чаклунський капелюх.

> «Немов близнючки, вежі дві
> Звелись у небо спроквола.
> Одна для чистих і святих,
> Для нечестивців друга Школа.
> Якщо тікати здумав ти —
> Не мрій, не вирвешся ніколи.
> Та вихід є один — будь ласка:
> Зумій зануритись у казку…»

— Плануєш екзотичну відпустку? — запитала Агата. — Останнього разу, коли я перевіряла, Гавалдон можна було залишити, лише маючи крила.

Калліс повернулася:

— Як гадаєш, трьох капелюхів вистачить? — поцікавилася вона — опуклі чорні очі, як вуглинки, волосся — масний чорний шолом.

Агата здригнулася, які ж вони схожі.

— Вони однакові, — пробурмотіла дівчинка. — Навіщо тобі три?

— На той випадок, якщо тобі знадобиться позичити їх другові, дорогенька.

— Це мені?

— Я поклала два капелюхи про запас, щоб ти мала що перевдягнути, якщо один зімнеться, мітлу, на випадок, якщо раптом їхні смердітимуть, декілька банок собачих язиків, ніжок ящірок і жаб'ячих пальців. Хтозна, наскільки свіжі їхні запаси.

Агата знала відповідь, проте запитала:

— Мамо, навіщо мені усі ці мантії, капелюхи і жаб'ячі пальці?

— Для церемонії Привітання нової відьми, звісно! — проспівала Калліс. — Ти ж не хочеш, потрапивши до Школи Зла, виглядати непрофесійно.

Агата скинула кломпи.

— Не зважатимемо на те, що міська лікарка вірить у всю цю нісенітницю. Чому важко прийняти те, що я тут щаслива? У мене є все, що потрібно. Моє ліжко, мій кіт, моя подруга.

— Тобі варто повчитися у своєї подружки, дорогенька. Принаймні вона знає, чого хоче від життя, — сказала Калліс і зачинила скриню. — Справді, Агато, що може бути кращим, ніж опинитися у Школі Зла! Я мріяла потрапити до Школи Зла. Проте замість мене Директор забрав Свена, якого, зрештою, обдурила принцеса в «Незугарному велетні-людожері» і якого спалили на багатті. Але я не дивуюся. Цей хлопчик заледве міг упоратися із власними черевиками. Я упевнена, якби Директор міг щось змінити, він обрав би мене.

Агата залізла під ковдру:

— Ну, врешті, усі довкола вважають тебе відьмою, тож ти маєш те, що хотіла.

Калліс рвучко повернулася.

— Я хочу, щоб ти поїхала геть із цього місця, — прошипіла вона. Її очі потемніли. — Це місце робить тебе слабкою, ледачою і лякливою. Я хоча б зробила щось сама. А ти увесь час нидієш, доки Софі не виведе тебе на прогулянку, наче собаку.

Агата спантеличено подивилася на матір.

Калліс радісно посміхнулася й продовжила збори.

— Тож подбай про свою подругу, дорогенька. Школа Добра лише здається гірляндою троянд, але на неї чекають сюрпризи. Тепер лягай спати. Незабаром приїде Директор, і йому буде легше, якщо ти вже спатимеш.

Агата натягнула ковдру на голову.

Софі не могла заснути. За п'ять хвилин дванадцята, а досі немає жодної ознаки вторгнення. Вона стала навколішки на ліжку й визирнула крізь віконниці. Довкола Гавалдона сотні охоронців освітлювали Ліс смолоскипами. Софі

насупилась. «Як він зможе пройти повз них?»
Аж раптом вона помітила, що печиво зникло
з її підвіконня.

«Він тут!»

Три заздалегідь складені рожеві валізи по-
летіли у вікно. За ними висунулися дві ніжки,
взуті у кришталь.

Агата схопилася з ліжка. Їй наснилося жахіття.
Поряд голосно хропіла Калліс, біля неї лежав
Різник. Поряд із ліжком Агати стояла зачи-
нена дорожня скриня, на ній було зазначено
«Агата з Гавалдона. Могильний пагорб, 1».
Поряд лежав пакунок із медовими тістечками
для подорожі.

Жуючи тістечка, Агата подивилася крізь
розбите вікно. Внизу пагорба смолоскипи зі-
бралися в тісне коло, але тут, на Могильному
пагорбі, залишився лише один кремезний охо-
ронець. Він мав такі великі руки, як усе тіло
дівчинки, а його ноги скидалися на курячі
стегенця. Він намагався відігнати сон, підій-
маючи шматок розбитого нагробка, схожого
на штангу.

Агата відкусила шматочок від останнього
медового тістечка й вгледілася у темний Ліс.

Блискучі блакитні очі дивилися на неї.

Шматок печива став Агаті поперек горла,
й вона притьмом чкурнула назад до ліжка. По-
вільно підняла голову. Нічого. Навіть охоронця.

Потім вона побачила його без тями на зламаному надгробку. Смолоскип згас.

Від нього відповзала кощава, горбата людська тінь. Безтілесна.

Тінь пропливла повз безліч могил без жодних ознак поспіху. Вона прослизнула під воротами цвинтаря й рушила схилом до освітленого вогнями центру Гавалдона.

Агата відчула жах. Тож він існує. Хай там як. «І він мене не хоче».

Разом із полегшенням вона відчула нову хвилю паніки.

«Софі».

Вона має розбудити матір, покликати на допомогу, їй бракує... часу.

Калліс удала, що спить, почувши кроки дочки. Потім двері зачинилися. Дівчинка міцно обійняла Різника, упевнена, що той не прокинеться.

Софі сіла під деревом, вона чекала на Директора. Чекала. І чекала. А потім помітила щось на землі.

Крихти печива були розтоптані ногами. Відбитки кломпів були настільки безсумнівними, що могли належати лише одній людині.

Софі стиснула кулаки, її кров закипіла.

Раптом чиїсь руки затулили їй рота, а нога підштовхнула у вікно. Софі впала головою на ліжко й обернулася, щоб поглянути на Агату.

— Ти жалюгідний, набридливий черв'як! — закричала вона, перш ніж побачила вираз жаху на обличчі подруги. — Ти бачила його!

Агата поклала одну руку на рот Софі, а другою притиснула її до матраца. Коли Софі почала видиратися, Агата стривожено подивилася крізь вікно. Згорблена тінь випливла на площу Гавалдона, оминаючи озброєну охорону, яка не звернула на неї жодної уваги, і попрямувала просто до будинку Софі.

Агата проковтнула крик. Софі вирвалася і схопила подругу за плечі.

— Він гарний? Як принц? Чи, як справжній Директор, в окулярах і жилеті...

БУМ!

Софі й Агата повільно повернулися до дверей.

БУМ! БУМ!

Софі зморщила ніс: — це як?, || хаха

— Він може просто постукати? Чи не може?

Замки́ затріщали. Засуви застогнали.

Агата притислася до стіни, тим часом як Софі розправила сукню. Ніби чекала на візит королівської особи.

— Буде за краще дати йому те, що він хоче, без метушні.

Коли двері майже відчинилися, Агата схопилася з ліжка і підбігла до Софі.

Софі закотила очі:

— Я благаю, сядь.

Агата щосили смикнула за ручку, і двері розчинилися так рвучко, що дівчинка полетіла шкереберть через усю кімнату.

Це був батько Софі, блідий немов смерть.

— Я щось бачив! — видихнув він, вимахуючи смолоскипом.

А потім Агата побачила згорблену тінь на стіні, яка наступала на широкий обрис Стефана.

— Він тут! — закричала вона.

Стефан повернувся. Але тінь загасила його смолоскип. Агата вихопила сірник із кишені й запалила його. Стефан лежав на підлозі непритомний. Софі зникла.

Ззовні долинали крики й метушня.

У вікно вона побачила, як селяни стріляють у тінь, що тягне Софі до Лісу. Переслідувачів ставало дедалі більше...

Софі широко посміхалася.

Агата вистрибнула у вікно й побігла за нею. Але тільки-но селяни наздогнали Софі, їхні смолоскипи магічним чином вибухнули, а люди опинилися у палаючому колі. Агата оббігла вогонь і поспіхом кинулася рятувати подругу, доки тінь не затягла її до Лісу.

Софі не відчувала під собою м'яку траву, замість цього вона відчувала під собою багно й каміння. Її розсердила думка, що вона з'явиться в Школі у брудній сукні.

— Я, до речі, гадала, що будуть лакеї, — промовила вона до тіні. — Або ж гарбузовий візок.

Агата бігла щодуху, а Софі вже майже зникла між деревами. Всюди дедалі вище підіймалося полум'я, воно загрожувало охопити все село.

Софі відчула полегшення, побачивши, як поширюється вогонь. Тепер напевне її не будуть рятувати. Але де друга дитина? Де обраний для Зла? Вона помилялася щодо Агати весь цей час. Дівчинка відчула, як її затягло поміж дерев, вона подивилася на полум'я, що зростало, і послала прощальний поцілунок прокляттю звичайного життя.

— Бувай, Гавалдоне! Бувай, посередність й одноманітність...

Аж тут вона побачила Агату, яка продиралася крізь вогонь.

— Агато, ні! — закричала Софі.

Агата стрибнула на Софі, їх обох потягло у темряву.

Несподівано вогонь навколо селян згас. Вони відразу стрімко побігли до Лісу, але дерева раптом стали товщими й більшими, тож люди не змогли продертися крізь них.

Було запізно.

— ЩО ТИ РОБИШ?! — закричала Софі. Вона била й дряпала Агату, а тінь все тягла їх у темну безодню. Агата оскаженіло намагалася відірвати тінь від Софі, а подружку від примари.

— ТИ ВСЕ ПСУЄШ! — верещала Софі.

Агата вкусила її за руку.

— А-А-А! — Софі нестямно зарепетувала й крутнулась так, що Агата опинилася під нею і юзом посунулася по бруду. Проте Агата швидко набула попереднього положення й полізла по Софі, щоб дотягнутися до тіні. Її кломпи стукали Софі по обличчю.

— КОЛИ Ж Я ДІСТАНУСЬ ТВОЄЇ ШИЇ...

Вони відчули, що відірвалися від землі.

Щось веретеноподібне й холодне огорнуло їх зусібіч. Агата намацала в сукні сірник, чиркнула ним і зблідла. Тінь зникла. Вони опинилися у коконі з пагонів в'яза, дерево переправило їх вище, на величезне дерево, кокон гепнувся на найнижчу його гілку.

Дівчатка подивились одна на одну і спробували перевести подих. Агата оговталася першою.

— Ми повертаємося додому негайно.

Гілка захиталася, відігнулася назад, мов праща, й вистрелила коконом, наче кулею. Перш ніж закричати, дівчатка були вже на іншій гілці. Агата полізла за новим сірником, але й ця гілка знову зігнулась і метнула ними, а інша гілка перекинула їх іще вище.

— Яке ж гінке це дерево! — вигукнула Агата.

У польоті дівчатка наштовхувалися одна на одну, їхні сукні чіплялися за колючки й гілки і рвалися, а руки безладно злітали вгору. Нарешті вони досягли найвищої гілки.

Там, на верхівці в'яза, лежало гігантське чорне яйце. Дівчатка здивовано подивилися на нього, аж раптом яйце тріснуло й розкрилося, і на них виплеснувся темний в'язкий слиз. З яйця виліз неймовірний птах, що складався лише з кісток. Птах тільки зиркнув на подруг і розлючено закричав. Від його голосу в дівчаток заледве не позакладало вуха. Він схопив їх обох у пазурі й злетів із дерева. Дівчатка закричали в один голос. У цьому вони були одностайними. Кістяний птах летів крізь темний Ліс. Агата нестямно запалювала сірник за сірником об ребра птаха. Це давало їм змогу на якусь мить побачити червоні очі та наїжачену тінь. Кремезні дерева, що росли повсюди, хапали дівчаток за ноги, щойно птах спускався хоч трохи нижче. Так було доти, доки не вдарив грім і вони з розгону влетіли у страхітливу грозу. Блискавиці влучали в гілки, що тягнулися до них від дерев. Дівчатка закривали обличчя від дощу, відхилялися від кавалків бруду, гілок, павутиння і навіть вуликів і змій. Нарешті птах пірнув у жахливі тернові зарості. Дівчатка зблідли й заплющили очі від болю...

Але раптом усе стихло.

— Агато...

Агата розплющила очі. Навколо було сонячно. Вона роззирнулася й зітхнула.

— Це все сталося насправді?

Далеко внизу, під ними, у повітрі висіли два замки. Один сяяв сонячним туманом, мов палац, із рожевими і синіми скляними вежами. Поруч із ним грало хвилями іскристе озеро. Інший, невиразний, з чорними, зазубреними шпилями, що ніби роздирали грозові хмари, нагадував ікла монстра.

Кістяний птах знизився над вежею Добра й послабив пазурі навколо Софі. Агата із жахом учепилася за подругу, але потім побачила, що обличчя Софі сяє щастям.

— Аггі, я принцеса.

Але птах скинув Агату.

Спантеличена Софі дивилася, як Агата потонула в рожевому, наче цукрова вата, тумані.

— Заждіть... ні...

Птах рішуче звернув до вежі Зла, дзьоб потягнувся за новою жертвою.

— Ні! Я добра! Ви помилилися! — верещала Софі.

Та її без вагання скинули в пекельну темряву.

хахаха

3
Велика помилка

Софі розплющила очі й одразу відчула, що плаває у якомусь смердючому рові, до краю наповненому в'язким чорним мулом. Зусібіч стояла стіна похмурої імли. Вона намагалася підвестися, але її ноги не сягнули дна. І Софі почала тонути. Бруд заповнив ніс і горло. Вона вже задихалася, коли раптом намацала якусь опору. Це була наполовину з'їдена коза. Софі скрикнула і спробувала плисти. Але все було марно. Неможливо було щось розгледіти, навіть за дюйм від обличчя. Над головою відлунням пронеслись чиїсь крики. Софі по- глянула вгору.

Щось рухалося там. Нарешті туман розрі- зали з десяток кіс-

тяних птахів. Вони скидали дітей у рів. Коли дітлахи з вереском пірнали в багно, з'являлися інші птахи. А згодом ще і ще... Доки кожен дюйм неба не заповнився дітьми, які падали вниз. Софі помітила птаха, який летів просто на неї, і встигла вчасно ухилитися, проте отримала потужний, як гарматний постріл, сплеск слизу просто в обличчя.

Вона витерла бридоту з очей і зіштовхнулася віч-на-віч з якимось хлопчиком. Вона одразу звернула увагу, що він був без сорочки і його груди були блідими й хирлявими, без жодного натяку на м'язи. На його маленькому обличчі стирчав довгий ніс, а в роті стриміли гострі зуби. Темне волосся висіло над маленькими очима. Він нагадував маленького зловісного тхора.

— Птах з'їв мою сорочку, — сказав він. — Можна мені торкнутися твого волосся?

Софі відсахнулася.

— Зазвичай вони не роблять лиходіїв з волоссям принцеси. — Хлопчик підплив по-собачому.

Софі відчайдушно шукала зброю: камінь, палку, мертву козу...

— Може, ми зможемо стати сусідами по кімнаті, або ж найкращими друзями, чи чимось подібним, — промовив він, підпливаючи до неї.

Скидалося на те, що Редлі перетворився на гризуна й набрався мужності. Він простягнув кістляву руку, щоб доторкнутися до неї. Софі вже збиралася дати йому в око, аж раптом між ними з вереском упала дитина. Софі метнулася вбік, а коли озирнулася назад, Хлопчик-тхір зник.

Крізь туман вона бачила постаті дітей, які борсалися між валізами і скринями, виловлюючи свій багаж. Ті, хто спромігся знайти свій крам, продовжили плисти течією у тому напрямку, звідки долинало зловісне виття. Софі попливла за цими силуетами, аж поки туман не почав розсіюватися і вона побачила берег, де зграя двоногих вовків, одягнених у червоні солдатські мундири і чорні шкіряні бриджі, батогами шикувала новобранців у шеренги.

Софі вхопилася за берег, щоб вилізти, й завмерла, побачивши власне відображення у каламуті. Її сукня була вкрита брудом і яєчним жовтком. Обличчя у багні, а у зачісці встигла оселитися сім'я дощових черв'яків.

Їй перехопило подих:

— Допоможіть! Я в неправильній Шк...

Вовк висмикнув її та поставив у шеренгу. Вона вже відкрила рот, аби заперечити, але побачила Хлопчика-тхора. Він біг до неї, вигукуючи:

— Зачекай на мене!

Софі поспіхом приєдналася до дітей, які тягли свої скрині крізь туман. Якщо хтось барився, вовк ляскав батогом. Тож вона йшла квапливо, дорогою витираючи сукню, вибираючи черв'яків і оплакуючи свою ретельно складену валізу, що лишилася десь далеко.

Ворота вежі були виготовлені із металевих шипів. Їх перетинав колючий дріт. Наблизившись, Софі зрозуміла, що то був зовсім не дріт, а клубок чорних гадюк, які звивалися й шипіли на неї. Софі верескнула й, проскочивши досередини, озирнулася назад. Вона поглянула на іржаві слова над ворітьми між двома чорними лебедями:

Школа Зла
Вдосконалення та Поширення Гріхів

Попереду постала шкільна вежа, що нагадувала крилатого демона. Головна вежа була збудована з чорного, немов подзьобаного каменю. Вона розкинулася у хмарах наче незграбний торс. Обабіч височіли два вигнуті шпилі, обвиті червоним плющем, що нагадували скривавлені крила. Вовки зігнали дітей до воріт головної вежі. Тут знаходився видовжений тунель у вигляді пащі крокодила. Софі здригнулася. Тунель ставав дедалі вужчим. Урешті вона могла бачити лише одну дитину попереду себе. Софі протиснулася між двома нерівними каменями й опинилася у вогкій залі, де смерділо гнилою рибою. Демонічні ґаргулі звисали донизу з кам'яних крокв. У щелепах вони тримали запалені смолоскипи. Залізна статуя убогої, беззубої фурії з яблуком загрозливо мерехтіла у відблисках вогню. Біля стіни стояла велика потріскана колона. На колоні виднілася велика чорна літера *Н*. Вона була прикрашена бісами, тролями, гарпіями, що повзали вгору-вниз по колоні, наче по дереву. На наступній колоні була кривава літера *Е*. Тут оздобленням стали велетні та гобліни. Крадькома Софі проминула нескінченну лінію колон і виявила, що літери на них утворюють слово Н — Е — Щ — А — С — Л — И — В — О.

Несподівано вона помітила, що пройшла досить глибоко до кімнати і звідси їй добре видно решту дітей, прибулих із нею. Вона вперше отримала чітке уявлення про інших учнів і заледве не знепритомніла.

В однієї дівчинки був огидний прикус, жахливе тонке волосся й одне око замість двох просто посередині чола. Інший хлопчик нагадував тісто — з опуклим животом, плішивою головою і набряклими кінцівками. Ще одна дівчинка мала хворобливо зелену шкіру. Хлопчик попереду неї мав так багато волосся на тілі, що був схожий на мавпу. Вони всі були майже одного віку з нею. Але це було єдине, що їх поєднувало. Тут зібралося безліч жалюгідних потвор із відразливими обличчями. Ці обличчя мали найжорстокіший вираз, що вона коли-небудь бачила. Наче вони шукали когось, кого можна зненавидіти. Одне за одним вони пильно подивилися на Софі. Вони знайшли те, що шукали. Збентежену принцесу в кришталевих черевиках із золотавим волоссям.

Червону троянду посеред шпичаків.

На іншому боці рову Агата мало не вбила фею.

Вона прокинулася під червоними і жовтими ліліями, які, здавалося, вели якусь жваву розмову. Агата була впевнена, що йшлося саме про неї. Бо лілії досить грубо тицяли в неї листочками і бутонами. Але потім, мабуть, квіти домовилися і, згорбившись, наче старенькі бабусі, огорнули зап'ястки дівчинки своїми стеблами. Вони рвучко поставили її на ноги, і Агата побачила поле, повне дівчаток, які розквітали навколо мерехтливого озера.

Агата не вірила своїм очам. Дівчатка виростали просто з-під землі. Спершу крізь м'яку землю з'являлися голівки, потім плечі, груди, а далі решта. Насамкінець вони простягали руки до блакитного неба й опинялися на землі, взуті в тендітні капці. Однак не їхня дивовижна поява бентежила Агату, а те, що вона була геть несхожою на них. Їхні обличчя, деякі білі, деякі смагляві, були гладенькими й сяяли здоров'ям. Їхнє волосся спадало блискучими кучериками, як у ляльок. А ще вони були вдягнені в пишні сукні персикового, жовтого й білого кольорів і скидалися на кошик свіжих великодніх яєць. Деякі були високими, деякі низькими, але всі мали тонку талію, худорляві ноги й тендітні плечі. Тим часом з'являлися нові учні, на кожного з них чекала команда з трьох фей із блискучими крилами. Феї дзенькали дзвониками й метушливо чистили сукні від бруду, напували пилковим чаєм і допомагали розібрати скрині, що теж вилазили з-під землі.

Агата не мала жодного уявлення, звідки можуть бути ці красуні. Все, чого вона хотіла, так це щоб з'явився хтось менш вишуканий, аби вона не почувалася такою недоречною. Але це був безкінечний розквіт «принцес», які мали все, чого їй бракувало. Знайомий сором скрутив живіт. Їй була потрібна нора, щоб заповзти в неї, цвинтар, аби сховатися, щось, що примусило б їх піти геть…

Саме тоді її вкусила фея.

— Що за…

Агата намагалася струсити набридливу річ зі своєї руки, але щось знову підлетіло і вкусило за шию, а потім за сідниці. Інші феї намагалися заспокоїти грубіянку, але вона покусала їх теж і знову накинулася на Агату. У нестямі дівчинка намагалася схопити фею, але вона була надзвичайно прудкою, тож Агата даремно марнувала час. Фея кусала й кусала її, доки випадково не потрапила Агаті до рота. Вона проковтнула фею. Агата зітхнула з полегшенням й озирнулася. Шістдесят чарівних дівчаток дивилися на неї, як на кішку в гнізді солов'я. Щось вкололо її у горло. Вона зайшлася кашлем і зрештою виплюнула фею. На її подив то був хлопчик.

З рожево-блакитного замку, розташованого на озері, до них долинув віддалений солодкий передзвін. Команди фей ухопили за плечі кожна свою дівчинку, підійняли в повітря й понесли вздовж озера до веж. Агата вирішила, що саме з'явилася нагода для втечі, але не встигла ступити й кроку, як її підхопили дві феї. Коли вони злетіли, вона озирнулася подивитися на того, хто її покусав. Він стояв на землі, схрестивши руки на грудях, і хитав головою — він був упевнений, що сталася жахлива помилка.

Коли дівчаток донесли до скляного замку, їх поставили на ноги і відпустили. Але Агату феї тягли вперед, наче бранку. Агата озирнулася на озеро. «Де ж Софі?»

Посередині озера кришталева вода перетворювалася на мулистий рівчак. Сіра імла ховала усе, що було на іншому боці. Якщо Агата хотіла врятувати подругу, вона мусила знайти спосіб перетнути цей рів. Спочатку потрібно було спекатися цих крилатих істот. Необхідно було відвернути їхню увагу.

Над золотими воротами була арка з блискучих слів:

Школа Добра
Навчання Чародійства

Агата побачила власне відображення у літерах і відвернулася. Вона ненавиділа люстерка й уникала їх («Свині та собаки не розглядають себе», — думала вона). Дівчинка рушила далі. Вона подивилася на матові двері за́мку, прикрашені двома білими лебедями. Коли двері відчинилися, феї зігнали всіх у вузький дзеркальний коридор, де новобранці почали штовхатися. Дівчатка кружляли навколо неї, наче акули. Вони уважно придивлялися. Наче сподівалися, що вона зірве маску й виявиться, врешті-решт, принцесою. Агата намагалася дивитися їм у вічі. Але замість цього натикалася скрізь на власне відображення. Вона відбивалася у тисячі дзеркал. Агата перевела погляд на мармурову підлогу. Кілька фей спробували примусити юрбу рухатися. Проте більшість сіла на плечі дівчаток і споглядала. Врешті одна з дівчаток — з довгим золотавим волоссям, соковитими губами і блакитними очима — вийшла наперед. Вона була такою вродливою, що здавалася нереальною.

— Привіт, я Беатрікс, — лагідно промовила вона. — Я не запам'ятала твого імені.

— Це тому що я його не називала, — відповіла Агата, не піднімаючи очей.

— Ти впевнена, що опинилася в правильному місці? — запитала Беатрікс якомога лагідніше.

Агата відчувала, що потрібне слово крутиться у голові — слово, яке було їй вкрай потрібне, але воно розпливалося, наче туман, і вона не могла його прочитати.

— Ем-м... я.

— Може, ти припливла не до тієї Школи? — посміхнулася Беатрікс.

Слово осяяло Агату. Відволікти!

Агата зазирнула в сяючі очі Беатрікс.

— Це ж Школа Добра, чи не так? Легендарна Школа для гарних і добрих дівчаток, яким судилося бути принцесами?

— О! — сказала Беатрікс. — Тож ти не заблукала?

— Не переплутала? — сказала інша, з темною шкірою і смоляним волоссям.

— Не осліпла? — промовила третя, з рубіновими локонами.

— У такому випадку ти маєш квиток до Квітника? — сказала Беатрікс.

— Що? — закліпала очима Агата.

— Твій квиток до Квітника. Те, як ти тут опинилася. Тільки офіційно прийняті учні мають перепустку до Квітника.

Усі дівчатка підняли великі золоті квитки з каліграфічно виведеними іменами і печаткою Директора Школи з чорно-білими лебедями.

— О, квиток, — посміхнулася Агата. Вона засунула руки до кишень. — Підходьте ближче, я покажу.

Дівчатка наблизилися з недовірою. Тим часом Агата шукала щось, чим можна було відвернути увагу: сірники... монети... сухе листя...

— Ближче.

Дівчатка з гомоном наблизилися.

— Він не повинен бути таким маленьким, — вибухнула Беатрікс.

— Збігся під час прання, — відповіла Агата, перебираючи зміст карманів: сірники, розталий шоколад, безголовий птах (Різник ховав їх у її речах). — Він десь тут...

— Може, ти загубила його? — запитала Беатрікс.

Кульки нафталіну... шкаралупа арахісу... ще один птах...

— Чи переклала? — знову припустила Беатрікс.

Птах? Сірник? Запалити птаха сірником?

— Чи збрехала нам?

— Ось він нарешті...

Агата відчула, як мурашки пробігли в неї по шиї.

— Ти ж знаєш, що відбувається з порушниками, чи не так? — запитала Беатрікс.

— А ось і він...

«Та зроби вже щось!»

Дівчатка зловісно оточували її.

«Роби щось негайно!»

І вона зробила перше, що спало їй на думку, — голосно пукнула.

Ця ефективна диверсія спричинила хаос і паніку. Агата досягла успіху за обома пунктами.

Смердючі випари розлетілися коридором, дівчатка з вереском розбіглися, а феї взагалі знепритомніли від одного вдиху. Тільки Беатрікс стояла у неї на шляху, занадто шокована, щоб рухатися. Агата наблизилася на крок і нахилилася, як вовк:

— БУ!

Беатрікс чкурнула якнайдалі.

Агата ж побігла до дверей. Вона озирнулася та із задоволенням побачила, як дівчатка притиснулися до стін, штовхаючи одна одну, щоб урятуватися. Агата сконцентрувалася на порятунку Софі. Вона пробігла крізь відчинені двері у напрямку озера, але, тільки-но дісталася його, вода піднялася у величезну хвилю й укинула її назад у двері, до галасливих дівчаток. Агата приземлилася животом у калюжу.

Вона схопилася на ноги й завмерла.

— Вітаю, принцесо, — сказала семифутова німфа, що плавала у повітрі.

Вона відпливла вбік, і Агата побачила залу, таку величну, що дівчинці перехопило подих.

— Вітаю у Школі Добра.

Софі ніяк не могла звикнути до смороду цього місця. Коли вона, похитуючись, ішла разом з іншими, то затискала рот і ніс, щоб урятуватися від духу немитих тіл, запліснявілого каміння і смердючих вовків. Софі встала навшпиньки, щоб побачити початок колони, але, скільки сягало її око, попереду тягнувся нескінченний парад потвор. Учні дивилися на неї неприязно, але вона відповідала лише найприємнішою з усмішок. Вона вирішила чинити так на той випадок, якщо це було випробуванням. Це мало бути випробуванням, або помилкою, або жартом, або чимось на кшталт зазначеного.

Софі звернулася до сірого вовка:

— Не те щоб я ставлю під сумнів ваш авторитет, але чи можу я побачити Директора Школи? Я гадаю, він...

Вовк загарчав, бризкаючи на неї слиною. Софі не наполягала.

Разом з іншими вона несподівано опинилася у передпокої, де чорні гвинтові сходи бездоганно звивалися вгору трьома спіралями. Одні з-поміж них, оздоблені монстрами, мали на балюстрадах напис ЗЛІСТЬ. Другі, вкриті павуками, називалися КАПОСТІ. А треті, зі зміями, — ЗАРОЗУМІЛІСТЬ. Софі помітила, що стіна біля сходів обліплена різнокольоровими рамками. У кожній був портрет дитини, а поряд казковий малюнок того, на що вона перетворилася. У золотій рамці був портрет маленької дівчинки, схожої на ельфійку, а поряд висів чудовий малюнок огидної відьми, що стояла над сплячою дівчиною. Над двома ілюстраціями висіла золота дощечка:

Кетрін з Лисячого Лісу
Маленька Біляночка (лиходійка)

У наступній золотій рамці був портрет усміхненого хлопчика з густими бровами, а поряд на малюнку він був зображений уже дорослим, тут він приставив ніж до горла жінки:

Дроган з Буркітливих Гір
Синя Борода (злодій)

Під Дроганом висіла срібна рамка з худорлявим хлопчиком із приголомшливо білим волоссям, який перетворився на одного з велетнів-людожерів, що нападали на села:

Кейр із Нижнього Лісу
Хлопчик-мізинчик (поплічник)

Потім унизу Софі запримітила пошарпану бронзову рамку з худим, голомозим хлопчиком із переляканими очима — хлопчиком, якого вона знала. Його звали Бейн. Він кусав усіх гарних дівчаток у Гавалдоні, доки його не викрали чотири роки тому. Але поряд із ним не було малюнка. Лише іржава бляшанка з написом:

Невдаха

Софі подивилася на перелякане лице Бейна і відчула, що її нудить. «Що з ним сталося?» Вона огледіла тисячі золотих, срібних і бронзових рамок, які вкривали кожний дюйм зали: відьми, що вбивають принців, велетні, які поїдають людей, мерзенні людожери, гротескні горгони, безголові вершники, безжальні морські монстри. Колись незграбні підлітки, тепер утілення абсолютного зла. Навіть злодії, які вмерли жахливою смертю, — Румпельштільтсхен, Людожер із «Казки про бобове дерево», Вовк із «Червоної Шапочки» — були зображені в їхні найвеличніші моменти, наче саме вони стали переможцями в їхніх казках. Шлунок Софі зробив кульбіт, коли вона побачила, що інші діти роздивлялися портрети з побожною пошаною. Її осяйнула думка про те, що вона стоїть поруч із майбутніми вбивцями й монстрами.

Її пройняв холодний піт. Вона має знайти вчителя. Когось, хто зможе знайти список зарахованих учнів і побачити, що вона потрапила до цієї Школи помилково. Але до цього часу вона змогла розшукати тільки вовків, що не вміли навіть розмовляти, не те що прочитати список.

Обігнувши ріг, вона опинилася у ширшому коридорі й угледіла червоношкірого рогатого курдупеля*, який стояв на драбині й прибивав нові портрети на голу стіну.

---

* Те саме, що й коротун. — Прим. ред.

У передчутті вона зціпила зуби, черга просувалася, і вона поступово наближалася до карлика. Тільки-но Софі насмілилася привернути його увагу, як зважила, що на ці стіни вивішують рамки зі знайомими обличчями. Тут був хлопчик, схожий на тісто, якого вона бачила раніше, позначений як Брон із Рох Брайар. Поряд із ним уже висіло зображення одноокої дівчинки з тонким волоссям. Це була Арахне з Лисячого Лісу. Софі вивчала портрети своїх однокашників, уявляючи їхні майбутні мерзенні перетворення. Її очі зупинилися на Хлопчику-тхорі. Горт з Кривавого струмка. «Горт. Звучить як хвороба». Вона просунулася далі, готова закричати до курдупеля…

Аж раптом Софі побачила портрет під його молотком.

Їй посміхалося власне обличчя.

Скрикнувши, вона вистрибнула наперед, заскочила на драбину й вихопила рамку з рук курдупеля.

— Ні! Я маю бути у Школі Добра! — вигукнула вона.

Курдупель смикнув за портрет, і вони почали вовтузитися, штовхатися й дряпатися, доки Софі це не набридло і вона щосили луснула коротуна. Курдупель заверещав, наче маленьке дівчисько, й замахнувся на неї молотком. Софі відхилилася, але втратила рівновагу, і драбина почала гойдатися між стінами і стукатися об них.

Бовтаючись у повітрі, дівчинка глянула вниз, де гарчали вовки й витріщалися учні.

— Мені потрібен Директор!

Потім вона не втрималася, зісковзнула з драбини й гепнулася на сідниці перед усім збіговиськом.

Темношкіра карга з величезною бородавкою на щоці тицьнула їй до рук аркуш пергаменту.

СОФІ З НЕСКІНЧЕННИХ ЛІСІВ
ЗЛО, рік перший
Вежа Злості, 66

Семестр	Факультет
1: Спотворювання	Проф. Біліус Менлі
2: Тренування поплічників	Кастор
3: Прокляття і смертельні пастки	Леді Лессо
4: Історія лиходійства	Проф. Аугуст Сейдер
5: Обід	
6: Особливі здібності	Проф. Шеба Шікс
7: Виживання у казках (Лісова група № 3)	Гном Юба

Софі ошелешено глипнула вгору.

— Ось бачиш, ти записана до класу, Відьма з Нескінченних Лісів, — прокаркала карга.

Перш ніж Софі спромоглася відповісти, велетень вклав їй до рук перев'язаний стрічкою пакунок із книжками.

- *Найкращі злодійські монологи, друге видання.*
- *Заклинання для страждань, перший рік навчання.*
- *Порадник щодо викрадення і вбивств людей для новачків.*
- *Обійми потворність — всередині та зовні.*
- *Як готувати дітей (з новими рецептами!).*

Книжки були страшні самі по собі, але потім Софі вгледіла, що стрічкою, яка їх зв'язувала, був живий вугор. Вона закричала й пожбурила книжки геть. Потім плямистий сатир підсунув їй якусь стару чорну тканину. Софі розгорнула її й відсахнулася. Це була безвідрадна подрана туніка, що звисала, як гнила портьєра.

Вона поглянула на інших дівчаток, які радісно вдягали смердючу форму, перебирали книжки, порівнювали розклади. Софі з відразою подивилася на власну брудну чорну сукню. Потім на зв'язані вугром книжки і розклад. А потім на свій усміхнений милий портрет.

Принцеса зникла з її життя.

Агата знала, що вона опинилася не в тому місці, бо навіть учителі дивились на неї спантеличено. Усі гуртом вони вишикувалися на чотирьох гвинтових сходах у схожій на печеру дзеркальній залі. Двоє кручених сходів були рожевими, двоє — блакитними. На новобранців сипався дощ із конфетті. Усі професорки були вбрані в різнокольорові прямі сукні однакової моделі з високим коміром, що закривав шию, і з блискучою сріблястою головою лебедя на серці. Кожна додала щось своє до сукні, чи то прикрасу з кришталю, чи то квіти з бісеру або навіть бант із тюлю. Професори-чоловіки були одягнені в яскраві тонкі костюми-трійки веселих відтінків, мали вузькі краватки й хустинки у кишенях, на яких було вигаптовано такого самого лебедя.

Агата відразу помітила, що всі вони були привабливішими, ніж будь-які дорослі, яких вона коли-небудь бачила. Навіть старший викладач був такий елегантний, що ставало страшно. Агата завжди намагалася переконати себе, що краса є безглуздою, тому що вона тимчасова. Але ось перед її очима наочний доказ, що краса може тривати вічно. Вчителі потай штовхали одне одного ліктями і перешіптувалися, вгледівши змоклу, нікчемну ученицю, але Агата звикла до такого. Потім вона помітила того, хто не був схожий на інших. Одягнений у вишуканий блискучий зелений, наче конюшина, костюм, зі сріблястим волоссям і сяючими карими очима, він дивився на неї зверху вниз так, ніби вона виглядала абсолютно пристойно. Агата почервоніла. Той, хто вважав, що вона доречна в такому місці, був ідіотом. Відвернувшись, вона тішилася обуренням дівчаток, які, вочевидь, не пробачили їй інцидент у залі.

— Де ж хлопчики?

Агата почула, як одна учениця запитала про це в іншої. Тим часом перед дівчатками постали три величезні німфи, що пливли у повітрі. У них було незвичайне неонове волосся і такі самі неймовірні губи. Німфи роздавали розклади, книжки й одяг.

Поки Агата просувалася вперед разом із чергою, вона мала змогу краще розгледіти величну кімнату зі сходами. На стіні навпроти неї була намальована величезна рожева *Щ*, а обабіч неї були ніжні зображення ангелів і сильф. На інших трьох стінах рожевим і блакитним теж були виведені літери, що складались у слово **Щ — А — С — Л — И — В — О**. Гвинтові сходи розташовувалися симетрично в кожному кутку кімнати, освітлені високими вітражами. На балюстраді одного блакитного прольоту виднілося карбування ЧЕСТЬ поруч зі скляними гравюрами королів і королев. На іншому можна було прочитати слово ДОБЛЕСТЬ, прикрашене блакитними барельєфами мисливців і лучників. Рожеві скляні сходи були з написами ЧИСТОТА і МИЛОСЕРДЯ, їх оздобили золотом і ліпними фризами з дівами, принцесами і добрими тваринами.

У центрі приміщення височів кришталевий обеліск з портретами випускників, він здіймався від мармурової підлоги аж до скляного купола. Вгорі у золотих рамках розташовувалися портрети учнів, які після закінчення школи стали принцами і королевами. Посередині містилися срібні рамки тих, хто мав скромнішу долю жвавих помічників, шанобливих домогосподарок і чарівних хресних матерів.

А в нижній частині колони вкривалися пилом бронзові рамки невстигаючих, які закінчили лакеями і слугами. Агата відзначила, що, незалежно від того, стали вони Сніговою королевою чи сажотрусом, усі учні залишилися так само красивими, з добрими посмішками і проникливими очима. Сюди, у скляний палац посеред Лісу, на службу Добра з'явилися найкращі. Натомість вона, міс Жалюгідність, була на службі кладовищ і павуків. Агата, затамувавши подих, чекала на свою чергу, коли вона нарешті підійде до німфи з рожевим волоссям.

— Там сталася плутанина! — їй перехопило подих, з неї стікали вода й краплі поту. — Тут мала опинитися моя подруга Софі.

Німфа посміхнулася.

— Я намагалася утримати її, — сказала Агата, голос задзвенів надією. — Я збила з пантелику птаха, і тепер ось я тут, а вона знаходиться в іншій вежі, але ж вона красива і любить рожеве, а я... ну, погляньте на мене. Я знаю, вам потрібні учні... Софі моя найкраща подруга, і якщо вона залишається, то і я маю залишитися, але ми не можемо залишитися, тож допоможіть знайти її і ми повернемося додому.

Німфа простягла їй шматок пергаменту.

АГАТА З НЕСКІНЧЕННИХ ЛІСІВ

ДОБРО, рік перший
Вежа Чистоти, 51

Семестр	Факультет
1: Прикрашання	Проф. Емма Анемона
2: Етикет для принцес	Поллукс
3: Спілкування з тваринами	Принцеса Ума
4: Історія героїзму	Проф. Аугуст Сейдер
5: Обід	
6: Добрі справи	Проф. Клариса Даві
7: Виживання у казках (Лісова група № 3)	Гном Юба

Агата пробіглася очима по пергаменту й отеріла.

Німфа із зеленим волоссям дала їй кошик із книжками, деякі стирчали назовні:

- *Привілей бути вродливою.*
- *Як отримати принца.*
- *Книжка рецептів для гарної зовнішності.*
- *Цілеспрямована принцеса.*
- *Тваринна мова. Частина перша: гавкання, іржання, щебетання.*

Потім німфа із синім волоссям дала їй форму: жахливо коротку рожеву сукню, рукава якої були прикрашені гвоздиками. Її потрібно було надягнути зверху білої мережаної сорочки, на якій, здавалося, бракувало трьох ґудзиків.

Приголомшена Агата дивилася, як майбутні принцеси навколо неї затягували свої рожеві сукенки. Вона оглядала книжки, де йшлося, що краса є привілеєм, що вона може отримати приз у вигляді витонченого принца, що вона може навчитися розмовляти з птахами. Вона дивилася на розклад, що стосувався когось красивого, вишуканого й доброго. Потім вона глипнула на гарного вчителя, який і досі посміхався до неї, ніби очікував найвеличніших речей від Агати з Гавалдона.

І Агата скоїла єдине, що вона знала, як робити, коли стикаєшся з несподіваним майбутнім.

Вона побігла вгору блакитними сходами Честі, крізь зелені зали. Позаду шалено лопотіли феї.

Коли Агата мчала залами, піднімалася сходами, у неї бракувало часу розглядати усе, що поставало перед очима, — підлогу з нефриту, класи з цукерок, бібліотеку із золота, — аж поки вона здолала останні сходинки й вискочила крізь матові скляні двері на дах вежі. Перед нею вигулькнули скульптурно підстрижені, освітлені сонцем огорожі, від яких перехоплювало подих. Але ще до того, як Агата змогла розгледіти скульптури, нагодилися феї. Вони вилетіли з дверей і вистрілили липким золотим павутинням по Агаті, щоб зловити її. Вона спробувала уникнути їх, піддавшись навіженій ідеї поповзом пролізти під величезним живоплотом. Далі схопилася на ноги, побігла й видряпалася на найвищу скульптуру. Це виявився м'язистий принц, який тримав свого меча високо над ставком. Вона видерлася на самісінький кінчик листяного меча, відбрикуючись від фей, що оточували її. Але незабаром їх стало занадто багато, і, коли вони почали стріляти своїми блискучими тенетами, Агата не втрималася і шубовснула у воду.

Коли дівчинка розплющила очі, вона була вже абсолютно сухою.

Ставок, імовірно, був порталом, адже тепер вона опинилася зовні, у кришталевій блакитній арці. Агата звелася й завмерла. Вона лежала скраю на вузькому кам'яному мосту, що простягався крізь густий туман через озеро до гнилої вежі. Це був міст між двома школами.

З її очей потекли сльози. Софі! Вона може врятувати Софі!

— Агато!

Агата примружилася і побачила Софі, яка вибігла з туману.

— Софі!

Дівчатка бігли по мосту, простягаючи руки одна до одної й вигукуючи імена. Вони наштовхнулися на невидиму перешкоду і впали, відкинуті на землю. Скулившись від болю, Агата з жахом дивилася, як вовки тягнуть Софі за волосся назад до вежі Зла.

— Ви не розумієте! — кричала Софі. — Це все помилка!

— Немає жодної помилки, — прогарчав вовк.

Виявляється, вони могли розмовляти.

4

Три Відьми з кімнати 66

Софі не знала напевне, чому потрібно саме шість вовків замість одного, щоб мучити її, але вирішила, що це необхідно для того, щоб провести показове покарання. Вовки прив'язали її до рожна, засунули яблуко до рота й промаршували із нею, наче з бенкетною свинею, усіма шістьма поверхами гуртожитку Зла.

Притискаючись до стін, нові учні тицяли в неї пальцями й сміялися, але сміх перетворився на злість, коли вони усвідомили, що цей виродок у рожевому стане однією з їхніх сусідок. Вовки протягли скиглійку Софі повз кімнати 63, 64, 65, а потім штовхнули двері до кімнати під номером 66 і увіпхнули її досередини. Софі юзом посунулася долівкою, аж поки не ввігналася головою в чиюсь ногу, вкриту бородавками.

— Я була певна, що вона дістанеться нам, — виголосив роздратований голос.

І досі прив'язана до рожна, Софі поглянула на високу дівчинку з масним чорним волоссям (окремі пасма були пофарбовані в червоний), чорною помадою на вустах і кільцем у носі. Навколо її шиї виднілося жаске татуювання демона з червоним черепом і оленячими рогами. Дівчинка подивилася на Софі чорними холодними очима.

— Вона навіть смердить, як ЩАСЛИВИЦЯ.

— Невдовзі її заберуть феї, — долинув чийсь голос з іншого кутка кімнати.

Софі повернула голову. Там сиділа дівчинка-альбінос зі смердючим білим волоссям, білою шкірою й запалими червоними очима. Вона годувала тушкованим м'ясом із казанка трьох чорних щурів.

— Шкода. Ми могли б перерізати їй горло й повісити у залі для прикраси.

— Пхе, як грубо, — промовила третя. Софі обернулася до усміхненої дівчинки з каштановим волоссям, гладкої, наче кулька, наповнена розпеченим повітрям. У кожному пухкому кулаку вона тримала по одному шоколадному льодянику.

— До того ж убивати учнів — це проти правил.

— А як щодо того, щоб трохи її скалічити? — запитала дівчинка-альбінос.

— Я гадаю, що вона незвичайна, — сказала опасиста, кусаючи цукерку. — Не кожен лиходій повинен смердіти й виглядати пригніченим.

— Вона не лиходійка, — гримнули в унісон альбіноска й татуйована дівчинка.

Софі позбулася мотузок, витягла шию і вперше огледіла кімнату. Колись, можливо, це були хороші, затишні апартаменти, перш ніж хтось організував тут пожежу. Цегляні стіни були випалені вщент. Чорні й коричневі сліди полум'я виднілися на стелі, а підлога була похована під шаром попелу. Навіть меблі виглядали підсмаженими. Але що довше Софі роззиралася, то глибше усвідомлювала, що з кімнатою взагалі колосальна проблема.

— Де дзеркало? — видихнула вона.

— Дай відгадаю, — пирхнула у відповідь татуйована дівчинка. — Перед нами Белль, чи Аріель, чи Анастасія.

— Воно більше схоже на Жовтець або Льодяник, — сказала альбіноска. — Або Кларабель, або Червону троянду, або Вербу-на-морі.

— Софі. — Софі стояла у хмарі сажі. — Мене звуть Софі. Я не «лиходійка», я не «воно», і так, мені, очевидно, тут не місце, тож... — альбіноска й татуйована дівчинка зігнулися від сміху.

— Софі! — гигикнула друга. — Це гірше, ніж будь-хто міг уявити!

— Усьому, що має ім'я Софі, тут не місце, — прохрипіла альбіноска. — Йому місце в клітці.

— Мені час до іншої вежі, — сказала Софі, намагаючись бути вищою за їхню в'їдливість, — тому що мені потрібно побачити Директора Школи.

— Мені потрібно побачити Директора Школи, — передражнила альбіноска. — А може, краще вистрибнути з вікна й подивитися, чи він зловить тебе?

— У вас погані манери, — прочавкотіла глядуха повним ротом. — Я — Дот. Це Естер, — сказала вона, вказуючи на татуйовану дівчинку. — А цей промінь сонячного світла, — сказала Дот, вказуючи на альбіноску, — Анаділь.

Анаділь сплюнула на підлогу.

— Ласкаво просимо до кімнати 66, — промовила Дот і помахом руки струсила золу з незайнятого ліжка.

Софі скривилася від вигляду поїденої міллю ковдри зі зловісними плямами.

— Я ціную теплий прийом, але я дійсно мушу... — пробелькотіла вона, відступаючи до дверей. — Чи могли б ви направити мене до офіса Директора?

— Правитель буде вкрай збентежений, побачивши тебе, — сказала Дот. — Більшість лиходійок не схожі на принцес.

— Вона не лиходійка, — простогнали Анаділь і Естер.

— Чи повинна я записатися на прийом, щоб побачити його? — наполягала Софі. — Чи, може, потрібно послати йому записку, чи...

— Я гадаю, що ти могла б злітати до нього, — сказала Дот, витягуючи ще два шоколадні яйця зі своєї кишені. — Але стімфи можуть тебе з'їсти.

— Стімфи? — перепитала Софі.

— Ті птахи, які принесли нас сюди, любонько, — Дот виглядала потворно, коли жувала. — Ти повинна будеш пройти повз них. Ти ж знаєш, як вони ненавидять лиходіїв.

— Востаннє повторюю, — вистрілила Софі. — Я не лихо...

Щось закалатало на сходах. Солодкий дзвін, такий витончений, такий делікатний, що це могли бути тільки...

«Феї». Вони йдуть по неї!

Софі ледь стримала крик. Вона не сміла сказати дівчаткам, що її порятунок неминучий (хто знає, наскільки серйозні їхні наміри щодо оздоблення нею зали). Вона позадкувала до дверей і прислухалася до дзвону, що ставав дедалі гучнішим.

— Я не знаю, чому люди вважають, що принцеси привабливі, — сказала Естер, вона відщипнула бородавку з пальця на нозі. — Їхні носи такі малі, наче маленькі ґудзики, їх так і хочеться відірвати.

«Феї на нашому поверсі!» — Софі захотілося стрибати на радощах. Щойно вона потрапить до Замку Добра, прийме найтривалішу ванну у своєму житті!

— І їхнє волосся завжди таке довге, — сказала Анаділь, вимахуючи мертвою мишею, що мала стати щурячим десертом, — що в мене завжди виникає бажання видрати його геть усе.

«Ще кілька кімнат і все...»

— І ці фальшиві посмішки, — зауважила Естер.

— І одержимість рожевим, — додала Анаділь.

«Феї поруч!»

— Не можу дочекатися, щоб убити свою першу принцесу, — промовила Естер.

— Сьогоднішній день так само для цього придатний, як і будь-який інший, — сказала Анаділь.

«Вони тут!» — Софі розпирало на радо-
щах — нова Школа, нові друзі, нове життя!

Але феї пролетіли повз її кімнату.

Серце Софі розбилося на друзки. Що ста-
лося? Як вони могли її проминути? Вона кину-
лася до дверей повз Анаділь й відчинила їх,
перед нею промайнуло вовче хутро. Софі сах-
нулася, шокована. Естер зачинила двері.

— Через тебе нас усіх покарають, — про-
гарчала Естер.

— Але вони були тут! Вони шукали мене! —
прокричала Софі.

— Ви впевнені, що ми не можемо вбити
її? — знову запитала Анаділь, спостерігаючи,
як її щури зжирають мишу.

— То з якого Лісу ти до нас завітала,
любонько? — поцікавилася Дот у Софі, по-
глинаючи шоколадну жабу.

— Я не з Лісу, — нетерпляче сказала Со-
фі й визирнула у вічко. Безсумнівно, вовки
прогнали геть фей. Їй потрібно повернутися до
мосту і відшукати їх. Але зараз у залі стояли
три вовки-охоронці. Вони їли смажену ріпу
з чавунних тарілок.

«Вовки їдять ріпу? Виделками?»

Але було ще щось дивне на вовчих тарілках.

Феї чистили ріпу для чудовиськ.

Очі Софі розширилися від здивування.

Гарненький хлопчик-фея поглянув на неї.

«Він бачить мене!» Склавши руки, Софі подумки

почала благати: «Допоможи!» Казковий хлопчик посміхнувся з розумінням й зашепотів щось вовкові на вухо. Вовк зиркнув на Софі й закрив вічко, люто гепнувши в двері. Софі відсахнулася, почувши передзвін тоненького хихотіння, що впліталося у грубий регіт.

Феї не мали наміру рятувати її.

Усе тіло Софі затремтіло, вона була готова заридати.

Аж раптом вона почула, як хтось покашляв, і обернулася.

Три дівчинки споглядали її з однаковими спантеличеними виразами.

— Що ти маєш на увазі під словами «я не з Лісу»? — запитала Естер.

Софі просто не мала змоги відповідати на безглузді запитання, але тепер ці горлорізки були її єдиною надією знайти Директора.

— Я з Гавалдона, — відповіла вона, стримуючи сльози. — Ви троє, здається, знаєте чимало про це місце, так що я була би вдячна, якби ви могли сказати мені, де...

— Це поблизу Буркітливих Гір? — запитала Дот.

— Тільки Нещасливці живуть неподалік Буркітливих Гір, дурепо, — промимрила Естер.

— Поруч із Веселковим Вихором, присягаюся, — сказала Анаділь. — Звідти приходять найбільш набридливі Щасливці.

— Я вже розгубилася, — насупилася Софі. — Щасливці? Нещасливці?

— Щось на кшталт Рапунцель, зачиненої в башті, — сказала Анаділь. — Це пояснює все.

— Щасливцями ми називаємо тих, хто робить добрі справи, любонько, — сказала Софі Дот. — Пригадуєш усю цю маячню про «Жили Довго й Щасливо»?

— То ви через це нещасні? — вигукнула Софі, пригадуючи колони з літерами у залі з гвинтовими сходами.

— У нас тут усе навпаки: ніякого Довгого й Щасливого, — насолоджувалася Естер. — Рай для тих, хто скоює лихі справи. Ми будемо мати нескінченну силу за відсутності «Довго і Щасливо».

— Керувати часом і простором, — продовжила Анаділь.

— Набувати нових форм, — сказала Естер.

— Розщеплювати наші душі.

— Перемагати смерть.

— Тільки найпідступніші потрапляють туди, — сказала Анаділь.

— Найкращі з-поміж нас, — додала Естер. — Більше нікого. Кожен лиходій отримає своє власне царство.

— Вічна самотність, — додала Анаділь.

— Звучить жалюгідно, — зауважила Софі.

— Це люди жалюгідні, — відповіла Естер.

— Агаті б тут сподобалося, — пробурчала Софі.

— Гавалдон... що біля Пустотливих Пагорбів? — безтурботно сказала Дот.

— О, заради Добра, він ні біля чого, — простогнала Софі.

Вона підняла свій розклад, зверху було написано «Софі з Нескінченних Лісів».

— Гавалдон у Лісі. Він оточений Лісом зусібіч.

— Віддалені Ліси? — промовила Естер.

— А хто ваш король? — спитала Дот.

— У нас немає короля, — відповіла Софі.

— А хто твоя мати? — запитала Анаділь.

— Вона померла, — сказала Софі.

— А твій батько? — запитала Дот.

— Він працює мірошником. Ви ставите досить особисті запитання...

— А з якої казкової сім'ї він? — поцікавилася Анаділь.

— О, тепер вони знущаються. Нічия сім'я не є казковою. Він зі звичайної сім'ї, зі звичайними вадами, як будь-хто з-поміж ваших батьків.

— Я знала, — сказала Естер Анаділь.

— Знала що? — запитала Софі.

— Що Читачі винятково тупі, — відповіла Анаділь Естер.

Софі почервоніла.

— Вибачте, але я не дурна, якщо я єдина людина, хто тут уміє читати, то чому б вам не зазирнути в дзеркало, тоді ви б мали нагоду розгледіти справжніх...

«Читачі».

Чому ніхто тут не сумує за домом? Чому всі вони пливуть ровом до вовків, замість того щоб утікати, рятуючи життя? Чому вони не плачуть за матерями або не намагаються втекти від змій біля воріт? Чому всі вони так багато знають про цю Школу?

«З якої він казки?»

Софі відшукала очима тумбочку Естер. Поруч із вазою з мертвими квітами, свічкою у вигляді пазурів і стосом книжок («Як перехитрити сироту», «Чому лиходіїв спіткає невдача», «Найпоширеніші помилки відьом») стояла різьблена дерев'яна рамка. У неї був вставлений незграбний дитячий малюнок із гротескною відьмою перед будинком. Солодким будинком — із коржиків і цукерок.

— Мати була простачкою, — сказала Естер, беручи рамку до рук. На її обличчі промайнув сум. — Піч? Прошу! Приготуй їх на грилі. І жодних проблем.

Вона стиснула зуби.

— Я зроблю краще.

Софі поглянула на Анаділь — і в її животі все обірвалося. Наприкінці її улюбленої казки відьму крутили у діжці з цвяхами, поки від неї залишився тільки браслет із кісток маленьких хлопчиків. Тепер цей браслет красувався на зап'ястку її сусідки по кімнаті.

— Вона обізнана із відьомством, — Анаділь поглянула скоса. — Бабуся буде задоволена.

Софі повернулася до плаката над ліжком Дот. Гарний чоловік у зеленому щосили лементував, коли сокира ката відрубувала йому голову.

РОЗШУКУЄТЬСЯ:
РОБІН ГУД
Мертвий або Живий (бажано Мертвий)
Наказом Шерифа Нотінгема

— Татусь обіцяв надати мені право першого удару, — сказала Дот.

Софі з жахом подивилася на своїх сусідок. Їм не потрібно читати казки. Вони прийшли з них.

Вони були народжені вбивати.

— Принцеси і Читачі, — сказала Естер. — Дві найгірші речі, що можна уявити.

— Навіть Щасливці не хочуть її, — сказала Анаділь, — бо феї вже б прийшли до цього часу.

— Але вони мають прийти! — вигукнула Софі. — Я добра!

— Отже, ти застрягла тут, дорогенька, — сказала Естер і поплескала подушку на ліжку

Софі. — Тож, якщо ти хочеш вижити, буде краще спробувати пристосуватися.

«Пристосуватися до відьом! Пристосуватися до людожерів!»

— Ні! Послухайте мене! — благала Софі. — Я хороша!

— Ти продовжуєш говорити це... — враз Естер схопила її за горло і перехилила через раму відчиненого вікна. — І все ж цьому немає жодних доказів.

— Я дарувала корсети безхатній карзі! Я щонеділі ходила до церкви! — Софі верещала, розуміючи, що її можуть запросто викинути з вікна. Це падіння буде фатальним.

— М-м-м, жодних ознак хрещеної феї, — зауважила Естер. — Спробуй іще раз.

— Я посміхалася до дітей! Я співала для птахів! — Софі задихалася. — Мені нічим дихати!

— Жодних ознак прекрасного принца, — сказала Анаділь, схопивши її за ноги. — Останній шанс.

— Я подружилася з відьмою! Ось, я таки добра!

— Феї досі немає, — звернулася Анаділь до Естер, коли вони трохи підтягли Софі вгору.

— Це вона мусила опинитися в цьому місці, а не я! — лементувала Софі.

— Ніхто не знає, чому Директор Школи приносить до нашого світу ваш найгірший непотріб, — прошипіла Естер. — Цьому може бути тільки одна причина. Він — йолоп.

— Запитай Агату! Вона розкаже вам! Вона лиходійка!

— А знаєш, Анаділь, ніхто ж не розповідав нам правила поведінки, — промовила Естер.

— Отже, вони не зможуть покарати нас за їх порушення, — посміхнулася до неї Анаділь.

Вони знову опустили Софі донизу.

— Один, — почала лічити Естер.

— Ні! — скрикнула Софі.

— Два…

— Ви хочете доказів! Я доведу! — репетувала Софі.

— Три.

— ПОДИВІТЬСЯ НА МЕНЕ І ПОДИВІТЬСЯ НА СЕБЕ!

Естер і Анаділь відпустили її. Приголомшені, вони дивилися то одна на одну, то на Софі, яка скрутилася на ліжку, ковтаючи сльози.

— Казала ж, що вона лиха, — прощебетала Дот і відкусила помадку.

Зовні почулася якась метушня, голови дівчаток повернулися до дверей. Вони з тріском відчинилися — увірвалося троє вовків, схопили дівчат за коміри й пожбурили їх у натовп учнів у чорних мантіях. Учні штовхали одне одного ліктями, деякі падали під ноги юрбі й не могли підвестися. Софі притулилася до стіни, щоб урятуватися.

— Куди ми йдемо? — запитала вона, звертаючись до Дот.

— До Школи Добра, — відповіла Дот. — На церемонію Привітання.

Хлопчик-велетень підштовхнув Софі вперед.

«Школа Добра!»

Переповнена надією, Софі пішла разом з огидною юрбою вниз сходами, вона приводила до ладу свою рожеву сукню для першої зустрічі з її справжніми однокласниками. Хтось ухопив її за руку й відкинув до перил. Приголомшена, вона дивилася на злого білого вовка, який підсунув їй під носа чорну форму, що тхнула смертю. Він злісно вищирився.

— Ні... — видихнула Софі.

Але вовк подбав про все сам.

Хоча принцеси Чистоти мешкали по троє, Агаті дісталася окрема кімната. Рожеві скляні сходи з'єднували всі п'ять поверхів вежі Чистоти, скручуючись у різьблену подобу нескінченного волосся Рапунцель. На дверях Агатиної кімнати на п'ятому поверсі сяяв блискучий напис, укритий серцями: «Ласкаво просимо! Ріна, Міллісент, Агата». Але Ріна і Міллісент затрималися ненадовго. Ріна, дівчинка зі шкірою насиченого темного кольору і блискучими сірими очима, заледве спромоглася втягнути свою велетенську скриню до кімнати, але щойно вздріла Агату, витягла скриню назад.

— Вона виглядає, як лиходійка, — Агата почула її ридання. — Я не хочу помирати!

— Переходь до мене, — долинув голос Беатрікс. — Феї зрозуміють.

І дійсно, феї збагнули. Вони зрозуміли, коли руда Міллісент, з кирпатим носом і тонкими бровами, удала страх висоти й зажадала кімнату на першому поверсі. Тож Агата залишилася одна, що давало їй змогу почуватися як удома.

Проте у кімнаті їй було тривожно. Масивні, оздоблені коштовностями люстра виблискували на рожевих стінах. Гарні фрески зображали, як прекрасні принцеси цілують хвацьких принців. Над кожним ліжком звисав білий шовковий балдахін у вигляді королівської карети, а на стелі була чудова фреска: на хмарах сиділи усміхнені купідони, що з висоти стріляли у закоханих. Агата відійшла якнайдалі від усього цього і присіла край вікна у затишному закутку навпроти рожевої стіни.

У вікно вона побачила, як блискуче озеро навколо вежі Добра на півдорозі перетворюється на мулистий рів, відгороджуючи Школу Добра від Зла. «Половинчаста Затока» — так той рів назвали дівчатка. Охоплений туманом, тонкий кам'яний міст тягнувся над водою, з'єднуючи дві школи. Але все це було попереду двох замків. А що було за ними?

Від цікавості Агата полізла на підвіконня, обхопивши руками скляну балку. Вона погля-

нула вниз на вежу Милосердя, що знаходила-
ся нижче, на високий гострий рожевий шпиль…
один хибний рух — і вона настромиться на
нього, наче бараняче м'ясо. Агата стала на-
вшпиньки на підвіконні, вистромила голову за
ріг і мало не впала від подиву. Позаду Шко-
ли Добра і Зла тягнувся безкраїй Блакитний
Ліс. Дерева й чагарники були усіх відтінків
синього, від кольору айсберга до індиго. Пиш-
ний блакитний гай розкинувся ген-ген, аж до
високих золотих ґрат, що були зусібіч, цей гай
об'єднував двори обох шкіл. За огорожею по-
чинався звичайний зелений Ліс, що сягав не-
бокраю.

Повернувшись назад, Агата побачила, як
перед Школою щось піднімається із Затоки.
Просто посередині, де води балансували між
мулом і блиском. Вона ледь могла розгледіти
крізь туман високу тонку вежу з сяючої сріб-
лястої цегли. Феї зграєю пурхали навколо
шпиля, тим часом як вовки з арбалетами стоя-
ли на варті на дерев'яних дошках, які виступа-
ли у воду біля основи вежі.

Що вони охороняють?

Агата скоса зиркнула на верхівку вежі, яка
сягала хмар, але все, що вона могла побачити,
це єдине вікно поміж хмарами.

Потім на вікно упав промінь світла, і вона
розгледіла… Силует проти сонця зсутуленої
тіні, що викрала їх.

Дівчинка послизнулася, її тіло схитнулося вперед у напрямку жахливого шпиля вежі Милосердя. Агата вчасно ухопилася за балку й вдерлася назад у кімнату. Вона схопилася за забитий куприк... Тінь зникла.

Серце Агати шалено калатало. Хто б не приніс їх сюди, він був у тій вежі. Хто б не був у тій вежі, він може виправити помилку й повернути їх додому.

Але спочатку їй необхідно врятувати свою найкращу подругу.

За кілька хвилин Агата сахнулася від дзеркала. Рожева форма без рукавів відкривала частини її білого худого тіла, які ніколи не бачили світла. Мережаний комірець викликав висип на шиї щоразу, як вона починала хвилюватися, гвоздики на рукавах примушували її чхати, а на рожевих підборах, що так пасували до сукні, вона балансувала, наче на ходулях. Але таке непристойне вбрання було її єдиним шансом урятуватися. Її кімната знаходилася навпроти сходів. Щоб повернутися до мосту, вона мусила прокрастися через залу так, щоб її не помітили, і зісковзнути сходами вниз.

Агата зціпила зуби.

«Ти повинна змішатися з юрбою».

Вона глибоко вдихнула і відчинила двері.

П'ятдесят гарних дівчаток у рожевих сукенках заповнили коридор. Вони гиготіли, пліткували, обмінювалися сукнями, взуттям, сумками, браслетами, кремами і всім, що вони привезли в своїх гігантських скринях. Феї дзижчали між ними, марно намагаючись згуртувати їх для церемонії Привітання. Ігноруючи весь цей ґвалт, Агата поглянула на сходи, відділені від неї юрбою. Декілька впевнених кроків — і вона зникне ще до того, як її помітять. Але вона не могла й поворухнутися.

Їй знадобилося все життя, щоб знайти одну-єдину подругу. А ось тут ці дівчатка стали найкращими друзями за декілька хвилин так, ніби це була найпростіша річ у світі. Агата спалахнула від сорому. У цій Школі Добра, де кожен повинен був бути добрим і люблячим, вона, як і раніше, залишалася самотньою і зневаженою. Вона була лиходійкою, незалежно від того, куди потрапила.

Вона зачинила двері, зірвала пелюстки з рукавів, відірвала рожеві підбори і викинула їх у вікно. Потім притулилася спиною до стіни й заплющила очі.

«Заберіть мене звідси».

Розплющивши очі, вона побачила своє потворне віддзеркалення у коштовному люстерку. Перш ніж вона встигла відвернутися, її очі помітили щось іще у відображенні. На стелі хмара з усміхненим амуром була трохи зміщена.

Агата знову устромила ноги у свої важкі чорні кломпи. Вона залізла на балдахін і потягла хмару, перед нею відкрився темний отвір над кімнатою. Агата вхопилася за край і запхала спочатку одну ногу до вентиляції, потім другу, а потім вона виявила, що видерлась на вузьку платформу всередині жолоба. Вона поповзла у темряву, сліпо соваючи руками і колінами по холодному металу, — аж раптом метал щез, і вона відчула, що летить кудись у порожнечу. Цього разу вона не могла врятувати себе. Агата падала занадто швидко, щоб кричати. Вона мчала жолобом, билася, наче м'яч, і ковзала вниз вентиляційними отворами, аж поки не вибила решітку, що постала на її шляху, й приземлилася на бобове стебло. Вона обійняла товстий зелений стовбур, радіючи, що залишилася живою.

Коли Агата озирнулася, то побачила, що вона опинилася не в саду чи лісі, чи ще де-небудь, де могло б рости бобове стебло. Вона знаходилася в темній кімнаті з високою стелею, заповненій картинами, скульптурами і вітринами. Очима вона знайшла в кутку матові двері, на склі були вигравірувані золочені слова:

ГАЛЕРЕЯ ДОБРА

Агата повільно спустилася вниз по бобовому стеблу, поки її кломпи не торкнулися мармурової підлоги.

Довгу стіну вкривала фреска, на якій була панорама із повітряним золотим замком —

хвацький принц і прекрасна принцеса одружувалися під його блискучою аркою, тим часом як тисячі глядачів дзвонили у дзвіночки й радісно танцювали. Благословенна блискучим сонцем, доброчесна пара цілувалася, а діти-ангели кружляли над ними й обсипали їх червоними і білими трояндами. Високо над цією сценою поміж хмарами виблискували золоті друковані літери, від одного кінця фрески до іншого виднівся напис:

ДОВГО І ЩАСЛИВО

Агата скривилася. Вона завжди знущалася з Софі через те, що та вірила в Довго і Щасливо. («Хто хоче бути щасливим повсякчас?») Але, дивлячись на фреску, вона мусила визнати, що Школа добре прорекламувала цю ідею.

Вона зазирнула до вітрини, де під склом лежала тонка книжечка, списана звивистим почерком. Поруч був напис: Білосніжка, Іспит з побіжного перекладу з тваринної мови (Летиція з Дівочої долини). У наступних вітринах Агата знайшла синій плащ хлопчика, який став принцом Попелюшки, подушку Червоної Шапочки, щоденник Дівчинки із сірниками, піжаму Піноккіо та інше майно зіркових учнів, які, вочевидь, щасливо одружилися й переселилися до власних замків. На стінах вона побачила інші малюнки про Довго і Щасливо, виконані колишніми учнями, виставку про історію школи, знамена, приурочені до знакових перемог, і стіну з написом «Капітан класу», завішану портретами учнів з кожного класу. У музеї стало темніше, але вона йшла все далі. Агата скористалася одним зі своїх сірників, щоб запалити лампу. Ось коли вона побачила мертвих тварин.

Десятки препарованих істот звисали над нею, набиті й розвішані на рожевих стінах. Вона обтрусила їхні дощечки і виявила, що Кіт у чоботях, улюблений щур Попелюшки, корова, яку продав Джек, позначені іменами дітей, які не були достатньо хорошими, аби стати героями, друзями або прислугою. Для них не було Довго і Щасливо. Тільки гаки у музеї. Агата відчула на собі їхні моторошні скляні погляди і відвернулася. Тепер вона побачила блискучу дощечку на бобовому стеблі: Голден з Веселкового Шторму. Ця нещасна рослина теж колись була хлопчиком.

Агата похолола. Всі ці історії, у які вона ніколи не вірила, тепер були болісно реальними. За двісті років жодна викрадена дитина не спромоглася повернутися назад у Гавалдон. Що ж змусило її вважати, що вона і Софі стануть першими? Що дозволило їй повірити, що вони, врешті-решт, не перетворяться на ворону або трояндовий кущ?

Потім вона пригадала, чим вони відрізнялися від решти дітей.

«Ми маємо одна одну».

Вони повинні працювати разом, щоб зруйнувати це прокляття. Або вони обидві скінчать казковою скам'янілістю.

Агата звернула увагу на закуток із низкою картин одного художника з нечіткими, імпресіоністичними кольорами. Вони зображали однакові сцени — діти читають книжки. Коли вона наблизилася до картин, її очі округлилися. Вона впізнала місце, де знаходилися ці діти.

Вони були в Гавалдоні.

Вона йшла від першої картини до останньої і розглядала дітей, які сиділи й ходили на фоні знайомих пагорбів і озера, кривого годинника на вежі і похиленої церкви, навіть тіні від будинку на Могильному пагорбі. Агата відчула тугу за домом. Вона знущалася над дітьми, яких уважала йолопами. Але, врешті-решт, вони знали те, чого не відала вона: грань між казками і реальним життям справді надзвичайно тонка.

Тоді вона підійшла до останньої картини, яка була взагалі не такою, як решта. На ній розгнівані діти жбурляли свої книжки з казками до багаття на площі й дивилися, як вони горять. Навколо них палав темний Ліс, заповнюючи небо нестямним червоно-чорним димом. Дивлячись на це, Агата відчула, що холодок пробіг по її спині.

Голоси. Вона пірнула за гігантську карету з гарбуза, вдарившись головою об дошку: Генріх з Нижнього Лісу. Агата затихла.

У музей увійшли дві вчительки — стара жінка в зеленувато-жовтій сукні з високим коміром, розшитій переливчастими зеленими крилами жука, і молодша жінка у фіолетовій сукні із загостреними плечима і шлейфом, що тягнувся за нею.

Жінка в зеленувато-жовтому мала високу зачіску з білого волосся, як у бабусі, але сяючу шкіру і спокійні карі очі. Жінка у фіолетовому мала чорне волосся, заплетене в довгу косу, аметистові очі й анемічну шкіру, натягнуту на кістках, як у барабана.

— Він підробляє історії у казках, Кларисо, — сказала жінка у фіолетовому.

— Шкільний Директор не може контролювати Казкаря, леді Лессо, — повернулася Клариса.

— Він на вашому боці, і ви це знаєте, — леді Лессо закипіла.

— Він ні на чиєму боці… — Клариса зупинилася. Леді Лессо теж.

Агата побачила, на що вони дивилися. На останню картину.

— Я бачу, що ви заохотили марення професора Сейдера, — зауважила леді Лессо.

— Це його галерея, — зітхнула Клариса.

Очі леді Лессо зблиснули. Чарівним чином картина відірвалася від стіни і впала за скляною вітриною за декілька дюймів від голови Агати.

— Ось чому вони не стоять у галереї вашої Школи, — сказала Клариса.

— Той, хто вірить у Пророцтво Читача, — дурень, — прошипіла леді Лессо. — І Директор зокрема.

— Директор повинен підтримувати баланс, — м'яко сказала Клариса. — Він бачить Читачів частиною цього балансу. Навіть якщо ви і я не можемо всього зрозуміти.

— Баланс! — засміялася леді Лессо. — Чому тоді Зло не вигравало відтоді, як він захопив владу? Чому Зло не перемагає Добро вже двісті років?

— Може, мої учні просто краще навчені, — сказала Клариса.

Леді Лессо обурилася й пішла геть. Клариса обертом пальця повернула картину на місце і поквапилася слідом, аби не відстати.

— Може, ваш новий Читач доведе, що ви неправі, — сказала вона.

Леді Лессо пирхнула:

— Я чула, що вона носить рожеве.

Агата слухала, як віддаляються їхні кроки. Вона поглянула на невиразне зображення. Діти, вогнище, Гавалдон, що вигорає вщент. Що все це означає?

Мікровібрації від тріпотіння крилець передалися повітрю. Перш ніж дівчинка поворухнулася, увірвалися феї, обшукуючи кожну шпаринку, наче ліхтарики. У дальньому боці музею Агата побачила, як відчинилися двері й крізь них вийшли дві вчительки. Тільки-но феї досягли гарбуза, вона помчала до дверей. Феї зойкнули від здивування, коли вона прослизнула між трьома опудалами ведмедів і відчинила двері... Одягнені в рожеве однокласниці прямували через фойє двома досконалими шерегами. Вони трималися за руки й хихотіли, наче найкращі подруги, й Агата відчула знайомий сором. Кожна часточка її тіла наказувала їй зачинити двері і знову сховатися. Але цього разу, замість того щоб розмірковувати про всіх друзів, яких вона не мала, Агата подумала про те, що вона накоїла. Феї за секунду опинилися біля дверей, але знайшли лише принцес, які прямували на церемонію Привітання. Коли вони несамовито сновигали понад юрбою, видивляючись прикмети винуватця, Агата долучилася до рожевого параду, натягнула усмішку... і спробувала змішатися з юрбою.

5

Хлопчики все руйнують

Школи мали окремі входи до Театру Казок, розділеного навпіл. Західні двері відчинялися для учнів Школи Добра. Ця частина Театру Казок була прикрашена рожевими і блакитними лавами, кришталевими фризами і блискучими букетами скляних квітів.

Східні двері відчинялися для учнів Школи Зла. На цій частині Театру Казок стояли покручені дерев'яні лави, статуї зображували вбивства й тортури, а з обгорілої стелі звисали смертоносні сталактити. Учнів зігнали на їхні половини для церемонії Привітання, феї та вовки охороняли прохід зі сріблястого мармуру між ними.

Незважаючи на свою нову похмуру форму, Софі не мала наміру сидіти на половині Школи Зла.

Одного погляду на блискуче волосся дівчаток зі Школи Добра, сліпучі посмішки, пишні рожеві сукні їй вистачило, щоб зрозуміти, що вона знайшла своїх сестер. Якщо вже феї не врятували її, то, звісно, подруги-принцеси не залишать її тут. Лиходії виштовхали її наперед, і вона спробувала привернути увагу дівчаток зі Школи Добра, але вони ігнорували цей бік Театру. Нарешті Софі проклала собі шлях до проходу, замахала руками й відкрила рот, аби щосили гукнути до них, аж раптом чиясь рука смикнула її й засунула під гнилу лаву.

Агата схопила її в обійми.

— Я знайшла вежу Директора! Вона у рові, там стоїть охорона, але якщо ми зможемо туди потрапити, ми...

— Привіт! Рада тебе бачити! Дай мені свій одяг, — сказала Софі, дивлячись на рожеву сукню Агати.

— Що?

— Швидше! Це все вирішить.

— Ти не можеш говорити це серйозно! Софі, ми не повинні залишатися тут!

— Саме так, — Софі посміхнулася. — Я маю бути у твоїй Школі, а ти — у моїй. Так, як ми говорили, пам'ятаєш?

— Але ж твій батько, моя мати, мій кіт! — пробелькотіла Агата. — Ти не розумієш, що тут відбувається! Вони перетворять нас на змій або білок чи зроблять чагарниками! Софі, ми повинні повернутися додому!

— Чому? До кого в Гавалдоні я маю повернутися? — запитала Софі.

Агата почервоніла від болю.

— Ти маєш... гм, у тебе є...

— Правильно. Нікого. Тепер дай мою сукню, будь ласка.

Агата схрестила руки.

— Тоді я візьму її сама, — скривилася Софі. Але, перш ніж вона схопила Агату за заквітчаний рукав, щось привернуло її увагу. Дівчинка завмерла. Софі прислухалася, нашорошивши вуха, й помчала геть, як пантера. Вона проповзла під покрученими лавками, ухилилася від ноги якогось лиходія, випірнула за останньою лавою й роззирнулася навколо себе.

Роздратована Агата пішла слідом за нею.

— Я не знаю, що на тебе на...

Софі закрила Агаті рот і прислухалася до звуків, що ставали дедалі голоснішими. Ці звуки змусили скочити на ноги кожну дівчинку зі Школи Добра. Це на них вони чекали все своє життя. Із зали долинули тупіт чобіт, брязкання сталі...

Західні двері відчинилися, і ввійшли шістдесят чудових юнаків, які почали битися на мечах.

Усі вони мали засмаглу шкіру. Їхні сорочки були світло-блакитними з жорсткими комірами.

Високі чоботи пасували до жилетів високого фасону і краваток — на кожній був вишитий золотом ініціал. Коли хлопчики грайливо схрещували леза, їхні сорочки висмикувалися з вузьких бежевих бриджів, оголюючи тонкі талії та м'язисті торси. Піт блищав на сяючих обличчях, коли вони ринули вниз проходом, чоботи тупотіли по мармуру, аж поки битва на мечах закінчилася тим, що одні хлопчики притисли інших до лавок. Вони зробили останній рух — разом дістали зі своїх сорочок троянди і з вигуком «Міледі!» кинули їх дівчаткам, які найбільше їм сподобалися. (Беатрікс отримала стільки троянд, що вистачило б посадити сад.)

Агата дивилася на все це, її нудило. Але потім вона побачила Софі, плач застряг їй у горлі, вона жадала власну троянду.

На згнилих лавках лиходії освистали принців, вимахуючи плакатами «НЕЩАСЛИВЦІ НАЙКРАЩІ!» І «ЩАСЛИВЦІ-СМЕРДЮЧКИ!». (Не брав участі у цьому тільки Горт з обличчям тхора, який насупився, схрестив руки і бурчав: «Чому вони мають власний вхід?») Принци послали повітряні поцілунки лиходіям і вже приготувалися зайняти свої місця, аж раптом західні двері розчинилися знову...

І увійшов іще один.

Волосся виблискувало, немов золото, очі були блакитні, як безхмарне небо, шкіра — кольору гарячого піску в пустелі. Він випромінював благородство, ніби його кров була чистішою, ніж у інших. Незнайомець поглянув на насуплених, озброєних мечами хлопчиків, витягнув власний меч... і посміхнувся.

Сорок юнаків наскочили на нього разом, але він обеззброїв кожного з блискавичною швидкістю. Мечі однокласників падали йому під ноги, він вибивав їх геть, не поранивши жодного суперника. Софі зітхнула, зачарована. Агата сподівалася, що він заріже себе. Але їй не пощастило, тому що хлопчик відбивав кожен новий напад швидко, щойно суперники наближалися до нього. Вишита літера *Т* на його синій краватці виблискувала з кожним рухом його клинка. І коли останній ошелешений суперник залишився без зброї, він сховав свій меч до піхов і стенув плечима, немов кажучи, що все це не має жодного значення для нього. Але хлопчики зі Школи Добра знали, що це означає. Принци тепер мали короля. (Навіть лиходії не змогли знайти причин, щоб його освистати.)

Хоча дівчатка зі Школи Добра вже давно розуміли, що кожна істинна принцеса знаходить свого принца, а тому немає необхідності боротися одна з однією, проте, коли золотоголовий юнак витягнув троянду із сорочки, вони забули про все це. Всі дівчатка скочили на ноги, почали розмахувати хустками, штовхаючись, як гуси під час годування. Хлопчик посміхнувся і підняв троянду високо у повітря...

Агата побачила занадто пізно, що Софі просувається вперед. Вона побігла за нею, але Софі кинулася у прохід, перестрибнула через рожеві лавки, рвонулася за трояндою і... зловила вовка.

Коли той тягнув Софі назад на лиходійські лавки, вона впіймала очима погляд хлопчика. Він подивився на її чисте обличчя, потім на її страшний чорний одяг і спантеличено схилив голову. Потім він побачив схвильовану Агату в рожевому. Його троянда впала їй у відкриту долоню — і він відсахнувся, шокований. Вовк кинув Софі на половину Школи Зла, а феї відштовхнули Агату до Школи Добра. Хлопчик дивився розширеними очима, намагаючись усе це зрозуміти. А потім чиясь рука потягнула його в крісло.

— Привіт! Я — Беатрікс, — відрекомендувалася дівчинка і пересвідчилася, що він звернув увагу на її букет троянд.

Зі свого місця Софі спробувала привернути його увагу.

— Перетворись на дзеркало, тоді ти матимеш шанс.

Софі повернулася до Естер, яка сиділа поруч із нею.

— Його звуть Тедрос, — сказала її сусідка по кімнаті. — І він так само зарозумілий, як і його батько.

Софі мала намір запитати, хто його батько, а потім побачила меч, що виблискував сріблом, з руків'ям із алмазів. Меч із левом на гребені вона знала з казок. Він називався Екскалібур.

— Він син короля Артура? — видихнула Софі. Вона розглядала високі вилиці Тедроса, шовковисте світле волосся і його повні ніжні губи. Блакитна сорочка напнулася на широких плечах і сильних руках. Краватку він ослабив і розстебнув комір. Він виглядав таким спокійним і впевненим, ніби знав, що удача була на його боці.

Дивлячись на нього, Софі відчула, що він її принц.

«Він мій».

Раптом вона відчула чийсь гарячий погляд через прохід.

— Ми їдемо додому, — промовила Агата самими губами.

— Ласкаво просимо до Школи Добра і Зла! — сказала приємніша з двох голів.

З протилежних боків проходу зі своїх місць Софі й Агата стежили за кремезним двоголовим собакою, який вийшов на сріблясту кам'яну сцену і вмостився посередині. Одна голова була страшнюча, слинява і чоловічої статі з гривою, як у грізлі. Інша голова, приємна й симпатична, з тендітною щелепою і рідкою шерстю, мала монотонний голос. Ніхто не був упевнений, чи голова жіночої статі була симпатичнішою за чоловічу, але скидалося на те, що вона була головною.

— Я — Поллукс, головуючий церемонії Привітання, — відрекомендувалася люб'язна голова.

— А Я КАСТОР, ПОМІЧНИК ГОЛОВУЮЧОГО І ВИКОНАВЧИЙ КАТ ДЛЯ ПОКАРАННЯ ТИХ, ХТО ПОРУШУЄ ПРАВИЛА АБО ПОВОДИТЬСЯ ЯК ОСЕЛ, — прогула скажена голова.

Усі діти злякалися Кастора. Навіть лиходії.

— Дякую, Касторе, — сказав Поллукс. — Отже, дозвольте мені спершу нагадати вам, чому ви тут. Усі діти народжуються з душами, в яких є Добро або Зло. Деякі душі чистіші за інші...

— А ОКРЕМІ ДУШІ — ВИНЯТКОВЕ ЛАЙНО! — гаркнув Кастор.

— Як я вже сказав, — продовжив Поллукс, — деякі душі чистіші за інші, але всі душі в основі своїй або Добрі, або Злі. Злі не можуть зробити свої душі добрими, а Добрі не можуть зробити свої душі злими...

— ЦЕ ОЗНАЧАЄ, ЩО ВИ НЕ МОЖЕТЕ ПЕРЕЙТИ ДО ІНШОЇ ПОЛОВИНИ НАШОЇ ШКОЛИ ЛИШЕ ТОМУ, ЩО ДОБРО ЗАВЖДИ ПЕРЕМАГАЄ! — прогарчав Кастор.

Учні Школи Добра вигукували: «Щасливці! Щасливці!» Учні Школи Зла відповідали: «Нещасливці! Нещасливці!» Вовки почали лити на Щасливців відра з водою, феї відтворили веселку над Нещасливцями. Обидві сторони замовкли.

— Ще раз повторюю, — напружено сказав Поллукс, — Злі не стануть добрими, а Добрі не можуть бути злими, незалежно від того, скільки вас переслідували або карали. Іноді ви можете відчувати тяжіння до обох іпостасей, але це просто означає, що ваше сімейне дерево мало гілки, де Добро і Зло перетиналися. Але тут, у Школі Добра і Зла, ми позбавимо вас домішок, ми позбавимо вас плутанини, ми будемо намагатися зробити вас винятково чистими, наскільки це можливо...

— І ЯКЩО ВИ НЕ ВПОРАЄТЕСЯ, ТО З ВАМИ СТАНЕТЬСЯ ЩОСЬ НАСТІЛЬКИ ПОГАНЕ... (ЩО САМЕ, Я НЕ МОЖУ СКАЗАТИ) АЛЕ ЧЕРЕЗ ЦЕ ВАС НІКОЛИ ЗНОВУ НЕ ПОБАЧАТЬ!

— Ще раз переб'єш — і надягну на тебе намордник! — загарчав Поллукс. Кастор потупився.

— Жоден із цих чудових учнів не зазнає невдачі, я впевнений, — Поллукс посміхнувся до дітей, які розслабилися.

— Ви запевняєте щоразу, а потім хтось-таки не складає іспити, — пробурчав Кастор.

Софі згадала перелякане обличчя Бейна на стіні й здригнулася. Вона повинна була дістатися Добра якнайшвидше.

— Кожна дитина в Нескінченних Лісах мріє бути обраною, щоб відвідувати нашу школу. Але Директор звернув увагу саме на вас, — сказав

Поллукс, вивчаючи обидві сторони. — Бо він зазирнув у ваші серця і побачив щось украй рідкісне. Абсолютне Добро й абсолютне Зло.

— Якщо все, що ви говорите, правда, то що оце таке?

Невисокий блондин з гострими вухами встав з-поміж лиходіїв і вказав на Софі. Кремезний хлопчик зі Школи Добра вказав на Агату:

— У нас теж є одна!

— Наша пахне квітами! — закричав лиходій.

— Наша ковтнула фею!

— Наша посміхається забагато!

— Наша пукнула нам в обличчя!

Приголомшена Софі повернулася до Агати.

— Щоразу ми приводимо двох Читачів із Нескінченних Лісів, — промовив Поллукс. — Вони знають наш світ за малюнками і книжками, знають наші правила так само, як ви. Вони мають ті самі здібності й мету, одні й ті самі можливості прославитися. І вони теж ставали нашими найкращими учнями.

— Як і двісті років тому, — пирхнув Кастор.

— Вони нічим не відрізняються від решти, — сказав Поллукс на захист.

— Вони виглядають не так, як інші, — заторохтів лиходій з масною, коричневою шкірою.

Учні з обох шкіл нарікали одностайно.

Софі дивилася на Агату, ніби промовляючи, що все це можна вирішити простою зміною костюма.

— Не ставте під сумнів вибір Директора, — сказав Поллукс. — Всі ви маєте поважати одне одного, чи то учня Школи Добра, чи то учня Школи Зла, незалежно від того, чи ви походите з відомої казкової родини, чи з родини невдах, чи то ви принц, чи то ви Читач. Усі ви обрані, аби зберегти баланс між Добром і Злом. Якщо цей баланс буде зруйновано... — його обличчя потемніло. — Наш світ загине.

У залі запанувала тиша. Агата скривилася. Ще не вистачало, щоб цей світ загинув, адже вони досі не вибралися з нього!

Кастор підняв лапу.

— Що? — простогнав Поллукс.

— Чому Зло більше не перемагає?

Поллукс подивився так, ніби збирався відкусити йому голову, але було запізно. Лиходії вже збурилися.

— Так, якщо ми такі збалансовані, — закричав Горт, — чому ми завжди вмираємо?

— Ми ніколи не отримуємо гарну зброю! — закричав капосний хлопчик.

— Наші поплічники зраджують нас!

— Наші запеклі вороги завжди мають армію!

Естер встала.

— Зло не вигравало вже двісті років!

Кастор намагався стримуватися, але його червоне обличчя роздулося, як повітряна куля.

— ДОБРО ШАХРАЮЄ!

Нещасливці учинили заколот. Вони жбурляли у переляканих Щасливців їжу, взуття і все, що потрапляло їм попідруч.

Софі присіла біля свого місця, щоб Тедрос не подумав, що вона була однією з цих потворних хуліганів. Вона визирнула з-під лавки і побачила, що він дивиться просто на неї.

Софі почервоніла й нахилилася вниз.

Вовки і феї накинулися на роздратовану орду навколо неї, але цього разу веселка й вода не змогли зупинити заколотників.

— Директор на їхньому боці! — прокричала Естер.

— Ми навіть не маємо шансу! — волав Горт.

Нещасливці прорвалися повз фей і вовків і попрямували до лавок Щасливців.

— Це тому що ви ідіотські мавпи!

Лиходії заніміли.

— Тепер сядьте, перш ніж я не дав кожному з вас ляпаса! — закричав Поллукс.

Вони посідали без заперечень. (За винятком щурів Анаділь, які визирали з кишені й свистіли.)

Поллукс похмуро поглянув на лиходіїв.

— Може, якби ви припинили скаржитися, то пред'явили б когось натомість! Але все, що ми чуємо, — виправдання за виправданням. Ви надали хоч одного пристойного лиходія з часів Великої війни? Один лиходій, здатний перемогти їхню армію? Тож не дивно, що Читачі приходять сюди спантеличеними! Не дивно, що вони хочуть опинитися у Школі Добра!

Софі бачила, як діти з обох сторін проходу крадькома приязно дивилися на неї.

— Учні, у всіх вас існує тільки одна мета тут, — сказав Поллукс, пом'якшившись. — Робіть свою справу якнайкраще. Найкращі з-поміж вас стануть принцами і чаклунами, лицарями і відьмами, королевами і чародіями...

— ЧИ ТРОЛЛЕМ, ЧИ СВИНЕЮ, ЯКЩО ВІД ВАС ТХНЕ! — виплюнув Кастор.

Учні подивилися одне на одного через прохід, усвідомивши ціну ставки.

— Тому, якщо більше немає потреби в додаткових перервах, — сказав Поллукс, пильно дивлячись на брата, — розгляньмо правила.

— Правило тринадцять. Знаходитися на Напівдорожньому мосту і на дахах веж учням заборонено, — повчав Поллукс зі сцени. — Ґаргульї мають наказ убивати зловмисників за перших ознак порушення цього правила без необхідності визначати, хто перед ними — учень чи самозванець...

Софі все це здавалося нудним, тож вона відвернулася і замість цього дивилася на Тедроса. Вона ніколи не бачила такого чепурного хлопчика. У Гавалдоні від хлопчиків тхнуло свинями, вони вешталися околицями з потрісканими губами, жовтими зубами і чорними нігтями.

Натомість Тедрос мав божественно засмаглу шкіру, покриту легким пушком без жодного натяку на недоліки (жодної ймовірності!). Навіть після енергійного бою на мечах кожна золота волосина лежала на своєму місці. Коли він облизав губи, білі зуби зблиснули бездоганними перлами. Софі дивилася, як цівка поту перетнула його шию і зникла під сорочкою. «Як він пахне?» Вона заплющила очі. «Як свіжий ліс та...»

Розплющивши очі, вона побачила, як Беатрікс витончено нюхає волосся Тедроса.

Ця дівчинка мусить померти негайно.

На сукню Софі впав безголовий птах. Вона підскочила на місці, закричала й почала трусити туніку, доки мертва канарейка не впала на підлогу. Вона впізнала птаха і насупилася — потім зауважила, що вся зала вирячилася на неї. Вона зробила свій найкращий принцесівський реверанс і знову сіла.

— Як я вже говорив... — роздратовано повторив Поллукс.

Софі повернулася до Агати.

— Що? — самими губами запитала вона.

— Нам потрібно зустрітися, — так само беззвучно відповіла Агата.

— Мій одяг, — сказала Софі і відвернулася до сцени.

Естер і Анаділь подивилися на обезглавленого птаха, потім на Агату.

— Вона нам подобається! — пожартувала Анаділь, щури пискнули на знак згоди.

— Ваш перший рік буде складатися з обов'язкових курсів, щоб підготувати вас до трьох основних тестів: «Випробування казкою», «Показу Здібностей» і «Снігового Балу», — Кастор загарчав. — Після першого року ви будете розподілені на три курси: один — для Лідерів лиходіїв і героїв, другий — для Послідовників-поплічників і відданих помічників і третій — для Могрифів, або тих, хто буде вчитися мистецтва перетворення.

— Протягом наступних двох років Лідери навчатимуться боротися з їхніми майбутніми запеклими ворогами, — сказав Поллукс. — Помічники будуть розвивати навички, щоб захистити своїх майбутніх лідерів. Могрифи навчатимуться пристосовуватися до нових форм й виживати у хижому Лісі. І нарешті, після третього року навчання Лідери працюватимуть у парі з Послідовниками і Могрифами і всі ви вирушите в Нескінченні Ліси, щоб розпочати вашу подорож...

Софі намагалася бути уважною, але не могла, бо Беатрікс уже практично сиділа на колінах Тедроса. Закипаючи, Софі смикала нитки з блискучої сріблястої голови лебедя, вишитого на її смердючій мантії. Це була єдина більш-менш стерпна річ.

— Тепер про те, як ми визначаємося з курсами. У Школі Добра і Зла ми не ставимо оцінки, — сказав Поллукс. — Замість цього після кожного тесту або випробування ви будете отримувати місця в межах ваших класів, тому ви точно знатимете, між ким ви стоїте. У кожній школі по 120 учнів, ми розподілили вас на шість груп по 20 осіб у кожному класі. Після кожного випробування ви будете шикуватися від першого до двадцятого. Якщо ви потраплятимете в п'ятірку найкращих у вашій групі постійно, зрештою станете Лідером. Якщо ви постійно потраплятимете в середину, то станете Послідовником. І якщо ви постійно стоятимете після номера 13, то ваші таланти стануть у пригоді Могрифам — тваринам або рослинам.

Учні на обох половинах забубоніли, роблячи ставки щодо того, хто врешті-решт стане деревом Тамбо.

— Я повинен додати: якщо будь-хто посяде тричі поспіль 20-те місце, то буде негайно відрахований, — серйозно сказав Поллукс. — Як я вже казав, ураховуючи виняткову некомпетентність, необхідну, щоб посісти тричі поспіль останнє місце, я впевнений, що це правило не торкнеться жодного з вас.

Нещасливці, які сиділи неподалік від Софі, дивилися на неї.

«Коли я опинюся на належному місці, ви почуватиметеся дурнями, чи не так?»

— Голова лебедя завжди буде на вашому серці, — продовжив Поллукс. — Будь-яка спроба приховати або видалити її, найімовірніше, призведе до травми або конфузу, тому утримайтеся від цього, будь ласка!

Софі збентежено дивилася, як учні з обох шкіл намагаються прикрити блискучих сріблястих лебедів на формі. Наслідуючи їх, вона відгорнула комір, щоб приховати власного лебедя, миттєво голова зникла з мантії й з'явилася на її грудях. Приголомшена, вона провела пальцем по лебедю, але він був виведений на її шкірі, наче татуювання. Вона відпустила складку, лебідь зник зі шкіри і знову з'явився на мантії. Софі насупилася. Можливо, не така уже й стерпна.

— Крім того, оскільки Театр Казок знаходитиметься цьогоріч у Школі Добра, Нещасливців будуть приводити сюди для всіх об'єднаних шкільних подій, — сказав Поллукс. — Коли ж ні, ви повинні завжди залишатися у своїх школах.

— Чому Театр у Школі Добра? — закричала Дот ротом, напханим помадкою.

Поллукс підняв носа.

— Той, хто виграє «Показ Здібностей», отримує Театр для своєї Школи.

— І Добро не програло «Показ» чи «Випробування казкою» або, дайте подумати, будьякого іншого змагання у цій Школі за останні двісті років, — хмикнув Кастор.

Лиходії почали грюкати знову.

— Але Школа Добра так далеко від Школи Зла! — роздратувалася Дот.

— Раптом їй доведеться йти пішки? — пробубоніла Софі.

Дот почула це й обурено поглянула на неї. Софі сварила себе. Єдина людина, яка ставилася до неї ввічливо! І треба ж було їй усе зіпсувати!

Поллукс ігнорував бурчання Нещасливців і торохтів уже про комендантську годину, заколисуючи половину присутніх. Ріна підвела руку.

— Доглядальні кімнаті ще відчинені?

Щасливці раптом пожвавішали.

— Ну, я планував поговорити про Доглядальну кімнату на наступних зборах... — сказав Поллукс.

— Це правда, що тільки деякі діти можуть використовувати їх? — запитала Міллісент.

Поллукс зітхнув.

— Доглядальні кімнати у вежах Добра доступні Щасливцям, які ввійшли до першої (успішної) десятки свого класу будь-якого дня. Рейтинги будуть розміщені на дверях Доглядальних кімнат і по всьому замку. Будь ласка, не сваріть Албемарля, якщо він не встигатиме їх розміщувати. Тепер щодо правил комендантської години...

— Що таке Доглядальні кімнати? — поцікавилася Софі в Естер.

— Там Щасливці чепуряться, зачісуються і приводять до ладу волосся, — здригнулася Естер.

Софі схопилася.

— А в нас є Доглядальні кімнати?

Поллукс стиснув губи.

— Нещасливці мають Катувальні кімнати, дорогенька.

— Там ми приводимо до ладу наше волосся? — просяяла Софі.

— Там вас б'ють і катують, — сказав Поллукс.

Софі сіла.

— Сьогодні комендантська година почнеться рівно о…

— Як стати Капітаном класу? — запитала Естер.

Питання і самовпевнений тон миттєво зробили її непопулярною по обидва боки проходу.

— Якщо ви всі попадетеся під час перевірки у комендантську годину, даруйте! — застогнав Поллукс. — Добре. Після «Випробування казкою» переможці у кожній Школі будуть називатися Капітанами класу. Ці двоє учнів матимуть особливі привілеї, зокрема, приватне навчання на обраному факультеті, екскурсії у Нескінченні Ліси і можливість тренуватися з відомими героями і лиходіями. Як ви знаєте, наші колишні Капітани були легендами у Нескінченних Лісах.

Тим часом як обидві половини Театру Казок гули наче вулик, Софі зціпила зуби. Вона знала, якби вона могла потрапити у потрібну

Школу, вона б не тільки стала Капітаном класу у Школі Добра, а, врешті-решт, стала б більш відомою, ніж Білосніжка.

— Цього року у вас буде шість обов'язкових предметів у кожній окремій Школі, — продовжував Поллукс. — Сьомий предмет — Виживання у казках — буде і в Школі Добра, і в Школі Зла, тренуватиметеся у Блакитному Лісі позаду Школи. Також зверніть увагу, що урок Прикрашання й Етикет тільки для дівчаток зі Школи Добра, тим часом як у хлопчиків зі Школи Добра будуть уроки Залицяння й Лицарства.

Агата отямилася від заціпеніння. Якщо вона не мала достатньо причин для втечі, то думка про урок Прикрашання стала останньою краплею. Вони повинні були вибратися звідси сьогодні ж. Вона повернулася до чарівної дівчинки поруч із нею, з вузькими карими очима й коротким чорним волоссям, яка фарбувала губи, дивлячись у кишеньове люстерко.

— Не заперечуєш, якщо я позичу помаду? — запитала Агата.

Дівчинка подивилася на сірі потріскані губи Агати й жбурнула їй помаду.

— Залиш собі.

— Сніданок і вечеря відбуватимуться у Трапезних ваших шкіл, а обідатимете ви всі разом на Галявині.

Кастор хмикнув.

— Звісно, якщо ви досить дорослі, щоб упоратися з цим привілеєм.

Софі відчула, як її серце почало калатати. Школи обідали разом, отже, завтра вона зможе поговорити з Тедросом. Що вона скаже йому? І як позбутися цієї потворної Беатрікс?

— Нескінченні Ліси за межами шкільних воріт заборонені для учнів першого курсу, — сказав Поллукс. — І хоча це правило може пройти повз вуха найбільш заповзятливих з-поміж вас, дозвольте мені нагадати вам про найважливіше правило серед усіх. Це коштуватиме вам життя, якщо ви не підкоритеся.

Софі стала уважною.

— Ніколи не ходіть до Лісу після настання темряви, — сказав Поллукс.

Його приємна посмішка повернулася.

— Ви можете йти до ваших шкіл! Вечеря о сьомій годині!

Коли Софі встала разом із рештою Нещасливців, подумки репетируючи свою обідню зустріч із Тедросом, крізь балаканину почула голос...

— Як нам побачити Директора?

У залі запанувала тиша. Вражені учні повернулися.

Агата стояла в проході, дивлячись угору на Кастора й Поллукса.

Двоголовий собака зістрибнув зі сцени і приземлився за фут від неї, забризкавши її слиною.

Обидві голови мали однаковий лютий вираз. Важко було розібрати, хто є хто.

— Ніяк, — прогарчали вони.

Коли феї штовхали Агату до східних дверей, вона на якусь мить опинилася поруч із Софі, але цього було досить для того, щоб жбурнути пелюстку троянди, спотворену написом помадою «Міст, 9 вечора».

Але Софі не побачила її. Софі дивилася на Тедроса — мисливиця видивлялася свою здобич, доки її не виштовхали із зали разом із рештою лиходіїв.

Саме тоді Агата зіткнулася віч-на-віч із проблемою, що мучила обох дівчат. Оскільки вони потрапили до протилежних веж, їхні протилежні бажання не могли здійснитися. Агата хотіла повернути свою єдину подругу. Але Софі подруги було замало. Софі завжди хотіла більшого.

Софі хотіла принца.

6

Безумовно, Зло

Наступного ранку п'ятдесят принцес бігали п'ятим поверхом, наче це був їхній весільний день. У перший день навчання всі вони хотіли справити якнайкраще враження на вчителів, хлопчиків і будь-кого, хто зможе наблизити їх до Довго і Щасливо. Білі лебеді мерехтіли на нічних сорочках, дівчатка бігали з кімнати в кімнату, фарбуючи губи, збиваючи волосся, поліруючи нігті та виливаючи на себе так багато парфумів, що феї непритомніли і падали на

підлогу зали, мов мертві мухи. Здавалося, що ніхто й на крок не наближався до готовності, і дійсно, коли годинник продзвонив восьму ранку, закликаючи до сніданку, жодна з дівчаток не була одягнена.

— Від сніданку гладшають у будь-якому разі, — запевнила Беатрікс.

Ріна запитала:

— Хтось бачив мої труси?

Агата, звісно, їх не бачила. Вона вільно падала у темному жолобі, намагаючись згадати, як вона знайшла Напівдорожній міст уперше. «Від Вежі Честі до Сховища Гензеля, до Оранжереї Мерліна...»

Після приземлення на бобове стебло вона прокралася темною Галереєю Добра, де знайшла двері за опудалами ведмедів. «Чи від Вежі Честі до Покоїв Попелюшки...» І досі пригадуючи правильний маршрут, вона штовхнула двері на сходи і завмерла. Розкішна скляна зала була заповнена учнями в яскравих сукнях і костюмах.

Німфи з неоновим волоссям у рожевих сукнях, білих вуалях і блакитних мережаних рукавичках плавали по фойє, доливаючи чай у чашки, глазуруючи печиво і відганяючи фей від кубиків цукру. З-за дверей Агата поглянула на освітлені високими вітражами сходи, позначені як Честь. Вони були далеко, тож потрібно було якось оминути натовп. Як вона пройде повз них усіх?

Вона відчула, як щось пошкреблось об ногу, повернулася і побачила мишу, яка гризла її спідницю.

Агата відштовхнула мишу, і та відлетіла до лап опудала кішки. Миша запищала з переляку, аж потім угледіла, що кішка мертва. Вона поглянула на Агату вкрай неприязно і рушила назад до отвору у стіні.

«Навіть шкідники тут ненавидять мене», — зітхнула вона, намагаючись урятувати свою спідницю. Її пальці зупинилися, коли вона натрапила на розірване біле мереживо. Можливо, вона мала бути менш жорстокою з тією мишею...

Кілька секунд по тому маленька німфа з обірваною мережаною вуаллю поспішала через кімнату до сходів Честі. На жаль, вуаль засліпила Агату, і вона наштовхнулася на німфу і впала на вчительку...

— Боже, свята Маріє! — простогнала Клариса. Вона облилася чаєм із чорносливом.

Доки стривожені вчителі дивилися на її сукню, Агата прослизнула під сходами Милосердя.

— Ці німфи справді такі високі, — промимрила Клариса. — Наступною буде звістка, що вони завалили вежу.

Тим часом Агата вже зникла у вежі Честі й відшукала шлях до Сховища Гензеля — крила, де всі класи на першому поверсі були зроблені з цукерок. Тут була кімната із синьої соломки й твердої карамелі, блискучої, як соляна шахта. Тут була зефірна кімната зі стільцями з білої помадки і столами з імбирних пряників. Була навіть кімната, зроблена з кольорових льодяників, ними облицювали стіни кімнати. Агата замислилася, як ці кімнати залишилися недоторканними, а потім побачила напис з вишневого жувального драже, що висів на стіні в коридорі:

СПОКУСА — ШЛЯХ ДО ЗЛА

Агата з'їла половину всього, перш ніж зіштовхнулася з двома вчителями, які зацікавлено поглянули на її вуаль, але не зупинили її.

— Може, в неї прищі, — почула вона їхній шепіт, коли мчала до задніх сходів (це сталося саме перед тим, як вона вкрала карамельну дверну ручку і привітальний килимок з молочного ірису, щоб завершити свій райський сніданок).

Коли Агата утікала від фей минулого дня, вона опинилася в саду на даху випадково. Сьогодні вона мала змогу оцінити Оранжерею Мерліна, як називалася вона в шкільній мапі, прикрашену прекрасними скульптурами з кущів. Вони послідовно розповідали легенду про короля Артура. Кожен живопліт прославляв сцену із життя короля: Артур витягає меч із каменя, Артур із його лицарями за Круглим столом, Артур біля Весільного вівтаря з Гвіневерою...

Агата подумала про того пихатого хлопчика з Театру, всі казали, що це син короля Артура. Як він міг бачити це і не почуватися пригнічено? Як він міг пережити порівняння, очікування? Принаймні краса була на його боці.

«Уявляю, що було б, якби він виглядав, як я, — пирхнула вона. — Вони б залишили його дитиною в Лісі».

Остання скульптура була з водоймою, вона зображала Артура, що приймає Екскалібур з рук Леді з Озера. Цього разу Агата стрибнула у воду навмисно і випала з секретного порталу повністю суха на Напівдорожній міст.

Вона побігла по ньому туди, де починався туман. Агата простягла руки вперед на той випадок, якщо вона наштовхнеться на бар'єр раніше, ніж минулого разу. Але коли вона зайшла у туман, руки не змогли знайти його. Вона все далі заглиблювалася у туман. «Немає!» Агата побігла, вітер зірвав вуаль з її обличчя...

БАМ! Вона спіткнулась і зітхнула з болем. Вочевидь, бар'єр переміщався куди заманеться.

Уникаючи свого відображення у його поверхні, вона торкнулася невидимої стіни і відчула холодну тверду поверхню. Раптом вона помітила крізь туман рух і побачила двох чоловіків, які пройшли крізь арку Зла і вийшли на Напівдорожній міст. Агата завмерла. Вона не мала часу повернутися до Школи Добра, а сховатися на мосту було ніде...

Двоє вчителів — гарний професор зі Школи Добра, який посміхнувся до неї, і професор зі Школи Зла з бородавками на обох щоках — пройшли по мосту крізь бар'єр без найменшого вагання. Агата висіла на кам'яній огорожі високо над ровом і слухала, як вони проминули її, а потім полізла на огорожу.

Учителі вже майже зникли у Школі Добра, коли гарний обернувся і посміхнувся.

Агата прихилилася.

— Що там таке, Аугусте? — почула вона запитання вчителя зі Школи Зла.

— У мене галюцинації, — посміхнувся він, коли вони заходили до вежі.

«Напевно, божевільний», — подумала Агата.

За мить вона знову опинилася перед невидимою стіною. Як вони пройшли? Вона шукала край, але не могла знайти його. Вона намагалася пробити стіну, але та була тверда, наче сталь.

Агата побачила, як у Школі Зла вовки женуть учнів униз сходами. Її могли помітити, якщо туман хоч трохи розсіється. Вона штовхнула стіну востаннє і повернула до Школи Добра.

— І не повертайся!

Агата роззирнулася навколо, щоб побачити того, хто говорив, але побачила у бар'єрі лише власне відображення зі схрещеними руками. Вона відвела очі. «Тепер я чую голоси предметів. Прекрасно».

Вона повернулася до вежі й відзначила, що її руки опущені вниз уздовж тіла. Вона повернулася до свого відображення.

— Це ти щойно розмовляло?

Її відображення прочистило горло.

«Добро з Добром,
Зло зі Злом.

Повертайся до своєї вежі, перш ніж отримаєш покарання».

— О, мені треба пройти, — сказала Агата, опустивши очі додолу.

«Добро з Добром,
Зло зі Злом.

Повертайся до своєї вежі, доки не отримала суворого покарання. Тебе можуть примусити мити тарілки або ти можеш втратити привілей Доглядальної кімнати. Чи отримати обидва ці покарання, якщо я не назву щось інше».

— Мені потрібно побачити подругу, — наполягала Агата.

— Добро не має друзів з іншого боку, — відізвалося її відображення.

Агата почула солодкий передзвін, обернулася й побачила ліхтарики фей на початку мосту.

Як же їй перехитрити саму себе? Як знайти тріщину у власній зброї?

«*Добро з Добром... Зло зі Злом...*»

За мить вона знала відповідь.

— А як щодо тебе? — запитала Агата, і досі дивлячись убік. — У тебе є друзі?

Її відображення напружилося.

— Не знаю, чи є.

Агата скрипнула зубами й зустріла власний погляд.

— Ти надто потворна, щоб мати друзів.

Її відображення стало сумним.

— Ти, безумовно, Зло, — промовило воно і зникло.

Агата простягнула руку, щоб торкнутися бар'єра. Цього разу вона пройшла наскрізь.

До того часу як феї досягли середини мосту, туман стер її сліди.

Тієї миті, коли Агата ввійшла на територію Зла, вона відчула, що її місце саме тут. Сховавшись за статуєю убогої, кощавої відьми у вологій залі, вона вивчала тріщини на стелі, пошарпані стіни, кручені сходи, темні холи... Вона сама не змогла б створити нічого кращого.

Коли з поля зору зникли вовки, Агата прослизнула до головного коридору й затрималася біля портретів випускників Школи Зла. Вона завжди більше захоплювалася лиходіями, аніж героями. Вони були честолюбними, мали пристрасть. Вони створювали історії. Лиходії не боялися смерті. Ні, вони огортали себе смертю, наче бронею! Вона вдихнула запах шкільного кладовища і відчула, як прилила кров. Бо, як і всіх злодіїв, смерть не лякала її. Вона дозволяла відчути себе живою.

Раптом Агата почула розмову і сховалася за стіною. У полі зору з'явився вовк, він вів групу дівчаток зі Школи Зла вниз сходами Зарозумілості. Агата чула їхнє базікання про перші заняття, до неї долинали слова «поплічники», «прокляття», «спотворювання». Як ці діти могли стати ще більшими почварами? Агата почервоніла від сорому. Дивлячись на цей парад спотворених тіл і огидних облич, вона усвідомлювала, що пасує до цього місця. Навіть їхнє жалюгідне чорне шмаття було таким самим, яке вона носила щодня вдома. Але була відмінність між нею і цими лиходіями. Їхні роти скривилися від злості, очі палали ненавистю, пальці були стиснуті у кулаки. Вони були лихими, поза сумнівом, тим часом як Агата зовсім не відчувала злоби. Однак вона пригадала слова Софі.

«Інші завжди стають Злом...»

Паніка охопила її. «Ось чому тінь не викрала другу дитину».

«Я мала бути тут увесь цей час».

Сльози обпекли очі. Вона не хотіла бути такою, як ці діти! Вона не хотіла бути лиходійкою! Вона хотіла знайти подругу і повернутися додому!

Навіть не роззираючись, Агата видерлася вгору сходами з написом «Капості» на майданчик, що розходився двома вузькими кам'яними доріжками. Вона почула голоси ліворуч, тож поквапилася праворуч, донизу, до невеликої зали, до глухого кута із закіптявленими стінами. Агата притулилася спиною до однієї з них і завмерла, бо голоси ставали гучнішими. Потім вона почула позаду себе скрип. Це була не стіна, а двері, вкриті попелом. Сукнею вона витерла досить чисто, що можна було побачити червоний напис:

ВИСТАВКА ЗЛА

Усередині було темно, наче в льосі. Кашляючи від цвілі й павутиння, Агата запалила сірник. Галерея Зла була великою й чистою, а порожня шафа з мітлами була уособленням двохсотрічної чорної смуги невдач. Агата роздивилася вицвілу форму хлопчика, який став Румпельштільтсхеном. Есе в поламаній рамці «Мораль убивства» було написане майбутньою відьмою. Кілька воронячих опудал висіли на пошарпаних стінах. Гнила тернова гілка, що засліпила знаменитого принца, була підписана як Віра з Нескінченних Лісів. Агата бачила її обличчя на плакатах «Зниклі» в Гавалдоні.

Здригнувшись, вона помітила кольорову пляму на стіні й піднесла до неї сірник. Це були

фрески, як у вежі Школи Добра. Кожна
з восьми фресок зображувала лиходіїв у чорному вбранні, які насолоджувалися нескінченною пекельною силою — пролітали крізь вогонь, набували нових тілесних форм, розщеплювали душу, керували простором і часом. Зверху над фрескою палали величезні літери:

ЖОДНОГО ДОВГО І ЩАСЛИВО!

Там, де Щасливці мріяли про кохання і щастя, Нещасливці шукали світ самотності й влади. Агата відчула шок прозріння, коли побачила це зловісне видовище.

«Я — Нещасливиця».

Її найкраща подруга була Щасливицею. Якщо вони невдовзі не повернуться додому, Софі побачить правду. Тут вони не могли бути друзями.

Вона вгледіла, як тінь від морди потрапила у світло сірника. Дві тіні. Три. Коли вовки напали, Агата крутнулася й цвьохнула терном Віри по їхніх мордах. Вовки заревіли від здивування і відсахнулися назад, це дало їй достатньо часу, аби продертися до дверей. Задихаючись, вона кинулась униз до зали, вгору сходами, поки не опинилася на другому поверсі в гуртожитку Злості. Вона шукала ім'я Софі на дверях кімнат — Векс і Брон, Горт і Раван, Флінт і Титан. Це був поверх хлопчиків.

Щойно вона натрапила на відчинені двері, то відразу помчала сходами до горища, наповненого темними пляшечками з жаб'ячими пальцями, ногами ящірок і собачими язиками. (Її мати мала рацію. Хто знає, як довго вони стояли тут?) Вона відчула, як вовк розгойдує сходи. Агата вилізла крізь вікно горища на високий дах і вчепилася за дощовий жолоб. З чорної хмари вдарила блискавка, хоча по той бік озера вежі Школи Добра мерехтіли в ідеальному сонячному світлі. Поки шторм заливав її рожеву сукню, вона стежила очима за довгим крученим жолобом, з якого стікала вода крізь пащі трьох кам'яних ґаргулей, що тримали мідні балки.

Це була її єдина надія. Вона видерлася на жолоб, намагаючись втримати руки на слизьких рейках, і обернулася назад до вікна. Вона знала, що білий вовк уже йде…

Але він не йшов. Вовк дивився на неї крізь вікно, він склав волохаті лапи на грудях у червоній куртці.

— Ти знаєш, існують речі гірші, ніж вовки.

Він пішов, залишивши її з роззявленим ротом. «Що? Що може бути гірше, ніж…»

У небі щось рухалося.

Агата приклала долоню дашком до очей і поглянула крізь розмиті спалахи. Вона побачила, що перша кам'яна ґаргулья позіхає і розправляє свої драконівські крила. Потім друга ґаргулья зі змііною головою і тілом лева потягнулася, гучно потріскуючи. Третя, вдвічі більша, ніж решта, з головою рогатого демона, тулубом людини й хвостом із шипами, витягнула нерівні крила, ширші, ніж вежа.

Агата зблідла. «Ґаргульї! Що сказала собака про ґаргулей?»

Їхні злісно-червоні очі звернулися до неї — і вона згадала.

«Дозвіл на вбивство».

Вони закричали разом й зістрибнули зі своїх сідал. Без їхньої підтримки жолоб упав, і вона з криком занурилася у воду. Приливна хвиля дощу потягла поворотами і згинами, а звільнена балка захиталася під дощем. Агата побачила, що дві ґаргульї кинулися до неї, коли вона неймовірно вчасно впала в жолоб. Третя — рогатий демон, — піднялася високо й дихнула вогнем із носа.

Агата схопилася за огорожу, перед нею впала вогняна куля, що вирвала гігантську діру в балках. Дівчинка відскочила саме перед тим, як ця куля впала. Вбивча сила підштовхнула Агату ззаду. Ґаргулья з крилами дракона вхопила її за ногу гігантськими пазурами й підняла у повітря.

— Я — учениця! — закричала Агата.

Ґаргулья облишила її, здивована.

— Дивись! — плакала вона, вказуючи на обличчя. — Я — з Нещасливців!

Нахилившись, ґаргулья вивчала її обличчя, щоб пересвідчитися, що це була правда.

Вона схопила Агату за горло, щоб зауважити, що це не так.

Агата закричала й засунула ногу у випалену дірку, скеровуючи монстру в очі стрімкий потік води.

Ґаргулья сліпо спіткнулася, простягла до неї пазурі, полетіла у діру і розбила крила об балкон унизу. Агата трималася за рейки, щоб вижити. Вона боролася зі страшним болем у нозі. Але крізь потоки води вона побачила, як до неї наближалося ще одне чудовисько. З пронизливим криком змієголова ґаргулья випірнула зі зливи й підхопила Агату в повітря. Щойно великі щелепи розтулилися, щоб її з'їсти, Агата встромила ногу між зубами, які потрощилися об її важкі чорні кломпи, поламалися, наче сірники. Приголомшений монстр виплюнув її. Агата впала у жолоб і схопилася за огорожу.

— Допоможіть! — заволала вона. Якщо вона протримається, хтось почує і врятує її. — Допомо...

Руки зісковзували. Вона сунулася вниз карнизом, ковзала до водостічної труби, де на неї чекала остання, найбільша ґаргулья, рогата, як диявол, її широко розкриті щелепи були наче пекельний тунель. Чіпляючись, Агата намагалася зупинитися, але дощ тягнув її разом із бурхливими сплесками. Вона поглянула вниз і побачила вогонь, що вирвався з носа ґаргульї і пронісся уздовж труби. Агата пірнула під воду, щоб уникнути миттєвої кремації, й випірнула назад, чіпляючись за огорожу перед останнім падінням. Останній сплеск дощу відправить її просто до пащі ґаргульї.

Тепер вона згадала цих ґаргулей. Коли вона вперше їх побачила — вони охороняли жолоб, випускаючи воду через роти.

«Що виходить, має увійти».

Вона відчула позаду наступну приливну хвилю. З мовчазною молитвою Агата розтиснула руки і впала до палаючих щелеп демона. Щойно вогонь і зуби підхопили її, дощ вирвався з водостічної труби позаду неї та виштовхнув її у сіре небо крізь отвір у горлі ґаргульї. Вона подивилася назад на ґаргулью, що задихалася, і вигукнула з полегшенням. Її крик обернувся на крик жаху. Вона падала. Крізь туман Агата бачила стіну з лезами, що мали роздерти її, і відчинене вікно під собою.

У відчаї вона скулилася, пролетіла повз смертельні леза і впала на живіт на шостому поверсі гуртожитку Злості. Вона промокла наскрізь і кашляла водою.

— Я гадала, що ґаргульї — це оздоблення, — прохрипіла вона.

Затиснувши ногу, Агата пошкутильгала до гуртожитку в пошуках Софі.

Вона саме збиралася постукати у двері, коли побачила, що один кінець зали прикрашений карикатурою білявої принцеси, вкритою написами: НЕВДАХА, ЧИТАЧ, ЩАСЛИВИЦЯ.

Агата постукала.

— Софі! Це я!

На іншому кінці зали почали відчинятися двері.

Агата постукала дужче.

— Софі!

З кімнат почали визирати дівчатка у чорних сукнях. Агата покрутила ручку дверей кімнати Софі й смикнула за неї, але двері не піддалися. Коли Нещасливиці вже майже виявили порушницю у рожевому, Агата мала намір з розбігу розбити двері кімнати 66, але вони миттєво прочинилися і зачинилися у неї за спиною.

— ТИ Й ГАДКИ НЕ МАЄШ, ЩО Я ВИТРИМАЛА, ЩОБ ДІСТАТИСЯ СЮ... — вона зупинилася.

Софі сиділа на підлозі біля калюжі води й наносила рум'яна, наспівуючи:

«Я гарна принцеса,
         солодка, наче горошина,
Чекаю на принца,
         який одружиться зі мною...»

Три сусідки і три пацюки спостерігали з іншого боку кімнати з роззявленими ротами.

Естер підняла очі на Агату:

— Вона затопила нашу кімнату.

— Щоб зробити макіяж, — додала Анаділь.

— Хто-небудь чув про таке Зло? — скривилася Дот. — Разом із піснею.

— Моє обличчя досконале? — поцікавилася Софі, скривившись у калюжу. — Я ж не можу йти до класу, виглядаючи наче клоун.

Її погляд змістився.

— Агато, дорогенька! Ти якраз вчасно. Твій урок Спотворення починається за дві хвилини, і ти ж не хочеш справити погане перше враження.

Агата витріщилася на неї.

— Звісно, — сказала Софі, встаючи. — Ми спочатку повинні обмінятися одягом. Ну ж бо, вони йдуть.

— Ти не підеш на уроки, любонько, — Агата почервоніла. — Ми підемо до вежі Директора, перш ніж застрягнемо тут назавжди!

— Не будь дурепою, — сказала Софі і потяглася до сукні Агати. — Ми не можемо просто ввірватися у якусь вежу посеред білого дня. І якщо ти повертаєшся додому, то повинна віддати мені свій одяг негайно, тоді я не пропущу жодного уроку.

Агата відсахнулася.

— Гаразд, годі! Тепер слухай...

— Ти будеш тут неймовірно доречною, — Софі посміхнулася, розглядаючи Агату, що стояла поруч із її сусідками.

Агата втратила свій запал.

— Тому що я... потворна?

— О, заради Добра, Аґґі, подивись на це місце, — сказала Софі. — Ти любиш темряву і приреченість. Тобі подобаються страждання й труднощі, хм... спалені речі. Ти будеш щаслива тут.

— Ми згодні, — сказав голос за Агатою, і вона здивовано повернулася.

— Ти переходь до нас, — сказала Естер.

— А вона нехай потоне в озері, — Дот ще сердилася на Софі за образу на церемонії Привітання.

— Ми вподобали тебе тієї самої миті, коли побачили вперше, — промовила Анаділь, пацюки облизували ноги Агати.

— Ти належиш цьому місцю, як і ми, — сказала Естер, коли вона, Анаділь і Дот оточили Агату, голова якої нервово поверталася то до однієї, то до іншої дівчинки з цієї лиходійської трійці... Вони дійсно хотіли бути її друзями? Чи Софі мала рацію? Може, лиходійство зробить її щасливою?

Терпець Агати увірвався. Вона не хотіла бути в Школі Зла, якщо Софі буде у Школі Добра! Вони повинні вирватися з цього місця раніше, ніж воно розділить їх!

— Я не залишу тебе! — закричала вона Софі.

— Ніхто не просить тебе залишати мене, Агато, — сказала Софі напружено. — Я просто прошу тебе зняти одяг.

— Ні! — закричала Агата. — Ми не міняємося одягом. Ми не міняємося кімнатами. Ми не міняємося школами!

Софі й Естер потай перезирнулися.

— Ми повертаємося додому! — сказала Агата, стримуючись. — Там ми зможемо бути подругами на одній стороні — ані Добра, ані Зла — ми будемо щасливі зав…

Софі й Естер схопили її. Дот і Анаділь стягли з Агати рожеву сукню й учотирьох натягли на неї чорний одяг Софі. Сяючи у своїй новій рожевій сукні, Софі відчинила двері:

— До побачення, Зло! Привіт, кохання!

Агата скочила на ноги й подивилася на потворний чорний мішок, який був саме такий, як їй подобалося.

— І справедливість у світі, — зітхнула Естер. — Дійсно, я не розумію, як ти могла дружити з такою іді…

— Повернися, — закричала Агата, вона переслідувала Софі у рожевій сукні крізь чорний натовп у коридорі. Шоковані присутністю Щасливиці серед них, Нещасливці з'юрбилися навколо Софі й почали бити її по голові книжками, торбами і взуттям…

— Ні! Вона одна з нас!

Усі Нещасливці повернулися до Горта, що стояв на сходах, так само заціпеніла й Софі. Горт вказав на Агату в чорному.

— Ось Щасливиця!

З войовничим криком Нещасливці накинулися на Агату, а Софі відштовхнула Горта й побігла сходами. Агата прорвалася крізь натовп за допомогою кількох гарних стусанів і з'їхала вниз перилами, щоб відрізати Софі шлях. Вона переслідувала подругу вузьким коридором і вже простягнула руку, щоб ухопити її за рожевий комір, але Софі повернула за ріг, помчала вгору, перестрибуючи сходинки, й вискочила з першого поверху. Агата забігла до глухого кута, побачивши, як Софі чарівним чином стрибнула крізь стіну. На стіні було написано кров'ю: «Учням заборонено». Довгим стрибком Агата проскочила крізь портал відразу після Софі...

Та приземлилася на кінці Напівдорожнього мосту зі сторони Школи Зла.

Але тут переслідування припинилося, бо Софі була вже занадто далеко, аби її можна було спіймати. Агата побачила її крізь туман, вона світилася від радості.

— Агато, він син короля Артура, — вигукувала Софі. — Справжній живий принц! Але що я йому скажу? Як йому показати, що я його єдина?

Агата намагалася приховати біль.

— Ти залишиш мене тут... одну?

Обличчя Софі пом'якшилося.

— Будь ласка, не хвилюйся, Аггі. Тепер все ідеально, — сказала вона м'яко. — Ми будемо найкращими друзями. Просто в різних школах, як ми і планували. Ніхто не зможе заборонити нам бути друзями, чи не так?

Агата пильно подивилася на прекрасну усмішку Софі й повірила їй.

Але раптом усмішка зникла. Оскільки просто на тілі Софі рожева сукня чарівно потемніла до чорного кольору. І вона опинилася в її старих, лиходійських лантухах з лебедем, що мерехтів над серцем. Вона підняла очі й схлипнула. На іншому боці мосту чорні шати Агати перетворилися на рожеві.

Дівчатка шоковано дивилися одна на одну. Раптом над Софі пронеслися тіні. Агата повернулася.

Гігантська хвиля піднялася високо над нею й звилася у мерехтливе ласо. Перш ніж Агата зрушила з місця, воно налетіло на неї й відкинуло в сонячний туман. Софі перейшла на похмурий край мосту й заголосила у відчаї.

Хвиля повільно піднялася над нею, але цього разу вода не мерехтіла. З войовничим ревищем вона повернула Софі до Школи Зла, саме за розкладом.

7

Велика Верховна Відьма

Чому нам треба спотворюватися?

Софі дивилася крізь пальці на лису, прищаву, гарбузового кольору голову, що належала професору Менлі, й намагалася не засміятися. Навколо за обгорілими столами сиділи Нещасливці. Вони тримали іржаві дзеркала. Діти весело товкли пуголовків у залізних чашах. Якби вона не знала напевне, то подумала б, що вони готують недільний пиріг.

«Чому я і досі тут?» — Софі витерла сльози люті.

— Чому ми повинні бути огидними й потворними? — проскрипів Менлі до Естер.

— Бо це робить нас страшними, — відповіла Естер і випила сік з пуголовка. Миттєво вона вкрилася червоним висипом.

— Неправильно! — вигукнув Менлі. — Анаділь!

— Тому що це змушує маленьких хлопчиків плакати, — сказала Анаділь, вона вже обростала власними червоними пухирями.

— Неправильно! Дот!

— Тому що так легше збиратися уранці? — запитала Дот, змішуючи сік із шоколадом.

— Неправильно й безглуздо! — презирливо промовив Менлі. — Тільки коли ви опинитеся на землі, ви зможете її копати! Тільки коли ви відмовитеся від марнославства, ви зможете бути самими собою!

Софі проповзла під столами й стрімко кинулася до дверей... Ручка обпалила їй руку — і вона скрикнула.

— Тільки коли ти знищиш того, ким ти себе уявляєш, лише тоді ти отримаєш того, ким ти є насправді! — сказав Менлі, дивлячись просто на Софі.

Софі, скиглячи, повернулася до столу повз лиходіїв, що вибухнули оплесками.

У повітрі з'явилися цифри із зеленого диму: «1» — над Естер, «2» — над Анаділь, «3» — над масним, темношкірим Раваном, «4» — над білявим гостровухим Вексом. Горт із хвилюванням випив свій напій, але на його підборідді вискочив лише маленький пуп'янок.

Він відігнав смердюче «19», але цифра вдарила його у відповідь.

— Потворність — це один зі способів скористатися розумом, — сказав Менлі, підкрадаючись до Софі. — Потворність означає, що ти довіряєш своїй душі. Потворність означає свободу.

Він кинув миску на її стіл.

Софі подивилася вниз на чорний сік із пуголовків. Деякі з них і досі рухалися.

— Насправді, професоре, я вважаю, що мій учитель з «Прикрашання» буде проти моєї участі в цьому випробуванні...

— Три невдачі — і ви скінчите кимось потворнішим, ніж я, — виплюнув Менлі.

Софі глипнула на нього.

— Як на мене, то це взагалі неможливо.

Менлі повернувся до класу.

— Хто хоче допомогти нашій дорогій Софі скуштувати свободу?

— Я!

Софі швидко озирнулася.

— Не хвилюйся, — прошепотів Горт, — так ти виглядатимеш іще краще.

Перш ніж Софі закричала, він занурив її голову в чашу.

Лежачи у калюжі на березі Школи Добра, Агата згадувала те, що сталося у Школі Зла. Її найкраща подруга назвала її ідіоткою, напала, вкрала її одяг, залишила з відьмами, а потім ще й попросила поради щодо кохання.

«Це все через це місце», — думала вона. У Гавалдоні Софі забуде і про заняття, і про за́мки, і про хлопчиків. У Гавалдоні вони зможуть знайти своє щастя вдвох. «Нам просто потрібно потрапити разом додому».

Але все-таки щось досі турбувало її. Той момент на мосту — Софі у рожевому біля Школи Добра, вона у чорному біля Школи Зла… «Тепер усе ідеально», — сказала Софі. І вона мала рацію. На короткий час помилка була виправлена. Вони були там, де мали бути.

«Тож чому ми не можемо залишитися?»

Хай там як, а це був тривожний дзвіночок. Якщо Софі потрапить до Школи Добра, вона ніколи звідси не піде.

Агаті перехопило подих. Вона мала переконатися, що викладачі не виявлять помилку! Вона повинна переконатися, що їх не переведуть у правильні школи! Але як вона могла пересвідчитись, що Софі залишиться там, де вона є?

«Іди до класу», — прошепотіло серце.

Поллукс сказав, що у школах однакова кількість учнів, щоб зберегти баланс. Тож, щоб помилка була виправлена, вони обидві повинні бути виключені. Поки Агата перебуватиме у Школі Добра, Софі застрягне у Школі Зла. Єдине, що вона знала напевно, — що Софі не витримає ролі лиходійки. Ще кілька днів там — і вона благатиме про повернення до Гавалдона.

«Іти до класу». Звісно!

Вона знайде шлях, щоб протриматися у цій жахливій Школі й виснажити Софі. Вперше з часу викрадення Агата відкрила своє серце надії.

Надія померла за десять хвилин по тому.

Професорка Емма Анемона у світло-жовтій сукні і довгих рукавичках з лисячим хутром, насвистуючи, зайшла у свою класну кімнату з рожевих ірисок, подивилася на Агату й припинила насвистувати. Потім вона пробелькотіла: «З Рапунцель теж довелося докласти зусиль» — і почала свій перший урок на тему «Робимо посмішки більш добрими».

— Уся справа у тому, щоб вона поєднувалася з очима, — прощебетала професорка Анемона й продемонструвала ідеальну усмішку принцеси. Агаті здалося, що через вибалушені очі та шалене жовте волосся, яке відповідало одягу, професорка нагадує скажену канарейку.

Але Агата знала — шанс повернутися додому знаходиться в її руках, тому вона разом з іншими наслідувала сяючу посмішку.

Професорка Анемона ходила туди-сюди й оглядала дівчаток.

— Не так криво... Трохи нижче ніс, дорогенька... О Боже, абсолютно красива! — вона говорила про Беатрікс, яка осяяла кімнату сліпучою посмішкою. — Це, мої Щасливиці, посмішка, яка може завоювати серце найсуворішого принца. Це посмішка, яка може примирити у найбільших війнах. Посмішка, яка може привести королівство до надії та процвітання!

А потім вона побачила Агату.

— Гей, ти! Не треба скалитися!

Поки вчителька наближалася, Агата намагалася сконцентруватися й повторити бездоганну посмішку Беатрікс. На мить вона подумала, що їй це вдалося.

— Заради Добра. Тепер це страшна посмішка! Посмішка, дитино! Просто твоя звичайна, повсякденна посмішка!

«Щаслива. Подумай про щось щасливе».

Але все, про що вона могла думати, — це Софі на мосту, яка залишає її заради хлопчика, якого навіть не знає.

— Тепер вона однозначно неприязна! — скрикнула професорка Анемона.

Агата повернулася й побачила, що весь клас зіщулився, ніби очікує, що вона перетворить їх на кажанів. («Як ви вважаєте, вона їсть дітей?» — запитала Беатрікс. «Я така рада, що переїхала від неї», — зітхнула Ріна.)

Агата насупилася. Ну не могло бути аж так погано.

Тоді вона побачила обличчя професорки Анемони.

— Якщо вам коли-небудь знадобиться, щоб чоловік довіряв вам, якщо вам буде потрібно, щоб чоловік урятував вас, якщо вам колись буде потрібно, щоб чоловік покохав вас, що б не сталося, ніколи йому не посміхайтеся.

«Етикет для принцес», якого навчав Поллукс, був іще гіршим. Учитель мав поганий настрій, матляючи своєю масивною собачою головою, притуленою на худе козляче тіло. Він пробурчав, що «цього тижня тіло у Кастора». Поллукс підняв очі та побачив дівчаток, які витріщались на нього.

— А я гадав, що я навчаю принцес. Все, що я бачу, це двадцятеро дівчаток з поганими манерами, які роззявилися, наче жаби. Ви жаби? Вам подобається ловити мух вашими маленькими рожевими язиками?

Після цього дівчатка припинили витріщатися.

Першим уроком була «Постава Принцеси», на якій дівчатка спускалися по чотирьох сходинках, тримаючи на голові солов'їні гнізда, повні яєць. Хоча більшості вдалося зробити це й не розбити жодного яйця, для Агати це стало важким випробуванням через кілька причин — все життя вона сутулилася, Беатрікс і Ріна уважно стежили за нею, посміхаючись своїми НАЙДОБРІШИМИ ПОСМІШКАМИ, її розум шепотів, що Софі виграла б із заплющеними очима, і додавав, що собака, яка гавкає про поставу, сама, гойдаючись на козячих ногах, виглядає щонайменше абсурдно. Зрештою вона залишила двадцять яєчних жовтків розтікатися по мармуру.

— Двадцять прекрасних солов'їв, які не отримають життя через вас, — сказав Поллукс.

Щойно над дівчатками в ефірних золотих хмарах з'явилися отримані місця — звісно, Беатрікс посіла перше місце, — Агата випросталася й побачила, як іржаве «20» перевернулося і вдарило її по голові.

Два класи, два останні місця. Ще одне — і вона дізнається, що трапилося з дітьми, які не впоралися. Її план повернути Софі додому руйнувався на очах, тож вона поквапилася на наступний урок, не сподіваючись довести, що вона Добро.

Через прищі Попелюшка не відмовиться від балу. Прищі не втримають Сплячу красуню від поцілунку.

Софі дивилася на своє прищаве відображення у своєму настільному дзеркалі. Вона посміхнулася. Вона розв'язувала всі життєві проблеми за допомогою краси й чарівності — і цю розв'яже аналогічно.

«Тренування поплічників» відбувалося у Дзвіниці — похмурій відкритій галереї на верхівці вежі Злості. Знадобилося піднятися тридцять прольотів сходами, таких вузьких, що учні ледве пролізли по одному.

— Мене нудить, — Дот хекала, як загнаний верблюд.

— Якщо її знудить біля мене, я скину її з вежі, — роздратувалася Естер.

Софі піднімалася сходами і намагалася не думати про пухирі, нудоту або смердючого Горта, який намагався йти поряд із нею.

— Я знаю, що ти ненавидиш мене, — штовхався він. Софі притулилася праворуч, щоб блокувати його. Горт спробував ліворуч. — Але це було випробуванням — і я не хотів, щоб ти програла і…

Софі завадила йому ліктем й перестрибнула кілька останніх сходинок. Вона сподівалася довести новому вчителеві, що потрапила в неправильне місце. На жаль, цей учитель був Кастор.

— ЗВІСНО Ж, У МЕНЕ У КЛАСІ ЧИТАЧ.

Ще гірше, що його помічник, Бізль, був тим червоношкірим курдупелем, з яким Софі напередодні побилася на драбині.

Поглянувши на її прищаве обличчя, він захихотів, як гієна.

— Потворна відьма!

Кастор не був таким веселим.

— Ви всі й без цього досить потворні, — пробурчав він і послав Бізля назбирати жимолості, щоб негайно відновити обличчя лиходіїв.

Коли інші застогнали від розчарування, Софі зітхнула з полегшенням.

— Отже, від компетентності і відданості ваших поплічників залежить те, чи ви виграєте, чи програєте свої битви! — сказав Кастор. — Звісно, дехто з вас самі закінчать поплічниками й ваше життя буде залежати від сили вашого лідера. Тож зверніть увагу, якщо хочете залишитися серед живих!

Софі скрипіла зубами. Напевно, Агата співала голубкам, а вона тут збиралася сперечатися з кровожерливими дикунами.

— А тепер ваше перше завдання, як тренувати... — Кастор відступив убік, — золоту гуску.

Софі вирячилася на елегантного золотавого птаха позаду нього, який спокійно спав у гнізді.

— Але ж золоті гуси ненавидять лиходіїв, — насупилася Анаділь.

— Це означає, що якщо ви зможете підкорити їх собі, то пізніше ви легко впораєтеся з приборканням гірських тролів, — сказав Кастор.

Гуска розплющила свої перламутрові блакитні очі, подивилася на злу аудиторію й посміхнулася.

— Чому вона посміхається? — запитала Дот.

— Тому що вона знає, що ми марнуємо наш час, — відповіла Естер. — Золоті гуски слухаються тільки Щасливців.

— Виправдання, виправдання, — Кастор позіхнув. — Ваша робота — примусити цю жалюгідну істоту відкласти одне з її цінних яєць. Що більше яйце, то вище ваше місце.

Серце Софі шалено калатало. Якщо птах слухається тільки Добро, вона зможе довести, що не належить до цих монстрів! Усе, що їй належить зробити, — змусити гуску відкласти найбільше яйце!

На стіні Дзвіниці Кастор викарбував п'ять напрямів тренування:

1. КОМАНДА
2. ГЛУЗУВАННЯ
3. ХИТРІСТЬ
4. ПІДКУП
5. ЗАЛЯКУВАННЯ

— Не починайте залякувати вередливого птаха, якщо ви не пройшли перші чотири пункти, — застеріг Кастор. — Не існує нічого, що б зупинило поплічника від залякування.

Софі переконалася, що вона остання у черзі, й спостерігала за тим, як перші п'ятеро дітей мали нульовий результат, ураховуючи Векса, який дійшов так далеко, що схопив гуску за горло, але вона лише посміхалася у відповідь.

Дивовижним чином Горт став першим, хто досягнув успіху. З-поміж хитрощів, до яких він удався, було гавкання, що звучало, як «відклади яйце», величання гуски «дупою», спокушання хробачками. Перш ніж здатися, хлопчак копнув гніздо ногою. Це була його помилка. Тієї самої миті гуска задерла мантію Горту на голову, той зосліпу заверещав і врізався в стіну.

(Софі заприсяглася, якщо ще хоч раз побачить Горта без одягу, вона видере собі очі.)

Але гуска виглядала задоволеною. Вона тріпотіла крилами, гиготіла і клекотіла так сильно, що втратила контроль і відклала золоте яйце розміром з монету.

Горт тріумфував.

— Я виграв!

— Правильно, тому що у розпал битви ти мав час побігати навколо голяка і примусив гуску всратися, — кивнув Кастор.

Собака сказав, що хто отримає найбільше яйце, той переможе.

Тож інші Нещасливці імітували тактику Горта. Дот блазнювала, Раван показав театр тіней, Анаділь лоскотала пером, лисий пухкий Брон заліз верхи на Бізля, на величезну пташину

втіху. («Смердючий відьмак!» — стогнав кур-
дупель.)

Похмуро подивившись, Естер підійшла й уда-
рила гуску в живіт. Гуска впустила яйце роз-
міром з кулак.

— Аматори, — презирливо посміхнулася
Естер.

Потім настала черга Софі.

Вона підійшла до гуски, яка здавалася ви-
снаженою від сміху й відкладення яєць. Але
коли гуска зустріла погляд Софі, вона припини-
ла блимати і сиділа наче статуя, вивчаючи
кожний дюйм дівчинки.

На якусь мить Софі відчула, як надпри-
родний холод пройшов крізь її тіло, ніби вона
пустила у свою душу незнайомця. Але потім
вона подивилася у теплі, мудрі очі птаха й від-
чула надію. Софі була впевнена, птах побачить,
що вона відрізняється від решти.

«Та ти, поза сумнівом, інша».

Софі відсахнулася. Вона озирнулася навкруги,
щоб побачити, чи ще хтось чув думки птаха.
Але решта Нещасливців лише нетерпляче диви-
лися, тому що вона мала скінчити, щоб вони
отримали свої місця.

Софі повернулася до гуски.

«Ти можеш чути мої думки?»

«Вони досить гучні», — відповіла гуска.

«А щодо інших?»

«Ні. Тільки твої».

«Тому що я з Добра?» — посміхнулася Софі.

«Я можу дати тобі те, що ти хочеш, — сказала гуска. — Я можу зробити так, що вони побачать, що ти принцеса. Одне ідеальне яйце — й вони дадуть тобі принца».

Софі стала навколішки. «Будь ласка! Я зроблю все, що ти захочеш. Просто допоможи мені».

Птах посміхнувся. «Заплющ очі та загадай бажання».

Охоплена полегшенням, Софі заплющила очі. У цей осяйний момент вона побажала Тедроса — її гарного, досконалого принца, який міг зробити її щасливою...

Раптом їй стало цікаво, чи Агата сказала йому, що вони були подругами. Вона сподівалася, що ні.

Навколо почулися здивовані зітхання. Софі розплющила очі й побачила, що золоте пір'я гуски стає сірим. Її очі потемніли від блакитного до чорного. Тепла посмішка згасла.

Яйця, вочевидь, не було.

— Що сталося? — Софі обернулася. — Що це означає?

Кастор наче скам'янів.

— Це означає, що вона краще відмовиться від сили, ніж допоможе тобі.

Одиниця вибухнула у червоному вогні над головою Софі, як диявольська корона.

— Це найбільш лиха річ, яку я коли-небудь бачив, — лагідно промовив Кастор.

Приголомшена, Софі дивилася, як її однокласники юрбилися, ніби налякана риба, всі, крім Естер, у якої палали очі, наче вона побачила суперницю. Позаду неї, глибоко у темному куті тремтів Бізль.

— Велика Відьма! — пропищав він.

— Ні-ні-ні! — закричала Софі. — Не Велика Відьма!

Але Бізль кивнув упевнено:

— Безперечно, Велика Верховна Відьма!

Софі повернулася до гуски.

— Що я накоїла!

Але гуска, сіра як туман, дивилася на неї так, наче бачила її вперше у своєму житті, й ґелґотіла.

З Дзвіниці пронизливий клекіт долинув аж до рову, до сяючої сріблястої вежі, що розділяла обидві сторони Затоки. У вікні з'явився силует і поглянув униз на свої володіння.

Безліч димчастих чисел по порядку — від яскравих і барвистих зі Школи Добра до темних і похмурих зі Школи Зла — проплили над водою від обох замків і піднялися до вікна, наче повітряні кульки від подиху вітру. Коли кожне число підпливало до вікна, він торкався марева — і це давало йому змогу побачити, чия оцінка перед ним і як вона була зароблена. Він просіяв десятки чисел, поки не дістався того, що шукав.

Полум'яне «1» розкрило свою історію у потоці образів.

Золота гуска відмовляється від сили через учня?

Лише той єдиний міг мати такий талант. Лише той єдиний міг бути таким винятковим.

Той, хто порушить баланс.

З тремтінням Директор повернувся до своєї вежі й почав чекати на її прибуття.

Урок «Проклять і смертельних пасток» проходив у вбивчо холодній кімнаті, де усі стіни, столи і стільці були з льоду. Софі здавалося, що вона зможе побачити тіла, поховані глибоко під замерзлою підлогою.

— Х-х-хо-л-л-ло-о-д-н-но, — стукотів зубами Горт.

— У Катувальній кімнаті тепліше, — відповіла леді Лессо.

З підземелля під ногами долинав болісний стогін.

— М-м-мені т-тепліше з-з-за-р-р-раз, — затинався посинілий Горт.

— Холод загартовує ваші жили, — сказала леді Лессо. — А їм знадобиться міць, якщо Читач виграє випробування.

Вона повільно йшла між рядами учнів, які тремтіли, її чорна коса вдарялася об фіолетову сукню з гострими плечима, а гострі сталеві підбори цокотіли по льоду.

— У нашій Школі немає невиправданої жорстокості. Збиткуватися без причини — ознака звіра, а не лиходія. Ні, наша місія вимагає зосередження й уваги. У цьому класі ви навчитеся знаходити Щасливця, який стоїть на шляху до вашої мети. Того, хто ставатиме сильнішим, коли ви втрачатимете силу. Він десь там, мої Нещасливці, у Лісах... ваш запеклий ворог. У потрібний час ви знайдете його і знищите. Це ваш шлях до свободи.

З Катувальної кімнати долинуло виття — і леді Лессо посміхнулася:

— Ваші інші заняття можуть бути видовищем непридатності, але не мої. Не буде жодних випробувань, доки я не побачу, що ви того варті.

Софі не чула нічого з цього. Все, що вона чула, — це ґелґотання гуски, що пульсувало в голові. Здригаючись від холоду, вона намагалася стримати сльози. Вона все випробувала, щоб дістатися Школи Добра: втечу, боротьбу, прохання, перевдягання, бажання... Що ще залишилося? Вона уявила Агату, яка сиділа на її заняттях, на її місці, у її Школі, — її кинуло в жар. А вона ж уважала, що вони подруги!

— Ваш Супротивник — це ваш запеклий ворог, — сказала леді Лессо, її фіолетові очі спалахнули. — Ваша друга половина. Зворотна сторона душі. Ваше вразливе місце.

Софі змусила себе бути уважною. Врешті-решт, тут був шанс дізнатися таємниці ворога.

Це може врятувати її, щойно вона потрапить до Школи Добра.

— Ви дізнаєтеся про вашого Супротивника вві сні. — Леді Лессо продовжувала, її вени пульсували під напруженою шкірою. — Супротивник снитиметься вам ніч у ніч, поки ви не будете бачити нічого, крім його чи її обличчя. Сни про Супротивника зроблять нечулим ваше серце і збурять вашу кров. Вони змусять вас скреготіти зубами й рвати на собі волосся. Бо він є суть вашої ненависті. Суть ваших страхів.

Леді Лессо повела довгим червоним нігтем по столу Горта.

— Лише коли ваш Супротивник помре, ви відчуєте спокій. Лише коли ваш запеклий ворог буде мертвим, ви почуватиметеся вільними. Вбивши Супротивника, ви отримаєте вічну славу в Недовго і Нещасливо!

Клас сміявся від захвату.

— Звісно, враховуючи історію нашої школи, це не станеться найближчим часом, — пробурмотіла вона.

— Як ми знайдемо нашого Супротивника? — вигукнула Дот.

— Хто їх вибирає? — запитала Естер.

— Він буде з нашого класу? — поцікавився Раван.

— Ці запитання передчасні. Тільки винятково злодії благословенні снами про Супротивника, — сказала леді Лессо. — Але спочатку ви повинні запитати, чому пихаті, дурні й нудні учні Школи Добра виграють кожне змагання у цій школі і як ви збираєтеся змінити це.

Вона повернулася до Софі, немов запитувала, подобається їй це чи ні. Читач, який любить рожеве, міг стати їхньою заповітною надією.

Щойно вовки завили, повідомляючи, що урок закінчився, Софі вискочила з крижаної кімнати і помчала вгору крученими сходами, поки не знайшла маленький балкон поза гуртожитком. В імлі на самоті вона прихилилася до вологої стіни вежі Зла й нарешті дозволила собі заплакати. Її не хвилювало, чи зіпсується макіяж або ж хтось побачить її. Вона ніколи не почувалася такою наляканою й самотньою. Софі ненавиділа це жахливе місце й більше не могла його витримувати.

Софі дивилася на Школу Добра — скляні вежі сяяли через Затоку. Вперше вони здалися їй неприступними.

Обід!

Тедрос буде там! Її осяйний принц, її остання надія!

Хіба не для цього існували принци? Щоб урятувати принцесу, коли все втрачено.

Її серце переповнилося почуттями, вона втерла сльози. «Просто приготуйся до обіду».

Коли вона піднялася до зали Школи Зла на «Історію лиходійства», Софі помітила, що численні Нещасливці гудуть і юрбляться назовні. Дот побачила її та схопила за руку.

— Вони скасували заняття! Ніхто не пояснює причину.

— Обід буде надісланий до ваших кімнат! — прогримів білий вовк, інші вовки шмагали батогами і заганяли учнів до вежі.

Серце Софі обірвалося.

— Але що стал…

Вона раптом відчула запах диму, що заповзав до зали звідусюди. Софі пробралася між натовпом до кам'яного вікна, в яке безмовно визирала група учнів. Вона простежила за їхніми поглядами, спрямованими через Затоку.

Вежа Добра була у вогні.

Дот задихнулася:

— Хто здатний зробити таке…

— Блискуче, — сказала Естер з благоговінням.

Агата мала на це відповідь.

8

Риба бажань

За годину до того Тедрос вирішив поплавати. Місця, які посіли учні після перших двох уроків, були вивішені на дверях Доглядальної кімнати. Принц і Беатрікс були першими, а ім'я Агати було так низько на дошці, що його обгризли миші. Всередині Доглядальна кімната для дівчаток нагадувала середньовічний спа-центр з трьома ароматичними басейнами («Гарячий», «Холодний» і «Просто ідеальний»), сауною Дівчинки із сірниками, трьома місцями для макіяжу Розаночки, куточком для педикюру у стилі Попелюшки і душем із водоспадом, убудованим у лагуну Маленької

Русалоньки. Доглядальна кімната для хлопчиків мала фітнес-закуток Мідаса, приємне місце для засмагання, гімнастичну залу, де були скандинавські молоти, яму для боротьби у багні, басейн із солоною водою і турецьку баню з повним набором послуг.

Після «Залицяння і лицарства» Тедрос скористався перервою перед «Змаганням на мечах», щоб випробувати басейн. Саме коли він пропливав останнє коло, він побачив Беатрікс у супроводі сімох дівчаток, які постійно ходили за нею, — вони дивилися на нього широко розплющеними очима крізь тріщини у дерев'яних дверях.

Тедрос звик, що дівчатка витріщаються на нього. Але коли ж він знайде ту єдину, яка усвідомить, що він має щось більше, ніж гарну зовнішність? Хто побачить у ньому більше, ніж сина короля Артура? Кому будуть цікаві його думки, надії, страхи? Хай там як, але він був тут, навмисно повертався навсібіч, як витирався рушником, щоб дівчатка роздивилися його якнайкраще. Його мати мала рацію. Він міг удавати будь-кого, але був такий самий, як і його батько, погано це чи добре. Він зітхнув і відчинив двері, щоб привітати свій фан-клуб. Його бриджі змокли, на голих грудях виблискував лебідь. Але дівчатка зникли, ставши жертвами фейського патруля. Тедрос засмутився. Коли він повернув за ріг, то на щось наштовхнувся — і це щось гепнулося на підлогу.

— Я знову мокра, — Агата насупилася
й поглянула вгору. — Тобі треба дивитися,
куди ти...

Це був той хлопчик, який забив памороки
Софі. Який вкрав її серце. Хлопчик, який по-
цупив її єдину подругу.

— Я — Тедрос, — сказав він і простяг
руку.

Агата не потисла її. Вона безнадійно за-
блукала і потребувала допомоги, але Тедрос був
ворогом. Вона підвелася, глянула на нього і про-
шмигнула повз. Тепер вона відзначила ще одну
річ, яку ненавиділа у цьому хлопчикові, — на
додаток до всього іншого, він мав гарний запах.
Вона промчала в інший кінець зали, кломпи
гучно тупотіли по склу, й з останньою злісною
посмішкою штовхнула двері.

Вони були замкнені.

— Сюди, — Тедрос вказав на сходи позаду
нього.

Роздратована Агата знову пройшла повз
нього, намагаючись не вдихати.

— Було приємно познайомитися, — гукнув
принц їй навздогін.

Він почув, як вона з відразою пирхнула, перш
ніж утекти униз сходами, сіючи скрізь смуток.

Тедрос скривився. Він завжди подобався
дівчаткам. На якусь мить він відчув, що його
впевненість дала тріщину, але потім він згадав,
що сказав одного разу батько.

«Найкращі з-поміж лиходіїв примушують тебе сумніватися».

Тедрос уважав, що може перемогти будь-якого монстра, будь-яку відьму, будь-які сили Зла. Але ця дівчинка була іншою. Вона лякала.

Холодок пробіг спиною.

«То чому вона у моїй Школі?»

«Спілкування з тваринами», що викладала принцеса Ума, проходило на березі озера біля Половинчастої Затоки. Уже втретє за день Агата дізнавалася, що урок був винятково для дівчаток. Вона була впевнена, що у Школі Зла не було потреби з'ясовувати, дівчачі навички це чи хлоп'ячі. Але тут, у вежах Школи Добра, хлопчики пішли битися на мечах, тим часом як дівчатка мали вивчати собаче гавкання й ухання сови. «Не дивно, що принцеси у казках такі безпомічні», — подумала Агата. Якщо все, що вони вміли, обмежувалося посмішкою, стоянням рівно і розмовами із білками. Хіба в них був вибір, окрім як дочекатися на принца, який би їх урятував?

Принцеса Ума виглядала занадто молодою, щоб бути вчителькою. Вона вмостилася просто на траві. Відблиски з озера підсвічували її ззаду. Вона сиділа абсолютно спокійна, поклавши руки на рожеву сукню. Ума мала чорне волосся, оливкову шкіру, мигдалевидні очі і малинові губи, стиснуті в напружене «О». Вона розмовляла пошепки, час від часу хихотіла. Марно було сподіватися почути від неї закінчене речення, бо кожні кілька слів вона зупинялася, щоб послухати далекого голуба або лисицю й відповісти їм власним виттям чи щебетом. Коли вона зрозуміла, що на неї витріщається цілий клас, то затулила обличчя долонями.

— Ой! — сконцентрувалася вона. — Я маю забагато друзів!

Агата не могла сказати, була вона знервована чи ж просто недоумкувата.

— Зло має надзвичайно багато зброї на своєму боці, — сказала принцеса Ума, остаточно вмостившись. — Отруту, чуму, прокляття, поплічників і чорну-чорну магію. Але ви маєте звірів!

Агата гмикнула. Коли вона зустріне поплічника із сокирою, то обов'язково покличе метелика. Зважаючи на обличчя інших дівчаток, вона не єдина сумнівалася. Ума зауважила це. Вчителька видала пронизливий свист, і навколишні Ліси вибухнули гавканням, іржанням, ревінням. Вражені дівчатка затисли вуха.

— Бачте! — захихотіла Ума. — Кожна тварина може промовляти до вас, якщо ви знаєте, як промовляти до неї. Дехто з них навіть пам'ятає, як були людьми.

Агата похолола, згадавши про опудала в галереї. Вони всі були учнями. Як і вони.

— Я знаю, всі бажають стати принцесами, — продовжувала Ума, — але ті, хто опиниться в кінці рейтингу, не стануть гарними принцесами. Ви закінчите тим, що вас застрелять, заріжуть або з'їдять, — і це невелике щастя. Але у вигляді лисиці, горобця або привітної свині ви можете знайти більш щасливий кінець!

Вона просвистіла крізь зуби, й на цей заклик з озера випірнула видра. На її носі балансувала книжка казок, прикрашена коштовним камінням.

— Вони можуть скласти компанію спійманій дівчинці або відвести її у безпечне місце! — Принцеса Ума простягла руки — видра підкинула книжку, щоб знайти потрібну сторінку.

— Або ж допомогти пошити сукню для балу, — видра продовжувала підстрибувати. — Або доставити термінове повідомлення... ага!

Видра видала пронизливий крик, коли знайшла потрібну сторінку, потім книжка ковзнула до рук принцеси, а видра впала виснажена.

— І навіть урятувати життя, — сказала Ума й показала чудовий малюнок принцеси, яка заховалася, тим часом як олень пронизував рогами чаклуна. Принцеса виглядала так само, як вона.

— Колись тварина врятувала мене, а натомість отримала найщасливіший кінець з можливих.

Агата сильно засумнівалася й побачила, як очі дівчаток наповнилися обожнюванням. Це була не просто вчителька. Це була жива принцеса, яка дихала.

— Отже, якщо ви хочете бути як я, то сьогодні маєте упоратися із випробуванням, — цвірінькало їхнє нове божество, гукаючи дівчаток до озера.

Агата відчула холодок, незважаючи на тепле сонячне проміння. Якщо вона не впорається ще раз, то ніколи більше не побачить ані Софі, ані рідний дім. Вона пішла за іншими дівчатками на берег, у животі все стиснулося, аж тут вона побачила розгорнуту на траві книжку казок Уми.

— Тварини люблять допомагати принцесам з багатьох причин, — сказала Ума, зупиняючись біля води. — Тому що ми співаємо гарні пісні, тому що надаємо їм притулок у Страшних Лісах. Тому що їхнє єдине бажання — бути такими ж красивими і коханими, як...

— Зажди́ть!

Ума і дівчатка озирнулися.

Агата показувала останню сторінку книжки — на малюнку монстри шматували оленя, тим часом як принцеса утікала геть.

— Так оце і є щасливий кінець?

— Якщо ти недостатньо хороша, щоб бути принцесою, то ти матимеш за честь померти за одну з них, — Ума посміхнулася так, ніби Агата незабаром і досить швидко засвоїть цей урок.

Агата подивилася на інших з недовірою, але всі вони кивали, наче вівці. Не мало значення, що тільки третина з них стане принцесами. Кожна була переконана, що вона буде єдиною. Ні, ці опудала у музеї не були колись такими самими дівчатками, як вони. Вони були просто тваринами. Рабами Величного Добра.

— Але якщо тварини збираються допомогти нам, спочатку ми повинні сказати їм, чого ми хочемо! — сказала Ума, стаючи навколішки перед сяючим синім озером.

— Тому сьогоднішнє випробування називається... — вона покрутила пальцем у воді й тисячі крихітних рибок, білих як сніг, повиринали на поверхню. — Риба бажань! — просіяла Ума. — Вони можуть зазирнути у ваші душі й знайти там з-поміж інших найбільше бажання! (Це вміння дуже корисне, якщо ви втратили мовлення або голос, а вам потрібно сказати принцу, щоб він поцілував вас.) Тепер усе, що потрібно вам зробити, — це покласти палець у воду — і риба прочитає вашу душу. Дівчинка з найсильнішим і найчіткішим бажанням виграє!

Агата запитувала себе про те, чого хотіли б ці дівчатка. Можливо, глибини.

Міллісент підійшла першою. Вона занурила палець у воду, заплющила очі... Коли вона розплющила їх, риба вся стала різного кольору й вирячилася на неї.

— Що сталося? — запитала Міллісент.

— Затуманений розум, — зітхнула Ума.

Потім Кіко, чарівна дівчинка, яка подарувала Агаті помаду, занурила палець у воду. Риба стала червоною, оранжевою, персиковою й почала збиратися у якусь картину.

«Що бажають душі зі Школи Добра? — гадала Агата, дивлячись, як кожна риба займає своє місце. — Миру для своїх королівств? Здоров'я для своєї родини? Знищення Зла?»

Замість цього риба показала хлопця.

— Трістан! — просяяла Кіко, впізнавши його імбирне волосся. — Я впіймала його троянду на церемонії Привітання.

Агата застогнала. Вона мусила здогадатися.

Потім Ріна опустила палець, а риба змінила кольори й склалася у зображення міцного сіроокого юнака, який вкладав стрілу до лука.

— Чаддік, — почервоніла Ріна. — Вежа Честі, кімната десять.

Жизель риба намалювала темношкірого Ніколаса, Флавія бажала Олівера, Сахарі намалювали сусіда Олівера Бастіана... Спочатку Агата вважала це тупим, але тепер їй стало страшно. Це все, чого прагнули добрі душі? Хлопчиків, яких вони навіть не знали? На що вони сподівалися?

— Кохання з першого погляду, — вибухнула Ума. — Це найкраща річ у світі!

Агата затихла. Хто може кохати хлопчиків? Зарозумілих, безглуздих горлорізів, які вважають, що світ належить їм. Вона подумала про

Тедроса — і її щоки запалали. Ненависть з першого погляду. Тепер це було правдоподібно.

Беатрікс забезпечила величну кульмінацію, відправивши рибам бажань яскраве зображення її казкового одруження з Тедросом, а на додачу із замком, коронами і феєрверками. Всі дівчатка навколо вибухнули сльозами, чи то через те, що сцена була настільки гарною, чи то тому, що вони знали, що вони ніколи не зможуть дорівнятися.

— Тепер ти повинна вполювати його, Беатрікс! — сказала Ума. — Ти повинна зробити цього Тедроса своєю місією! Своєю одержимістю! Тому що коли справжня принцеса хоче чогось досить сильно... — вона покрутила пальцем в озері, — Ваші друзі об'єднуються для вас...

Риба стала яскраво-рожевою...

— Б'ються за тебе...

Риба тісно згуртувалася...

— І роблять так, щоб твоє бажання здійснилося... — Ума встромила руку у воду й витягла всю рибу відразу. Риба перетворилася на найбільше бажання її душі.

— Що це таке? — спантеличено поцікавилася Ріна.

— Валіза, — прошепотіла принцеса Ума й обняла її.

Вона подивилася на двадцятьох заціпенілих дівчаток.

— Ох. Я ж маю роздати вам місця?

— Але вона ще не пройшла, — промовила Беатрікс, вказуючи на Агату.

Агата могла би стукнути її добряче, але у голосі Беатрікс не було жодної загрози. Цю дівчинку не турбувало те, що ціле озеро риби щойно перетворилося на багаж. Замість цього вона хвилювалася, що Агата не пройшла випробування. Можливо, вона не така вже й погана.

— Ріна зможе повернутися до своєї кімнати, якщо вона не впорається, — Беатрікс посміхнулася.

Агата змінила свою думку.

— Одна залишилася? — сказала Ума, дивлячись на Агату. Вона поглянула на озеро, там не було жодної Рибини бажань, потім на дорогоцінну рожеву валізу.

— Так відбувається щоразу, — засмутилася вона. Зітхнувши, вона опустила валізу назад у озеро й дивилася, як вона занурюється і вибухає тисячею білих риб.

Агата нахилилася над водою, щоб побачити, як риби хижо дивляться на неї зневіреними очима. На мить вони знайшли блаженство, ставши валізою. Але ось вони знову тут, джини, викрадені з лампи. Їм було байдуже, що вона опинилася на краю безодні. Вони просто хотіли залишитися в спокої. Агата співчувала.

«Моє легке, — думала вона. — Я не хочу зазнати невдачі».

Вона встромила палець у воду.

Риба почала тремтіти, наче тюльпани від подиху вітру. Агата могла почути, як бажання боролися в її голові.

«Не зазнати невдачі — Додому в ліжко — Не зазнати невдачі — Врятувати Софі — Не зазнати невдачі — Мертвий Тедрос...»

Риба стала синьою, потім жовтою, потім червоною. Бажання змінювали одне одного, наче циклон.

«Нове обличчя — Старе обличчя — Біляве волосся — Я ненавиджу білявок — Більше друзів — Немає друзів».

— Не просто туман, — пробубоніла принцеса Ума. — Цілковита плутанина!

Риба, червона як кров, почала трястися, ніби ось-ось мала вибухнути. Занепокоєна, Агата намагалася витягти палець, але вода затиснула його, наче в кулак, і не відпускала.

— Що за...

Риба стала темною, як ніч, почала липнути до Агати, як магніти до металу, й засмоктала її руку в тремтячу масу. Нажахані дівчатка помчали геть від берега, Ума закам'яніла від шоку. Агата несамовито намагалася витягнути руку, але її голова вибухнула болем...

«Дім Школа Мама Тато Добро Зло Хлопчики Дівчатка Щасливці Нещасливці».

Тримаючи руку Агати, риба тряслася все дужче й дужче, швидше й швидше, доки вся не змішалася. Очі вибалушилися, як ґудзики, плавці порвалися на шмаття, животи поздували- ся жилами й судинами, аж поки риба не ви- пустила змучений крик. Агата відчула, що її голова розділилася на дві...

«*Програти Виграти Правда Обман Втра- та Знахідка Слабкий Сильний Друг Ворог*».

Риба розбухла в округлу чорну масу, що дерлась вгору по її руці. Агата намагалася звільнити палець, доки не відчула, як ламають- ся кістки, й завила в агонії, тим часом як риба засмоктала всю її руку в чорний кокон.

— Допоможіть! Хто-небудь!

Кокон роздувся до її обличчя й здушив крик. З високим, моторошним вереском смертельна матка проковтнула Агату. Вона не могла дихати, намагалася вибратися, але біль пройняв голову і скрутив її в ембріон.

«*Ненависть Кохання Покарання Винагоро- да Мисливець Здобич Жити Вмерти Вбити Поцілувати Взяти*».

З мстивим криком чорний кокон засмоктував її дедалі глибше, як желатинова могила, при- душував останні подихи, вичавлював останні краплі життя, поки не залишилося нічого...

«*Віддати*».

Крики припинилися. Кокон зник.

Агата впала вкрай виснажена.

На руках у неї була дівчинка. Не більше дванадцяти чи тринадцяти років, із коричневою

шкірою і скуйовдженими темними кучерями.
Вона поворухнулася, розплющила очі й посміхнулася до Агати, ніби вона була її старим добрим другом.

— За сто років ти стала першою, хто захотів звільнити мене, — промовила дівчинка, відкриваючи рота, наче риба.

Вона притиснула руку до щоки Агати.

— Дякую.

Дівчинка заплющила очі, її тіло у руках Агати стало безвольним. Дюйм за дюймом шкіра дівчинки почала сяяти яскраво-золотим, і з вибухом білого світла вона розсипалася сонячним промінням і зникла.

Агата витріщилася на озеро без риби і слухала, як калатало її серце. Здавалося, що її нутрощі були розірвані на клоччя й вирвані. Вона підняла палець, який зцілився й був як новий.

— Ом, усе це було... — вона глибоко вдихнула й обернулася, — нормальним?

Весь клас розпорошився у саду, ховаючись за деревами разом із принцесою Умою, вираз її обличчя відповів на запитання.

Пронизливе клекотання долинуло згори. Агата підняла очі на дружню голубку, яку її вчителька вітала раніше. Тільки тепер крик голубки був не дружнім, а диким, божевільним. З Нескінченних Лісів чувся гавкіт лисиці — гортанний і стривожений. Потім звідусіль почулося голосне стоголосе виття, зовсім не схоже на попередні привітання. Тепер тварини шаленіли. Вони кричали дедалі гучніше.

— Що відбувається? — запитала Агата, прикриваючи вуха руками.

Щойно вона побачила обличчя принцеси Уми, вона зрозуміла.

«Вони теж хочуть звільнення».

Перш ніж Агата змогла поворухнутися, її оточили зусібіч. Білки, щури, собаки, кроти, олені, птахи, коти, кролі і сама видра — кожна тварина зі шкільних володінь, кожна тварина, яка змогла пролізти крізь ґрати, прагнула до свого рятівника...

«Зроби нас людьми!» — вимагали вони.

Агата зблідла. Коли це вона почала розуміти тварин?

«Врятуй нас, принцесо!» — кричали вони. Коли це вона почала тямити в тваринних галюцинаціях?

— Що мені робити? — закричала Агата.

Ума поглянула на тварин — її вірних ляльок, її сердешних друзів...

— ТІКАЙ!

Уперше хтось у цій Школі дав Агаті слушну пораду, якою вона могла скористатися. Вона кинулась до вежі — сороки скубли її за руки, миші висіли на кломпах, жаби стрибали на сукню. Агата прорвалася крізь юрбу і помчала на пагорб. Вона прикривала голову руками, перешкоджаючи свиням, яструбам, зайцям. Але коли вона вже побачила двері з білим лебедем, з-за дерев вибіг лось і гайнув до дверей — вона відскочила, лось врізався і пробив лебедів.

Агата помчала крізь скляну кімнату повз Поллукса на козячих ногах, який зиркнув на безумство поза нею.

— Якого дідька…

— Допоможіть! — заволала вона пронизливо.

— НЕ РУХАЙСЯ! — крикнув Поллукс.

Але Агата вже мчала сходами Честі. Коли вона озирнулася назад, то побачила, як Поллукс відкидає тварин праворуч і ліворуч, а тисяча метеликів пробиває скляний дах і збиває голову Поллукса з його козлячих ніг. Це дало змогу стаду продовжити переслідування на сходах.

— НЕ ДО ВЕЖІ! — кричала голова Поллукса, що котилася до дверей.

Однак Агата мчала коридорами до повних класів у Сховищі Гензеля. Хлопчики й учителі хапали дикобразів (нерозважливо), а дівчатка на високих підборах з лементом стрибали на столи (вкрай нерозважливо). Вона намагалася втекти від цієї орди, але тварини просто набили повні писки цукерками і продовжили переслідування. Все-таки їй вдалося достатньо відірватися, щоб злетіти сходами, проскочити крізь матові двері й зачинити їх, перш ніж за нею змогла протиснутися перша ласка.

Агата зігнулася навпіл, прихована тінями високих живоплотів короля Артура. Крижаний вітер шмагав її по оголених руках. Вона тут довго не протримається... Тієї миті, коли вона крізь двері покликала на допомогу вчителів чи німф, Агата помітила, як щось відбилося у склі.

Агата повернулася до м'язистого силуету, який вимальовувався крізь сонячний серпанок. Вона розслабилася від полегшення. Першого разу вона була вдячна хлопчикам і помчала до свого безликого принца...

Вона відскочила. Рогата ґаргулья розітнула туман і підірвала двері. Агата пірнула, щоб уникнути другої вогняної бомби, яка запалила фігури Артура і Ґвіневери. Вона намагалася заповзти під наступний кущ, але ґаргулья просто спалила їх усі один за одним, поки королівська історія не перетворилася на купу попелу. Агата лежала оточена вогнем, полум'яний демон притиснув її до землі холодною кам'яною ногою. Цього разу від нього не було порятунку. Вона розслабилася й заплющила очі. Нічого не сталося. Агата розплющила очі і знайшла ґаргулью навколішки перед собою, настільки близько, що вона побачила відображення в її червоних очах. Відображення маленького переляканого хлопчика.

— Ти хочеш моєї допомоги? — видихнула вона.

Ґаргулья закліпала зі сльозами надії.

— Але я не знаю, як я це зробила, — заїкалася вона. — Це було… випадково.

Ґаргулья подивилася їй у очі й побачила, що вона каже правду. Чудовисько опустилося на землю, розсіюючи навколо попіл. Агата дивилася на монстра, на ще одну загублену дитину, й думала про всіх істот цього світу. Вони виконували накази не тому, що були вірними. Вони допомагали принцесам не тому, що любили їх. Вони це робили тому, що колись, можливо, за відданість і любов їх нагородять другим шансом бути людиною. Тільки в межах казки вони могли знайти свій шлях назад. До недосконалих себе. До життя без сюрпризів. Зараз вона теж була однією з цих тварин, що шукали вихід. Агата нахилилась й узяла в свої руки кінцівку ґаргульї.

— Я б хотіла допомогти тобі, — сказала вона. — Я б хотіла мати змогу допомогти нам усім знайти шлях додому.

Ґаргулья лежала головою на її колінах. У той час як палаюча оранжерея обвалилася, монстр і дитина плакали в обіймах одне одного.

Агата відчула, що камінь стає м'яким.

Ґаргулья відкинулася назад, збентежена. Коли вона зіп'ялася на ноги, її тверда оболонка тріснула. Її кігті перетворилися на руки… Її очі освітилися невинністю. Ошелешена, Агата побігла до неї, ухиляючись від полум'я, у цей час обличчя монстра почало танути й перетворюватися на риси маленького хлопчика. Із криком радості вона побігла до нього...

Меч проштрикнув його серце. Ґаргулья миттєво перетворилася на камінь й закричала, усвідомивши віроломство.

Агата завмерла від жаху.

Тедрос вискочив крізь стіну вогню на рогатий череп ґаргульї з Екскалібуром у руці.

— Почекай! — закричала вона.

Але принц дивився на спалену пам'ять про батька.

— Брудне, зле чудовисько! — він задихнувся...

— Ні!

Тедрос вдарив ґаргулью мечем по шиї й відтяв їй голову.

— Він був хлопчиком! Маленьким хлопчиком! — кричала Агата. — Він був зі Школи Добра!

Тедрос подивився на її обличчя.

— Тепер я впевнений, що ти відьма.

Вона вдарила йому в око. Перш ніж вона змогла вдарити його знову, феї, вовки і вчителі обох шкіл влетіли до Оранжереї. Вони нагодилися саме вчасно, щоб побачити, як несамовита хвиля вогню обвалила дах і розділила недругів.

9

Демонстрація стовідсоткового дару

Софі була впевнена, що Беатрікс розвела вогонь, щоб привернути увагу Тедроса. Безсумнівно, він урятував її з палаючої вежі, поцілував, поки Школа Добра палала, і вони вже узгодили дату їхнього весілля.

Софі дійшла цього висновку, тому що саме це планувала зробити в обід вона. Замість цього навчання скасували і наступного дня також, і вона залишилася у кімнаті наодинці з трьома душогубками.

Вона дивилася на тарілку, що стояла на її ліжку, у якій були рідка каша й свиняча нога. Після трьох днів голодування вона розуміла, що має з'їсти будь-що, яким би жахливим не був надісланий Школою обід — і це було гірше, ніж жахливо. Це була їжа для селюків. Вона жбурнула тарілку у вікно.

— Ви не знаєте, де я можу знайти огірки? — запитала Софі, озирнувшись.

Естер насупилась.

— Гуска. Як ти це зробила?

— Естер, я не знаю, — відповіла Софі, у животі забурчало. — Вона пообіцяла мені допомогти перейти до моєї Школи, але збрехала. Може, вона збожеволіла після того, як відклала стільки яєць. Чи не знаєш, є поблизу якийсь город з люцерною або пшеницею, або...

— Ти з нею розмовляла? — чавкала Естер ротом, заповненим свинячою ногою.

— Не зовсім, — сказала Софі з відразою. — Вона могла чути мої думки. На відміну від вас, принцеси можуть розмовляти з тваринами.

— Вона не могла чути твої думки, — сказала Дот, сьорбаючи кашу, їй здавалося, що туди додали трішечки шоколаду. — Для цього твоя душа має бути на сто відсотків чистою.

— Ось! Доказ, що я стовідсоткове Добро, — сказала Софі з полегшенням.

— Чи стовідсоткове Зло, — заперечила Естер. — Залежить від того, чи ми віримо тобі, чи стімфам, одягу, гусці, чи тому водяному монстру.

Софі вирячилася на неї й вибухнула сміхом. — Стовідсоткове Зло? Я? Це безглуздя! Це дурня! Це....

— Вражаюче, — задумливо подивилася Анаділь. — Навіть Естер жаліє одного пацюка чи двох.

— Ми всі вважали тебе нездарою, — глумливо посміхнулася Естер, — а ти була вовком в овечій шкурі.

Софі намагалася припинити сміятися, але не змогла.

— Присягаюся, вона має Особливий Дар, який вразить нас, — сказала Дот. Вона гризла щось, що виглядало наче шоколадна свиняча нога.

— Я не розумію, — здивувалася Софі, — звідки береться увесь цей шоколад?

— Що це? — прошипіла Анаділь. — Який твій дар? Нічне бачення? Невидимість? Телепатія? Пальці з отрутою?

— Мені байдуже, — прогарчала Естер. — Вона не перевершить мій дар. Неважливо, наскільки вона лиха.

Софі сміялася так, що аж почала плакати.

— Послухай мене, — скипіла Естер, тримаючи тарілку між ногами, — це моя Школа.

— Залиш собі свою вошиву Школу! — вигукнула Софі.

— Я — Капітан класу! — загорлала Естер.

— Я не сумніваюся в цьому!

— І жодний Читач не стане мені на заваді!

— Чи всі лиходії такі кумедні?

Естер видала божевільне квоктання й жбурнула свою тарілку в Софі, яка вчасно нахилилася. Тож тарілка гепнулась об плакат «Розшукуються!» на стіні й відлетіла від голови Робіна. Софі припинила сміятися. Вона глянула через випалене ліжко, Естер стояла навпроти відчинених дверей, чорна як Смерть. На якусь мить Софі здалося, що татуювання поворухнулося.

— Стережись, відьмо! — відрізала Естер і гримнула дверима.

Софі подивилася на свої пальці, вони тремтіли.

— І ми думали, що вона невдаха! — пробубоніла Дот позаду неї.

Агата знала, що буде недобре, якщо вони дозволять вовку її забрати.

Після пожежі її зачинили в кімнаті на два дні, їй було дозволено виходити тільки до туалету або взяти їжу — сирі овочі і сік зі слив — у похмурих фей. Нарешті після обіду третього дня прийшов білий вовк і забрав її геть.

Встромивши пазурі в її обпалений рожевий рукав, він протягнув дівчинку повз фрески передпокою зі сходами, повз сяючих учнів і вчителів, які навіть не могли подивитися їй у вічі.

Агата боролася зі слізьми. Вона вже двічі посідала останнє місце. Спровокувавши бунт тварин і підпаливши школу, вона посіла його втретє. Все, що вона мала зробити, це удавати із себе добру декілька днів, а вона не змогла впоратися навіть із цим. Чому вона вважала, що взагалі зможе тут втриматися? Врода. Чистота. Доброчесність. Якщо це було Добро, то вона була стовідсотковим Злом. Тепер вона отримає покарання. Агата знала чимало про казкові покарання — розчленування, препарування, кип'ятіння в маслі, здирання шкіри живцем, — щоб зрозуміти, що її кінець буде кривавим і болісним.

Вовк протягнув її через вежу Милосердя, повз дятла в окулярах, що видовбував нові списки на дверях Доглядальної кімнати.

— Ми йдемо до Директора Школи? — різко запитала Агата.

Вовк пирхнув. Він приволік її до кімнати у кінці зали й постукав.

— Заходьте, — почувся тихий голос усередині.

Агата подивилася вовку в очі:

— Я не хочу помирати.

Вперше його усмішка пом'якшилася.

— Я теж не хотів.

Він відчинив двері й проштовхнув її досередини.

Певно, вогонь був нарешті приборканий, бо навчання відновили після обіду третього дня і Софі опинилася у вологій, пліснявій кімнаті для «Особливих здібностей». Але вона ледь могла сконцентруватися, коли у животі буркотіло, Естер кидала вбивчі погляди, а Дот шепотіла іншим Нещасливцям про сусідку «стовідсоткове Зло». Все пішло не так. Вона розпочала тиждень, намагаючись довести, що вона принцеса. Тепер усі були переконані, що вона Капітан Зла. «Особливі здібності» викладала професорка Шеба Шікс, огрядна жінка з чиряками на обох чорних, наче смола, щоках.

— У кожного лиходія є дар! — підвивала вона своїм монотонним голосом, крокуючи кімнатою у червоній оксамитовій сукні з гострими плечима. — Але ми маємо виростити із вашого корча ціле дерево!

Сьогоденним випробуванням було продемонструвати класу свій унікальний дар. Що потужніший дар, то вище місце посяде учень. Але п'ять перших дітей не змогли нічого показати, включно з Вексом, який рюмсав, що він навіть не знає свого дару.

— Це ти скажеш Директору Школи на «Показі Здібностей»? — гриміла професорка Шікс. — «Я не знаю, який у мене дар», чи «я не маю дару», чи «мені не подобається мій дар», або ж «хочу обмінятися здібностями з Королевою Уті».

— Через неї я посяду останнє місце, — прошепотіла Дот.

— Щороку Зло програє «Показ Здібностей»! — кричала Шеба. — Добро співає пісні, вимахує мечами, а ви не маєте нічого кращого? Чи у вас нема гідності? Чи ви не маєте сорому? Годі! Мені байдуже, чи ви обертаєте людей на каміння, чи ви обертаєте їх на лайно! Ви послухаєте Шебу й станете номером один!

Двадцять пар очей вп'ялися в неї.

— Яка мавпа наступна? — прогуділа вона.

Жалюгідні виступи тривали. Зеленошкіра Мона примусила свої губи світитися червоним. («Тому що кожний принц боїться різдвяної ялинки», — простогнала Шеба.) Анаділь примусила своїх пацюків вирости на дюйм, Горт виростив волосся на грудях, Арахне видушила своє око, Раван відригнув дим, і коли вже здавалося, що вчителю все це остогидло, Дот торкнулася столу й обернула його на шоколад.

— Таємниця відкрита, — зачудувалася Софі.

— Я ніколи в житті не бачила такого параду непотребу, — зітхнула Шеба.

Але наступною була Естер. Злостиво поглянувши на Софі, вона схопилася за стіл обома руками, дужче, міцніше, доки на почервонілій шкірі не випнулася кожна вена.

— Обертається на кавун, — позіхнула Софі. — Особливий, звісно.

Потім щось поворухнулося на шиї Естер, і клас завмер. Татуювання здригнулося знову, ніби малюнок почав оживати. Червоноголовий демон звільнив одне крило, потім інше, повернув свою рогату голову до Софі й розплющив вузькі, налиті кров'ю очі. Серце Софі зупинилося.

— Я ж казала — стережись, — вищирилася Естер.

Демон постав з її шкіри до повноцінного життя й поспішив до Софі, вистрілюючи червоні вогняні блискавки в її голову.

Приголомшена, вона впала, щоб уникнути їх, штовхнувши на підлогу шафу. Створіння розміром з черевик випустило блискавку, яка запалила її сукню. Софі почала крутитися, щоб збити полум'я.

— Допоможіть!

— Використай свій дар, білява нездаро! — гримнула Шеба, погойдуючи стегнами.

— Вона має заспівати, — глузувала Дот. — Цим уб'є всіх у кімнаті.

Естер погнала демона у другу атаку, і він заплутався у вкритій павутиною, шипованій люстрі. Софі проповзла під останнім рядом, побачила книжку, що впала, — «Енциклопедію Лиходіїв» — й почала швидко гортати сторінки. Баньши, Беаніг, Берсекер…

— Софі, швидше! — закричав Горт.

Софі визирнула, щоб подивитися, як крилата тварюка вирвалася з павутиння, тим часом як очі Естер палали по той бік кімнати. Софі відчайдушно гортала. Підземна летюча миша, циклоп… Демон! Десять сторінок маленьким шрифтом. Демон — надприродна істота, що має приголомшливу кількість форм, кожна з різною силою і слабкістю…

Софі здригнулася. Демон був за п'ять футів.

— Використай дар! — кричала Шеба.

Софі жбурнула книжку в демона й не влучила. З убивчою посмішкою він вистрілив блискавкою, як кинджалом. Шеба спробувала втрутитися, але Анаділь завадила їй. Демон зловісно закричав й прицілився Софі в обличчя. Але, коли він надіслав блискавку, Софі раптом згадала один дар, який мали всі дівчатка зі Школи Добра… друзів.

Вона підскочила до вікна й свиснула, щоб добрі, благородні тварини врятували її…

У вікно увірвалися чорні оси й роєм напали на демона. Естер відсахнулася, ніби від ножа. У Софі від переляку повилазили очі. Вона знову свиснула — але тепер влетіли кажани, вони встромляли у демона зуби, тим часом як оси продовжували жалити. Демон упав на підлогу, як обгорілий метелик. Шкіра Естер стала блідою, холодною й знекровленою.

Збентежена, Софі свиснула гучніше, й прилетів рій бджіл, шершнів, сарани, що взяв в облогу чудовисько, тепер Естер билася в конвульсіях. Софі стояла в кутку, завмерши, а лиходії відганяли рій від демона книжками й стільцями, але комахи, не маючи жалю, нападали, поки Естер не завмерла.

Софі підійшла до демона й устромила руки в рій...

— СТОП!

Рій завмер на місці. Наче покарані діти, вони покірно задзижчали й темною хмарою вилетіли у вікно. Поранений демон з хрипом підповз до Естер і повернувся на її шию. Естер вдихнула і відкашляла слиз, повернувшись з-за грані. Вона видихнула, переповнена жахом. Софі кинулася, щоб допомогти їй.

— Я не хотіла... Я хотіла птаха, чи... — Естер відсахнулася від її доторку.

— Принцеси кличуть тварин! — закричала Софі у тиші. — Я добра! Стовідсоткове Добро!

— Дякую тобі, Вельзевуле!

Софі обернулася.

— Виглядає як принцеса! Діє як принцеса! Але відьма, — вигукнула Шеба, дриґаючи ногами. — Запам'ятайте мої слова, непридатні мої! Вона виграє Корону «Показу»!

Уже вдруге Софі подивилася на перше місце, що куріло червоним над її головою.

У паніці Софі поривалася щось заперечувати своїм однокласникам, але вони більше не дивилися на неї з презирством або ж глузуванням. В їхніх поглядах було щось інше. Повага.

Її місце лиходійки № 1 ставало дедалі певнішим.

Зблизька професорка Клариса Даві, з її сріблястим вузлом і рожевим обличчям, виглядала заспокійливо і нагадувала бабусю. Агата не могла бажати кращого екзекутора.

— Мені б хотілося, щоб цим зайнявся Директор, — сказала професорка Даві, складаючи папери під прес-пап'є у вигляді кришталевого гарбуза. — Але ми всі обізнані, як він ставиться до свого усамітнення.

Нарешті вона подивилася на Агату. Вона більше не виглядала відрадно.

— Я маю Школу наляканих учнів, два дні навчань втрачено, ціле крило класів знищено, п'ять сотень тварин потребують очищення пам'яті, дорогоцінна алея перетворилася на попіл, і під усім цим десь похована безголова ґаргулья. Ти знаєш, чому це все сталося?

Агата не могла вичавити з себе ані слова.

— Тому що ти не послухалася простого наказу Поллукса, — сказала професорка Даві. — І це мало не коштувало життів, — вона присоромила Агату поглядом й повернулася до своїх манускриптів.

Агата подивилася крізь вікно на берег озера, де Щасливці закінчували обід зі смаженого курчати з гірчицею, шпинатом, шматочками Грюєру та яблучним сидром. Вона бачила Тедроса, який переказував події в Оранжереї зачарованим глядачам, демонструючи почорніле око як почесну відзнаку.

— Можу я хоча б попрощатися з подругою? — запитала Агата зі сльозами на очах. Вона повернулася до професорки Даві. — До того як ви... вб'єте мене?

— Це не обов'язково.

— Але мені потрібно її побачити!

Професорка підняла очі:

— Агато, ти посіла перше місце за свою роботу на уроці «Спілкування з тваринами» — і це дуже правильно. Тільки рідкісний дар може перетворювати бажання на дійсність. І хоча є різні думки щодо того, що сталося на даху, я додам, що жоден учень цієї школи не став би ризикувати своїм життям, аби допомогти ґаргульї. — Її очі заблищали, так само на якусь мить заблищав лебідь на її сукні. — Тож це свідчить про безмірну доброту.

Агата дивилася на неї, проковтнувши язик.

— Якщо ти не послухаєшся ще одного прямого наказу вчителя, Агато, я гарантую, ти пожалкуєш. Зрозуміла?

Агата кивнула з полегшенням.

Вона почула сміх ззовні й обернулася, щоб побачити, як друзі Тедроса б'ють ногами подушку, скручену у вигляді тіла: приставлені ноги були з гілок, чорні очі з ґудзиків, а чорне волосся з терну. Раптом стріла влучила ляльці в голову, збивши в повітря пір'я. Наступна стріла розірвала їй серце. Хлопчики припинили сміятися й обернулися. На іншому боці галявини Тедрос кинув лук і пішов геть.

— Щодо твоєї подруги, у неї все гаразд там, де вона є, — сказала професорка, переглядаючи інші сувої. — Але ти можеш побачити її на власні очі. Вона буде на наступному твоєму уроці.

Агата не слухала. Її очі й досі були прикуті до ляльки з мертвими очима, що кровоточила пір'ям на вітрі.

Лялька виглядала так само, як вона.

10
Погана група

Х то ще в нашій групі? — Агата запитала Со-
фі, щоб позбутися напруження.

Софі не відповіла.
Фактично вона поводи-
лася так, ніби Агати не
було взагалі.

Останній урок
дня, «Виживання
у казках», був єди-
ним, де перетиналися
учні Школи Добра
і Зла.

Після того як
професорка Даві
наказала хлопцям-
Щасливцям піти до
Арсеналу здати
їхню особисту
зброю — це був
єдиний спосіб

заспокоїти леді Лессо, яка шаленіла після втрати ґаргульї, — обидві половини Школи були зібрані біля воріт Блакитного Лісу, де феї об'єднали учнів у групи по восьмеро Щасливців і по восьмеро Нещасливців у кожній. Тим часом як інші діти отримали керівників (людожера — друга група, кентавра — восьма група… лілейну німфу — дванадцята група), Агата й Софі першими прибули під прапор, на якому було написано криваво-червоне «3».

Агата мала так багато всього розповісти Софі — про посмішки і рибу, про пожежу, і, перш за все, про цього дурного сина короля Артура, але Софі навіть не дивилася на неї.

— Чи не можемо ми просто піти додому? — запитала Агата.

— Чому ти не підеш додому, доки ще не зазнала невдачі або не перетворилася на крота? — роздратувалася Софі. — Ти в моїй Школі.

— Тоді чому це не дає нам змоги помінятися?

Софі обернулася:

— Бо ти… Бо ми…

— Маємо йти додому, — пильно подивилася Агата.

Софі посміхнулася своєю найдобрішою посмішкою.

— Раніше чи пізніше вони розберуться, що правильно.

— Я б сказав раніше, — долинуло ззаду.

Вони повернулися до Тедроса — сорочка обпалена, око запливло рожевим і блакитним.

— Якщо ти шукаєш кого вбити, то як щодо тебе цього разу? — виплюнула Агата.

— Дякую, було достатньо вбивств, — випалив у відповідь Тедрос. — Я ризикнув життям, щоб убити ту ґаргулью.

— Ти вбив невинну дитину! — закричала Агата.

— Я врятував тебе від смерті усупереч усім інстинктам і здоровому глузду! — заволав Тедрос.

Софі зітхнула:

— То ви знаєте одне одного?

Агата повернулася до неї:

— Ти гадаєш, що це твій принц? Він просто роздута повітряна кулька, і він не може вигадати нічого кращого, ніж вештатися усюди напівоголеним і пхати свого меча куди не слід!

— Вона просто божеволіє, тому що зобов'язана мені своїм життям, — Тедрос позіхнув і почухав груди. Він посміхнувся до Софі.

— То ти вважаєш, що я твій принц?

Софі делікатно зашарілася, як вона тренувалася перед уроком.

— Я знав, що сталася помилка на церемонії Привітання, — сказав принц, вивчаючи її блакитними очима. — Така дівчинка, як ти, не має навіть наближатися до Зла.

Він повернувся до Агати, посупившись:

— А така відьма, як ти, не повинна пере-бувати поруч із кимось таким, як вона.

Агата підійшла до нього:

— По-перше, ця відьма, так уже сталося, моя подруга. І по-друге, чому тобі не піти грати зі своїми, перш ніж я не зробила твої очі однаковими?

Тедрос так сильно засміявся, що схопився за ворота.

— Принцеса товаришує з відьмою! Оце вже дійсно казка.

Агата сердито подивилася на Софі, чекаючи, що вона втрутиться.

Софі ковтнула й повернулася до Тедроса:

— Ну, те, що ти кажеш, звучить смішно. Адже принцеса, звісно, не може бути подругою відьми, але хіба це залежить від типу відьми? Я маю на увазі, що означає саме визначення, хто є відьмою.

Тепер Тедрос подивився на неї нахмурено.

— Отже, м-м-м, я намагаюся сказати...

Погляд Софі бігав від Тедроса до Агати, від Агати до Тедроса...

Вона стала перед Агатою і взяла руку Тед-роса.

— Моє ім'я Софі, мені подобається твій синець.

Агата схрестила руки.

— Овва, — сказав Тедрос, дивлячись у зворушливі зелені очі Софі. — Як ти виживаєш у цьому місці?

— Тому що я знаю, що ти врятуєш мене, — видихнула Софі.

Агата кашлянула, щоб нагадати їм, що вона й досі тут.

— Ви, певно, жартуєте, — сказав дівчачий голос за ними.

Вони обернулися й побачили Беатрікс під кривавою «3» разом із Дот, Гортом, Раваном, Міллісент і рештою учасників їхньої лісової групи. Якби скласти всі мерзенні погляди, кинуті у той момент, хтось би міг закінчити життя, як тарілка спагеті.

— М-м-м, — почулося знизу.

Вони поглянули униз і побачили чотирифутового гнома зі зморшкуватою коричневою шкірою, у підперезаній зеленій курточці й гострому помаранчевому капелюсі. Коротун похмуро визирав з отвору в землі.

— Погана група, — пробурмотів він.

Голосно буркочучи, гном Юба виповз зі своєї нори, штовхнув браму своїм білим посохом й повів учнів до Блакитного Лісу.

На мить кожен забув про свою злість і з подивом роздивлявся синє чарівне місце навколо них. Кожне дерево, кожна квітка, кожна стеблинка трави виблискували іншим відтінком. Тонкі промені сонця просочувалися крізь лазурові завіси, освітлюючи бірюзові стовбури й квітки кольору морської хвилі.

Олені паслися біля блакитного бузку, ворони й колібрі тріщали у сапфіровій кропиві. Білки й кролики поспішали крізь темно-синій верес, щоб приєднатися до лелек, що пили з ультрамаринового ставка.

Жодна тварина не здавалася наляканою чи щонайменше стурбованою екскурсією учнів. Агата і Софі завжди асоціювали Ліси з небезпекою і темрявою, цей же вабив красою й життям. Принаймні поки вони не побачили зграю кістяних птахів-стімфів, що спали у синіх гніздах.

— Вони дозволяють їм знаходитися біля учнів? — запитала Софі.

— Вони сплять протягом дня. Абсолютно безпечні, — прошепотіла Дот у відповідь. — Якщо лиходій їх не розбудить.

Коли учні йшли слідом, Юба розповідав їм історію Блакитного Лісу своїм сухим, хриплим голосом. Колись не було спільних занять для учнів Школи Добра і Зла. Дітей, які отримали дипломи, просто випускали у Нескінченні Ліси. Але, перш ніж вони мали змогу взяти участь у битві, Щасливці й Нещасливці неминуче ставали жертвами голодних кабанів, демонів, примхливих павуків і випадкових хижих тюльпанів.

— Ми зрозуміли очевидне, — сказав Юба. — Ви не зможете вижити у вашій казці, якщо ви не зможете вижити у Лісі.

Таким чином, Школа створила Блакитний Ліс як навчальний майданчик. Величні сині зарості постали завдяки охоронним закляттям, що убезпечували від вторгнень, але учні пам'ятали, що це просто імітація більш підступних Лісів.

Що стосується того, наскільки зрадливі вони були, учні це відчули одразу, як Юба повів їх крізь Північні ворота. Хоча стояв осінній вечір і трохи сонячного світла ще пробивалося до землі, темний, щільний Ліс відбивав його, наче щит. Це був Ліс вічної ночі, де кожен дюйм зеленого був укритий тінню. Коли їхні очі призвичаїлися до чорної, як сажа, темряви, учні змогли побачити вузьку ґрунтову дорогу, що тяглася між деревами, наче звивиста лінія життя на долоні старого діда. Обабіч шляху повзучі рослини оповивали дерева так густо й міцно, що Ліс перетворювався на непрохідний частокіл, підліску майже не було. Те, що падало в Лісі додолу, вкривалося покрученими шпичаками, гострими гілками й павутинням. Але нічого з цього не лякало учнів так, як звуки, що долинали з темряви поза дорогою. Стогони й гуркіт виривалися з нутра Лісу, а скрегіт і гарчання створювали огидну гармонію.

Потім діти побачили те, що видавало звуки. Безліч пар очей дивилися на них з чорної безодні диявольським червоним і жовтим мерехтінням, зникали, потім з'являлися знову вже ближче. Жаский шум ставав дедалі голоснішим, диявольські очі множились, підлісок вирував життям, і учні побачили непевні контури, що виросли з імли.

Сюди! — покликав Юба.

Вони проскочили ворота і, не озираючись назад, рушили за гномом на Блакитну Галявину.

— Зараз «Виживання у казках» — це заняття таке ж, як і будь-який інший урок, — пояснював Юба, сівши на бірюзовий пень, — учні посідають місця від першого до шістнадцятого за кожне виконане завдання. Тільки на кону стоїть щось більше: двічі на рік кожна з п'ятнадцяти груп надсилає свого найкращого Щасливця і найкращого Нещасливця для змагання «Випробування казкою».

Юба не сказав нічого про таємниче Випробування, окрім того, що переможці посядуть п'ять додаткових перших місць. Учні його групи поглянули одне на одного, думаючи про те саме. Той, хто виграє «Випробування казкою», стане Капітаном класу.

— Існує п'ять правил, що розмежовують Добро і Зло, — сказав гном і написав їх у повітрі посохом, що димів.

1. *Зло нападає. Добро захищається.*
2. *Зло карає. Добро пробачає.*
3. *Зло шкодить. Добро допомагає.*
4. *Зло бере. Добро віддає.*
5. *Зло ненавидить. Добро любить.*

— Доки ви дотримуєтеся правил вашої сили, ви маєте найкращий шанс вижити у вашій казці, — сказав Юба групі, що вмостилася на лазуровій траві. — Ці правила, звісно, мають бути для вас легкими. Адже вас обрали ваші школи саме тому, що ви показуєте досягнення найвищого рівня!

Софі хотіла кричати. Допомагати? Давати? Любити? Це було її життям! Це було її душею!

— Але спочатку потрібно навчитися розрізняти Добро і Зло, — сказав Юба. — У Лісі зовнішність часто оманлива. Білосніжка майже загинула через те, що вирішила, ніби стара карга бажає їй добра, а Червона Шапочка опинилася у животі вовка тому, що вона не змогла розгледіти різницю між родичем і лиходієм. Навіть Белль ледь відрізнила потворного звіра від шляхетного принца. Все це призвело до непотрібних страждань. Адже як би Добро і Зло не маскувалися, їх завжди можна було розрізнити. Ви повинні уважно придивлятися. І пам'ятати правила. Під час випробування, — заявив Юба, — кожен учень має відрізнити замаскованих Нещасливців і Щасливців, спостерігаючи за їхньою поведінкою. Хто правильно визначить учня Добра і учня Зла в найкоротший строк, той посяде перше місце.

— Я ніколи не робила нічого навіть близького до правил Зла, — засмутилася Софі, яка стояла поруч із Тедросом. — Якби ж тільки вони знали всі мої добрі справи!

Беатрікс озирнулася:

— Нещасливці не повинні розмовляти зі Щасливцями.

— Щасливцю не слід називати Щасливця Нещасливцем, — відрізала Софі.

Беатрікс виглядала збитою з пантелику, а Тедрос приховав усмішку.

— Ти повинна довести, що вони переплутали тебе з відьмою, — прошепотів він Софі після того, як Беатрікс відвернулася. — Виграй випробування, і я сам піду до професорки Даві. Якщо ґаргулья не переконала її, то це переконає.

— Ти зробиш це... для мене? — сказала Софі, широко розплющивши очі.

Тедрос торкнувся її чорної туніки:

— Я не можу фліртувати з тобою, коли ти у цьому, розумієш? — Софі була ладна спалити одяг просто тут, якби могла.

Горт став першим. Щойно він зав'язав обірвану пов'язку на очі, Юба навів свій посох на Міллісент і Равана, які засвітилися чарівним світлом і випали зі свого рожевого й чорного одягу. Вони ставали дедалі меншими, доки не вислизнули двома однаковісінькими кобрами. Горт зняв пов'язку.

— Ну, — сказав Юба.

— Як на мене, вони до біса однакові, — сказав Горт.

— Перевір їх! — вилаявся Юба. — Використай правила!

— Я навіть не пам'ятаю ті кляті правила, — сказав Горт.

— Далі, — гном виглядав приголомшеним.

Для Дот він перетворив Беатрікс і Горта на єдинорогів. Але один єдиноріг почав копіювати іншого і навпаки, а потім вони обидва почали стрибати навколо, наче два міми. Дот почухала потилицю.

— Правило перше! Зло нападає! Добро захищається! — вигукнув Юба. — Хто з них почав, Дот?

— О! Чи можемо ми почати знову?

— Це не просто погано, — зітхнув Юба. — Найгірше!

Він скосив очі на сувій з іменами.

— Хто хотів би замаскуватися для Тедроса? Усі дівчатка з Добра підвели руки.

— Ти ще не проходила, — сказав Юба, вказуючи на Софі.

— І ти також, — сказав він Агаті.

— Навіть моя бабуся змогла б це зробити правильно, — промурмотів Тедрос, зав'язуючи очі.

Агата вийшла уперед й стала поруч із Софі, яка почервоніла, як наречена.

— Аггі, йому байдуже, в якій я школі і якого кольору мій одяг, — зітхнула Софі. — Він бачить, хто я насправді.

— Ти його навіть не знаєш!

Софі спалахнула:

— Ти не… рада за мене?

— Він нічого не знає про тебе! — відповіла Агата. — Все, що він бачить, — це твоя зовнішність!

— Уперше в житті я бачу, що він розуміє мене, — зітхнула Софі.

Біль стис горло Агати.

— А як щодо… я маю на увазі, ти казала…

Софі зустріла її погляд.

— Ти була такою гарною подругою, Аггі. Але ми тепер у різних школах, чи не так?

Агата відвернулася.

— Готовий, Тедросе? Ну ж бо! — Юба навів свій посох, і дівчатка вибухнули зі свого одягу, перетворившись на слизьких смердючих демонів.

Тедрос зняв пов'язку й відскочив, затискаючи носа. Софі стисла свої зелені пазурі й підморгнула йому віями з хробаків. Слова Софі пульсували в її голові, Агата тихо сіла — вона здалася.

— Це занадто очевидно, — сказав Тедрос, дивлячись на демона, що заграє.

Спантеличена Софі зупинилася.

— І ця відьма вправніша, ніж ви можете уявити, — сказав Тедрос, розглядаючи двох демонів.

Агата закотила очі. Цей хлопчик має мозок розміром з арахіс.

— Відчувай серцем, а не розумом! — вигукнув Юба до принца.

Скривившись, Тедрос заплющив очі. Якусь мить він вагався. Але потім упевнено, рвучко повернувся до одного з демонів.

Софі задихнулася. Це була не вона.

Тедрос наблизився, торкнувся вологої бородавчастої щоки.

— Це Софі! — він розплющив очі. — Це принцеса.

Агата поглянула на Софі й задихнулась.

— Чекайте. Я маю рацію, — сказав Тедрос.

Софі штовхнула Агату.

— ТИ ВСЕ РУЙНУЄШ!

Для решти це звучало як «ГОББО ООМІ ХООВАХ!» — але Агата все добре зрозуміла.

— Подивися, який він дурний! Він навіть не може нас розрізнити! — закричала Агата.

— Ти обдурила його! — вигукнула Софі. — Так, як обдурила птаха, хвилю й...

Тедрос зацідив їй в око.

— Облиш Софі! — закричав він.

Софі вирячилася на нього. Її принц щойно вдарив її. Її принц щойно сплутав її з Агатою. То як же їй довести те, ким вона є?

— Використовуй правила! — волав Юба з колоди.

Раптом усвідомивши суть завдання, Софі стала так, що її плямисте горбате тіло піднялося над Тедросом, й погладила його груди масною зеленою рукою:

— Мій коханий Тедросе! Я тобі пробачаю й не буду захищатися, навіть якщо ти нападеш на мене. Я тільки хочу допомогти тобі, мій принце, й подарувати нам казку, що поведе нас пліч-о-пліч до кохання, щастя й довгого життя.

Але Тедрос почув лише гарчання, тож він відштовхнув руку Софі й побіг до Агати, простягнувши руки.

— Я не можу повірити, що ти могла потоваришувати з...

Агата вдарила його коліном у пах.

— Тепер я спантеличений, — прохрипів Тедрос і впав.

Стогнучи від болю, він піднявся й побачив, як Софі потягла Агату до кущів чорниці, Агата вдарила Софі білкою, що верещала, і два зелених демони почали гамселити один одного, наче двоє підлітків.

— Я ніколи не повернуся з тобою додому! — репетувала Софі.

— О-о-о! О-о! Тедросе, одружися зі мною! — передражнила її Агата.

— Я хоча б вийду заміж!

Бійка досягла безглуздої кульмінації — Софі била Агату блакитним гарбузом, Агата сиділа в неї на голові, а клас робив ставки на те, хто є хто...

— Йди гнити у Гавалдоні сама! — верещала Софі.

— Краще сама, ніж з фальшивкою! — горланила Агата.

— Забирайся з мого життя!

— Це ти прийшла до мого!

Шкутильгаючи, Тедрос став між ними:

— Годі!

Він обрав неслушний момент. Обидва демони повернулися до нього і з пронизливим ревищем, розбризкуючи слиз, ударили його так, що він пролетів другу, шосту й десяту групи й упав у купу кабанячого лайна.

Зелена шкіра змінилася на людську, розміри демонів зменшилися, і дівчачі тіла постали в їхньому звичному одязі. Агата й Софі повернулися й побачили, що вся група регоче над ними.

— Гарний кінець, — сказав Горт.

— Зробіть висновок, — сказав Юба. — Коли Добро діє як Зло, а Зло поводиться некомпетентно, коли правила порушуються і кожен робить, що йому заманеться, навіть я не можу розібратися, що є що... Існує один вихід, поза сумнівом.

На ногах дівчаток з'явилися дві пари залізних черевиків.

— Фу! Які вони огидні, — насупилася Софі.

Черевики стали гарячими. Дуже гарячими.

— Гаряче. Мої ноги палають! — волала Агата, підстрибуючи вгору-вниз.

— Зупиніть це! — кричала Софі, стрибаючи від болю.

Удалині вовки провили закінчення уроку.

— Клас вільний, — сказав Юба й пошкандибав геть.

— А як щодо нас! — закричала Агата, гецаючи у своїх палаючих черевиках...

— На жаль, казкові покарання мають власний розум, — знову заговорив гном. — Вони припиняються, коли урок засвоєно.

Клас пішов слідом за ним до шкільної брами, полишаючи Софі й Агату стрибати у проклятих черевиках. Тедрос прошкутильгав повз покараних дівчаток, весь укритий слизом і лайном. Він нагородив їх однаковими відразливими поглядами:

— Тепер я розумію, чому ви подруги.

Коли принц поплентався до блакитних заростей, дівчатка побачили, як Беатрікс посунулася до нього.

— Я знала, що вони обидві лихі, — сказала вона, коли вони зникли за дубами.

— Це... твоя... провина! — прохрипіла Софі.

— Будь ласка ... зупиніться, — прохрипіла Агата.

Але черевики ставали дедалі гарячішими, доки дівчатка вже не могли навіть кричати. Навіть тварини не змогли дивитися на такі страждання й трималися подалі.

Післяобідній час перетворився на вечір, вечір — на ніч, а вони і досі стрибали, як божевільні, крутилися й пітніли від болю й відчаю. Опіки розривали кістки, вогонь став їхньою кров'ю, невдовзі вони бажали, щоб страждання припинилися за будь-яку ціну. Смерть чує, коли її кличуть. Тож тільки-но дві дівчинки здалися в її жорстокі руки, сонячне проміння розітнуло темряву, торкнулося їхніх ніг — і черевики стали холодними.

Дівчатка попадали змучені.

— Готова повертатися додому? — Агата задихалася.

Софі подивилася угору бліда, як привид:

— Я вже гадала, що ти не запитаєш.

11

Загадка Директора Школи

Коли обидві школи ще спали, дві голови з'явилися над поверхнею чорного рову. Софі й Агата крадькома дивилися на тонку сріблясту вежу, що відділяла озеро від багна. Занадто далеко, щоб доплисти. Занадто високо, щоб залізти. Сонмище фей охороняло її шпиль, армія вовків з арбалетами охороняла дерев'яні дошки біля її основи.

— Ти впевнена, що він тут? — поцікавилася Софі.

— Я його бачила.

— Він має допомогти нам! Я не можу повернутися у те місце!

— Слухай, ми просто будемо благати його, доки він не відправить нас додому.

— Це спрацює, — пирхнула Софі. — Довір його мені.

Протягом останньої години дві дівчинки обмірковували кожен імовірний варіант утечі. Агата вважала, що вони мають вислизнути до Лісу й знайти зворотній шлях додому. Але Софі зауважила, що, навіть якщо вони пройдуть повз ґрати зі змій та інші пастки, вони лише заблукають. («Його не просто так називають Нескінченні Ліси».) Замість цього вона запропонувала здобути чарівну мітлу, чи літаючий килим, чи ще щось зі шкільних комор, що допомогло б їм перелетіти над Лісом.

— У якому напрямку ми полетимо? — запитала Агата.

Дівчатка відкинули інші варіанти: слід з хлібних крихт (це ніколи не спрацьовувало), пошуки доброго мисливця або карлика (Агата не довіряла незнайомцям), допомогу хрещеної феї (Софі не довіряла товстухам). Аж поки не залишився єдиний варіант.

Але зараз, розглядаючи фортецю Директора, вони зневірилися.

— Ми ніколи не дістанемося туди, — зітхнула Софі.

Агата почула клекіт удалині.

— Зачекай-но.

Через деякий час по тому, обліплені мулом, вони повернулися до Блакитного Лісу й побачили гніздо з великими чорними яйцями позаду барвінкових чагарників. Перед гніздом п'ять кістяних стімфів спали на траві кольору індиго, заляпаній кров'ю й укритій рештками наполовину з'їденої кози.

Софі насупилася:

— Я повернулася до того, з чого починала, — вкрита смердючим багном й численними хижими личинками та... що ти робиш!

— Щойно вони нападуть, ми застрибнемо на них.

— Щойно вони що..?

Але Агата вже штовхала яйце носком ноги.

— Черевики випалили твій мозок, — прошипіла Софі.

Коли Агата наблизилася до гнізда, вона роздивилася гострі ікла, вигнуті пазурі й хвости з шипами, якими стімфи здирали плоть з кісток. Раптом вона засумнівалася щодо свого плану. Агата позадкувала, але перечепилася через гілку й з гучним тріском упала на козячу ногу. Стімфи розплющили очі. Її серце зупинилося.

«Доки лиходій не розбудить їх».

Рожева сукня не обдурить їх.

Агата пильно подивилася на хижаків, які прокидалися. Вона не може здатися зараз! Вона кинулася до гнізда, схопила яйце, приготувалася кинути...

— Не дивлюся, не дивлюся... — скиглила Софі, підглядаючи крізь пальці на розкидані кінцівки й кров.

Та підступні птахи вже нюхали Агату, як цуценята, що шукають молоко.

— О, лоскотно! — вигукнула вона.

Софі молитовно склала руки.

Агата відступила назад й простягла їй яйце.

— Твоя черга.

— О, будь ласка, якщо вони вподобали тебе, то зі мною вони спробують подружитися. Звірі обожнюють принцес, — сказала Софі й попрямувала до птахів.

Стімфи випустили войовничий крик й напали.

— Допоможі-і-іть! — Софі кинула яйце Агаті, але стімфи продовжували переслідувати Софі, яка бігала по колу, як сновида. П'ять стімфів бігали за нею дурним гігантським парадом, аж поки всі не забули, хто за ким женеться, і птахи почали наштовхуватися одне на одного.

— Бачиш? Я перехитрила їх! — просяяла Софі.

Стімф дзьобнув її у сідниці.

— А-а-а! — Софі помчала до найближчого дерева. Але вона не вміла лазити по деревах, тож пожбурила жменю розчавленого аґрусу птахові в очі. Та птах не мав очей, ягоди пролетіли крізь кістяні очниці й попáдали на землю.

Агата споглядала з кам'яним обличчям.

— Аґґі, воно наступає!

Стімф наближався до Софі, але різко зупинився, бо Агата скочила йому на спину.

— Залазь, дурна! — прокричала вона Софі.

— Без сідла? — скривилася Софі. — Залишаться садна.

Стімф потягнувся до неї — Агата вдарила його по голові й перекинула Софі через спину птаха.

— Тримайся міцно! — вигукнула Агата, коли птах зірвався у небо, перекручуючись у повітрі, щоб струсити дівчаток зі спини.

Ще чотири стімфи злетіли з синіх дерев, долучившись до вбивчого переслідування. Агата пришпорила птаха, Софі трималася за неї залізною хваткою:

— Це найгірший план!

Почувши крики і клекіт, феї і вовки подивилися в небо й побачили лише, як порушники розтанули в імлі.

— Ось вежа! — закричала Агата й вказала на сріблястий шпиль, що виднівся в тумані.

Крізь ребра стімфа просвистіла стріла вовка, вона ледь не розрізала Софі навпіл. З мряки виринули феї, вистрілюючи золотим павутинням. Стімф пірнав, ухиляючись від пострілів, обертався навколо своєї осі, щоб врятуватися від зливи стріл. Цього разу дівчатка не втрималися й попадали зі спини.

— Ні-і-і! — закричала Агата.

Софі вхопилася за останню кістку на хвості стімфа. Агата вхопилася за краєчок кришталевого черевичка Софі.

— Ми загинемо! — репетувала Софі.

— Маємо втриматися! — кричала Агата.

— Руки пітніють!

— Ми загинемо!

Стімф наблизився до стіни вежі. Але, коли він уже замахнувся хвостом, щоб розплескати їх об стіну, Агата побачила, як в імлі зблиснуло вікно.

— Зараз! — закричала Агата.

Цього разу Софі послухалася.

З усіх боків прилетіло золоте павутиння — і стімф безпомічно заверещав. Феї подивилися, як він падає назустріч своїй смерті, й перезирнулися з цікавістю. На його спині не було вершників.

Аварійне приземлення крізь вікно прикрасило весь правий бік Софі синцями, а Агата поранила зап'ясток. Але біль свідчив про те, що вони досі живі. Біль означав, що вони і досі можуть сподіватися повернутися додому. Стогнучи й зітхаючи, вони підвелися на ноги. Софі побачила свій найжахливіший збиток.

— Мій черевичок! — вона тримала кришталевий каблук, що відірвався від підошви. — Він був єдиний такий, — оплакувала Софі.

Агата не звернула на неї жодної уваги й пошкутильгала до темної сірої кімнати, ледь освітленої світанком.

— Є хто-небудь? — гукнула Агата.

Дівчатка пройшли глибше до похмурої кімнати. В стінах із сірої цегли були приховані кам'яні шафи, заповнені згори донизу кольоровими палітурками. Софі змахнула пил з полиці й прочитала витончені сріблясті літери на корінцях: «Рапунцель», «Співоча кісточка», «Дюймовочка», «Очеретяна шапка», «Король-жаба», «Шість лебедів»… Усі історії, які читали діти Гавалдона. Вона подивилася на Агату, яка зробила таке саме відкриття в іншому кутку кімнати. Вони стояли у бібліотеці з казками, що будь-коли розповідалися.

Агата розгорнула «Красуню і чудовисько». Книга була написана тим самим витонченим почерком, ілюстрована яскравими малюнками, такими самими, як були у залах обох шкіл. Потім вона розгорнула казку «Червоні черевички», потім — «Ослячу шкуру», «Снігову королеву» й виявила, що всі вони написані однією королівською рукою.

— Аггі?

Агата простежила за поглядом Софі до найтемнішої частини кімнати. У сутінках вона могла побачити пристойний кам'яний стіл, підсунутий до стіни. Над ним довгий тонкий кинджал плавав у повітрі. Агата провела пальцями по холодній гладенькій поверхні столу й чомусь пригадала безліч порожніх надгробків, що зберігалися за її будиночком удома, чекаючи на свої тіла. Софі не могла відвести очей від завислого кинджала, що загрозливо досі плавав за кілька футів від поверхні столу.

Саме тоді вона побачила, що це зовсім не ніж.

— Це перо, — м'яко промовила вона.

Виготовлене з чистої сталі і смертельно гостре, наче в'язальна спиця, з обох кінців. На одному боці пера був викарбуваний напис, що тягнувся від краю до краю.

Раптом на перо упав промінь сонця, й від нього розсипалося сліпуче золоте сяйво навсібіч. Засліплена Агата відвернулася. Коли вона глянула знову, Софі вже дерлася на стіл.

— Софі, ні!

Софі підійшла до пера — очі широко розплющені, тіло напружене. Для неї світ зник у темному тумані навколо неї. Все, що залишилося, — це мерехтливе, гостре перо, незнайомі слова відбивалися в її скляних очах. Десь глибоко всередині вона усвідомлювала, що вони означають. Але вона все ж потяглася до кінчика.

— Ні! — закричала Агата.

Шкіра Софі торкнулася крижаної сталі, й кров уже майже бризнула з рани...

Агата схопила її, і вони обидві впали на стіл.

Софі вийшла з трансу і з підозрою витріщилася на Агату:

— Я на столі. З тобою.

— Ти майже торкнулася його! — відповіла Агата.

— Ха! Чого б це я мала...

Вона знову повернулася до пера, яке вже не було нерухомим. Воно зависло у дюймі від їхніх облич, смертельно гострий кінець був спрямований на них, ніби вагався, кого вбити першою.

— Не ворушись, — процідила Агата крізь стиснуті зуби.

Перо стало червоним.

— Ну ж бо! — закричала вона.

Перо пірнуло, дівчатка скотилися зі столу й побачили, що гострий, наче лезо, кінчик зупинився ще до того, як ударився об стіл. Хмаринка чорного диму — і на столі під пером раптом з'явилася книжка з корінцем з вишнево-червоного дерева. Перо перегорнуло обкладинку, розгорнувши книжку на першій чистій сторінці, й почало писати: «Жили собі дві дівчинки».

Той самий витончений почерк, як і раніше. Нова казка. Налякані Софі й Агата дивилися з підлоги.

— А це вже дивно, — сказав лагідний голос.

Дівчатка покрутили головами. Нікого.

— Учні моєї Школи вчаться і працюють чотири роки, вирушають до Лісів, шукають своїх запеклих ворогів, б'ються у жахливих битвах... будь-що, аби тільки жила надія, що Казкар, можливо, напише історію про них.

Дівчатка озирнулися навколо. У кімнаті не було нікого, взагалі. Але потім вони побачили, як їхні тіні на стіні зливаються у згорблену тінь, що викрала їх. Вони повільно обернулися.

— Аж тут він починає казку про двох невмілих, ненавчених, незграбних порушниць, — промовив Директор Школи.

Він був одягнений у сріблясту мантію, що роздувалася на його зігнутому худому тілі, ховаючи руки й ноги. Іржава корона стриміла на голові з густим, примарно-білим волоссям. Блискуча сріблáста маска закривала кожний дюйм його обличчя, залишаючи видимими тільки сяючі блакитні очі й повні губи, що кривилися у зневажливій посмішці.

— Це передбачає гарний кінець.

«Казкар» стрибав на сторінці: «Одна була гарною й милою, а інша була одинокою відьмою».

— Мені подобається ця казка, — сказала Софі.

— Це він ще не дійшов до тієї частини, де твій принц вдарив тобі в око, — відповіла Агата.

— Злюка, — наприндилася Софі.

Вони подивилися вгору й побачили, що Директор розглядає їх.

— Читачі непередбачувані, авжеж. Деякі були нашими найвидатнішими учнями. Більшість із-поміж них були надзвичайними невдахами. —

Він глянув на віддалені вежі, а потім знову на дівчаток. — Але це лише демонструє, які збаламучені Читачі.

Серце Агати шалено калатало. Це був їхній шанс! Вона штовхнула Софі.

— Ну ж бо!

— Я не можу, — прошепотіла Софі.

— Ти сказала залишити його тобі!

— Він занадто старий!

Агата штовхнула її ліктем у ребра, Софі штовхнула у відповідь...

— Багато викладачів запевняють, що я викрадаю вас, забираю проти вашої волі, — сказав Директор.

Агата вдарила Софі знову.

— Але правда в тому, що я звільняю вас.

Софі ковтнула й подивилася на свій зламаний черевичок.

— Ви заслуговуєте на те, щоб прожити надзвичайне життя.

Софі підкралася до Директора і замахнулася зазубленим підбором.

— Ви заслуговуєте на шанс дізнатися, хто ви є.

Директор повернувся до Софі, зубець був якраз навпроти його серця.

— Ми вимагаємо звільнити нас! — закричала Агата.

Тиша.

Софі впала навколішки.

— О, будь ласка, сере, ми благаємо милосердя.

Агата застогнала.

— Ви забрали мене до Школи Добра, — зарюмсала Софі, — але вони відправили мене у Школу Зла. І тепер моя сукня чорна, моє волосся брудне, мій принц ненавидить мене, а мої сусідки по кімнаті — душогубки. До того ж у Нещасливців немає Доглядальної кімнати, тож від мене, — вона перейшла на сопрано, — тхне, як від тхора, — тепер вона горлала у долоні.

— Тож ти хочеш змінити Школу? — поцікавився Директор.

— Ми б хотіли повернутися додому, — сказала Агата.

Софі радісно подивилася:

— Ми можемо помінятися?

Директор посміхнувся:

— Ні.

— Тоді ми хочемо повернутися додому, — сказала Софі.

«Загублені у незнайомому місці, дівчатка прагнули повернутися додому», — написав Казкар.

— Ми вже раніше повертали учнів додому, — сказав Директор, срібляста маска спалахнула. — Через хвороби, психічну неврівноваженість, прохання впливової сім'ї...

— Тож ви можете повернути нас додому? — запитала Агата.

— Міг би, — відповів Директор, — якби про вас не почалася казка.

Він подивився через кімнату на перо.

— Бачте, якщо Казкар розпочав історію, то, боюся, ми маємо йти за нею, куди б це нас не завело. Тепер питання, чи приведе казка вас додому?

Казкар вимережував на сторінці: «Дурні дівчиська! Вони були у пастці вічності!»

— Я теж це підозрював, — сказав Директор.

— Тож шляху додому немає? — запитала Агата, її очі наповнилися слізьми.

— Ні, якщо цим не закінчиться казка, — сказав Директор. — До того ж вирушити удвох додому — це досить неправдоподібно щодо дівчаток, які б'ються по різні боки, як ви вважаєте?

— Але ж ми не хочемо битися! — зауважила Софі.

— Ми на одному боці! — сказала Агата.

— Ми подруги! — сказала Софі, стискаючи руку Агати.

— Подруги! — здивувався Директор.

Агата теж виглядала здивованою, відчувши долоню Софі.

— Що ж, це, безсумнівно, змінює суть справи. — Директор крокував, як стара качка. — Бачте, принцеса і відьма ніколи не зможуть стати друзями у нашому світі. Це неприродньо.

Неправдоподібно. Неможливо. Це означає, що якщо ви справді друзі… то Агата не повинна бути принцесою, а Софі не повинна бути відьмою.

— Саме так! — сказала Софі. — Тому що я принцеса, а вона ві…

Агата штовхнула її.

— І якщо Агата не принцеса, а Софі не відьма, то певна річ, що я помилився і ви не належите цьому світу взагалі, — промовив він, його кроки сповільнилися. — Може, те, що мені всі кажуть, правда.

— Що ви добрий? — сказала Софі.

— Що я старий, — Директор визирнув з вікна.

Агата не могла стримати хвилювання:

— Тож можемо ми тепер повернутися додому?

— Гаразд, але це вкрай важка справа — довести все це.

— Але ж я намагалася! — сказала Софі. — Я намагалася довести, що я не лиходійка!

— А я намагалася довести, що я не принцеса! — сказала Агата.

— Ох, у цьому світі є лише один спосіб довести те, ким ти є.

Казкар припинив заклопотано писати, обмірковуючи ключовий момент. Директор повільно обернувся. Вперше його блакитні очі зблиснули загрозливо:

— Яку єдину річ Зло ніколи не мало... без якої єдиної речі Добро не може обійтися?

Дівчатка перезирнулися.

— Якщо ми розгадаємо загадку, ви... повернете нас додому? — запитала Агата обнадійливо.

Директор відвернувся:

— Я вірю, що ніколи не побачу знову жодної з вас. Хоча ви хочете вкрай нудного епілогу для вашої історії.

Враз кімната почала зникати, наче темна постать стирала сцену, замазуючи її білилом у них на очах.

— Чекайте! — закричала Агата. — Що ви робите?

Спочатку зникли книжкові полиці, потім стіни...

— Ні! Ми хочемо повернутися додому негайно! — волала Агата.

Потім щезли стеля, стіл, підлога довкола них — дівчатка забилися у куток, щоб їх не стерло...

— Як нам знайти вас?! Як нам відпо... — Агата сахнулася, щоб уникнути білого мазка. — Ви шахраюєте!

Через кімнату Софі побачила, як Казкар шалено пише, щоб устигнути за їхньою чарівною казкою. Перо відчуло її погляд, слова на його сталі раптом засвітилися червоним, і серце Софі знову запалало таємним розумінням. Налякана, вона притислася до Агати...

— Ви злодій! Ви шахрай! Ви стара гадина у масці! — кричала Агата. — Нам було добре без вас! Читачам добре без вас! Залишайтеся у вежі з вашими масками, пір'ям і дайте нам спокій! Ви мене чуєте? Викрадайте дітей з інших сіл, але облиште нас!

Останнє, що вони побачили, як Директор озирнувся на них з вікна, посміхаючись серед моря білила:

— З яких інших сіл?

Під дівчатками зникла підлога, і вони почали падати у порожнечу. Останні слова Директора пролунали, змішавшись із вовчим закликом до вранішніх уроків...

Вони прокинулися, засліплені сонцем, змоклі від поту. Агата шукала Софі, а та шукала Агату. Але вони побачили лише, що лежать у власних ліжках, у різних вежах.

12
Глухий кут

Ранок розпочався жахливо для обох дівчаток. Не тільки тому, що вони взагалі не спали, а ще й тому, що тепер вони повернулися до власних несумісних шкіл для ще одного дня мерзенних уроків. Ба гірше, жодна з них не знала відповіді на загадку Директора, і вони не могли обговорити це разом до самісінького обіду. І якщо все це ще якось можна було пережити, то плітки в обох школах щодо їхнього провалу з демонами були просто нестерпними.

На уроці «Спотворення» Софі намагалася ігнорувати всі хихотіння й зосередитися на лекції Менлі про належне використання плащів. Це потребувало потужної концентрації, враховуючи мстиві погляди Естер й те, що плащі могли бути використані для захисту, невидимості, маскування або польоту залежно від тканини і волокнистості, причому кожен тип потребував окремого заклинання. Для випробування Менлі зав'язав учням очі, і вони мали визначити тканину плаща й успішно його використати.

— Я не знав, що чаклунство настільки складне, — бурмотів стурбовано Горт, мацаючи тканину, аби визначити, шовк це чи атлас.

— А це ж тільки плащі, — зауважила Дот, нюхаючи свою тканину. — Дочекайтеся того, як займемося заклинаннями!

Але якщо Софі й зналася на чомусь, то це на одязі.

Вона впізнала зміїну шкіру під своїми пальцями, подумки промовила заклинання й стала невидимою під своїм каптуром. Таким чином, вона здобула ще одне перше місце й такий убивчий погляд від Естер, що Софі подумала, що може спалахнути.

Через рів Агата не могла знайти собі місця, звідки б не бачила, як Тедрос і його приятелі імітують криву ходу демонів, вигукують абракадабру і б'ють один одного гарбузами. Куди б вона не пішла, Тедрос і компанія йшли за нею слідом, ревіли й рохкали з усією потужністю своїх легень. Нарешті вона схопила гарбуз і штовхнула Тедроса у груди.

— Це сталося з єдиної причини — ти обрав мене! ОБРАВ МЕНЕ, невихований безмозкий розбійнику!

Тедрос пришелепкувато дивився, як вона мчить геть.

— Ти вибрав відьму? — запитав Чаддік.

Тедрос повернувся й побачив, що хлопчики витріщилися на нього.

— Ні, я... вона обманула... я не...

Він витягнув свій меч.

— Хто хоче битися?

Сховище Гензеля і досі було зруйноване, тому навчання перенесли у громадські кімнати веж. Агата йшла разом із натовпом Щасливців переходом, що пов'язував усі вежі Добра зиґзаґами яскравих скляних проходів високо над озером. Коли вона крокувала пурпуровим переходом до вежі Милосердя, Агата відключилася від дівчаток, що пліткували, й замислилася про загадку Директора, поки, роззирнувшись, не побачила, що залишилася на самоті. Вона продерлася крізь наповнену бульбашками Пральню, де німфи прали сукні, у Трапезній втекла від зачарованих горщиків, що готували обід, натрапила на туалет й нарешті знайшла громадську кімнату Милосердя. Рожеві шезлонги вже були повними, і ніхто з дівчаток не звільнив місце для неї. Тож вона сіла на підлогу...

— Сідай тут! — Кіко, мила дівчинка з коротким волоссям, посунулася вбік. Решта захихотіли, й Агата втиснулася біля неї.

— Всі вони зненавидять тебе, — пробурмотіла Агата.

— Я не розумію, як вони можуть вважати себе Добрими й бути настільки грубими, — прошепотіла Кіко.

— Можливо, це тому що я майже спалила Школу.

— Вони просто заздрять. Ти можеш зробити так, щоб бажання здійснилося. Ніхто з нас цього не може зробити.

— Це була щаслива випадковість. Якби я могла виконувати бажання, я була б удома з моєю подругою і котом.

Думка про Різника змусила Агату говорити на іншу тему.

— Ой, щодо того хлопчика, якого ти хотіла?..

— Трістана? — Кіко спохмурніла. — Він кохає Беатрікс. Усі хлопчики кохають Беатрікс.

— Він же віддав тобі свою троянду.

— Випадково. Я стрибнула перед Беатрікс, щоб зловити її. — Кіко неприязно поглянула на Беатрікс. — Як ти гадаєш, він візьме мене на «Сніговий Бал»? Всі хлопчики не зможуть узяти цю вовчицю.

Агата посміхнулася. А потім насупилася:

— Який бал?

— «Сніговий Бал» Щасливців! Він відбувається саме напередодні Різдва, й кожна з нас повинна знайти хлопчика, інакше ми зазнаємо невдачі! Ми отримуємо місця як пара за наші представлення, поведінку і танець. Як ти гадаєш, чому ми обрали різних хлопчиків на озері? Дівчатка практичні. Хлопчики ж усі хочуть найгарнішу.

Кіко посміхнулася.

— А ти вже накинула на когось оком?

До того як Агата почала блювати, двері різко відчинилися й вскочила пишногруда жінка — у червоному тюрбані, шалику, що відповідав сукні, з карамельним макіяжем, чорним каялом* навколо очей, циганськими сережками — кільцями і браслетами з бубонцями.

— Ум-м... Професорка Анемона? — витріщилася Кіко.

— Я — Шахерезада, — пророкотала професорка Анемона зі смішним акцентом. — Королева Персії. Султана сімох морів. Стережіться моєї темної пустельної краси.

Вона зняла шалик й жахливо відтворила танок живота.

— Подивіться, як я спокушаю вас своїми стегнами! — вона закрила обличчя й закліпала, як сова. — Подивіться, як я ваблю вас очима!

_____
* Чорна фарба для повік. — Прим. пер.

Вона потрясла грудьми й шумно потрусила браслетами.

— Подивіться, як я перетворилася на Нічну Спокусницю!

— Швидше на копчений кебаб, — пробурмотіла Агата. Кіко пирснула.

Посмішка професорки Анемони зникла, як і акцент.

— Гей, я вважала, що навчу вас, як вижити в арабській «Тисячі й одній ночі», — розкажу про східний макіяж, ісламську моду, навіть покажу танок сімох покривал — але, можливо, я маю почати з чогось менш захопливого.

Вона поправила тюрбан.

— Феї доповіли мені, що зі Сховища Гензеля зникають цукерки навіть під час ремонту. Як ви знаєте, наші класні кімнати виготовлені з цукерок як нагадування про всі спокуси, з якими ви матимете справу за нашими воротами, — її очі звузилися. — Але ми знаємо, що відбувається з дівчатками, які їдять цукерки. Щойно вони починають, вони не можуть зупинитися. Вони сходять на манівці. Вони опускаються до рівня відьом. Вони присвячують себе самозадоволенню й помирають від ожиріння, неодружені й укриті бородавками.

Дівчатка злякалися вже того, що хтось спотворив вежу, що вже говорити про їхні фігури, зіпсовані цукерками. Агата намагалася виглядати так само шокованою. Саме цієї миті зефір випав з її кишені, за ним — синій льодяник, жменя імбирних пряників і дві плитки ірисок. Двадцять голосів вигукнули одностайно вражено.

— Я не мала часу на сніданок! — наполягла Агата. — Я не їла всю ніч!

Але ніхто не співчував їй, зокрема й Кіко, яка пошкодувала, що була приязною до неї. Агата винувато дивилася на її лебедя.

— Ви будете чистити тарілки після вечері протягом наступних двох тижнів, Агато, — сказала професорка. — Корисне нагадування про те, що принцеси мають, а лиходії — ні.

Агата напружилася. Це була відповідь!

— Правильна дієта, — роздратовано сказала професорка Анемона.

Коли вчителька у тюрбані почала розкривати інші секрети арабської краси, Агата важко опустилася на кушетку. Один урок — і її проблеми знову помножилися. Разом із жахом перед обов'язковим балом, покаранням у вигляді миття посуду протягом двох тижнів, а також безсумнівним бородавчастим майбутнім вона отримала вбивче розуміння того, наскільки швидко їй треба було розгадати загадку Директора.

— Як щодо отрути в її їжі? — Естер плюнула.

— Вона не їсть, — сказала Анаділь, гупаючи слідом за нею по коридору гуртожитку Злості.

— А отруєна помада?

— Вони будуть тримати нас у Катувальній кімнаті протягом декількох тижнів! — заперечила Дот. Вона була неповоротка, тож їй важко було не відставати.

— Мені байдуже, як ми це зробимо і у які халепи втрапимо, — прошепотіла Естер. — Я хочу, щоб ця змія зникла.

Вона відчинила двері до кімнати 66 і знайшла там Софі, яка рюмсала на своєму ліжку.

— Гм, змія плаче, — сказала Анаділь.

— Все гаразд, любонько? — запитала Дот, їй раптом стало шкода дівчинку, яку вона збиралася вбити.

Захлинаючись слізьми, Софі розказала усе, що сталося у вежі Директора.

— ...Але тепер є загадка, а я не знаю відповіді, і Тедрос уважає, що я відьма, тому що я продовжую вигравати випробування, й ніхто не розуміє, що я продовжую вигравати, тому що я вправна у всьому!

Естер була готова придушити її просто тут. Але раптом її обличчя змінилося:

— Ця загадка. Якщо ви відповісте... ти поїдеш додому?

Софі кивнула.

— І ми ніколи тебе не побачимо? — запитала Анаділь.

Софі кивнула.

— Ми розгадаємо її, — вигукнули її сусідки.

— Ви це зробите? — закліпала Софі.

— Ти усвідомлюєш, наскільки сильно ти хочеш додому? — запитала Естер.

— А ми хочемо цього ще більше, — сказала Анаділь.

— Принаймні ви мені вірите, — насупилася Софі, витираючи сльози.

— Винувата, доки не доведена невинуватість, — сказала Естер. — Це підхід Нещасливців.

— Я б не розповідала це нікому зі Щасливців, бо вони вважатимуть, що ти несповна розуму, як Капелюшник, — сказала Анаділь.

— Я теж так гадала. Але хто бреше про таку кількість порушених правил? — сказала Дот, яка зазнала невдачі в оберненні лебедя на шоколад. — Насправді цей птах безнадійний.

— Як виглядає Директор? — запитала Естер у Софі.

— Він старий. Дуже, дуже старий.

— Ти насправді бачила Казкаря? — поцікавилася Анаділь.

— Це дивне перо. Воно писало про нас увесь час.

— Воно що? — вигукнули три дівчинки в один голос.

— Але ж ви в Школі! — сказала Естер.

— Що ж може трапитися у Школі, щоб стати вартим казки? — поцікавилася Анаділь.

— Я впевнена, що це помилка, як і решта, — хлюпнула носом Софі. — Я маю розгадати загадку, доповісти Директору й довести, що я не з цього проклятого місця. Все просто.

Вона побачила, як три дівчинки обмінялися поглядами.

— Чи ні?

— Є два питання, — відповіла Анаділь й поглянула на Естер.

— Загадка Директора, — вона повернулася до Софі. — Чому він хоче, щоб ви її розгадали?

Якщо існувало якесь слово, що лякало Агату більше, ніж «бал», то це слово «танці».

— Кожна гарна дівчинка зі Школи Добра повинна танцювати на балу, — сказав Поллукс, похитуючись на ногах мула в кімнаті Доблесті.

Агата намагалася не дихати. Кімната смерділа шкірою й одеколоном, коричневими кушетками, килимом з ведмедя, книжками про полювання та їзду верхи, а також дошкою з головою лося з непристойно великими рогами. Вона сумувала за Школою Зла та її могильним смородом.

Поллукс показував дівчаткам рухи танців для балу Щасливців, але жоден із них Агата не змогла повторити, оскільки, показуючи їх, Поллукс увесь час падав й бурмотів, що це «матиме сенс, щойно він поверне тіло». Після того як він наступив копитом на килим, наштрикнувся на роги і приземлився сідницями у камін, він прогавкав, що вони «все зрозуміли», й повернувся до групи фей, які грали на вербових скрипках.

— Грайте вольту!

Вони миттєво виконали наказ. І Агата полетіла від партнера до партнера, талія до талії, обертаючись дедалі швидше до шаленого потемніння в очах. Її ноги загорілися. Кожна дівчинка у кімнаті була Софі. Взуття! Воно повернулося!

— Софі! Я йду! — закричала вона...

Наступне, що вона усвідомила, — вона на підлозі.

— Існує належний час для непритомності, — насупився Поллукс. — І це не зараз.

— Я спотикнулася, — схопилася Агата.

— Припустімо, ви знепритомніете під час балу! Хаос! Скандал!

— Я не знепритомніла!

— Забудьте про бал! Це буде Опівнічний Погром!

Агата вперто подивилася вниз:

— Я не знепритомніла.

Коли дівчатка прибули на берег Половинчастої Затоки на «Спілкування з тваринами», на них чекала професорка Даві.

— Принцеса Ума захворіла.

Дівчатка невдоволено зиркнули на Агату, адже, безумовно, це вона була відповідальною за катастрофу з Рибою бажань. Професорка Даві звільнила учнів від занять.

— Учні з верхньої частини списку можуть скористатися Доглядальною кімнатою. Учні з нижньої частини списку мають використати час, щоб поміркувати над своєю посередністю.

Беатрікс і семеро її фавориток попрямували до Доглядальної кімнати для манікюру, а дівчатка з нижньої частини списку пішли дивитися на фехтування, оскільки хлопчики змагалися без сорочок.

Тим часом Агата поспішила до Галереї Добра, сподіваючись, що там зможе отримати відповідь на загадку.

Коли перед її очима пропливали скульптури, шафи й опудала тварин, освітлені рожевими смолоскипами, вона згадала висновок Директора, що принцеса і відьма не можуть бути подругами.

Але чому? Щось має бути між ними. Звісно, це була таємнича річ, яку може мати принцеса, а лиходійка — ні. Вона розмірковувала про те, що це може бути, аж поки у неї не затерпла шия. Однак відповіді не було.

Вона виявила, що знову дісталася закутка із невиразними малюнками Читачів із Гавалдона. Вона згадала, як професорка Даві розмовляла з тією жінкою з напруженою щелепою. «Професор Сейдер» — називали вони художника. Той самий Сейдер, що навчав «Історії героїзму»? Чи не цей урок наступний?

Цього разу Агата повільно рухалася вздовж картин. Коли вона так вчинила, то помітила, що пейзаж розвивається від картини до картини: на площі з'явилося більше магазинів, церква змінила колір з білого на червоний, за озером виросли два вітряки, аж поки село не почало виглядати так само, як вона його залишила. Ще більше спантеличена, вона йшла повз картини, доки одна не примусила її зупинитися.

Дитина читала книжку з казками на церковних сходах, сонце освітлювало дівчинку у пурпурному, прошитому стібками пальто і жовтому капелюсі із соняшниками. Агата притулила носа до дівчинки. «Аліса?» Це точно була вона. Дочка пекаря носила одне і те саме смішне пальто й капелюх щодня все своє життя, поки її не викрали вісім років тому. На малюнку інший блукаючий промінь сонця освітлював похмурого хлопчика з палицею, який бив кота. «Рун». Агата згадала, що він намагався виколоти око Різнику, поки її мати не прогнала його мітлою. Руна було викрадено того самого року.

Вона швидко наблизилася до наступної картини, де численні діти вишикувалися перед паном Давілем, але сонцем були освітлені тільки двоє: лисий Бейн, що кусав дівчинку, і тихий гарний Гаррик. Двоє хлопчиків, яких забрали чотири роки тому.

Спітніла, Агата повільно повернулася до наступного живопису. Діти читають, сидячи високо на смарагдовому пагорбі, двійко вмостилися трохи нижче, сонце освітлює берег озера. Дівчинка в чорному кидає сірники у воду. Дівчинка в рожевому пакує у торбу огірки.

Задихаючись, Агата кинулася назад вздовж картин. На кожній світло обирало двох дітей: одного веселого й чесного, іншого — дивного й похмурого. Агата вибралася із закутка й видерлася на спину опудала корови так, щоб бачити всі картини одразу, картини, що розповіли їй три речі про цього професора Сейдера...

Він міг пересуватися між реальним і казковим світами. Він точно знав, чому дітей забирають сюди з Гавалдона.

І він міг би допомогти їм повернутися додому.

Оскільки феї дзвоном сповістили про початок нового уроку, Агата зайшла до Театру Казок і вмостилася біля Кіко. Тедрос і його хлопчики саме грали в гандбол біля фенікса, висіченого у передній частині кам'яної сцени.

— Трістан навіть не привітався зі мною, — зітхнула Кіко. — Може, він уважає, що в мене є бородавки, якщо я розмовляла з тобою...

— Де Сейдер? — запитала Агата.

— Професор Сейдер, — сказав чийсь голос.

Вона підняла очі й побачила гарного вчителя зі сріблястим волоссям. Він загадково посміхнувся їй та зійшов на сцену в костюмі кольору конюшини. Це був той чоловік, що посміхнувся їй у фойє і на мосту.

Недоумкуватий професор.

Агата видихнула. Напевно, він допоможе, якщо вона так подобається йому.

— Як ви знаєте, я викладаю чотири предмети як тут, так і в Школі Зла і, на жаль, не можу перебувати у двох місцях водночас. Таким чином, я буду чергувати тижні викладання у школах, — сказав він, обпершись на кафедру. — У ті тижні, коли мене не буде, до вас приходитимуть мої колишні учні й розповідатимуть про свої пригоди у Нескінченних Лісах. Вони нестимуть відповідальність за щотижневі випробування, тому, будь ласка, виказуйте їм таку саму повагу, як і мені. Нарешті, оскільки я маю велику кількість учнів і велику кількість історій, я не маю часів прийому й не відповідаю на запитання ані на уроках, ані поза ними.

Агата закашлялась. Як вона зможе отримати відповіді, якщо він забороняє запитувати?

— Якщо у вас є запитання, — сказав Сейдер, його карі очі не кліпали, — ви обов'язково знайдете на них відповіді у вашій книзі «Історія Лісів для учнів» або у моїх інших авторських книжках, доступних для вас у бібліотеці Чеснот. Тепер перекличка. Беатрікс?

— Так.

— Ще раз, Беатрікс.

— Я тут, — вигукнула Беатрікс.

— Дякую, Беатрікс. Кіко!

— Присутня!

— Знову, Кіко.

— Я тут, професоре Сейдер!

— Відмінно. Ріна!

— Так.

— Знову?

Агата застогнала. З такою швидкістю вони залишаться тут до появи місяця.

— Тедрос!

— Тут.

— Гучніше, Тедрос.

— Він глухий? — здивувалася Агата.

— Ні, дурненька, — сказала Кіко. — Він сліпий.

Агата пирхнула:

— Не будь смі....

Скляні очі. Добирає імена до голосів. Те, як він ухопився за кафедру.

— Але ж його картини! — закричала Агата. — Він бачив Гавалдон! Він нас бачив!

Потім професор Сейдер зустрів її погляд і посміхнувся, ніби хотів нагадати, що нічого ніколи взагалі не бачив.

— Тож дозвольте мені прояснити, — сказала Софі. — Спочатку було двоє Директорів. І вони були братами.

— Близнюками, — додала Естер.

— Один був добрим, а інший — злим, — зауважила Анаділь.

Софі рухалася вздовж серії щербатих мармурових розписів, розташованих у залі Зла. Вкрита смарагдовими водоростями і синьою іржею, освітлена зеленим полум'ям, зала виглядала наче собор, який більшу частину свого існування знаходився під водою.

Вона зупинилася біля одного розпису, що зображував двох молодих людей у кімнаті замку, які стежили за зачарованим пером, що вона бачила у вежі Директора. Один брат носив довгу чорну мантію, другий — білу. На тріснутій мозаїці вона побачила два однакових гарних обличчя, примарно біле волосся й глибокі блакитні очі. Однак якщо обличчя брата у білому було теплим і лагідним, то його брат-близнюк, який носив чорне, мав крижане і важке обличчя. Але обидва обличчя здавалися вкрай знайомими.

— І ці брати керували обома школами й захищали чарівне перо, — сказала Софі.

— Казкаря, — виправила Естер.

— Добрий виграв одну частину часу, а злий отримав іншу частину часу?

— Більшу або меншу, — додала Анаділь, згодовуючи равлика своїм кишеньковим щурам.

— Моя мама казала, що, якби Добру постійно щастило, Зло вигадало б нові трюки, щоб змусити Добро поліпшити свою оборону й відбити його напад.

— Баланс природи, — зауважила Дот, вона жувала підручник, перетворивши його на шоколад.

Софі перейшла до наступної фрески, де злий брат відійшов від мирного панування разом зі своїм братом й напав на нього із заклинаннями.

— Але той злий думав, що міг контролювати перо… ем… Казкаря… і це зробить Зло непереможним. Тож він зібрав армію, щоб знищити свого брата, і почав війну.

— Велику війну, — додала Естер. — Де кожен обрав між добрим братом і злим братом.

— І в заключній битві між ними хтось переміг, — підсумувала Софі, дивлячись на останню фреску — безліч Щасливців і Нещасливців вклонилися Директору в масці та сріблястій мантії, сяючий Казкар плавав над його руками. — Але ніхто не знав, хто став переможцем.

— Швидко вчиться, — посміхнулася Анаділь.

— Але ж, напевно, люди повинні знати, хто ними керує, добрий чи злий брат? — запитала Софі.

— Кожен удає, що це таємниця, — відповіла Естер, — але з часів Великої війни Зло не виграло у жодній історії.

— Але ж перо просто описує те, що відбувається в Лісах? — промовила Софі, вивчаючи дивні символи, викарбувані на сталі Казкаря. — Чи не ми контролюємо розповіді?

— А буває так, що злодії просто раптом помирають? — вигукнула Естер. — Це перо створює наші долі. Ця ручка вбиває всіх лиходіїв. А це перо підконтрольне Добру.

— Казкар, любонько, — прожувала Дот, — це перо.

Естер видерла книжку з її рота.

— Хай там як, якщо ви щоразу помираєте, навіщо тоді взагалі навчати лиходіїв? — запитала Софі. — Навіщо тоді існує Школа Зла? Навіщо?

— Спробуй запитати в учителя, — проспівала Дот, шукаючи більшу книжку у своїй торбі.

— Чудово, ваші лиходії більше не можуть перемогти, — позіхнула Софі, поліруючи нігті шматком мармуру. — Як це пов'язано зі мною?

— Казкар розпочав твою казку, — насупилася Естер.

— То й що?

— Враховуючи Школу, де ти перебуваєш, Казкар уважає, що ти Зло у цій казці.

— І я мушу перейматися думкою пера? — запитала Софі, поліруючи нігті на другій руці.

— Я беру назад слова про швидке навчання, — сказала Анаділь.

— Якщо ти лиходійка, то помреш, ти, дурепо! — закричала Естер.

Софі зламала ніготь.

— Але Директор сказав, що я зможу повернутися додому!

— А може, його загадка є пасткою.

— Він добрий! Ви самі сказали це!

— А ти зараз у Школі Зла, — зауважила Естер.

— Він пристав не на твій бік.

Софі подивилася на неї. Анаділь і Дот мали такі ж похмурі вирази.

— То я тут загину? — пискнула Софі, її очі наповнилися сльозами.

— Має бути щось, що я можу зробити!

— Розгадати загадку, — сказала Естер, знизуючи плечима. — Це єдиний спосіб дізнатися, що він мав на увазі. Твій кінець має настати незабаром, бо, якщо ти виграєш ще одне випробування, я сама тебе вб'ю.

— Тоді скажи мені відповідь! — загорланила Софі. — Що лиходій ніколи не має і без чого не може жити принцеса?

Естер замислилася, почісуючи татуювання.

— Тварин, мабуть? — запитала Дот.

— Лиходії можуть мати поплічників-тварин. Треба копати глибше, — заперечила Анаділь. — Як щодо честі?

— Зло має свої версії честі, доблесті й решти, що Добро вважає своїм винаходом, — сказала Естер. — У нас просто є кращі назви для них.

— У мене вона є! — вони повернулися до Софі. — Вечірка з нагоди дня народження! — сказала вона. — Хто хотів би піти на вечірку лиходіїв?

Анаділь і Естер подивилися на неї.

— Це тому що вона не їсть, — сказала Дот. — Мозок потребує їжі.

— Тоді ти повинна бути найрозумнішою дівчинкою у світі! — вигукнула Софі.

Дот зиркнула на неї.

— Пам'ятайте, що найжахливіші душогуби вмирають найжахливішою смертю.

Софі нервово звернулася до Естер:

— Леді Лессо зможе дати мені відповідь?

— Якщо вона вважає, що це допоможе лиходіям перемогти.

— Ти повинна бути розумною, — сказала Анаділь.

— І витонченою, — додала Естер.

— Тямущість? Вишуканість? Це те, що я роблю, дорогенька, — сказала Софі з полегшенням. — Ця загадка розгадана.

— Або ні, зважаючи на те, що ми запізнюємося на п'ятнадцять хвилин, — зауважила Дот.

Дійсно, холоднішим за морозний клас у леді Лессо був її погляд, який вона подарувала чотирьом дівчаткам, коли вони прослизнули крізь двері на свої місця.

— Я б відправила вас до Катувальних кімнат, але вони зайняті учнями з попереднього класу.

Хлопчачі крики долинали знизу.

Весь клас затремтів від думки, що відбувається у Катувальній кімнаті.

— Ну ж бо, погляньмо, чи ті, хто спізнив-
ся, зможуть виправдати себе, — сказала леді
Лессо, її підбори зловісно цокотіли.

— Що ми робимо? — прошепотіла Софі до
Горта.

— Вона перевіряє наші знання про зна-
менитих Суперників, — прошепотів Горт. —
Якщо відповідаєш правильно, то отримуєш
одну з них.

Він гордо вказав на велику бородавку на
своїй щоці.

Софі відсахнулася:

— Це винагорода?

— Естер, чи можете ви назвати лиходійку,
яка знищила свого Суперника Прокляттям ніч-
ного жаху?

— Фінола — пожирачка фей. Відьма Фі-
нола переслідувала фей у снах і переконувала
відривати власні крила. Фей, які більше не
могли літати, вона ловила та їла одну за
одною.

Софі проковтнула все, що підійшло до горла.
Але вона ніколи не чула про Фінолу — по-
жирачку фей, так що Естер, безсумнівно, по-
милялася.

— Правильно! Фінола — пожирачка фей!
Одна з найвідоміших історій з-поміж інших! —
зраділа леді Лессо і приліпила гігантську боро-
давку на руку Естер.

Знаменита? Софі зморщила ніс. Знаменита де?

— Анаділь, назвіть лиходія, який убив свого Суперника, використовуючи перевдягання! — запитала леді Лессо.

— Шалений ведмідь Рекс, одягнений у шкіру ведмедя, тому що принцеса Анатолія любила ведмедів. Коли вона намагалася погратися з ним, він перерізав їй горлянку.

— Який величний приклад для наслідування нам усім, Шалений ведмідь Рекс! — сказала леді Лессо і посадила бородавку на шию Анаділь.

— Якби він був живим, він би витер посмішку кожного забіяки Клариси!

Софі кусала себе за губу. Вони збиралися все надолужити?

— Дот, назвіть злодія, який убив свого Суперника перевтіленням!

— Морозна королева! Перетворила принцесу на лід і поставила її під вранішнє сонце!

— Моя найулюбленіша казка! — загриміла леді Лессо. — Історія, що буде жити вічно в серцях...

Софі пирхнула.

— Що смішного? — наїжачилася леді Лессо.

— Ніколи про них не чула, — сказала Софі.

Естер і Анаділь сповзли на своїх місцях.

— Ніколи про них не чула? — леді Лессо скривилася. — Це найбільші тріумфи Зла! Слава, яка надихає майбутніх лиходіїв! Чотири дівчинки у колодязі! Дванадцять утоплених Принцес! Урсула Узурпаторка, Відьма з...

— Також не чула, — зітхнула Софі, відкидаючи волосся назад. — Там, звідки я прийшла, ніхто не читав би історію, де Зло виграє. Кожен хоче, щоб Добро виграло, тому що Добро має кращий вигляд, красивіший одяг і більше друзів.

Леді Лессо заніміла. Софі повернулася до однокласників.

— Мені шкода, але ніхто вас не любить і ви ніколи не виграєте й повинні марно ходити до Школи. Це правда.

Естер закрила обличчя мантією. Дот нахилилася вперед і прошепотіла у вухо Софі.

— Загадка, любонько.

— О, так, — сказала Софі, вся заклопотана. — Поки у мене є можливість, невеличка головоломка. Мені дуже важливо розгадати її, тож будь-яка допомога буде щиро оцінена. Чого не має лиходій, але без чого не може обійтися принцеса? Будь-які ідеї. Не соромтесь викрикувати їх. Мерсі, милі.

— У мене є ідея, — сказала леді Лессо.

— Я так і знала, — Софі посміхнулася. — Що це? Що я маю, а ви — ні?

Леді Лессо наблизила своє обличчя до її:

— Нічого. Саме це ми будемо чути від вас решту уроку.

Софі хотіла щось зауважити у відповідь, але жодне слово не зірвалося з її уст. Її рот був запечатаний.

— Так значно краще, — зраділа леді Лессо і благословила Софі бородавкою між очима. Софі мацала свої губи, а леді Лессо спокійно випросталася і розгладила фіолєтову сукню, ігноруючи погляди скам'янілих учнів навколо неї.

— А тепер, Горте, хто використав пастку Смертельного пожирача?

Важко дихаючи носом, Софі пхала до рота ручку, шпильку для волосся і льодяну бурульку, яка поколола їй губи. Вигуки, крик, виття — вона спробувала все, але все, що вона отримала, — тишу, паніку, кров... і Естер, що спостерігала за нею з переднього ряду.

— Добре вирішено, га?

13

Катувальна кімната

Агата не мала жодної гадки, чому обід уважався спільною подією Школи, оскільки Щасливці сиділи із Щасливцями, Нещасливці сиділи разом із Нещасливцями, й обидві групи удавали, що іншої тут немає. Обід відбувався на Галявині, у затишному місці для пікніка поза воротами Блакитного Лісу. Щоб дістатися Галявини, студенти мали пройти по звивистому тунелю з дерев, що ставав

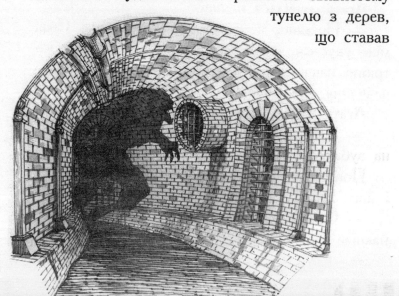

дедалі вужчим, поки діти один за одним не протискалися крізь вузький прохід на смарагдові луки. Щойно Агата пройшла крізь тунель Школи Добра, вона підійшла до черги Щасливців, які отримували свої кошики для пікніка від німф у червоних очіпках, тим часом як Нещасливці отримували іржаві тарілки від вовків у червоному. Агата знайшла затінене місце на Галявині і полізла до вербового кошика, де знайшла обід з бутербродів з копченою фореллю, салат із баранини, полуничне суфле і пляшку газованої лимонної води. Вона дозволила всім думкам про загадки і глухі кути піти геть і розкрила спраглий рот на сандвіч — Софі видерла його.

— Якби ти знала, крізь що я пройшла, — хлюпала вона носом, надкушуючи булку. — Ось твоя страва.

Вона кинула миску з кашею.

Агата дивилася на неї.

— Поглянь, я запитала, — торочила Софі між укусами. — Вочевидь, Нещасливцям потрібно навчатися страждати. Це частина твого навчання. Це мило, до речі.

Агата й досі дивилася.

— Що? — запитала Софі. — У мене кров на зубах? Я гадала, що я всю стерла...

Поверх плеча Агати вона побачила Тедроса і його друзів, що тицяли пальцями і хихотіли.

— О ні, — простогнала Софі. — Що ти накоїла цього разу?

Агата продовжувала витріщатися на неї.

— Якщо ти збираєшся сваритися через це, можеш залишити собі суфле, — Софі насупилася. — Чому ця дивна чортиця махає до мене?

Агата повернулася і побачила Кіко, що вимахувала і красувалася своїм свіжопофарбованим рудим волоссям. Такого самого кольору, як у Трістана.

Агата зблідла.

— Ой, ти знаєш її? — запитала Софі, дивлячись, як Кіко наближається до Трістана.

— Ми подруги, — відповіла Агата.

— Ти маєш подругу? — здивувалася Софі.

Агата повернулася до неї.

— Чого ти так дивишся на мене! — вигукнула Софі.

— Ти ж не їла цукерок?

— Га? — Софі скрикнула, нарешті зрозумівши, — вона потяглася до обличчя й відірвала бородавку леді Лессо. — Чому ти мені не сказала! — закричала вона, а Тедрос і хлопчики вибухнули сміхом.

— О-о-о, гірше не може й бути, — простогнала Софі.

Горт вихопив непотрібну їй бородавку і побіг із нею геть.

Софі подивилася на Агату. Агата скривилася у посмішці.

— Це не смішно! — заволала Софі.

Але Агата засміялася, Софі теж.

— Як ти гадаєш, що він буде робити з нею? — хихотіла Агата.

Софі припинила сміятися.

— Нам потрібно негайно повернутися додому.

Агата розповіла про свою невдачу в розгадуванні загадки, зокрема про глухий кут із професором Сейдером. Ще до того, як вона відкрила рота, щоб запитати про картини, він пішов до учнів Зла, залишивши трьох старезних свиней читати лекцію про необхідність укріплення житла.

— Він єдиний може допомогти нам, — сказала Агата.

— Краще поквапитися. Мої дні спливають, — похмуро сказала Софі і переповіла їй усе, що сталося у неї з сусідками, а також про їхнє передбачення її сумної долі.

— Ти помреш? Це не має сенсу. Ти не можеш бути лиходійкою у нашій казці, якщо ми друзі.

— То чому Директор сказав, що ми не можемо бути друзями? — відповіла Софі. — Щось станеться між нами. Щось, що дасть відповідь на загадку.

— Що може між нами статися? — протягнула Агата, досі розгублена. — Можливо, це все якось пов'язано. Це те, що має Добро, а Зло — ні. Як ти вважаєш, чому Добро завжди перемагає?

— Зло колись теж перемагало, на думку леді Лессо. Але тепер Добро має щось, що перевершує їх усіх.

— Але ж Директор заборонив нам повертатися до його вежі. Тож відповідь на загадку — це не слово, чи річ, чи ідея....

— Ми маємо щось зробити.

— Так. По-перше, це щось, що зможе обернути нас одна проти одної. По-друге, це щось, що перемагає Зло щоразу. По-третє, це щось, що ми можемо фізично зробити...

Дівчатка повернулися одна до одної.

— Зрозуміло, — сказала Агата.

— Мені теж, — сказала Софі.

— Це занадто очевидно.

— Дуже очевидно.

— Це... це...

— Так, це...

— Не маю й гадки, — сказала Агата.

— Я також, — відповіла Софі.

Через Галявину хлопчики-Щасливці повільно наблизилися до дівчаток. Дівчатка були наче квітки, які чекали, щоб їх зірвали. Але виявилося, що лише Беатрікс приваблює левову частку. Поки Беатрікс фліртувала зі своїми залицяльниками, Тедрос спирався на колоду, потім став перед іншими хлопчиками і запросив Беатрікс прогулятися.

— Він мав урятувати мене, — поскаржилася Софі.

— Софі, ми маємо нагоду врятувати наше село від двохсотрічного прокляття, врятувати дітей від побиття, невдач, вовків, хвиль, ґарґулей і усього іншого у цій жахливій Школі. А ти думаєш про хлопчика?

— Я хочу свій щасливий кінець, Аггі, — сказала Софі.

— Дістатися додому живими — ось наш щасливий кінець, Софі.

Софі кивала, пильно дивлячись на Тедроса.

— Вітаю вас на «Добрих справах», — сказала професорка Даві учням, які зібралися у громадській кімнаті Чистоти. — Оскільки сьогодні ви вже залишили позаду решту ваших дисциплін, то ми можемо пропустити звичайні приємності. Дозвольте розпочати з того, що роками я бачу тривожне зниження поваги до свого предмета.

— Тому що він проходить після обіду, — прошепотів Тедрос Агаті на вухо.

— Ти заговорив до мене? Чому?

— Серйозно, яке закляття ти на мене наклала, щоб я обрав твого демона?

Агата не обернулася.

— Ти щось зробила, — спалахнув Тедрос. — Скажи мені.

— Я не можу розголошувати відьомські секрети, — сказала Агата, позираючи назад.

— Я так і знав! — Тедрос побачив, що професорка Даві дивиться на них, і подарував їй самовпевнену посмішку. Вона закотила очі й відійшла.

Він знову нахилився до Агати:

— Скажи — і хлопчики дадуть тобі спокій.

— Разом із тобою?

— Лише скажи, що ти зробила.

Агата зітхнула.

— Я використала класичне закляття, потужний прокльон від гавалдонських відьом із замку Которізника. Це маленький відьомський шабаш на березі ріки Калліс, вони не просто експерти прокльонів, але ще й великі різники...

— Що ти накоїла?

— Ну, — сказала Агата, обертаючись до нього, — закляття проїдає собі шлях у твоєму мозку, наче купа п'явок. Воно пролазить у кожну щілину, розводиться, примножується, гниє до настання слушного моменту. Щойно воно влазить у кожний куток і щілину, тада-ам! Воно висмоктує кожну розумну думку і залишає тебе дурним, як дупа віслюка.

Тедрос почервонів.

— Ще одна річ. Це назавжди, — сказала Агата і відвернулася.

Поки Тедрос бурмотів щось про повішення, втоплення й інші речі, якими його батько карав безбожних жінок, Агата слухала професорку Даві, яка доводила необхідність Добрих справ.

— Щоразу, коли ви робите Добру справу зі щирими намірами, ваша душа стає чистішою.

Хоча останнім часом мої учні зі Школи Добра виконують її як нудну роботу, віддаючи перевагу плеканню свого егоїзму, зарозумілості й розміру талії! Дозвольте запевнити вас, ваш переможний шлях може перерватися будь-якої миті!

— Ні, якщо Директор контролює Казкаря, — сказала Агата.

— Агато, Директор не відіграє жодної ролі у тому, як розвиваються історії, — нетерпляче сказала професорка. — Він не контролює Казкаря.

— Мені він здався досить досвідченим у чаклунстві, — відповіла Агата.

— Що, перепрошую?

— Він може перетворюватися на тінь. Може примусити кімнату зникнути. Може зробити так, що все скидається на сон, тож він, напевно, може контролювати перо…

— Звідки ти можеш все це знати? — видихнула професорка Даві.

Агата бачила, як Тедрос самовдоволено посміхається.

— Тому що він показав мені, — сказала вона.

Посмішка Тедроса зникла. Професорка скидалася на чайник, що ось-ось закипить. Учні нервово переводили погляди з неї на Агату.

Учителька напружено посміхнулася.

— О, Агато, яку уяву ти маєш. Вона допоможе тобі, коли ти чекатимеш на когось, хто врятує тебе від ненажерливого дракона. Будемо сподіватися, що він з'явиться вчасно. Тож три основи Добрих справ: винахідливість, доцільність, спонтанність…

Агата відкрила рот, але професорка поглядом примусила її замовкнути. Розуміючи, що її становище вкрай хитке, Агата витягла пергамент і почала занотовувати разом із іншими.

Перед «Виживанням у казках» учні обох шкіл зібралися на Галявині.

Коли Агата пролізла крізь тунель з дерев, її схопила Кіко.

— Трістан змінив колір свого волосся.

Агата поглянула на Трістана, який прихилився до дерева. Тепер він мав біляве волосся, що падало на одне око. Когось він дуже нагадував.

— Він сказав, що зробив це заради Беатрікс! — заголосила Кіко, її волосся й досі було огидно рудим.

Агата простежила за поглядом Трістана, спрямованим на Беатрікс, що чіплялася до Тедроса. Тедрос був піднесеним і пихатим, навіть коли білявий чуб звисав йому на обличчя…

Агата закашлялася. Вона знову подивилася на Трістана, який дмухав на свій білявий чуб, що закривав одне око. Потім знову на Тедроса, який розстібнув два верхні ґудзики і розпустив краватку із золотим *Т*. Потім на Трістана, що розстібнув два верхні ґудзики і розпустив краватку із золотим *Т*.

— Може, й мені стати білявкою, як Беатрікс? — вигадала Кіко. — Чи вподобає мене Трістан?

Агата повернулася:

— Ти маєш негайно знайти нове захоплення.

— УВАГА.

Вона озирнулася і побачила, що всі викладачі зібралися між двома тунелями разом із Поллуксом і Кастором, чиї голови були з'єднані на собачому тілі.

Професорка Даві вийшла вперед.

— З'явилися деякі...

— ВОРУШІТЬ ДУПАМИ, ЛЕДАЧІ КОРОВИ, — прогавкав Кастор.

Нещасливці поспішили вийти з їхнього тунелю, Софі спотикалася остання. Вона збентежено поглянула на Агату. Агата стенула плечима у відповідь.

Професорка Даві відкрила рота...

— ВІДРЕКОМЕНДОВУЮ ПРОФЕСОРКУ ДАВІ, ДЕКАНА ШКОЛИ ДОБРА І ЗАСЛУЖЕНОГО ПРОФЕСОРА ДОБРИХ СПРАВ.

— Дякую, Касторе, — сказала професорка.

— КОЖНЕ ПЕРЕРИВАННЯ АБО ПОГАНА ПОВЕДІНКА БУДУТЬ КАРАТИСЯ МИТТЄВО...

— ДЯКУЮ, КАСТОРЕ, — крикнула професорка Даві.

Кастор втупився собі у ноги.

Професорка прочистила горлянку:

— Учні, ми зібрали вас, бо в нас почали поширюватися неприємні чутки...

— Я називаю це брехнею, — сказала леді Лессо.

Агата впізнала ту вчительку, що зірвала малюнок професора Сейдера у Галереї Школи Добра.

— Тож дозвольте пояснити, — продовжила професорка. — По-перше, жодного прокляття на Злі немає. Зло й досі має змогу перемагати Добро.

— Просто потрібно виконувати домашнє завдання, — пробурчав професор Менлі.

Нещасливці збурилися, ніби вони не вірили цьому ані секунди.

— По-друге, Директор ні на чийому боці, — сказала професорка Даві.

— Звідки ви знаєте? — вигукнув Раван.

— Чому ми маємо вірити вам? — крикнула Естер, а Нещасливці засвистіли...

— Бо ми маємо доказ, — професор Сейдер виступив наперед.

Нещасливці принишкли. Очі Агати розширилися. Доказ? Який доказ?

А потім вона помітила незадоволений вираз леді Лессо, який підтверджував, що доказ таки існує. Чи був цей доказ відповіддю на її загадку?

— Останнє, але не менш важливе, — продовжила професорка. — Головний обов'язок Директора — захищати Казкаря. Саме тому він залишається у своїй добре укріпленій фортеці. Тож, незважаючи на чутки, які ви могли почути, я вас запевняю — жоден учень ніколи не бачив Директора і не побачить.

Вона подивилася на Агату.

— Ось хто поширює ці чутки! — леді Лессо подивилася скоса.

— Це не чутки! — вигукнула у відповідь Агата.

Вона побачила, як Софі крутить головою, ніби попереджаючи, що варто промовчати.

Леді Лессо посміхнулася.

— Я даю тобі ще одну нагоду спокутувати провину. Ти зустрічала Директора?

Агата подивилася на вчительку зі Школи Зла, фіолетові очі якої вирячилися, наче бульбашки. Потім на професора Сейдера, що зацікавлено посміхався. Потім на Софі через Галявину, що показувала пантоміму про приклеювання бородавок і застібання рота…

— Так.

— Ти брешеш учителеві! — обурилася леді Лессо.

— Це не брехня! — вигукнув ще один голос. Всі повернулися до Софі.

— Ми обидві були там! У його вежі!

— Закладаюся, ти теж бачила Казкаря? — поглузувала Беатрікс.

— Власне, так! — засміялася Софі.

— І він розпочав твою історію теж?

— Так! Він розпочав нашу казку!

— Гей, усі привітайте Королеву Йолопів! — продекламувала Беатрікс крізь регіт.

— Тоді ти будеш їхнею Великою імператрицею.

Беатрікс повернулася до Агати, взявши руки в боки.

— А, заблуда, — прогарчала Беатрікс. — Добро ще ніколи так не помилялося.

— Та ти не впізнаєш Добро, навіть якщо воно залізе тобі на сукню! — вигукнула Агата.

Беатрікс гучно видихнула. Тедрос криво посміхнувся.

— Не розмовляй так із Беатрікс! — промовив голос... Агата обернулася і побачила білявого Трістана.

— Беатрікс? — вибухнула Агата. — Ти впевнений, що схожий на Тедроса? Може, ще й одружишся із ним!

Тедрос припинив посміхатися. Онімілий, він переводив погляд з Агати на Трістана, з Трістана на Беатрікс...

Його терпець урвався, і він ударив Трістана у щелепу. Трістан витягнув свій затуплений тренувальний меч, Тедрос вихопив свій — і вони зійшлися у дуелі. Але Трістан придивлявся до Тедроса на уроці «Фехтування», тож обидва використовували ті самі уколи, відступи і навіть випади, аж усі заплуталися — хто є хто....

Замість того щоб втрутитися, професор Еспада, учитель фехтування, покрутив свої довгі вуса:

— Ми це ретельно розглянемо завтра на уроці.

Нещасливці мали більш швидку реакцію.

— БІЙКА! — заволав Раван.

Нещасливці налетіли на Щасливців, змели геть приголомшених вовків і врізалися у хлопців з мечами. Хлопчики зі Школи Добра приєдналися з гучними криками і розпочали епічну бійку, ще й забризкали дівчаток зі Школи Добра кавалками бруду. Агата не змогла втриматися від сміху, коли дівчатка опинилися по коліна в багні, аж тут брудна Беатрікс вказала на неї:

— Це вона почала!

Дівчатка зі Школи Добра з вереском помчали до Агати, яка видерлася на дерево. Поряд Тедрос спромігся висунути голову з-під купи хлопчиків і побачив, як Софі мчить повз.

— Допоможи! — вигукнув він...

Софі наступила йому на голову і побігла на поміч до Агати, в яку Беатрікс саме жбурляла каміння.

Аж раптом краєм ока вона впіймала Горта.

— Гей, ти! Віддай мені мою бородавку!

Горт бігав навколо купи хлопчаків, які билися, Софі переслідувала його, доки не наблизилася достатньо близько, щоб схопити гілку і гепнути нею Горта по голові. Він відхилився, і гілка влучила в обличчя леді Лессо.

Учні завмерли.

Леді Лессо торкнулася холодної пораненої щоки. Дивлячись на кров на руці, вона стала напрочуд спокійною.

Довгий червоний ніготь піднявся і вказав на Агату.

— Замкніть її у вежі!

Рій фей зловив Агату і потягнув повз усміхненого Тедроса у напрямку тунелю Добра.

— Ні, це моя провина! — закричала Софі.

— І цю теж! — леді Лессо вказала на Софі закривавленим пальцем. — У Катувальну кімнату.

Перш ніж Софі змогла закричати, кіготь закрив її рот і її потягли повз скам'янілих однокласників у темряву дерев.

Софі не зможе витримати тортури! Софі не зможе витримати справжнє Зло!

Коли феї летіли нагору, в Агати підступали панічні сльози. Вона подивилася вниз і побачила вчителів, які заходили у фойє.

— Професоре Сейдер! — закричала Агата, чіпляючись за перила. — Ви маєте повірити нам! Казкар уважає, що Софі лиходійка! Він збирається вбити її!

Сейдер і двадцятеро вчителів підняли стривожені очі...

— Як ви побачили наше село? — Агата продовжувала кричати, коли феї відтягли її. —

Як нам потрапити додому? Що мають принцеси, але не мають лиходійки?

Сейдер посміхнувся.

— Питання. Їх завжди по три.

Учителі посміялися і розійшлися. («Бачила Казкаря?» — дивувався Еспада. «Це та, що їла цукерки», — пояснила професорка Анемона.)

— Ні! Ви маєте врятувати її! — благала Агата, але феї затягли її до кімнати й замкнули.

Несамовита, вона видерлася на балдахін повз амурів, що цілувалися, потяглася до зламаної хмаринки... Але вона більше не була зламаною. Хтось її міцно приклеїв.

Кров відхлинула від щік Агати. Сейдер був її єдиною надією, але він відмовився відповідати на запитання. Тепер її єдина подруга загине в підземеллі, все тому, що магічне перо сплутало принцесу і відьму.

Потім щось майнуло в її голові. Щось, що сказав професор Сейдер у класі.

«Якщо у вас виникнуть запитання...»

Не дихаючи, Агата перекинула догори дриґом свій кошик із підручниками.

Сірий вовк, витривалий і вмілий, тягнув Софі за ланцюг, що був прикріплений до тугого залізного нашийника навколо її шиї. Ідучи вздовж вологих каналізаційних стін, вона не могла опиратися повідку. Один хибний крок — і вона сповзе з вузької доріжки у вируючий густий бруд. По той бік смердючої чорної річки вона побачила, як два вовки тягнуть Векса з того місця, куди прямувала вона. Вона побачила його очі — червоні, сповнені ненависті. Що б не трапилося із ним у Катувальній кімнаті, це зробило його ще більшим лиходієм, ніж коли він туди увійшов.

«Агата, — подумала Софі. — Агата виведе нас додому».

Вона відігнала сльози. «Залишайся живою для Агати».

Коли вони пройшли половину шляху до того місця, де бруд перетворювався на чисту воду, вона відчула, що твердий камінь стін перетворився на іржаві ґрати. Вовк штовхнув двері і запхав її всередину.

Софі подивилася на темне підземелля, освітлене єдиним смолоскипом. Повсюди, куди не глянь, були інструменти для тортур: колеса, диби, колодки, петлі, гаки, гарроти, залізна діва, затискачі для великих пальців і жаска колекція списів, дубин, стрижнів, батогів і ножів. Її серце зупинилося. Вона відвернулася...

Два червоні ока світилися у кутку.

З темряви повільно вийшов великий чорний вовк, удвічі більший за решту вовків. Але цей мав людське тіло з великими волохатими грудьми, м'язистими руками, масивними литками і великими ногами. Звір розгорнув манускрипт і прочитав його з низьким гарчанням.

— Ти, Софі з Нескінченних Лісів, тебе було викликано до Катувальної кімнати за такі гріхи: поширення пліток, зривання зборів, замах на вбивство вчителя...

— Вбивство! — задихнулася Софі.

— Підбурювання до заколоту, пересікання лінії розмежування під час зборів, залякування однокласників і злочини проти людства.

— Проголошую невинуватість за всіма обвинуваченнями, — посупилася Софі. — Особливо за останнім.

Звір схопив її обличчя у долоні:

— Винна, поки не доведена невинуватість!

— Відпусти! — закричала Софі.

Він обнюхав її шию.

— Ти що, пахнеш персиками?

— Ти залишиш сліди!

На її здивування, він відпустив її.

— Зазвичай потрібно бити, щоб знайти слабкі місця.

Софі збентежено подивилася на Звіра. Він облизав губи і вищирився.

Софі з криком побігла до дверей — він притис її до стіни і прикував руки до гаків над головою.

— Відпусти!

Звір повільно йшов уздовж стіни, полюючи на правильне покарання.

— Будь ласка, щоб я там не зробила, мені шкода! — волала Софі.

— Лиходії не навчаються на вибаченнях, — сказав Звір.

Він затримався біля дрючка на якусь мить. А потім пішов далі.

— Лиходії навчаються болем.

— Будь ласка! Хто-небудь, допоможіть.

— Біль зробить тебе сильнішою, — сказав Звір.

Він погладив кінчик іржавого списа, потім повісив його на місце.

— Допоможіть! — кричала Софі.

— Біль примусить тебе рости.

Звір узяв сокиру. Обличчя Софі стало примарно білим.

Він підійшов до неї, тримаючи сокиру у м'ясистих пазурах.

— Біль зробить тебе Злом.

Він узяв до рук її волосся.

— Ні! — задихнулася Софі.

Звір підняв сокиру.

— Благаю!

Лезо відтяло її волосся.

Софі дивилася на свої довгі, гарні золоті кучері, що впали на підлогу темниці. Рот застиг відкритим. Вона повільно підняла налякані очі і зустріла великі чорні очі Звіра. Її губи скривилися, тіло обм'якло на ланцюгах, й полилися сльози. Вона сховала свою стрижену, кудлату голову у себе на грудях і заплакала. Софі ридала, доки їй не заклало носа і вона не могла дихати, соплі промочили мантію, закуті зап'ястки кровили...

Клацнув замок. Софі підняла свої червоні очі й побачила, як Звір знімає її зі стіни.

— Вимітайся, — прогарчав він, вішаючи сокиру.

Коли він обернувся, Софі вже не було.

Звір вийшов з клітки і став навколішки посередині, там, де змішувалися багно і чиста вода. Коли він занурив скривавлені ланцюги, потоки, що плинули в обох напрямках, очистили їх. Він вичищав останні плями крові і раптом побачив відображення у мулі...

Але воно було не його.

Звір обернувся...

Софі штовхнула його.

Звір упав у воду й бруд, він хлюпав і бився об стіну. Течія була занадто сильною. Вона спостерігала, як він зробив свій останній подих і каменем пішов на дно.

Софі пригладила волосся і пішла до світла, ковтаючи камінь у горлі.

«Добро пробачає», — вчило правило.

Але правила помилялися. Мали помилятися.

Бо вона не пробачає.

Нічого.

14
Розгадка Доглядача Могил

Oбкладинка була зі сріблястого шовку з малюнком Казкаря між білим і чорним лебедями.

Історія Лісів для учнів
Аугуст А. Сейдер

Агата розгорнула першу сторінку.

«Ця книжка відображає точку зору лише її автора. Професор Сейдер викладає власне бачення історії, інші викладачі його не підтримують.

З повагою,

Клариса Даві
і леді Лессо,
Декани шкіл
Добра і Зла».

Агату надихнуло те, що вчителі не схвалили книжку. Це додало надії, що щось на її сторінках могло дати відповідь на загадку. Різниця між принцесою і відьмою... доказ, що Добро і Зло врівноважені... Чи можуть вони бути однаковими?

Агата перегорнула сторінку, щоб почати читати, але на сторінці бракувало слів.

Вона була всіяна витисненими крапками кольорів веселки, маленькими, як головки шпильок. Агата перегорнула сторінку. Ще більше крапочок. Вона перегорнула ще більше сторінок. Слів не було взагалі. У відчаї вона впала обличчям у книжку.

Голос Сейдера гримнув:

«Глава чотирнадцять: Велика війна».

Агата підвелася. Перед очима постала примарна тривимірна сцена, що перетворилася на зображення над книжковою сторінкою — жива діорама, кольори розмиті, як на картинах Сейдера в Галереї.

Вона нахилилася, щоб роздивитися мовчазне зображення трьох старих мудрих чоловіків з бородами аж до підлоги, які стояли у вежі Директора і тримались за руки. Коли чоловіки розтиснули свої руки, Казкар вилетів з них і опинився над знайомим білим столом.

Безтілесний голос Сейдера продовжив:

«Як ви пам'ятаєте з першого розділу, Казкаря в Школу Добра і Зла помістили троє чарівників з Нескінченних Лісів, які вірили, що це єдине місце, де його захистять від знищення».

Агата витріщилася з недовірою. Сліпий Сейдер не міг писати історію. Але він міг бачити її і хотів того самого для своїх учнів. Щоразу, коли вона перегортала сторінку і торкалася крапок, історія оживала у його розповіді. Більша частина розділу 14 оповідала те, що Софі їй переказала під час обіду: Школою керували двоє братів-чаклунів,.. один був добрий, інший — злий. Їхня любов один до одного перевершувала відданість їхній силі. Але з часом злий брат відчув, що любов зникла і поступилася місцем спокусі, аж поки він не побачив лише одну перешкоду між ним і нескінченною владою пера... його власну кров.

Руки Агати пробіглися по крапках, вивчаючи виснажливі сцени Великої війни — битви, союзи, зради, — щоб побачити, як усе закінчилося. Її пальці зупинилися, коли вона побачила знайому фігуру у сріблястій мантії і масці, що піднімалася з пекельної бійні з Казкарем у руці:

«У заключному бою між злим братом і добрим братом виник переможець, що не належав жодній зі сторін. Під час Великого перемир'я Директор-переможець заприсягся вивищитися над Добром і Злом і захищати рівновагу, доки він буде залишатися живим. *Жодна зі сторін не довіряла переможцеві. Але їм це було і не потрібно».*

Книжка показала вмираючого брата, який згоряв ущент, перетворюючись на золу, і відчайдушно простягав свою руку в небо, вивільняючи вибух сріблястого світла...

«Щодо вмираючого брата він використав свої останні магічні сили, щоб створити заклинання проти свого близнюка: засіб довести, що Добро і Зло збалансовані. Поки цей доказ залишається недоторканим, то й Казкар буде непідкупним, а Ліси перебуватимуть в ідеальній рівновазі. І цей доказ...»

Серце Агати підстрибнуло...

«Він досі залишається в Школі Добра і Зла».

Сцена стала темною. Вона похапцем перегорнула сторінку, торкнулася крапок. Голос Сейдера виголосив:

«Розділ п'ятнадцять: Велике нашестя тарганів».

Агата жбурнула книжку об стіну, а потім інші книжки, залишаючи тріщини у намальованих обличчях амурів. Коли вже не було чого кидати, вона впала обличчям на ліжко.

«Будь ласка, допоможіть нам».

Тоді в тиші між молитвами і сльозами щось промайнуло. Навіть не думка. Імпульс.

Агата підняла голову. Відповідь на загадку дивилася на неї.

«Це просто стрижка, — запевняла себе Софі, продираючись крізь кукурудзяні зарості. — Ніхто навіть не помітить». Вона просковзнула між двома барвінковими деревами на західну частину Галявини, наближаючись до своєї групи ззаду.

«Просто знайди Агату й...»

Група повернулася разом. Ніхто не сміявся — ані Дот, ані Тедрос, ані навіть Беатрікс. Вони дивилися з таким жахом, що Софі задихнулася.

— Вибачте, щось потрапило мені в око, — вона сховалася за кущем блакитної троянди і хапала повітря. Вона не витримає ще більшого приниження.

— Принаймні ти тепер виглядаєш, як Нещасливиця, — сказав Тедрос, присівши під кущем. — Тому ніхто не припуститься моєї помилки.

Софі почервоніла, як буряк.

— Ну ось що трапляється, коли ти товаришуєш з відьмою, — принц насупився. Тепер Софі стала малиновою.

— Взагалі, не так уже й погано. Не так зле, як з твоєю подругою, принаймні.

— Пробач, — сказала Софі, ставши фіолетовою, як баклажан. — Щось потрапило в друге око...

Вона помчала геть і вчепилася у Дот, як у рятівне коло:

— Де Агата?

Але Дот продовжувала витріщатися на її волосся. Софі прочистила горло.

— О, вони й досі тримають її у кімнаті, — сказала Дот.

— Дуже шкода, якщо вона пропустить Квітник. Якщо Юба знайде провідника, йдеться про нього, — вона кивнула на гнома, що вовтузився навколо блакитних гарбузів. Її очі повернулися до волосся Софі.

— Це… мило.

— Будь ласка, не треба, — м'яко сказала Софі.

Дот засмутилася:

— Ти була така гарна.

— Воно відросте, — сказала Софі, намагаючись не плакати.

— Не хвилюйся, — хлюпнула носом Дот. — Колись хтось досить лихий уб'є того монстра.

Софі завмерла.

— Всі на борт, — вигукнув Юба.

Вона повернулася і побачила, як Тедрос відкрив верхівку звичайного блакитного гарбуза, наче накривку чайника, і зник усередині.

Софі зойкнула:

— Що за…

Щось штовхнуло її у ногу, і вона подивилася вниз. Юба простягнув їй перепустку до

Квітника і відкрив кришку гарбуза. Вона побачила тонку гусінь у фіолетовому смокінгу з оксамиту і у відповідному капелюсі, що плавала у вирі пастельних кольорів.

— Не плювати, не чхати, не співати, не нюхати, не гойдатися, не лаятися, не плескати, не спати і не дзюрити у Квітнику, — сказала вона найроздратованішим тоном, що можна було уявити. — Порушення призведе до вашого роздягання. Всі на борт!

Софі кинулася до Юби.

— Зачекайте, я маю знайти мою подр...

До неї підлетів пагін і запхав її досередини. Занадто приголомшена, щоб кричати, вона пірнула у сліпучі кольори: рожевий, блакитний, жовтий. З'явилося ще більше вусиків, що огорнули її, як ремені безпеки. Софі почула шипіння і роззирнулася, вона побачила, як гігантська зелена мухоловка ковтає її. Вона закричала, аж тут пагони вихопили її з пащі у тунель гарячого, сліпучого мороку і причепили її до чогось, що рухалося, а ноги і руки вільно бовталися в упряжці з плюща. Потім імла розвіялась, і Софі побачила найбільш чарівну річ, що будь-коли їй траплялася.

Це була підземна транспортна система, велика, наче містечко, повністю виготовлена з люмінесцентних рослин.

Пасажири теліпалися на ремінцях з пагонів, прикріплених до сяючих різнокольорових стовбурів дерев, укритих відповідними квітками. Ці стовбури кольоровим шифром спліталися у неймовірний лабіринт доріг. Деякі стовбури йшли паралельно, якісь перпендикулярно, якісь розбігалися у різних напрямках, але вони доставляли пасажирів до точних місць призначення у Нескінченних Лісах. Вражена Софі дивилася на ряд похмурих курдупелів, з кирками на ременях, що відчіплялися від флюоресцентного червоного стовбура, який був позначений як РОЗАЛІНДА-ЛАЙН. У протилежному напрямку бігла блискучою зеленою лінією АРБО-РЕЯ-ЛАЙН. Там сімейство ведмедів у чистих костюмах і сукнях висіло на пагонах конюшини серед інших пасажирів. Вражена, Софі оглянула свою ГІБІСКУС-ЛАЙН і побачила решту групи, що похитувалася на яскраво-синьому стовбурі. Але тільки Нещасливці були прив'язані до упряжки.

— Квітник тільки для Щасливців, — вигукнула Дот. — Вони мають пускати нас, тому що ми у Школі. Але вони не довіряють нам.

Софі не зважала на це. Вона б каталася Квітником решту свого життя, якби мала змогу. Окрім сильного заспокійливого темпу і чарівних ароматів, на кожному напрямку грав оркестр ящірок: ящірки на МАНДАРИН-ЛАЙН бадьоро бренькали на банджо, на ФІАЛКА-ЛАЙН грали на пристрасних ситарах, а ящірки на лінії Софі видували флейтами жваві звуки, супроводжуючи спів синіх жаб. Якщо подорожні зголодніють, кожна лінія мала власні закуски, блакитні птахи літали вздовж ГІБІСКУС-ЛАЙН, пропонуючи сині кукурудзяні мафіни і чорничний пунш. Цього разу в Софі було все, що їй потрібно. М'язи розслабилися, вона забула про хлопчиків і звірів, коли пагони понесли її дедалі вище, у закручене повітряне колесо з синього світла. Її тіло відчувало вітер, потім повітря, потім землю, руки тягнулися в небо, і Софі проросла із землі, як неземний гіацинт... і опинилася на кладовищі.

Надгробки кольору холодного неба були розкидані на голих пагорбах. Однокласники вискакували з діри, що була поруч із нею.

— Д-де м-ми? — заїналася вона, клацаючи зуби.

— Сад Добра і Зла, — тремтіла Дот, кусаючи шоколадну ящірку.

— Не вигл-ляд-дає, як сад-д, як-к н-на мен-не, — проклацала у відповідь Софі.

Коли Юба запалив своїм чарівним посохом кілька невеликих вогнищ, навколо групи стало трохи тепліше.

Софі з однокласниками зітхнули.

— За кілька тижнів кожен із вас буде розблокований, щоб створювати заклинання, — відповів гном на захоплений сміх. — Але закляття не належить до навичок виживання. М'ясні черви, що живуть біля могил, дозволять вам вижити в ситуаціях, коли нема чого їсти. Сьогодні ми будемо шукати та їсти їх!

Шлунок Софі стисло.

— Йдіть! Команди по двоє! — наказав гном. — Команда, яка з'їсть найбільше черв'яків, виграє випробування.

Він зиркнув на Софі:

— Може, наша чорна вівця зможе знайти спокуту?

— Чорна вівця не може нічого знайти без своєї подруги, — промурмотів Тедрос.

Софі почувалася жалюгідною, коли він приєднався до Беатрікс.

— Ну ж бо, — сказала Дот, штовхаючи Софі на землю. — Ми можемо перемогти їх.

Несподівано відчувши азарт, Софі почала обшукувати землю, намагаючись залишатися біля вогню.

— На що ці черви схожі?

— На хробаків, — відповіла Дот.

Софі обмірковувала відповідь, коли побачила на відстані фігуру — силует на верхівці пагорба. Це був кремезний велетень із довгою чорною бородою, густими пасмами і темною, як ніч, шкірою. Він був одягнений лише у маленьку коричневу пов'язку на стегнах і копав ряд могил.

— Чи це не сам Доглядач Могил? — звернулася Дот до Софі. — Ось чому тут таке скупчення червів.

Софі простежила за її поглядом, Дот дивилася на двомильну лінію тіл із домовин, що чекали на свою чергу позаду Доглядача.

Вона одразу побачила різницю між темними кам'яними домовинами Нещасливців і трунами Щасливців зі скла і золота. Але деякі тіла не мали домовин, вони лежали, кинуті на схилі пагорба стерв'ятникам, які кружляли.

— Чому йому ніхто не допомагає? — мляво поцікавилася Софі.

— Тому що ніхто не має права втручатися у систему Доглядача Могил, — м'яко відповів Горт.

— Мій батько чекає два роки, — його голос надломився. — Вбитий самим Пітером Пеном, мій батько заслуговує на гідну могилу.

Тепер уся група дивилася, як Доглядач копає могили. Він дістав книжку зі свого волосся і вивчив одну зі сторінок. Потім велетень схопив золоту труну з гарним принцем всередині і опустив до порожньої ями. Потім він посунув чергу тіл, що чекали, підхопив труну з прекрасною принцесою і поклав її поряд із принцем в одну могилу.

— Анастасія і Джейкоб. Померли від голоду під час медового місяця. Цього можна було б уникнути, якби вони були уважними на уроках, — різко вигукнув Юба.

Незадоволені учні повернулися до полювання на черв'яків, але Софі не зводила очей з Доглядача, що підхопив людожера без домовини, й опустив до наступної ями. Повернувся до книжки, а потім поклав чудову срібну труну з королевою поряд із відповідним королем.

Софі оглянула цвинтар і побачила однакову схему на всіх пагорбах і у всіх долинах. Щасливці були поховані разом — хлопчик і дівчинка, чоловік і дружина, принц і принцеса, разом у житті і смерті. Нещасливці були поховані по одному.

Щасливці. Рай удвох.

Нещасливці. Рай на самоті.

Софі завмерла. Вона знала відповідь на загадку Директора.

— Можливо, ми маємо пошукати Хребет Мерців, — зітхнув Юба. — Учні, ходімо...

— Прикрий мене, — прошепотіла Софі до Дот.

Дот обернулася

— Куди ти... зачекай! Ми ж...

Але Софі вже бігла повз віддалені надгробки до виходу з Квітника.

— ...команда, — надулася Дот.

Трохи по тому у Блакитному Лісі п'ять стімфів відірвали свої погляди від кози і побачили, як Софі розмахує яйцем.

— Ну ж бо, спробуймо ще раз?

«Вона була тут увесь час», — розмірковувала Агата, дивлячись на стіни.

Зброя, що робила Добро непереможним для Зла. Річ, яку лиходій ніколи не міг мати, але без якої не змогла б обійтися принцеса. Завдання, що відправить її і Софі додому.

«Якщо Софі жива».

Агата відчула ще одну хвилю безсилого розпачу. Вона не може просто сидіти, доки Софі катують... Зовні долинув крик. Вона скочила і побачила Софі, яка пручалася, її у вікно вкинув стімф.

— Кохання, — видихнула Софі.

— Ти жива! Твоє волосся! — вигукнула Агата.

— Кохання — це те, чого лиходій ніколи не матиме, але принцеса не зможе без нього жити.

— Але що вони зробили.. чи ти...

— Я маю рацію чи ні?

Агата побачила, що Софі не має наміру розмовляти про Катувальну кімнату.

— Майже! — вона вказала на малюнки на стіні із зображенням героїв і героїнь, що міцно притиснулися губами одне до одного.

— Поцілунок справжнього кохання! — видихнула Софі.

— Якщо твій справжній принц поцілує тебе, ти не можеш бути лиходійкою, — заявила Агата.

— І якщо ти не знайдеш кохання, тоді ти не можеш бути принцесою, — сказала Софі.

— І ми повернемося додому! — Агата ковтнула. — Моя частина вже виконана. Але твоя не буде так само легкою.

— О, будь ласка. Я можу будь-якого з хлопчиків-Нещасливців закохати у себе. Дай п'ять хвилин, порожню комору й...

— Існує лише єдине, Софі, — сказала Агата глухо. — Лише єдине справжнє кохання для Щасливців.

Софі зустріла її погляд. Вона впала на ліжко.

— Тедрос.

Агата кволо кивнула. Шлях додому залежав від єдиної людини, яка могла все зруйнувати.

— Тедрос має... поцілувати мене? — запитала Софі, витріщаючись у нікуди.

— І його не можна обдурювати чи примушувати. Він має хотіти цього.

— Але як? Він вважає мене лиходійкою! Він ненавидить мене! Аггі, він син короля. Гарний, бездоганний — і подивись на мене...

Вона схопилася за своє стрижене волосся й обвислу мантію.

— Я... я...

— І досі принцеса.

Софі подивилася на неї.

— І це єдиний шлях додому, — сказала Агата. — Тож ми маємо зробити так, щоб поцілунок стався.

— Ми? — запитала Софі.

— Ми, — різко відповіла Агата.

Софі міцно обійняла її.

— Ми повернемося додому, Аггі.

Але в її руках Агата відчула дещо інше. Щось підказувало, що Катувальна кімната забрала у подруги щось більше ніж волосся. Вона облишила сумніви і міцніше стиснула Софі в обіймах.

— Один поцілунок — і все скінчиться, — прошепотіла вона.

Коли вони обіймалися в одній вежі, в іншій Директор споглядав, як Казкар закінчив чудовий малюнок двох дівчаток, які обійнялися. Перо додало останні слова під ним, закінчуючи розділ.

«Але кожен поцілунок має свою ціну».

15

Обери свою труну

Щоразу, коли Тедрос був напружений, він тренувався. Тож побачити, як він тренується о 6-й годині ранку в Доглядальній кімнаті — кидає молоти, підіймає гантелі, плаває колами, — означало, що він має чимало про що подумати. Це було зрозуміло. Запрошення на «Сніговий Бал» було просунуте під двері цієї

Дорога Агато!
Сердечно запрошуємо тебе
на «Сніговий Бал»
Щасливців

ночі. Коли він ліз угору по канату зі сплетеного білявого волосся, він прокляв той факт, що проведе Різдво на Балу. Чому усе, що пов'язане зі Щасливцями, обертається навколо гнітючих формальних танців? Проблема балів була у тому, що всю роботу мали виконувати хлопчики. Дівчатка могли фліртувати, плести інтриги, загадувати бажання, але, врешті-решт, саме парубок повинен обирати і сподіватися, що вона скаже «так». Тедрос не переймався тим, чи погодиться дівчинка. Він хвилювався, що не було такої дівчинки, яку б він хотів запитати.

Він не міг згадати, коли взагалі останнього разу вподобав би дівчинку. Так, він завжди мав одну, яка ходила за ним слідом, проголошуючи, що вона його подруга. Це траплялося постійно. Він заприсягався забути про дівчаток, потім зустрічав ту, яка привертала його увагу, вирішував довести, що він може її отримати, отримував і виявляв, що вона дурна мисливиця на принців, яка давно його запримітила. Прокляття Беатрікс. Ні.

Була краща назва для цього.

Прокляття Ґіневери.

Тедросу виповнилося лише дев'ять, коли мати втекла з лицарем Ланселотом, залишивши його і батька. Він чув, як казали: «Вона знайшла своє кохання». Але як щодо того часу, коли вона говорила його батькові: «Я кохаю тебе»? І того часу, коли вона це казала йому? Яке кохання було справжнім?

Ніч у ніч Тедрос бачив, як батько спивався. Смерть прийшла протягом року. З останнім подихом король Артур схопив сина за руку:

— Народу потрібна королева, Тедросе. Не припускайся моїх помилок. Шукай дівчину, яка насправді добра.

Тедрос видирався дедалі вище по золотих косах, жили виступали над м'язами.

«Не припускайся моїх помилок».

Руки зісковзнули, і він упав на м'який мат. Він почервонів і подивився на чортів водоспад волосся.

Всі його дівчатка були непорозумінням Гвіневери, які сплутали кохання з поцілунками.

Денне світло торкнулося подушки Агати. Вона скочила і побачила Софі, яка зсутулилася на старому ліжку Ріни.

— Чому ти ще тут! Якщо вовки тебе схоплять, ти знову потрапиш до Катувальної кімнати. Крім того, що ти б мала бути удома, писати анонімну любовну поему Тед…

— Ти мені не казала, що буде Бал.

Софі тримала блискуче запрошення у вигляді сніжинки, ім'я Агати прикрашали перли.

— Кого цікавить дурний Бал? — простогнала Агата. — Ми невдовзі підемо. Тепер ти маєш упевнитися, що поема розповідає про те, ким він є як особистість. Його честь, доблесть, смі...

Тепер Софі нюхала те запрошення.

— Софі, послухай мене! Що ближче ми до Балу, то ретельніше Тедрос шукатиме пару! Що дужче він шукатиме пару, то більше він буде закохуватися у когось іншого! Що більше він буде закохуватися у когось іншого, то довше він залишатиме нас тут! Зрозуміла?

— Але я хочу бути його парою.

— ТЕБЕ НЕ ЗАПРОШЕНО!

Софі стиснула губи.

— Софі, Тедрос має тебе поцілувати зараз! Інакше ми ніколи не потрапимо додому!

— Чесно, а вони точно перевіряють запрошення на Бал?

Агата схопила запрошення.

— Я дурна. Я вважала, ти хочеш залишитися живою.

— Але я не можу пропустити Бал!

Агата підштовхнула її до дверей.

— Використай тунель дерев...

— Мармурова зала, сяючі сукні, вальсування під зірками...

— Якщо вовки тебе схоплять, скажи, що заблукала...

— Бал, Аґґі, справжній Бал!

Агата виштовхнула її. Софі похмуро подивилася у відповідь.

— Мої сусідки допоможуть мені. Вони справжні друзі.

Вона зачинила двері перед приголомшеним обличчям Агати.

Десять хвилин по тому Естер ледь не затоптала одного зі щурів Анаділь.

— ДОПОМОГТИ! ТИ ХОЧЕШ, ЩОБ Я ДОПОМОГЛА НЕЩАСЛИВЦЮ ПОЦІЛУВАТИСЯ ІЗ ЩАСЛИВЦЕМ! ТА Я КРАЩЕ ЗАСУНУ СВОЮ ГОЛОВУ КОБИЛІ У...

— Софі, лиходії ніколи не знаходять кохання, — сказала Анаділь, сподіваючись, що розум урятує її пацюків. — Навіть не шукають його, бо це зраджує нашу душу...

— Ви хочете, щоб я повернулася додому? — різко промовила Софі, обтрушуючи листя. — То накладіть на Тедроса чари, щоб він запросив мене на Бал.

— НА БАЛ! — надривалася Естер. — ЯК ТИ ВЗАГАЛІ ДІЗНАЛАСЯ ПРО БАЛ?

— Лиходійка на Балу? — сказала Дот.

— Лиходійка вальсує? — промовила Анаділь.

— Лиходійка робить реверанси? — промовила Естер, і всі троє почали реготати.

— Я піду на той Бал, — спалахнула Софі.

— Уявляємо Відьму з Нескінченних Лісів, — зубоскалила Естер крізь сльози.

До обіду вона вже не сміялася.

По-перше, Софі запізнилася на урок на цілих двадцять хвилин, бо намагалася щось вдіяти зі своїм обчикриженим волоссям. Вона ховала його у берети, банти, гребінці, доки не зупинилася на вінку з маргариток.

— Не огидно, — зітхнула вона, перш ніж піти на урок «Спотворення».

Вона побачила, що волосся учнів посивіло від зілля з крил кажана.

Одиниця несподівано вибухнула у неї над головою.

— Огидно, — просіяв професор Менлі, захоплено оглядаючи її волосся. — Твоя головна прикраса. Втрачена.

Софі хлипала, коли йшла з уроку, але потім почула крик Естер. У залі Албемарль дятел в окулярах вибивав ім'я Софі поряд з її на рейтинговій дошці Нещасливців.

— Одне маленьке любовне закляття, Естер, — солодко нагадала Софі. — І я зникну назавжди.

Естер помчалася геть, згадуючи, що не варто допомагати Нещасливцю цілувати Щасливця, якими б надзвичайними не були обставини.

На початку уроку «Проклять» леді Лессо влетіла до крижаної кімнати з щелепою, стиснутою ще сильніше, ніж завжди.

— Неможливо знайти гарного ката в наші дні, — пробурмотіла вона.

— Про що вона? — прошепотіла Софі, звернувшись до Дот.

— Звір зник! — пошепки відповіла Дот.

Софі ледве не зомліла.

Перевіряючи клас на сни про Суперника, леді Лессо сичала і сварилася при кожній неправильній відповіді.

— Але ж я вважала, що сни про Суперника передбачають, що ти будеш Великим лиходієм, — сказала Естер.

— Ні, ідіотко! Тільки якщо ти маєш ознаки! Сни про Суперника нічого не варті без ознак! — відповіла леді Лессо.

— Дот, який смак ти відчуваєш у роті під час першого сну про Суперника?

— Того, що їв перед сном?

— Кров, дурепо! — леді Лессо кресонула нігтем по крижаній стіні. — О, я все віддала би, аби побачити справжнього лиходія у цій Школі. Справжнього душогуба, який примусив би Добро ридати, а не це лайно.

Коли настала її черга, Софі очікувала на найгірші образи, але леді Лессо дала їй бородавку за вочевидь неправильну відповідь і погладила по обскубаному волоссю, проходячи повз.

— З чого б це вона така добра з тобою? — просичала Естер позаду неї.

Софі цікавило те саме запитання, але вона повернулася до Естер з посмішкою:

— Бо я майбутній Капітан класу. Поки я залишаюся тут, ось чому.

Естер поглянула так, наче хотіла зламати їй шию.

— Любовні закляття мотлох, а не лиходійство. Вони не діють.

— Я впевнена, ти знайдеш таке, що подіє, — сказала Софі.

— Я попереджаю, Софі. Це погано скінчиться.

— Хм… Як щодо петуній у кожній кімнаті? — мріяла Софі. — Я гадаю, це буде моя перша пропозиція у ролі Капітана.

Цієї ночі Естер написала листа родичам, розпитуючи про любовне закляття.

— Це заразно, — простогнала Агата, побачивши дівчаток зі Школи Добра, які кружляли на Галявині й показували одна одній запрошення, кожна сніжинка мала свою форму.

Поряд Тедрос кидав крем'яхи і повністю їх ігнорував.

— Кожне випробування пов'язане з бальною красою, бальним етикетом, історією балів…

Але Софі не слухала. На її колінах була тарілка зі свинячими ратицями, а очі були прикуті до дівчаток зі Школи Добра.

— Ні, — сказала Агата.

— Але ж якщо він мене запросить?

— Софі, він має поцілувати тебе зараз! А не запрошувати на якийсь дурний Бал!

— О, Агато, чи ти не знаєш казки? Якщо він поведе мене на Бал, опісля він обов'язково мене поцілує! Як Попелюшку опівночі! Поцілунки завжди трапляються на Балу! І моє волосся відросте до того часу, і я відремонтую мої черевички... О ні! Сукня! Ти можеш поцупити кілька прикрас у когось із дівчаток? Трохи крепдешину теж. І тюль! Купи тюлю! Бажано рожевого, але я можу і пофарбувати, хоча тюль ніколи не фарбується належним чином. Можливо, потрібен шифон. З ним буде краще.

Агата мовчки кліпала.

— Ти маєш рацію, спершу я маю запитати у нього, — сказала Софі, здіймаючись на ноги. — Не наїжачуйся, дорогенька. Це буде просто, як пиріг! Ти побачиш! Принцеса Софі на Балу!

— Що ти... ти все руйнуєш...

Але Софі вже залишила половину Зла і плюхнулася біля Тедроса. У руках вона тримала свою тарілку.

— Привіт, красунчику! Хочеш одну з моїх... ніг?

Тедрос влучив крем'яхом Чаддіку в око. На Галявині запанувала тиша.

Він повернувся до неї:

— Тебе кличе подруга.

Софі повернулася й побачила, як Агата розмахує руками.

— Просто вона засмучена, — зітхнула Софі. — Ти мав рацію, Тедросе. Ми занадто близькі. Це тому я пішла посеред уроку вчора. Сказати їй, що тепер саме час для мене знайти друзів у Школі Добра.

— Дот сказала, що ти пішла, бо захворіла.

Софі закашлялась.

— Ну, я трохи застудилася...

— Вона сказала, що у тебе діарея.

— Діаре... — Софі ковтнула. — Ти ж знаєш Дот. Вона завжди вигадує.

— Як на мене, вона не скидається на бреху́ху.

— О, вона завжди бреше, щоб привернути увагу. З того часу, як вона...

Тедрос підняв брови:

— З того часу, як вона...

— Погладшала.

— Зрозуміло, — Тедрос підняв крем'ях. — Смішно, чи не так? Вона повзала по порожніх могилах, щоб з'їсти достатньо черв'яків за вас двох, щоб ти не зазнала невдачі. Казала, що ти її найкраща подруга.

— Вона таке казала? — Софі побачила, як Дот киває до неї. — Як нудно.

Вона повернулася до Тедроса, який готувався до кидка.

— Ти пам'ятаєш, як ми вперше зустрілися, Тедросе? Я була у Блакитному Лісі. Все, що сталося опісля, не має значення — що ти вдарив мене, що назвав Нещасливицею, що впав у лайно. Значення має тільки те, що ти відчув першого разу. Ти хотів урятувати мене, Тедросе. То ось і я.

Вона склала руки.

— Будь-коли, як ти будеш готовий.

Тедрос подивився на неї.

— Що?

— Запросити мене на Бал, — сказала Софі, посміхаючись.

Обличчя принца не змінилося.

— Я розумію, що трохи зарано, але дівчинка має все спланувати, — наполягала Софі.

Тут підійшла Беатрікс:

— Місць для Нещасливців немає.

— Що? Тут багато місця, — роздратувалася Софі...

Але Ріна штовхнула її, потім до неї приєдналися ще шестеро дівчаток, вони виштовхали Софі геть з обіднього кола. Вона обернулася до Тедроса, сподіваючись, що він захистить її.

— Ти можеш відійти? — пробурчав він, прицілюючись крем'яхом. — Ти затуляєш мені ціль.

Агата посміхнулася, коли Софі причалапала до неї.

— Легко, як пиріг?

Софі впала біля неї...

— Жалюгідний пиріг! — вигукнула Агата.

— Це через волосся! — хлипала Софі.

— Це не через волосся! — сказала Агата, коли вони вирушили крізь браму Блакитного Лісу. — Тобі потрібно спочатку сподобатися йому! Інакше ми ніколи не потрапимо додому!

— Я гадала, що це кохання з першого погляду. Так це працює у казках!

— Настав час для плану Б.

— Але ж він не відмовився, — з надією сказала Софі. — Можливо, не все так погано.

Підбігла Дот:

— Всі кажуть, що ти назвала Тедроса брехуном, потім жбурнула лайном йому в обличчя і облизала йому ноги!

Софі повернулася до Агати:

— Гаразд, який план Б?

Вони прийшли з рештою учнів їхньої лісової групи і побачили вісім скляних домовин на бірюзовій траві.

— Щотижня ми будемо повторювати випробування з розрізнення Добра і Зла, тому що це найважливіша навичка, що вам знадобиться у Лісах, — виголосив Юба. — Сьогодні ми випробуємо Щасливців. Зважаючи на захоплення учорашніми похоронами, я подумав, що надам вам можливість приміряти власні.

По цьому він наказав дівчаткам зі Школи Добра і Зла залізти у домовини і помахом свого посоха обернув їх на вісьмох однакових принцес з великими стегнами, круглими сідницями і губами, як у риб.

— Я гладка, — видихнула Софі.

— Це твій шанс, — сказала Агата, згадавши слова принцеси Уми. — Якщо Тедрос — твоє найбільше бажання, він підійде до тебе! Він зрозуміє, що він — твоє справжнє кохання!

— Але ж Беатрікс теж буде бажати його!

— Ти маєш бажати сильніше! Зосередься на своєму коханні до нього! Сфокусуйся на тому, щоб зробити його твоїм!

Юба закрив скляні кришки усім дівчаткам і перемішав труни.

— Ретельно розгляньте дів і шукайте ознаки Добра, — сказав він хлопчикам. — Як будете впевнені, що знайшли Щасливицю, поцілуйте їй руку — і її справжня натура відновиться!

Юнаки зі Школи Добра охоче наблизилися до домовин...

— Ми теж хочемо пограти.

Юба повернувся до Горта й інших хлопчиків-Нещасливців і трохи повагався.

— М-м-м, що ж, я вважаю, що це надасть нашим дівчаткам стимул, — сказав гном.

У домовинах вісім товстих принцес напружилися, коли хлопчики з обох шкіл почали кружляти навколо них.

Горт крадькома підійшов до куща блакитної м'яти, переступив через скунса, який щось жував, і зірвав кілька листочків. Він побачив, що Раван витріщається.

— Що? Я хочу мати свіжий подих, — сказав Горт і розжував м'яту.

— Швидше робіть свій вибір! — прогарчав Юба.

У труні Агата мріяла, щоб Тедрос зазирнув глибоко у серце Софі і побачив, яка вона є насправді...

У своїй труні Софі заплющила очі і думала про все, що їй подобалося в її принці...

Тим часом Тедрос не бажав жодної з дівчаток. Але вся справа була у випробуванні. Очі були прикуті до третьої труни. Щось тягло його до дівчинки, хоча вона виглядала так само, як і решта. Тепло, світло, вибух енергії пульсували між ними. Щось-таки було в ній особливим. Щось, чого він не помічав раніше. Одна з цих дівчаток є чимось більшим, ніж видається на перший погляд...

— Час сплив! — сказав Юба.

Агата почула жахливий крик і кинулася до Софі, яка була знову у своєму тілі, Горт притис губи до її губ. Горт звільнив її.

— А-а-а, руку! Ой! Чи ми маємо почати спочатку?

— Ти мавпа! — Софі вдарила його, і він упав у м'ятний кущ, на скунса, що жував. Скунс підняв хвоста і вистрілив Горту в очі.

Горт почав бігати навкруги, наштовхуючись на домовини.

— Я осліп! Я осліп! — волав він, поки не впав у труну Софі, яка зачинила його смердюче тіло разом із нею.

Нажахана Софі стукала в скло, але воно не зрушило.

— Правило номер 5. Нещасливці не переймаються коханням, — пробурмотів Юба. — Гідне покарання. Тепер, хлопчики, подивімося, кого ви обрали.

Агата почула, як відчиняється її труна. Вона обернулася і побачила Тедроса, який потягнув її руку до своїх губ. Приголомшена, вона вдарила його коліном у груди. Тедрос вдарився головою об кришку і впав на землю. Хлопчики зі Школи Добра скупчилися навколо нього, однакові принцеси вискочили з домовин, щоб допомогти йому, а Юба начаклував шматок льоду, щоб прикласти його до довбешки принца. У хаосі Агата перелізла зі своєї труни до тієї, що була поряд.

Тедрос підскочив, він не мав жодного наміру відпускати свою принцесу.

Юба скривився.

— Можливо, ти маєш сіс...

— Я хочу закінчити.

Юба зітхнув і кивнув на принцес, що позалазили назад до домовин і заплющили очі.

Тедрос пам'ятав, що то була третя труна. Він підняв оздоблене скло і впевнено поцілував руку. Принцеса обернулася на Беатрікс, що владно посміхалася. Тедрос кинув її руку, як гарячий камінь. У сусідній труні Агата зітхнула з полегшенням.

На віддалі провили вовки.

Коли клас прослідував за Юбою до Школи, Агата залишилася біля Софі.

— Агато, пішли, — покликав Юба. — Софі має вивчити урок.

Агата озирнулася й побачила Софі, запечатану з Гортом, вона затискала ніс і билася об скло. Завтра подруга вислухає її.

«Вона виживе. Це тільки Горт».

Але Горт не був проблемою.

Проблемою було те, що Софі бачила, як Агата поміняла труни.

16

Купідон божеволіє

Закриваючись від ранкової зливи, Агата наблизилася до Естер на половині Нещасливців.

— Де Софі?

— Не залишає кімнату. Пропустила уроки, — відповіла Естер, коли вовк кинув їй на тарілку загадкове м'ясо. —

Вочевидь, провівши час у труні з Гортом, вона втратила волю до життя.

Коли Агата дісталася мокрого Напівдорожнього мосту, її відображення вже чекало на неї, ще більш похмуріше, ніж останнього разу.

— Я маю побачити Софі, — сказала Агата, уникаючи контакту з власними очима.

— Це вдруге, коли він так дивився на тебе.

— Га? Хто вдруге дивився на мене?

— Тедрос.

— Ну, Софі не послухає мене.

— Гаразд, може, Софі не є його справжнім коханням.

— Це має бути вона, — Агата раптом розхвилювалася. — Це не може бути хтось інший. Саме так ми повернемося додому! Хто ще це має бути? Беатрікс? Ріна? Мілі...

— Ти.

Агата подивилася. Її відображення огидно посміхалося.

Очі Агати опустилися на власні вологі кломпи.

— Це найдурніша річ, яку я будь-коли чула. По-перше, кохання — це казкові вигадки, щоб чимось зайняти дівчаток. По-друге, я ненавиджу Тедроса. По-третє, він уважає, що я відьма, зважаючи на останні події, це може бути правдою. Тож пропусти.

Відображення припинило посміхатися.

— Ти вважаєш себе відьмою?

Агата поглянула на себе:

— Я допомагаю найкращій подрузі вибороти справжнє кохання, щоб потім забрати її від нього.

Тієї самої миті відображення припинило посміхатися і стало потворним.

— Безумовно, Зло, — сказало воно і зникло.

Двері кімнати 66 були не зачинені. Агата знайшла Софі на ліжку, скорчену під обгорілою дірявою ковдрою.

— Я бачила! — просичала вона. — Я бачила, як він обрав тебе! Я хвилювалася щодо Беатрікс, а виявилося, що лукава й підступна зрадниця — ти!

— Слухай, я не знаю, чому він обрав мене, — сказала Агата, витискаючи воду з волосся.

Софі свердлила її очима.

— Я хотіла, щоб він обрав тебе, дурненька! — вигукнула Агата. — Я хочу, щоб ми потрапили додому!

Софі довго вивчала її обличчя. Зітхнувши, вона повернулася до вікна.

— Ти не розумієш, як це було. Я досі вся тхну ним. Він у моєму носі. Йому надали окрему кімнату, доки сморід не зникне. Але хто знає, де закінчується сморід, а де починається Горт?

Здригнувшись, вона повернулася.

— Я зробила все, як ти казала, Аггі. Я сфокусувалася на всьому, що мені подобається у Тедросі, — на шкірі, очах, вилицях...

— Софі, не на тому, як він виглядає! Тедрос не відчує зв'язок із тобою, якщо ти вподобала його лише за зовнішність. Що тебе відрізнятиме від інших дівчаток?

Софі насупилася:

— Але я не хочу думати про його корону чи спадок. Це дурниці.

— Подумай про те, ким він є! Про його особистість! Його чесноти! Який він є глибоко в душі!

— Вибач, я сама знаю, як закохати хлопчика, — роздратувалася Софі. — Просто припини все псувати і дозволь мені все це зробити.

Вочевидь, спосіб Софі передбачав приниження за кожного зручного випадку.

Наступного дня під час обіду вона підійшла до Тедроса у чергу Щасливців, але його хлопчики оточили її, напхавши повні роти м'ятою. Потім вона намагалася наблизитися до принца на «Виживанні у казках», але Беатрікс намертво приклеїлася до нього і використовувала кожну можливість, аби нагадати, що він обрав її труну.

— Тедросе, можна поговорити з тобою? — нарешті не витримала Софі.

— Чого це він буде з тобою розмовляти? — втрутилася Беатрікс.

— Тому що ми друзі, а ти набридлива муха!

— Друзі! — спалахнув Тедрос. — Я бачив, як ти поводишся з друзями. Використовуєш.

Зраджуєш. Називаєш товстими. Брехунами. Дякую за пропозицію. Але я пас.

— Напад. Зрада. Брехня. Звучить так, наче одна з наших Нещасливиць використовує правила! — просяяв Юба.

Софі була настільки пригнічена, що з'їла трохи шоколаду Дот.

— Ми будь-що знайдемо любовне закляття, — сказала Дот.

— Дякую, Дот, — промимрила Софі повним ротом. — Чудовий смак.

— Це щуряче лайно. З нього готують найкращу вершкову помадку.

Софі вдавилася.

— До речі, а кого ти назвала гладкою? — запитала Дот.

Дедалі ситуація погіршувалася. На цьому тижні учні обох шкіл для випробувань у «Тренуванні поплічників» і «Спілкуванні з тваринами» мали навчити обрану істоту ходити слідом. Спочатку обидві школи вибухнули безладом — тролі викидали Нещасливців з вікон, сатири викрадали кошики з обідом, малюки-дракони підпалювали столи, а гуртожитки Школи Добра були завалені купами звірячого лайна.

— Це традиція. Спроба об'єднати школи, — сказала професорка Даві Щасливцям, у неї на носі висіла прищіпка. — Одначе некерована і погано організована.

Кастор гарчав на Нещасливців, які сиділи в облозі у Дзвіниці.

— КОЛИ ВИ ВИТЯГНЕТЕ ГОЛОВИ ІЗ ЗАДІВ, ТО ЗРОЗУМІЄТЕ, ХТО ГОСПОДАР.

І справді, три дні по тому Естер привчила свого малюка-людожера до горщика і примусила плювати в Щасливців під час обіду. Тедрос мав вовкодава, що бігав за ним, пітон Анаділь потоваришував із її пацюками, а пухнастий білий кролик викликав у Беатрікс таке захоплення, що вона назвала його Тедді. (Тедрос давав йому копняка щоразу, коли бачив.) Навіть Агата спромоглася навчити свого відважного страуса, як непомітно красти цукерки.

Софі якимось чином знайшла себе з круглолицим купідоном на ім'я Грімм. Він мав кучеряве чорне волосся, рожеві крила й очі, що змінювали колір залежно від його настрою. Вона дізналася, що його ім'я, — Грімм першого ж дня, коли він написав його на всіх стінах кімнати її улюбленою помадою. Другого дня він уперше побачив Агату. Це сталося за обідом, його очі із зелених перетворилися на червоні. Третього дня, поки Юба читав лекцію «Використання колодязів», він почав стріляти стрілами по Агаті, яка вчасно сховалася за лісовим колодязем.

— Відклич цю істоту! — закричав Тедрос, відбиваючи стріли мечем.

— Грімм! Це моя подруга! — вигукнула Софі.

Ґрімм винувато заховав колчан.

Четвертого дня він упродовж усіх уроків Софі наточував зуби і лазив по стінах.

Леді Лессо зиркнула на нього зацікавленим поглядом.

— Знаєш, спостерігаючи за ним, я вважаю... — вона подивилася на Софі, потім відігнала думки. — Не зважай, лише пропонуй йому трохи молока — і він стане більш прихильним.

Молоко подіяло на п'ятий день. А вже шостого дня Ґрімм почав стріляти по Агаті знову. Софі спробувала все, що могло заспокоїти його: вона співала колискові, пропонувала найсмачніший шоколад Дот, навіть дозволила спати у власному ліжку, тим часом як сама лягла на підлозі. Але нічого не могло його зупинити.

— Як мені бути? — бідкалася Софі леді Лессо після уроку.

— Деякі поплічники бувають з норовом. Але зазвичай це через...

— Через що?

— О, я впевнена він заспокоїться. Вони завжди заспокоюються.

Але сьомого дня Ґрімм ганявся за Агатою під час обіду, ухиляючись від учнів і вовків, які намагалися його упіймати, аж доки демон Естер нарешті не схопив його. Агата поглядала на Софі з-за дерева.

— Може, ти когось йому нагадуєш? — скімлила Софі.

Але навіть демон Естер не міг довго його контролювати. Після того як одна зі стріл зачепила їй вухо, Агата вирішила, що з неї досить. Згадавши останній урок Юби, вона заманила божевільного купідона у Блакитний Ліс і сховалася у глибокому кам'яному колодязі. Коли Грімм стрімко пірнув у темний колодязь, вона вдарила його своїми кломпами і штовхнула у воду.

— Я гадала, він уб'є тебе, — рюмсала Софі після того, як вони закрили колодязь валуном.

— Я можу подбати про себе, — сказала Агата. — Дивись, Бал менш ніж за два місяці, а справи з Тедросом дедалі погіршуються. Ми маємо спробувати нову...

— Це мій принц — і я впораюся з ним самотужки.

Агата не хотіла сперечатися. Коли Софі буде готовою, вона вислухає.

Коли обидві школи пішли з Кастором і Умою відпускати поплічників назад у Блакитний Ліс, Софі прокралася до Бібліотеки Зарозумілості.

Їй знадобилася уся її воля, щоб не втекти тієї самої миті, як вона увійшла. Розташована на верхньому поверсі вежі Зарозумілості, Бібліотека виглядала як звичайна бібліотека, але здавалося, що нещодавно тут вирували повінь,

пожежа й торнадо, разом узяті. Іржаві залізні
полиці були похилені під дивним кутом, а тисячі книжок лежали на підлозі. Стіни були зеленими і пухнастими від цвілі, коричневий килим — вогким і липким, а сама кімната
смерділа сумішшю диму й кислого молока.

За столом сиділа драглиста жаба, що курила
сигару і штампувала книжки одну за одною,
а потім жбурляла їх на підлогу.

— Що потрібно? — проскреготіла вона.

— Любовне закляття, — відповіла Софі,
намагаючись не дихати.

Жаба кивнула на вологу полицю у кутку.
Там стояли лише три книжки:

«*Ланці замість троянд: Чому кохання —
це прокляття?*» барона Дракули;

«*Керівництво для Нещасливців: Як припинити справжнє кохання?*» доктора Волтера Бартолі;

«*Надійні любовні закляття і зілля*» Глінди Гуч.

Софі розгорнула третю, проглянула покажчик,
поки не знайшла «Закляття 53: Замовляння для
справжнього кохання».

Вона видерла сторінку і втекла чимдуж, щоб
не знепритомніти від смороду.

Під час обіду Дот, Естер та Анаділь схилися над сторінкою.

— Якщо хлопчик потрапляє під це закляття,
він миттєво закохується у вас і робить усе, що

ви забажаєте, — читала Анаділь. — Особливо ефективне за потреби досягнути шлюбної пропозиції або ж запрошення на Бал.

— Все, що ви маєте зробити, — засипати зазначене зілля у кулю і вистрілити у серце свого обранця, — захоплено читала Софі.

— Це не спрацює, — пробурмотіла Естер.

— Ти просто дратуєшся, тому що це я знайшла.

Естер витягла з торби стос листів.

— Дорога Естер, я не знаю жодного любовного закляття, яке діє... Дорога Естер, любовні закляття — це горезвісне шахрайство... Дорога Естер, любовні закляття небезпечні. Використаєш погане закляття і спотвориш когось назавжди...

— Це надійне! — сказала Дот.

— Хто написав? Глінда ГУЧ?

— Я вважаю, ми маємо спробувати, а раптом після цього всі розмови про Бал і поцілунки припиняться, — сказала Анаділь, червоні очі якої вивчали рецепт. — Серце кажана, магнітний камінь, котяча кістка... Все це — звичайні інгредієнти. О-о-о! Нам потрібна крапля поту Тедроса.

— І як ми її дістанемо? — запитала Дот. — Якщо Нещасливець наблизиться до Щасливця, на нас нападуть вовки. Для цього нам потрібен Щасливець.

Агата рожевою масою плюхнулася поряд.

— Що я пропустила?

Софі сказала лише п'ять слів.

— Ні! Жодних заклять! Жодних намовлянь! Жодного обману! — сварилася Агата. — Це має бути справжнє кохання!

— Ти тільки поглянь! — Софі протягнула сторінку з малюнком принца і принцеси, що цілувалися на Балу. Підпис: «ЄДИНА СПРАВ- ЖНЯ ЗАМІНА ІСТИННОГО КОХАННЯ!»

Агата вихопила сторінку і засунула її в та- рілку Софі.

— Я не хочу знову про це чути.

Решту обіду Софі провела, поглядаючи на її кусень сиру.

Два дні по тому Естер серед ночі відчула, як хтось добряче штовхнув її в бік. Вона схо- пилася і побачила Софі, яка стояла над нею і нюхала блакитний галстук із літерою *Т*.

— Пахне, як небеса. Я гадаю, тут достатньо його поту.

Спочатку Естер виглядала збентеженою, але потім вона набурмосилася й уже була готова вибухнути...

— Як щодо хору лиходіїв? — сказала Со- фі. — Це буде моя друга пропозиція, коли я стану Капітаном.

Усю ніч Естер змішувала складники. Викорис- товуючи стару ступу своєї матері, зрештою вона отримала пінисте рожеве зілля, що дистилювала у мерехтливий газ, і наповнила отриманим газом кулю у формі серця.

— Сподіваюся, він не помре, — прогарчала Естер, скінчивши.

Софі тренувалася два дні, доки не визнала, що вона готова. Тепер вона чекала на урок «Виживання у казках», коли Юба і група полізли на дерева, щоб вивчити «Лісову флору».

Мить, коли Тедрос заліз на синю гілку граба, здалася їй гарною нагодою, і Софі вклала кулю в рогатку...

— Ти мій, — прошепотіла вона.

Рожеве серце, випущене з рогатки, полетіло просто до сріблястого лебедя на серці Тедроса, тут воно стало малиновим, відскочило від нього, як гумове, і врізалося у Софі з жахливим звуком. Вся група роззирнулася перелякано. Чорна мантія Софі була заплямована величезною, кривавою *П*.

— Бо ти не дотримала правил, — Юба пильно подивився на порушницю. — Жодних заклять до розблокування.

Беатрікс підняла із землі понівечену кулю.

— Любовне закляття? Ти хотіла випробувати на Тедросі любовне закляття?

Клас вибухнув сміхом. Софі повернулася до Тедроса — він ще ніколи не був таким розлюченим. Поряд із ним стояла Агата з тим самим виразом. Софі закрила обличчя і втекла, її ридання ще довго долинали з лісових хащів.

— Щороку шахрай щось випробовує. Але і найдурніший шахрай знає, що кохання не має короткого шляху, — зауважив Юба. — Ми почнемо з відповідних заклять наступного тижня. Але зараз всі у папороть! Як ми можемо визначити, чи під папороть не замаскований Нещасливець...

Агата не пішла за групою на поле папороті. Притулившись до дуба, вона дивилася на шматки розбитого серця, що лежали у траві. Вони розсипалися так само, як і її сподівання потрапити додому.

Естер повернулася з вечері і побачила Софі, яка скрутилася на ліжку. Вона була мокра від сліз.

— Нічого не вийде. Я все спробувала.

Естер жбурнула торбу на підлогу.

— Ми тренуємо наші здібності у загальній кімнаті. Не соромся, приєднуйся.

Вона відчинила двері і зупинилася:

— Я попереджала тебе.

Софі підскочила від звуку, з яким зачинилися двері.

Усю ніч вона не могла заснути, нажахана, що *П* красуватиметься на ній в обідній час наступного дня. Врешті вона спромоглася заснути і прокинулася лише тоді, коли сусідки пішли на сніданок.

Агата сиділа на краєчку її ліжка і вибирала мертві листочки з рожевої сукні.

— Цього разу мене бачив вовк. Але я відірвалася від нього в тунелі, — вона зиркнула на дзеркало на стіні. — Тут воно виглядає мило.

— Дякую, що принесла його, — пробурмотіла Софі.

— Моя кімната щасливіша без нього.

Запала напружена тиша.

— Мені шкода, Агато.

— Софі, я на твоєму боці. Ми маємо працювати разом, якщо хочемо вибратися звідси живими.

— Закляття було єдиною надією, — м'яко промовила Софі.

— Софі, ми не повинні здаватися! Ми мусимо потрапити додому!

Софі втупилася у дзеркало, її очі наповнилися слізьми.

— Що зі мною буде, Агато?

— Ти хочеш на Бал без завоювання принца. Ти хочеш поцілунок, не напружуючись. Дивись, я мала мити тарілки після вечері весь тиждень. Тож я читала у процесі цієї роботи, — Агата витягла із сукні книжку «Як завоювати принца» Емми Анемони і почала перегортати сторінки.

— Згідно з цим підручником, вибороти справжнє кохання — це останнє випробування. У кожній казці воно тільки виглядає як кохання з першого погляду, але насправді за цим завжди стоїть майстерність.

— І я вже...

— Замовкни й слухай. Все зводиться до трьох речей. По-перше, ти маєш «підкреслити свої сильні сторони». По-друге, ти маєш «промовляти діями, а не словами». По-третє, ти маєш «виставити напоказ своїх залицяльників, а його конкурентів». Коли ти виконаєш ці три речі і зробиш їх належним чином, ми...

Софі підняла руку.

— Що?

— Я не можу показати свої сильні сторони у цьому мішку для картоплі, не можу діяти з виразом дияволиці на моєму обличчі, і я не маю залицяльників, окрім хлопчика, який виглядає і пахне, як щур! Подивись, Агато! У мене Π на грудях, моє волосся, як у хлопчика, у мене мішки під очима, губи сухі, а вчора я помітила чорну цятку на носі!

— І як ти збираєшся це змінити? — відрізала Агата.

Софі опустила голову. Огидна літера відкидала тінь на її руки.

— Скажи мені, що робити, Агато. Я слухаю.

— Покажи йому, яка ти є, — сказала Агата, пом'якшуючись.

Вона зазирнула подрузі в очі.

— Покажи йому справжню Софі.

Софі бачила, що в усмішці Агати яскраво пломеніє надія. Потім, повернувшись до дзеркала, вона похмуро посміхнулася... Усмішкою маленького безжального купідона, зачиненого у глибокому темному колодязі, що терпляче чекає, коли ж його випустять.

17

Новий одяг імператриці

Новина про невдале любовне закляття Софі розлетілася обома школами, і до ранку кожен чекав, зачаївши подих, на те, щоб побачити її червоне *П*. Але коли Софі пропустила ранкові уроки, стало зрозуміло, що вона стидається показатися на люди.

— Ви маєте почути, що Тедрос сказав про неї, — розповідала Беатрікс Щасливцям за сніданком.

Агата сиділа на купі осіннього листя. Вона повернулася і подивилася на Тедроса і хлопчиків-Щасливців, які грали у регбі, сріблясті лебеді виблискували на блакитних в'язаних светрах. На іншому боці Галявини Нещасливці цуралися ігор і сиділи кожен сам по собі.

Естер відірвала очі від «Заклять на страждання», подивилася на Агату і стенула плечима, ніби місцезнаходження Софі її геть не турбувало.

— Хоча, Теддіку, це не її провина, — гучно базікала Беатрікс. — Бідна дівчинка вважає, що вона одна із нас. Ми маємо співчувати будь-кому, хто розмірковує таким чином...

Її очі розширилися. Агата знала причину.

На Галявину вийшла Софі. Чорний обвислий мішок був перероблений на вузьку сукню без бретелей, *П* сяяло на її грудях диявольськи-червоними блискітками. Вона обстригла своє біляве волосся ще коротше і вклала у блискучий боб. На обличчя вона нанесла білу фарбу, наче гейша, а повіки нафарбувала рожевим, губи пашіли червоним кіноваром. Скляні підбори не тільки були відремонтовані, але й стали ще вищими, вони ідеально пасували до надзвичайно короткої сукні і вдало підкреслювали довгі, кремові ніжки Софі. Вона випливла з тіні на сонце, і світло вибухнуло на вкритій блискітками шкірі, купаючи її у небесному сяйві. Софі промаршувала повз Естер, яка випустила з рук книжку, повз хлопчиків-Щасливців, які забули про м'яч, і підійшла до Горта.

— Ну ж бо, пообідаймо, — сказала вона і потягла його геть, наче якогось заручника.

На іншому боці Галявини у Тедроса випав меч із піхов. Він побачив, що Беатрікс витріщається на нього, й повернув меча на місце.

Під час уроку «Виживання в казках» Софі абсолютно ігнорувала лекцію Юби про «Необхідність залишати корисні сліди» і весь урок займалася винятково Гортом. А ще вона назбирала на свою тарілку корінці й трави з Блакитного Лісу.

— Ти що робиш! — просичала Агата.

— Ти не повіриш, дорога Аггі. Тут росте буряк, є вербова кора, лимонник і все, що мені потрібно, щоб виготовити мої старі лосьйони і креми! Невдовзі я поверну собі мій звичний вигляд!

— Я не таку «справжню Софі» мала на увазі.

— Перепрошую? Я виконую твої правила. Підкреслюю свої принади, яких чимало, як ти бачиш. Промовляю діями. Чи, може, я промовила хоч одне слово до Тедроса? Ні. І не забувай про демонстрацію конкурентів. Ти хоч усвідомлюєш, чого варте витримати обід у присутності Горта? Нюхати цього гризуна щоразу, як Тедрос дивиться на мене? Мене рятує тільки евкаліпт, Агато. Я напхала до носа евкаліпт. Але, зрештою, ти мала рацію.

— Послухай, ти не маєш ра… Що я?

— Ти нагадала мені про важливі речі, — Софі кивнула на Тедроса і його хлопчиків, які закохано дивилися на неї крізь зарості. — Не має значення, Щасливець чи Нещасливець. Врешті найкращі з них переможуть.

Вона намазала губи блиском і чмокнула ними.

— Ось побачиш, він запросить мене на Бал ще до вихідних, і ти отримаєш свій безцінний поцілунок. Більше жодного негативу, дорогенька, в мене від нього болить голова. І де подівся цей нікудишній Горт? Я ж йому стільки разів казала залишатися біля мене! — вона помчалася геть, залишивши скам'янілу Агату.

У Школі Зла Нещасливці похмуро вечеряли, вони знали, що попереду ціла ніч навчання. Вони саме почали випробовувати закляття, тож завдання вчителів потребували менше здібностей і більше нудного зазубрювання. Наступного дня вони мали пам'ятати вісімдесят схем убивства для леді Лессо для першого випробування, команди для велетнів до уроку «Тренування поплічників», а також мапу Квітника до іспиту з географії для Сейдера.

— Як він буде перевіряти? — насупилася Естер. — Він же нічого не бачить!

У комендантську годину Естер, Дот і Анаділь прийшли із загальної кімнати з величезними стосами книжок і побачили, що їхня кімната перетворилася на лабораторію. Десятки блискучих лосьйонів булькали над відкритим полум'ям, полиці були заставлені флаконами кремів, мила і барвників, а безладно розсипані купи сухого

листя, трав, квітів захаращували три ліжка…
У центрі цього всього сиділа Софі, похована під
блискітками, стрічками і тканинами, випробову-
ючи нові винаходи на окремих ділянках шкіри.

— Боже мій, вона відьма, — задихнулася
Анаділь.

Софі тримала «Книжку рецептів для гарної
зовнішності».

— Я вкрала її у Щасливця під час обіду.

— Чи не краще б було готуватися до ви-
пробувань? — запитала Дот.

— Краса — це робота на повний робочий
день, — зітхнула Софі, вона мастила себе яскра-
во-зеленим бальзамом.

— А ти дивувалася, чому Щасливці такі
тупі, — сказала Естер.

— Софі повернулася, мила. І це тільки по-
чаток, — мугикала Софі. — Тепер кохання —
це моє випробування.

І справді, хоча Софі посіла за всі три випро-
бування майже останні місця, наступного дня вона
посіла перше за принадження уваги, прибувши на
обід у чорній уніформі, переробленій у вражаючу
тогу з оголеною спиною, прикрашену синіми
орхідеями. Її підбори стали ще вищими на цілий
дюйм, її обличчя мерехтіло бронзою, тіні для
повік були провокаційно блакитними, а гу-
би — смачно малиновими. Блискуче П спереду
на її сукні тепер мало доповнення на спині, там
було викладено блискітками: «…це Прекрасна».

— Не може бути, що це дозволено робити, — скаржилася Беатрікс хлопчикам, які пускали слину.

— Але ж я ношу форму, — наполегливо твердила Софі вчителям, тим часом як зазвичай жорсткі вовки виглядали тепер так само захоплено, як і хлопчики. Дот присягалася, що один навіть підморгнув Софі, коли наповнював її тарілку.

— Вона знущається з лиходійства! — спалахнула Естер, її чорні очі здирали шкіру з Софі. — Вони повинні замкнути її у Катувальній кімнаті назавжди.

— Звіра й досі немає, — позіхнула Анаділь. — Хто б його не знищив, він повинен бути досить лихим.

Наступного дня Софі знову не витримала усіх випробувань і знову якось уникла виключення зі Школи. Хоча вона була, безперечно, найгіршою, щоразу вона отримувала «дев'ятнадцятку» замість «двадцятки». («Я просто занадто приваблива, щоб зазнати невдачі», — дражнила вона спантеличених однокласників.) Під час роботи в лісових групах Софі ігнорувала лекцію Юби «Як урятуватися від страховиська» і похапцем писала у своєму зошиті. Агата дивилася на її чорну сукню бебі дол, рожевий льодяник і блискітки, що промовляли: «П... це Прикольно».

— Назви щось інше, що починається з *П*, — прошепотіла Софі.

— Я намагаюся слухати, і ти теж маєш, якщо вже ми тут залишаємося на постійній основі.

— *П* — це *Постійно*. М-м-м, трохи важко. Як щодо *Приголомшлива*? Або *Приваблива*?

— Або *Пуття немає*! Він навіть ще не заговорив з тобою!

— *П* — це *Переконаність*, — сказала Софі. — Я вважала, ти переконана, що я зможу...

Решту уроку Агата бурчала собі під ніс.

Але вона майже повірила у Софі, коли і наступного дня та прийшла у чорній кофтинці з оголеним животом, пишній коротенькій спідничці, із колючою зачіскою піксі і на яскраво-рожевих підборах. Усі юнаки зі Школи Добра провели обід, витріщаючись, і вкрай неохайно їли свою яловичину. Але навіть тепер, хоча Софі бачила, як Тедрос потай поглядає на її ноги, скрипить зубами щоразу, як вона йде повз, і пітніє, якщо вона підходить занадто близько... він досі не заговорив із нею.

— Цього не досить, — звернулася Агата до Софі після уроку Юби. — Ти маєш краще підкреслювати свої принади.

Софі оглділа себе:

— Я гадаю, що мої принади досить очевидні.

— Глибші принади, ідіотко! Щось із душевних якостей! Наприклад, співчуття, милосердя чи доброту!

Софі моргнула.

— Часом ти кажеш розумні речі, Аґґі. Він має побачити, яка я добра насправді.

— Нарешті вона зрозуміла, — видихнула Агата. — Тепер поспішай. Якщо він запросить когось іншого на Бал, ми ніколи не потрапимо додому!

Агата запропонувала Софі завоювати кохання Тедроса веселими віршами з гарними римами і маленькими таємними подарунками, які відкриють її глибину і розум, — тобто застосувати обидві стратегії, описані у посібнику «Як завоювати принца». Софі слухала, на все кивала головою. Тож, прямуючи на обід наступного дня, Агата сподівалася прочитати перший вірш чи поглянути на дарунок, зроблений власноруч Софі. Натомість вона знайшла групу з двадцятьох дівчаток-Нещасливиць, які скупчилися у кутку Галявини.

— Що відбувається? — запитала Агата в Анаділь і Естер, вони обидві навчалися у затінку дерев.

— Вона сказала, що це твоя ідея, — посміхнулася Естер, не відриваючи очей від книжки.

— Погана ідея, — сказала Анаділь. — Така погана, що ми не хочемо з тобою розмовляти.

Збентежена Агата повернулася до натовпу. Знайомий голос дзвенів із середини юрби...

— Казково, дорогенькі! Але трохи менше крему!

У грудях Агати все стислося. Вона проштовхалася крізь юрбу Нещасливиць, продерлася до центру і ледь не вмерла від шоку.

Софі сиділа на колоді, а над нею висіло оголошення на дерев'яній дощечці:

Обідній час із Софі
Де краса зустрічається з милосердям
Тема дня:
«Буряк для видалення вад»

Навколо неї дівчатка зі Школи Зла втирали липкий крем з буряка у свої прищі й бородавки.

— Тепер запам'ятайте, дівчатка! Те, що ви страшні, не означає, що ви не можете виглядати пристойно, — проповідувала Софі.

— Завтра я приведу сюди свою сусідку, — прошепотіла Арахне зеленошкірій Моні.

Агата похмуро спостерігала. Потім вона побачила, як хтось крадеться геть.

— Дот?

Дот приречено повернулася, намазана червоним кремом.

— О! Привіт! Я лише, ну знаєш, я гадала, що маю перевірити... ну знаєш, на той випадок... — вона подивилася на свої ноги. — Не кажи Естер.

Агата не мала жодної гадки, як це допоможе отримати кохання Тедроса. Але коли пізніше вона намагалася усамітнитися з Софі, три дівчинки зі Школи Зла протиснулися поперед неї запитати, як обрати найкращий буряк. В Агати нічого не вийшло і на занятті в лісовій групі, бо Юба розділив Щасливців і Нещасливців.

— Ви маєте звикнути бачити ворога одне в одному! Перше «Випробування казкою» вже за три тижні! — сказав гном. — Тож для нього вам знадобляться кілька основних заклять. Звісно, це не єдиний засіб створити магію. Деякі закляття потребують візуалізації, деякі магічних формул, інші рухів руками, тупотіння ногами, чарівних паличок, цифрових кодів і навіть партнерів.

Він витягнув із кишені срібний ключ, борідка була у вигляді лебедя.

— Щасливці, ваші правиці, будь ласка.

Щасливці розгублено подивилися одне на одного й простягли руки.

— М-м-м, ти перша.

Агата насупилася, коли він схопив її за руку, а потім узявся за вказівний палець.

— Заждіть… що ви збираєтеся зробити…

Юба чарівним чином занурив ключ їй у кінчик пальця, шкіра на її тілі стала прозорою — і лебідь просочився крізь шкіру, вени, кров і прикріпився до її кістки. Гном повернув кільце — і її кістка безболісно зробила повний оберт. На мить кінчик пальця став яскраво-помаранчевим, але згас, щойно Юба витягнув ключ.

Здивована Агата витріщилася на свій палець, доки Юба розблоковував решту Щасливців, потім Нещасливців, включно із Софі, яка ледь відірвала носа від власних нотаток у зошиті.

— Магія наслідує відчуття. Ось єдине правило, — сказав гном, коли закінчив. — Коли ваші пальці сяють, це означає, що ви маєте досить емоцій, досить рішучості, щоб створити закляття. Ви можете чаклувати, лише маючи глибоку потребу і бажання!

Учні дивилися на свої пальці, прислухаючись до власних відчуттів, зосереджуючись, і невдовзі кінчики їхніх пальців почали світитися, у кожного був свій колір.

— Але, як і чарівна паличка, сяяння пальців — це лише тренувальна вправа! — попередив Юба. — У Лісах ви виглядатимете як бевзі, якщо будете світитися щоразу, як створюватимете закляття. Ми заблокуємо ваше сяяння, щойно ви досягнете контрольних показників.

Він скривився на Горта, який марно наводив пальця на камінь, намагаючись щось зробити.

— Якщо коли-небудь досягнете... — гном повернувся до групи. — Першого року ви вивчите лише три типи заклять: контроль води, управління погодою і Могрифікацію, рослинну і тваринну. Сьогодні почнемо з останнього, — схвильовано прощебетав він. — Дуже простого закляття візуалізації, але дуже ефективного під час утечі від ворогів. Оскільки після Могрифікації ваш одяг не знадобиться вам, то буде краще, якщо ви залишитеся без нього.

Учні припинили хихотіти.

— Я вважаю, ми впораємося, — сказав Юба. — Хто хоче спробувати першим?

Всі підвели руки, окрім двох. Агати, яка щосили молилася, щоб Софі склала план, як повернутися додому, і Софі, яка була дуже зайнята написанням наступної лекції («Ванна — це не лише слово з п'ятьох літер»), аби перейматися почутим.

Третього дня біля колоди Софі стояли тридцятеро свіжовимитих Нещасливиць, які відвідали лекцію «Скажи "ні" сірості».

— Професор Менлі стверджує, що Нещасливці мають бути огидними. Ця огидність передбачає унікальність, владу, свободу! Але я маю питання до професора. Яким чином він уявляє, що ми почуваємося унікальними, владними, вільними у цьому? — вона промовляла, вимахуючи чорною мантією, наче ворожим прапором.

Оплески були такими потужними, що на іншому боці Галявини у Беатрікс випав із рук олівець і зіпсував ескіз бальної сукні.

— Це божевільна Софі, — прошкабарчала Беатрікс.

— І досі шукає пару на Бал, чи що, — пробурмотів Тедрос. Він прицілився для наступного кидка підкови.

— Гірше. Вона намагається переконати Нещасливців, що вони не невдахи.

Від здивування Тедрос не влучив.

Агата навіть не намагалася побачити Софі під час обіду, тому що Нещасливці оточили її для отримання модних порад. Вона не робила спроб і другого дня, коли відбулося імпровізоване спалення взуття після лекції Софі «Уникайте будь-яких кломпів» і вовки загнали учнів назад у вежу. І навіть третього дня, коли всі Нещасливиці прийшли на лекцію Софі «Фітнес для недужих», окрім Естер і Анаділь, які підійшли до Агати після обіду:

— Ідея стає дедалі паскуднішою, — сказала Анаділь. — Такою мерзенною, що ми тобі тепер не подруги.

— Хлопчики, бали, поцілунки — це все тепер твої проблеми, — прогарчала Естер, демон на шиї поворушився. — Оскільки вона не заважає мені отримати звання Капітана, я заб'ю на вас обох. Зрозуміло?

Наступного дня Агата заховалася у тунелі дерев, зачекала на звук високих підборів по опалому листю і вистрибнула до Софі.

— Що буде сьогодні? Крем для кутикули? Відбілювач для зубів? Більше вправ для пресу?

— Якщо ти хочеш поговорити зі мною, ти маєш стати в чергу разом із рештою! — вигукнула Софі.

— «Макіяж для лиходіїв», «Чорний — це сучасний чорний», «Йога для лиходіїв»! Ти хочеш тут померти?

— Ти сказала показати йому щось глибше. Хіба це не співчуття? Хіба це не доброта і мудрість? Я допомагаю тим, хто не може сам собі допомогти!

— Вибач, свята Терезо, але твоєю метою тут має бути Тедрос! Як його досягнути?

— Досягнення. Таке невиразне слово. Але я вважаю це досягненням, поглянь-но.

Агата пішла слідом за Софі і визирнула з тунелю.

У натовпі перед її пеньком скупчилося сто Нещасливців. Позаду них ховався хтось, хто не виглядав як решта. Білявий хлопчик у блакитному светрі. Здивована Агата відпустила Софі.

— Ти маєш прийти, — вигукнула Софі, коли вийшла з тунелю. — Сьогодні про сухе і пошкоджене волосся.

Біля колоди Арахне одним оком зиркнула на Тедроса.

— Чому це принц-красунчик тут?

— Так, повертайся на свою половину, Щасливцю, — Мона підскочила і жбурнула в нього мох із дерева. На нього накинулися інші Нещасливиці — і він знітився.

Тедрос не звик бути непопулярним. Але тепер, коли його виганяли...

— Ми вітаємо всіх, — зауважила Софі, коли наблизилася до своєї колоди.

Тедрос приходив щодня минулого тижня. Він казав своїм товаришам, що просто хоче подивитися, у що одягнена Софі, але було щось більше. Щодень він спостерігав за тим, як вона навчала нещасних лиходіїв, як виробити гарну поставу, утримувати контакт очима і формулювати думки.

Він бачив, як хлопчики-Нещасливці спочатку скептично оминали ці збори, а потім почали цікавитися в Софі, як поліпшити сон, приховати запах тіла, керувати норовом. Спершу вовки гарчали на такі збори, але Тедрос міг бачити, як вони слухають, тим часом як дедалі більше Нещасливців відвідували лекції Софі. Незабаром лиходії почали обговорювати рецепти під час вечері і за каламутним чаєм у загальних кімнатах. Вони стали гуртуватися в обідній час, захищати одне одного в класі і припинили жартувати про свої невдачі. Вперше за двісті років Зло мало надію, і все завдяки одній дівчинці.

До кінця тижня Тедрос мав місце у першому ряду.

— Твій план працює! Я не можу цьому повірити! — вибухнула Агата, проводжаючи Софі до тунелю. — Він може сказати, що кохає тебе! Він може поцілувати тебе цього тижня! Ми йдемо додому! Яка завтрашня тема?

— Твої в'їдливі слова, — сказала Софі, крокуючи вперед.

Наступного дня в обід Агата стояла в черзі за кошиком з артишоками й оливковими тартинами, мріючи, як вона і Софі повернуться додому і як їх вітатимуть наче героїв. Гавалдонці поставлять їм пам'ятники на площі, прославлятимуть їх у проповідях, напишуть мюзикл про їхнє життя і викладатимуть школярам історію двох дівчаток, які врятували їх від прокляття. У її матері буде тисяча нових пацієнтів, у Різника — свіжа форель щодня, а її зображення красуватиметься у міських манускриптах. Кожен, хто колись наважувався знущатися з неї, тепер упаде ниць перед...

— Смішно.

Агата повернулася до Беатрікс, яка дивилася на Нещасливців навколо Софі, що цього разу була у відкритому чорному сарі, хутряних чобітках з гострими підборами і читала лекцію «Як бути найкращим у всьому» (Як я!).

— Ніби вона найкраща! — пирхнула Беатрікс.

— Я гадаю, що вона найкраща Нещасливиця, яку я коли-небудь бачив, — сказав голос позаду.

Беатрікс повернулася до Тедроса.

— Хіба вона найкраща, Тедді? Я вважаю, що це все велика побрехенька.

Тедрос простежив за її поглядом до рейтингових дощок, які тліли у м'якому сонячному світлі на воротах Блакитного Лісу. На дошці Нещасливців ім'я Софі було унизу. Сто двадцяте місце зі ста двадцяти.

— Новий одяг імператриці, точно, — сказала Беатрікс і пішла геть.

У той день Тедрос не пішов до Софі.

Пліткували, що йому сумно дивитись, як Нещасливці пов'язують свої надії з «найгіршою дівчинкою у Школі».

Наступного дня Софі підійшла до безлюдної колоди. Дерев'яний знак було зіпсовано.

Обідній час із Софі

Де краса зустрічається з ~~милосердям~~ тупістю

Тема дня:
«Буряк для видалення вад»

— Я казала тобі бути обережною! — вигукнула Агата, чекаючи під зливою після уроку Юби, коли вовки відчинять браму.

— Між шиттям нового одягу, виготовленням нової косметики і підготовкою до лекцій я не можу знайти час для уроків! — хлипала Софі під чорною парасолькою. — Я маю думати про шанувальників!

— Яких тепер немає! — вибухнула Агата.

Вона бачила, як Естер криво посміхається до неї з групи № 6.

— Три останні місця — і ти зазнаєш невдачі, Софі! Я не знаю, як ти втрималася так довго!

— Вони не дають мені змоги зазнати невдачі! Неважливо, наскільки я погана! Як ти вважаєш, чому я припинила вчитися?

Агата намагалася зрозуміти це, але не могла зосередитися, коли її палець горів. Відтоді, як Юба розблокував його, він світився щоразу, коли вона гнівалась, наче підштовхував її застосувати закляття.

— Але як ти посідала всі ці високі місця раніше? — запитала вона, ховаючи руку в кишеню.

— Це було до того, як вони змусили нас читати. Я хочу сказати, хіба я схожа на дівчинку, якій цікаво знати, як отруїти за допомогою гребінця, як вирвати жабі очі або як краще сказати: «Я можу перетнути ваш міст» — як Троль? Я намагаюся поліпшити цих лиходіїв, а ти хочеш, щоб я запам'ятовувала рецепт супу з локшини і дитини? Агато, ти знаєш про те, що, щоб зварити дитину, її треба спершу загорнути у пергамент? Інакше вона не приготується належним чином і може оклигати у твоєму горщику. Це цього я маю навчатися? Як шкодити і вбивати? Як бути відьмою?

— Слухай, ти маєш повернути повагу...

— Через навмисне Зло? Ні. Я не буду.

— Тоді ми приречені, — відрізала Агата.

Софі зло видихнула і відвернулася.

Раптом її вираз змінився.

— Що за...

Вона дивилася на рейтингову дошку Щас-ливців, прикріплену до воріт.

1. Тедрос із Камелоту	71 бал
2. Беатрікс з Джант Джолі	84 бали
3. Ріна зі Східних Дюн	88 балів
4. Агата з Нескінченних Лісів	96 балів

— Але… ти… ти… ти! — закричала Софі.

— Я виконую домашні завдання! — різко відповіла Агата. — Я не хочу вивчати, як викликати голуба, вчитися, як непритомніти, або шити носовички, але я роблю будь-що, що може повернути нас додому!

Проте Софі не слухала. Вона лиховісно посміхнулася.

Агата схрестила руки.

— Нізащо. По-перше, нас упіймають учителі.

— Тобі сподобається моє домашнє завдання про Прокляття, воно про обдурювання принців — ти ж ненавидиш хлопчиків!

— По-друге, тебе викриють сусідки…

— І тобі сподобається домашнє завдання з уроку «Спотворення»! Ми вчимося лякати дітей, а ти ненавидиш дітей!

— А якщо дізнається Тедрос — нам кінець…

— Подивися на свій палець! Він світиться, коли ти пригнічена! Я так не можу!

— Це випадковість!

— Дивись, тепер він іще яскравіший! Ти народжена бути лихою...

Агата застигла.

— МИ НЕ БУДЕМО ШАХРАЮВАТИ!

Софі замовкла. Вовки відчинили браму Блакитного Лісу, й учні попрямували до тунелів.

Ані Софі, ані Агата не зрушили з місця.

— Мої сусідки подейкують, що я стовідсоткове Зло, — м'яко сказала Софі. — Але ти знаєш правду. Я не знаю, як бути лихою. Навіть на один відсоток. Будь ласка, не проси мене йти проти власної душі, Агато. Я не можу.

Їй стисло горло:

— Просто не можу.

Вона залишила Агату під парасолькою. Коли Софі приєдналася до юрби, злива змила блискітки з її волосся і шкіри, Агата вже не могла відрізнити її від інших лиходіїв. Агату охопило почуття провини, через яке її палець запалав надзвичайно яскраво. Вона не сказала Софі правду. Їй теж спала на думку така ідея — виконувати лиху роботу за Софі, але вона відкинула її. Не тому що вона боялася бути спійманою. Вона боялася, що їй сподобається. На всі сто відсотків.

Цієї ночі Софі наснилися жахіття. Тедрос цілував гоблінів, Агата вилазила з колодязя з крилами купідона, демон Естер гнався за нею стічною трубою, а потім Звір випірнув із темної води і простягнув скривавлені руки до неї. Софі промчала повз нього і зачинилася у Катувальній кімнаті. Але тут на неї чекав новий кат. Її батько у масці вовка.

Софі прокинулася.

Сусідки спали. Вона зітхнула, вмостилася на подушку... і підскочила знову.

На її носі сидів тарган.

Вона почала кричати...

— Це я! — прошипів тарган.

Софі заплющила очі. «Проснись, проснись, проснись».

Знову розплющила їх. Тарган досі був тут.

— Який мій улюблений мафін? — запитала вона.

— Чорничний, без борошна, — розсердився тарган. — Ще будуть якісь безглузді запитання?

Софі зняла жука з носа. Він мав знайомі опуклі очі і запалі щоки.

— Як...

— Могрифікація. Ми її вивчаємо вже два тижні. Зустрінемося у загальній кімнаті.

Тарган-Агата озирнувся, повзучи до дверей.

— І принеси свої книжки.

18

Тарган і Лисиця

– Припустімо, мій сяк-так світиться зеленим або коричневим? — Софі позіхнула й почухала ноги.

Загальна кімната Злості була оздоблена мішковиною — підлога, меблі, штори.

— Я не буду робити цього, якщо це суперечитиме моєму одягу.

— Просто зосередься на емоціях! — гарчав тарган на її плечі. — Наприклад гнів. Спробуй гнів.

Софі заплющила очі.

— Світиться?

— Ні. Про що ти розмірковуєш?

— Про тутешню їжу.

— Реальний гнів, ти, довбень! Магія виникає від справжніх почуттів!

Обличчя Софі напружилося від зусиль.

— Далі! Нічого не відбувається!

Обличчя Софі потемніло, а її палець замерехтів яскраво-рожевим.

— Це воно! Ти це зробила! — Агата захоплено підстрибнула. — Про що ти думаєш?

— Як дратує твій голос, — сказала Софі, розплющивши очі. — Я маю думати про це щоразу?

Наступного тижня загальна кімната Злості перетворилася на нічну школу таргана. Заклинання Могрифікації продовжувалося три години поспіль, Агата примушувала Софі працювати як рабу, щоб зробити світіння з її пальця потужнішим, затуманювати кімнату і затопляти підлогу, відрізняти Сплячу вербу від Плакучої верби і навіть промовляти кілька слів мовою велетнів. Софі поліпшила свій рейтинг, але четвертого дня довгі безсонні ночі далися в знаки.

— Моя шкіра посіріла, — зітхнула Софі.

— Ти й досі посідаєш 68-ме місце, будь уважною! — сварився тарган зі сріблястим лебедем на животі, який сидів у неї на книжці. — Велика чума почалася тоді, коли Румпельштільтсхен так тупнув ногою, що земля тріснула...

— Що змусило тебе передумати? Про допомогу мені.

— Із землі виповзло мільйон отруйних комах, які заразили Ліси, вбиваючи численних Щасливців і Нещасливців, — продовжувала Агата, ігноруючи її запитання. — Вони навіть збиралися закрити Школу, оскільки комахи були дуже заразними...

Софі плюхнулася на диван.

— Звідки ти все це знаєш?

— Бо, коли ти витріщалася у дзеркало, я читала «Отрути і Пошесті»!

Софі зітхнула.

— Тож вони закрили Школу через комах. Що потім сталося...

— Ось куди ти поділася!

Софі повернулася до Естер, яка стояла біля дверей у чорній піжамі, поряд товклися Анаділь і Дот.

— Виконую домашню роботу, — позіхнула Софі, показуючи книжку. — Потрібне світло.

— І коли ж це ти почала перейматися домашніми завданнями? — підозріло запитала Естер.

— Ми вважали, що «краса — це робота на повний день», — перекривила її Анаділь.

— Життя з вами надихає, — відповіла Софі, посміхаючись. — Це примушує мене бажати стати кращою лиходійкою, якою я можу бути.

Естер довго дивилася на неї. З бурмотінням вона повернулася і виштовхала інших.

Софі видихнула, здмухнувши Агату з дивана.

— Вона щось замислила, — почули вони гарчання Естер.

— Або вона змінилася! — видихнула Дот, плентаючись позаду. — Тарган на книжці, а вона навіть не помітила!

Після шостої ночі навчання Софі посіла 55-те місце. Але кожного наступного дня вона дедалі більше нагадувала зомбі — хворобливо бліда шкіра, скляні очі з синцями навколо. Замість нової модної сукні або капелюшка тепер вона тинялася з брудним волоссям і в зім'ятій сукні, губила нотатки по всій вежі, наче хлібні крихти.

— Мабуть, ти маєш поспати, — пробурмотів Тедрос під час уроку Юби на лекції «Страви з комах».

— Занадто зайнята, щоб не бути «найгіршою дівчинкою у Школі», — сказала Софі тим часом, як робила нотатки.

— Комахи найчастіше лишаються єдиною доступною їжею, коли нема м'ясних черв'яків, — сказав Юба, тримаючи таргана.

— Завваж, ти не можеш сподіватися, що хтось буде тебе слухати, якщо ти посідаєш місце нижче, ніж Горт, — прошепотів Тедрос.

— Коли я стану першою, ти перепросиш.

— Стань першою, і я попрошу у тебе все, що захочеш, — пирхнув Тедрос.

Софі повернулася до нього:

— Я запам'ятаю.

— Якщо ти ще будеш при тямі.

— Сперш у відокремте неїстівні частини, — сказав Юба і відірвав таргану голову.

Агата здригнулася і ховалася за заростями сосни решту уроку. Але уночі вона ледь не вискочила з тарганівської оболонки, коли Софі переказала їй розмову із Тедросом.

— Хлопчики-Щасливці завжди дотримують обіцянок! — сказала вона, балансуючи на вузлуватих тарганячих ногах. — Це Кодекс честі для лицарів. Тепер ти лише маєш посісти перше місце — і він запросить тебе... Софі?

Софі відповіла хропінням.

На десятий день Тарганячого коледжу Софі посідала лише 40-ве місце, а кола навколо очей були такими, що вона скидалася на єнота. Наступного дня вона посідала 65-те місце, коли задрімала під час тесту по снах про Суперників, заснула під час уроку «Тренування поплічників», виштовхнувши Бізля з Дзвіниці, й посіла низьке місце на уроці «Особливих здібностей», бо втратила голос.

— Твій дар прогресує, — сказала Шеба Анаділь, яка спромоглася виростити своїх пацюків на п'ять дюймів.

Потім вона повернулася до Софі:

— А я ще вважала, що ти наша Велика відьомська надія.

Наприкінці тижня Софі знову була найгіршою лиходійкою Школи.

— Я хвора, — сказала Агата і покашляла у руку.

Професорка Даві навіть не відірвала погляду від свого захаращеного манускриптами столу:

— Імбирний чай і два шматочки грейпфрута щодві години.

— Я спробувала, — сказала Агата, збільшуючи гучність кашлю.

— Зараз не час пропускати уроки, Агато, — відповіла професорка і поклала папери під скляний гарбуз. — До Балу залишилося менше місяця, і я хочу переконатися, що наші четверо учнів, які посіли найвищі місця у рейтингу, готові до найважливішої ночі в їхній молодості. Ти вже накинула оком на якогось хлопчика?

Агата вибухнула сухим кашлем. Професорка Даві стривожено підняла очі.

— Схоже… чума, — прохрипіла Агата.

Професорка зблідла.

Замкнена на карантин у своїй кімнаті, тарган-Агата тепер супроводжувала Софі на її уроки. Сховавшись за вухом Софі, вона підказувала перші ознаки сну про Суперника (відповідь: присмак крові), керувала перемовинами зі сніговими велетнями на уроці «Тренування поплічників» і вказувала, яке з опудал було злим, а яке добрим, на лісовому випробуванні

Юби. Наступного дня Агата допомогла Софі втратити зуб на уроці «Спотворювання», дібрати відповідних монстрів на іспиті Сейдера (Лалки: солодкоголосі; Гарпії: пожирачі дітей) і визначити, яке бобове стебло Юби отруйне, яке їстівне, а яке — замаскована Дот.

Звісно, були лячні моменти. Вона трохи не загинула під кломпом Естер, ледь урятувалася від кажана і майже перетворилася на себе на уроці «Особливих здібностей» до того, як знайшла укриття з гілок.

Третього дня Агата лише краєм ока поглянула на свої уроки і провела весь вільний час, вивчаючи злі закляття. Коли однокласники марно намагалися примусити пальці світитися, вона змогла втримати своє світіння, розмірковуючи про речі, які її дратували: Школа, дзеркала, хлопчики... Тоді йшлося про те, щоб дотримати точного рецепта закляття, тільки в такому разі вона змогла б начаклувати... прості речі. Всього-на-всього погратися з водою і погодою, однак це була справжня магія!

Вона була вражена неймовірністю і неможливістю, а водночас такою природністю чарів. Де інші не могли створити навіть мряки, Агата викликала штормові хмари у своїй кімнаті і закривала ненависні фрески на її стінах шквалом блискавок і дощу. Між уроками вона прокрадалася до ванної кімнати, щоб випробувати нові закляття страждання: Прокляття мороку — воно швидко затемнювало небо, Прокляття морського приливу, що викликало появу гігантської хвилі... Час швидко спливав, коли вона вивчала Зло, наповнена владою і можливостями, їй ніколи не було нудно.

Чекаючи на Поллукса, який мав принести її домашню роботу, Агата насвистувала і малювала...

— Що це? — вона озирнулася на Поллукса, чия голова на заячому тілі витріщилася на її малюнок.

— О, це я на моєму весіллі. Ось, це мій принц. — Вона зібгала папірець і закашляла. — Є домашнє завдання?

Вилаявши її за те, що сповзла у рейтингу, тричі пояснивши кожне завдання і благаючи затуляти рот, коли вона кашляла, Поллукс нарешті пішов, кумедно підстрибуючи вгору і падаючи вниз. Агата видихнула. Потім вона поглянула на зібганий малюнок (на ньому вона летіла крізь полум'я) і зрозуміла, що вона намалювала.

— *Недовго і Нещасливо. Злий рай.*

— Ми повинні повернутися додому, — пробурмотіла вона.

Наприкінці тижня Агата вивела Софі на чудову переможну висоту на всіх уроках, включно з підготовкою до випробування Юби. У цих дуелях віч-на-віч, що готували до майбутнього

«Випробування казкою», Софі перемогла всіх у своїй групі перевіреними заклинаннями — приголомшила Равана блискавкою, заморозила губи Беатрікс, перш ніж вона змогла закликати тварин на допомогу, і зробила рідким тренувальний меч Тедроса.

— Хтось виконував домашнє завдання, — сказав Тедрос.

Прихована під коміром Софі, Агата почервоніла від гордості.

— Спершу це виглядало, як тупе везіння. А зараз це щось інше, — сказала Естер до Анаділь, коли вони їли обід, приготований з обгорілих коров'ячих язиків. — Як вона це робить?

— Старі добрі напружені тренування, — сказала Софі, вона мала мерехтливий макіяж, рубіново-червоне волосся, була вдягнена у чорне кімоно, що сяяло камінням, яке проголошувало «П... це Посидюча».

Естер і Анаділь вдавилися їжею.

До кінця третього тижня Софі посіла 5-те місце, та її обідні лекції відновилися через попит.

Її чорна мода була більш смілива й екстравагантна ніж раніше — великий плюмаж, сукня з рибальської сіті, штучне хутро мавпи, блискучі бурки, шкіряні штани, напудрені парики і навіть кольчужно-броньоване бюстьє.

— Вона шахрає, — шипіла Беатрікс кожному, хто її слухав. — Їй допомагає якась лиха хрещена фея або заклинання для обернення часу. Ніхто не має часу для такого!

Але Софі мала час вигадувати атласну кофтину, відповідну мантію і черевики до кожного образу.

Вона мала час перемогти Естер на уроці «Спотворювання», написати доповідь «Вовки проти перевертнів» і підготувати обідні лекції «Лихий успіх», «Потворна — це краса по-новому», «Створюємо своє тіло для Зла». Вона мала час створити показ моди однієї дівчинки, стати заколотницею, повстанською проповідницею... і тим часом прокладати собі шлях до другого місця повз Анаділь.

Цього разу Беатрікс не змогла втримати Тедроса від закохування у Софі. Але Тедрос героїчно намагався зупинити себе сам.

«Вона Нещасливиця! Що з того, що вона вродлива? Або розумна? Або творча, добра, щедра...»

Тедрос глибоко вдихнув.

«Щасливці не можуть обирати Нещасливців. Ти заплутався».

Він відчув полегшення, коли Юба влаштував ще одне випробування «Добро чи Зло».

Цього разу гном перетворив усіх дівчаток на сині гарбузи і заховав їх у глибині Лісу.

«Просто знайди Щасливицю, — сказав собі Тедрос. — Знайди Щасливицю і забудь про Софі».

— Це хтось зі Школи Добра! — заричав Горт і нахилив один із синіх гарбузів.

Нічого не сталося. Інші хлопчики не могли визначити різницю між гарбузами і почали сперечатися про достоїнства кожного.

— Це не групове завдання! — перебив їх Юба.

Причепившись до синього погона Софі, тарган-Агата спостерігав, як розбрелися хлопчики. Тедрос вирушив на захід у Бірюзові хащі і зупинився. Він повільно озирнувся на гарбуз Софі.

— Він прийде, — сказала Агата.

— Звідки ти знаєш? — прошепотіла Софі.

— Бо саме так він дивився на мене.

Тедрос підійшов до гарбуза.

— Цей. Це Щасливиця.

Юба насупився:

— Придивися ще раз...

Тедрос проігнорував його, обійняв синю шкірку й у вибуху блискучого пилу гарбуз перетворився на Софі. Мутна зелена шістнадцятка задимілася над головою принца, а чорна одиниця — над Софі.

— Тільки найкраще Зло може замаскуватися під Добро, — похвалив Юба і змахом посоха витер червоне П з одягу Софі раз і назавжди.

— А щодо тебе, сину Артура, я пропоную вчити правила. Будемо сподіватися, що ти не припустишся такої страшної помилки, коли все відбуватиметься насправді.

Тедрос намагався виглядати присоромленим.

— Ми не можемо визначити жодної! — покликав голос.

Юба обернувся і побачив решту хлопчиків, низькі місця куріли над їхніми головами.

— Треба їх намітити, — зітхнув він і пішов, торкаючись гарбузів, щоб почути, чи вони зойкають.

Коли гном пішов, Тедрос дозволив собі посміхнутися. Чи міг він сказати вчителю, що йому байдуже щодо правил? Правил, які двічі привели до страшної, як дідько, Агати. Вперше він знайшов дівчинку, яка мала все, що він бажав. Дівчинку, яка не була помилкою.

— Я б сказала, що ти винен мені запитання, сину Артура.

Тедрос повернувся і побачив Софі, яка мала таку саму усмішку. Він простежив за її очима до дошки Нещасливців за лісом, де Албемарль видовбував її ім'я на самісінькому вершечку.

Наступного дня вона знайшла записку на обідній тарілці.

Вовки не люблять лисиць. Блакитний струмок опівночі. Т.

— Що це означає? — прошепотіла вона таргану у своїй долоні.

— Це означає, що ми сьогодні потрапимо додому! — Агата забігала так швидко, що Софі впустила її.

Тарган пробіг до загальної кімнати Злості, завішеної мішковиною, поглядаючи на годинник, на якому стрілка наближалася до півночі. Врешті Агата почула, як двері відчинилися, і вона побачила Софі у спокусливій чорній сукні, довгих чорних рукавичках, із зачесаним волоссям, у намисті з ніжних перлів і чорних окулярах.

Агата майже вибухнула з власної оболонки.

— По-перше, я казала тобі прийти вчасно. По-друге, я казала: не одягатися...

— Подивися на ці окуляри. Хіба вони не шикарні? Захищають очі від сонця. Ти знаєш, ці Щасливиці підсовують мені різні речі, схожі на оці: перли, коштовності, косметику — аксесуари до мого ансамблю. Спочатку я вважала, що вони роблять добрі справи, але потім зрозуміла: ні, їм подобається бачити всі ці речі на комусь більш гламурному і харизматичному. Але це все таке дешеве. Від нього з'являється висип.

Вусики Агати згорнулися.

— Просто... просто замкни двері!

Софі опустила засув. Вона почула стукіт, розігнулася і побачила Агату з червоним обличчям, її бліде тіло було загорнуте у штору з мішковини.

— Ум, мабуть, невчасно... — Агата нерозбірливо щось пробурмотіла...

Софі огледіла її з голови до п'ят.

— Тарганом ти мені більше подобаєшся.

— Має бути спосіб отримати новий одяг, коли ти перетворюєшся назад, — буботіла Агата, обтягнувши себе шторою ще дужче.

Потім вона побачила, як Софі пестить записку Тедроса.

— Тепер слухай, не роби нічого дурного, коли зустрінеш його сьогодні ввечері. Просто отримай поцілунок...

— Мій принц прийшов до мене, — мріяла Софі, нюхаючи пергамент. — І тепер він мій назавжди. Все завдяки тобі, Агато.

Вона закохано озирнулася і побачила вираз обличчя подруги.

— Що?

— Ти сказала назавжди.

— Я мала на увазі сьогодні ввечері. Сьогодні він мій.

Вони обидві мовчали.

— Ми станемо героями, коли повернемося до Гавалдона, Софі, — тихо промовила Агата. — Ти отримаєш славу й багатство і будь-якого хлопчика, якого захочеш. Ти будеш читати про Тедроса у книжках решту свого життя. Ти матимеш спогади про те, що він колись був твоїм.

Софі кивнула з посмішкою.

— А я отримаю моє кладовище і кота, — пробурмотіла Агата.

— Ти знайдеш колись своє кохання, Агато.

Агата покачала головою.

— Ти чула, що Директор сказав, Софі. Такі лиходії, як я, не знаходять кохання.

— Він також сказав, що ми не можемо бути друзями.

Агата зустріла погляд яскравих, красивих очей Софі. А потім побачила годинник і скочила на ноги.

— Знімай одяг!

— Зняти що?

— Поспішай! Ми його проґавимо!

— Пробач, але я вшита в цю су...

— НЕГАЙНО!

За кілька хвилин Агата сиділа біля одягу Софі, тримаючи голову руками...

— Ти маєш використати лише впевненість!

— Я сиджу гола за незугарним диваном. Я не можу нічого зробити впевнено, не кажучи вже про те, щоб зробити так, аби мій палець засвітився і я перетворилася на гризуна. Чи не можна обрати більш привабливу тварину?

— Ти за п'ять хвилин від втрати свого поцілунку! Просто уяви себе у такому тілі!

— А як щодо папужки? Це більше на мене схоже.

Агата вихопила окуляри Софі, розтовкла їх кломпами і кинула за диван.

— Хочеш, щоб я зробила те саме з перлами?
БАМ.

— Спрацювало? — запитала Софі.

— Я тебе не бачу, — сказала Агата, роз-зираючись навкруги. — Все, що ми знаємо, що ти перетворила себе на щось нове!

— Я тут, просто перед тобою.

Агата повернулася — і їй перехопило подих.

— Але… ти… ти…

— Більш схоже на мене, — видихнула Со-фі — чудова плюшева рожева лисиця із сяючим хутром, чарівними зеленими очима, соковитими червоними губами і пухнастим пурпурним хвостом.

Вона начепила перли на шию і помилувалася собою у шматок розбитого скла.

— Чи поцілує він мене, дорогенька?

Агата дивилася зачаровано. Софі дивилася на її відображення у дзеркалі.

— Через тебе я нервую.

— Вовки тебе не потурбують, — сказала Агата і відчинила двері. — Вони вважають, що лисиці розносять хворобу, а також не розрізня-ють кольори. Просто притискай груди до землі, щоб вони не побачили лебедя…

— Агато!

— Що? Ти вт…

— Ти підеш зі мною?

Агата повернулася. Софі ніжно охопила хвостом руку подруги.

— Ми — команда, — сказала вона.

Агаті довелося нагадати собі, що вона не має часу на сльози.

Лисиця-Софі спокійно пробігла крізь Блакитний Ліс, повз верби, що мерехтіли сплячими феями, й охорону з вовків, які сахалися від неї, ніби від змії. Вона оминула сапфірові зарості папороті і покручені дуби Бірюзових хащ, перш ніж прослизнути на середину мосту й огледіти згори осяяний місячним світлом струмок.

— Я його не бачу, — прошепотіла Софі до таргана, який улаштувався на шиї в її рожевому хутрі.

— У записці написано, що він буде тут!

— Може, це Естер і Анаділь вигадали капость...

— З ким ти розмовляєш?

На іншому кінці мосту два блакитні ока загорілися у темряві.

Софі завмерла.

— Скажи щось! — прошипіла Агата їй у вухо.

Софі не змогла.

— Я спілкуюся сама з собою, коли нервую, — прошепотіла Агата.

— Я розмовляю сама з собою, коли нервую, — проторохтіла Софі.

З тіні вийшов темно-синій лис, на його пухнастих грудях мерехтіла голова лебедя.

— Я вважав, що тільки принцеси нервують. Не найкращі лиходійки у Школі.

Софі витріщалася на лиса. У нього були міцні м'язи Тедроса і його самовпевнена посмішка.

— Тільки найкраще Добро може замаскуватися під Зло, — сказала Агата. — Особливо, якщо має кохання, щоб за нього боротися.

— Тільки найкраще Добро може замаскуватися під Зло, — повторила Софі. — Особливо, якщо має кохання, щоб за нього боротися.

— То увесь час ти перебувала там помилково? — запитав Тедрос, він повільно кружляв навколо Софі.

Софі бракувало слів...

— Я повинна грати за обидві сторони, щоб вижити, — врятувала її Агата.

— Мені довелося грати за обидві сторони, щоб вижити, — відгукнулася Софі.

Вона почула, як кроки Тедроса стихли.

— Зараз, згідно з Кодексом честі, я маю виконати обіцянку.

Його хутро торкнулося її.

— Що ти хочеш, щоб я запитав у тебе?

Серце Софі підскочило до горла.

— Ти бачиш, ким я є зараз? — сказала Агата.

— Ти бачиш, ким я є зараз? — видихнула Софі.

Тедрос стояв тихо. Він підняв її підборіддя своєю теплою лапою.

— Ти знаєш, що це бажання зруйнує обидві школи?

Софі загіпнотизовано дивилася йому у вічі.

— Так, — прошепотів тарган.

— Так, — повторила лиса.

— Ти знаєш, що ніхто не прийме тебе як мою принцесу? — сказав Тедрос.

— Так.

— Так.

— Ти знаєш, що ти будеш витрачати всю решту життя, намагаючись довести, що ти добра?

— Так, — сказала Агата.

— Так, — луною відгукнулася Софі.

Тедрос наблизився, їхні груди торкнулися.

— А ти знаєш, що я зараз тебе поцілую?

Обидві дівчинки зітхнули водночас. Переливчаста вода струмка освітлювала обличчя лисиць — синьої та рожевої. Агата заплющила очі і попрощалася з цим світом жахів. Софі заплющила очі і відчула теплий солодкий подих Тедроса, його ніжний рот ледь торкнувся її губ...

— Але ми повинні зачекати, — сказала Софі, відійшовши.

Комашині очі Агати розширилися.

— Звісно. Так. Очевидно, — затнувся Тедрос. — Я проведу тебе до твого тунелю.

Вони поверталися мовчки, рожевий хвіст Софі обгорнувся навколо його хвоста. Тедрос подивився на неї і дозволив собі посмішку. Агата, все це спостерігаючи, почервоніла від злості. А коли принц нарешті зник у своєму тунелі, вона спустилася на ніс Софі.

— Що ти накоїла!

Софі не відповіла.

— Чому ти його не поцілувала!

Софі нічого не сказала.

Агата вкусила Софі за ніс.

— Тобі потрібно бігти за ним! Негайно! Ми не зможемо повернутися додому, якщо ти не поцілуєшся...

Софі змахнула Агату з обличчя і зникла у темному тунелі.

Борсаючись у мертвому листі, Агата нарешті зрозуміла.

Поцілунку не було, тому що ніколи не мало бути.

Софі не мала наміру повертатися додому.

Ніколи.

19

Я маю принца

Викладачі Школи Добра і Зла бачили багато різного протягом років. Вони бачили, як учні, жалюгідні на першому році навчання, закінчували його багатішими за королів. Вони бачили, як Капітани класів вигорають на третій рік і закінчують голубами або осами. Вони бачили шахрайство, протести, набіги, поцілунки,

клятви й імпровізовані любовні пісні. Але вони ніколи не бачили, щоб Щасливець і Нещасливець тримались за руки в обідній черзі.

— Ти впевнений, що у мене не виникне проблем? — запитала Софі, помітивши їхні погляди з балконів.

— Якщо ти досить гарна для мене, ти досить гарна і для кошика, — сказав Тедрос, штовхаючи її вперед.

— Я гадаю, вони повинні звикнути до цього, — зітхнула Софі. — Я не хочу жодних проблем на Балу.

Рука Тедроса стиснула її руку. Софі густо почервоніла.

— Ох... Після останньої ночі я тільки припустила...

— Хлопчики-Щасливці заприсяглися, що ми не будемо запрошувати нікого раніше «Показу Здібностей», — сказав Тедрос, смикаючи комір. — Еспада сказав, що існує традиція чекати, доки не відбудеться Коронування напередодні Балу.

— Напередодні! — Софі задихнулася. — Але як ми доберемо кольори і сплануємо наш вхід та...

— Ось чому ми заприсяглися.

Тедрос узяв у зеленоволосої німфи плетений кошик з бутербродами з ягням, кускусом із шафраном і мигдальним мусом.

— І ще одну для леді.

Німфа проігнорувала Софі і простягла кошик наступному Щасливцю. Тедрос схопив ручку.

— Я сказав: одну для *леді*.

Німфа вхопилася міцніше.

— Ягня завжди важко перетравлюється, — заспокоїла Софі.

Але принц тримав, доки німфа з бурчанням не відпустила кошик. Тедрос передав його Софі.

— Як ти сказав? Їм краще звикнути до цього, — її очі розширилися. — Ти... візьмеш мене?

— Ти така прекрасна, коли чогось хочеш.

Софі торкнулася його.

— Обіцяй, — сказала вона, затамувавши подих. — Обіцяй мені, що ти візьмеш мене на Бал.

Тедрос подивився на її м'які руки, якими вона тримала шнурки його сорочки.

— Гаразд, — видихнув він нарешті. — Я обіцяю. Але якщо кому-небудь скажеш, я засуну змію тобі у корсаж.

Софі з вереском кинулася йому на шию. Тепер вона може обирати сукню.

З цією думкою Щасливець № 1 і Нещасливиця № 1, які завжди мали бути ворогами у казках і тілом, і душею, сіли пліч-о-пліч під високим дубом. Тедрос раптом помітив, що всі Щасливці витріщаються на нього, приголомшені його зрадою. А Софі вгледіла, що Нещасливці, яким вона тижнями проповідувала лиходійську гордість, дивляться на неї, зраджені.

Напружені Софі і Тедрос водночас відкусили сандвічі.

— Ця відьма й досі заразна? — швидко запитав Тедрос. — Вона сьогодні перший день у класі.

Софі поглянула на Агату, яка притулилася до дерева і дивилася просто на неї.

— О, ми не розмовляємо.

— Вона ще та п'явка, чи не так? Протиставляє свій розум твоїй красі. Вона б мала знати, що у тебе є і те й те.

Софі ковтнула:

— Це правда.

— Одне знаю напевно. Я більше не вибиратиму цю відьму на випробуваннях.

— Звідки ти це знаєш?

— Тому що тепер, коли я знайшов свою принцесу, я не відпущу її, — сказав принц, дивлячись їй у вічі.

Софі раптом відчула сум.

— Навіть якщо це означає усе життя чекати на поцілунок? — звернулася вона, здебільшого до себе.

— Навіть якщо це означає усе життя чекати на поцілунок, — відповів Тедрос, узявши її за руку.

Потім він підняв голову.

— Я припускаю, що це гіпотетичне запитання.

Софі засміялася і вчасно припала до його плеча, щоб приховати сльози. Вона пояснить одного дня. Якщо їхнє кохання буде досить міцним.

На балконах обох шкіл викладачі спостерігали, як двоє закоханих голубків милувалися на сонці. Вчителі Школи Добра і Зла похмуро поглянули одне на одного і повернулися до своїх кімнат.

Сидячи у прохолодній тіні, Агата нічого не робила, бо, як і вчителі, вона знала, що це кохання було приречене. Щось стояло йому на заваді. Щось, про що забула Софі.

Це щось називалося «Випробуванням казкою».

— Виграти «Випробування казкою» — це одна з найбільших почестей у Школі Добра і Зла, — заявив Поллукс, і його голова повернулася до Кастора на масивному тілі собаки.

П'ятнадцятеро керівників лісових груп стояли у нього за спиною. Поллукс поглянув на учнів, які зібралися у Театрі Казок після сніданку.

— Раз на рік ми відсилаємо найкращих Щасливців і Нещасливців у Блакитний Ліс на одну ніч, щоб побачити, хто витримає до ранку. Щоб перемогти, учень має подолати Пастки Смерті обох Директорів шкіл і напади протилежної сторони. Останній Щасливець або Нещасливець, який витримає до світанку, буде оголошений переможцем і посяде п'ять додаткових перших місць.

Поллукс презирливо підняв ніс.

— Як ви знаєте, Добро вигравало усі минулі двісті випробувань...

Щасливці вибухнули: «Щасливці рулять! Щасливці рулять! Щасливці...»

— ТУПІ ЗАРОЗУМІЛІ ЙОЛОПИ! — прогудів Кастор, і Щасливці замовкли. — За тиждень від сьогоднішнього дня кожна лісова група відправить своїх перших Щасливців і Нещасливців на «Випробування казкою», — Поллукс понюхав повітря. — Але, перш ніж оголосити перших учасників, коротко пригадаймо правила.

— Чув, що Беатрікс учора посіла перше місце на уроці «Добрих справ», — прошепотів Чаддік до Тедроса. — Невже Нещасливиця робить тебе слабким?

— Ти намагаєшся порівняти крило голубки з моєю міцною рукою, — відповів Тедрос.

Потім його обличчя пом'якшилося.

— Хіба хлопчики мене справді ненавидять?

— Не можна мати справи з Нещасливцями, друже, — сказав Чаддік, і його сірі очі посуворішали. — Навіть якщо вона найкраща, найрозумніша, найобдарованіша дівчинка у Школі.

Сумніви охопили Тедроса... Він сів прямо.

— Я можу довести, що вона добра! Я доведу це на випробуванні!

— Беатрікс або Агата можуть отримати місце у твоїй групі, — сказав Чаддік.

Груди Тедроса стисло. Він побачив, як Софі поглядає на нього з лав Школи Зла. Їхнє майбутнє залежало від того, як він упорається з випробуванням. Як він зможе витримати його?

— Згідно з правилами, може бути більше одного переможця у «Випробуванні казкою», — сказав Поллукс. — Одначе ті, хто витримає до ранку, повинні розділити перші місця. Таким чином, саме у ваших інтересах знищити конкурентів. Звісно, Директор волів би мати одного переможця, тож він створить стільки перешкод, скільки зможе. Решту тижня всі заняття будуть присвячені підготовці цих п'ятнадцятьох Щасливців і п'ятнадцятьох Нещасливців до їхньої ночі у Блакитному Лісі, — продовжував собака, коли учні почали базікати щодо того, кому першому пощастить. — Випробування у класах будуть обмежені цими суперниками. Ті, хто посядуть найгірші місця за тиждень, розпочнуть випробування першими, тоді як ті, що матимуть найкращі місця, розпочнуть значно пізніше. Це, звісно, величезна перевага. Що менше часу ви проведете у випробуванні, то більше у вас шансів повернутися живими.

Учні припинили розмовляти. Поллукс усвідомив, що він бовкнув, і вимушено засміявся.

— Це алегорія. Жоден учень не загинув у випробуванні. Це смішно.

Кастор кашлянув.

— Але щодо…

— Змагання абсолютно безпечні, — сказав Поллукс, посміхаючись до дітей. — Кожен із вас матиме прапор капітуляції. Якщо ви опинитеся у смертельній небезпеці, киньте його на землю — і ви будете врятовані й повернетеся з Блакитного Лісу неушкодженими. Ви дізнаєтеся більше про правила на різних уроках, а зараз я поступаюся місцем керівникам лісових груп, які оголосять цьогорічних учасників випробування.

Крихітна лілейна німфа в одязі зі смарагдових лоз вийшла наперед.

— З дев'ятої групи Ріна представлятиме Добро, а Векс — Зло!

Ріна зробила реверанс Щасливцям, які її підбадьорювали, поки Нещасливці нарікали, що Вексу і його гострим вухам пощастило бути у слабкій групі. Людожер назвав Трістана й однооку Арахне з сьомої групи, а потім інші керівники назвали темношкірого Ніколаса й Анаділь з четвертої, Кіко і зелену Мону з дванадцятої, Жизель і Естер із шостої…

Софі витріщалася на Тедроса, ігноруючи все це і мріючи, як стане його королевою. (Чи достатньо у Камелоті шаф? Дзеркал? Огірків?) Потім Юба вийшов уперед. Софі подивилася на Тедроса і Беатрікс, обоє напружено чекали наступних слів гнома.

«Будь ласка, дайте змогу йому перемогти цю прокислу сметану», — благала вона.

— Тедрос із третьої групи представлятиме Добро, — сказав Юба.

Вона полегшено зітхнула.

— А Софі представлятиме Зло.

Софі потерла вуха. Вона щось не те почула. Потім вона побачила усмішки.

— Гадаю, оце і є проблема, коли зустрічаєшся з лиходійкою, — сказав Чаддік. — Кохання і поцілунки тривають, доки ти не мусиш її убити.

Тедрос зневажив його і зосередився на плані, як довести, що Софі добра. Добре, що його батько був мертвий, розмірковував він, пітніючи крізь сорочку. Те, що він збирається зробити, зупинило б його серце.

Коли Щасливці вийшли крізь західні двері, а Нещасливці попрямували крізь східні назад до Школи Зла, приголомшена Софі залишилася на почорнілій лаві. До неї наблизилася тінь.

— Все, що я просила, — це щоб ти не стояла на моєму шляху.

Подих охолодив її шию ззаду.

— Аж ось ти, лиходійка номер один, яка пошила всіх нас у дурні. Добре, ти забула, що історії про лиходіїв не закінчуються щасливо, дорогенька. Тож дозволь мені нагадати, як вони закінчуються. Спочатку помреш ти, а тоді твій принц. Ви обоє будете мертвими.

Холодні губи обпалили вухо Софі:

— І це не алегорія.

Софі обернулася. Нікого. Вона скочила на ноги, врізалася у Тедроса, закричала... і впала йому до рук.

— Вона вб'є нас: тебе, потім мене, чи мене, а потім тебе... не пам'ятаю послідовність, і ти Щасливець, а я Нещасливиця, і тепер ми маємо битися одне проти одного...

— Або битися разом?

Софі кліпнула.

— Ми... це зробимо?

— Усі дізнаються, що ти добра, якщо я захищатиму тебе, — сказав Тедрос, досі трохи спітнілий. — Тільки справжня принцеса може отримати захист принца.

— Але вони насміхатимуться з тебе! Кожен уважає, що я лиха!

— Ні, якщо ми переможемо, — сказав Тедрос, посміхаючись. — Вони повинні зробити тебе Щасливицею.

Софі похитала головою і міцно обійняла його.

— Ти дійсно мій принц.

— Тепер іди і виграй своє випробування, щоб ми розпочали «Випробування казкою» водночас. Ти не можеш бути там без мене.

Софі зблідла.

— Але-але...

— Але що? Ти найкраща Нещасливиця у Школі.

— Я знаю це, просто...

Тедрос узяв її за підборіддя, змусивши подивитися у його кришталево-блакитні очі.

— Перше місце у кожному виклику. Домовилися?

Софі невпевнено кивнула.

— Ми — команда, — сказав Тедрос. Востаннє торкнувшись її щоки, він вийшов крізь двері Щасливців.

Софі йшла вздовж сцени до дверей Нещасливців і раптом зупинилася. Вона повільно обернулася. Агата сиділа на рожевій лаві, самотня.

— Я сказала тобі, що належу до цього місця, дорогенька, — зітхнула Софі. — Ти просто не стала слухати.

Агата нічого не відповіла.

— Може, Директор дозволить тобі повернутися додому, — сказала Софі.

Агата не поворухнулася.

— Ти повинна знайти нових друзів, Агато, — Софі м'яко посміхнулася. — Тепер у мене є принц.

Агата лише пильно подивилася їй у вічі.

Софі припинила посміхатися.

— У мене є принц.

Вона грюкнула дверима.

На уроці «Спотворення» Менлі попросив суперників створити таке маскування, що злякає

Щасливця з першого погляду. Зілля Естер змусило все її тіло вибухнути шипами. Анаділь зробила свою шкіру такою тонкою, що було видно всі її кровоносні судини. Тим часом Софі вичавила сік пуголовків, щоб укритися лишаями, але чомусь створила собі скручений ріг і блискучий кінський хвіст.

— Що для принцеси може бути страшнішим за єдинорога? — гримнув Менлі.

На уроці «Тренування поплічників» вони повинні були приборкати вогняного велетня — дев'ять футів гарячого хутра, помаранчевої шкіри і полум'яного волосся. Софі спробувала прочитати його думки, але всі свої думки він промовляв мовою велетнів. На щастя, вона згадала деякі слова цієї мови, яких навчила її Агата.

ВОГНЯНИЙ ВЕЛЕТЕНЬ: То чому я не повинен тебе вбити?

СОФІ: Я знаю цього коня.

ВОГНЯНИЙ ВЕЛЕТЕНЬ: Я не бачу коня!

СОФІ: Він настільки ж великий, як ваша спідня білизна.

Кастор втрутився, перш ніж велетень її зжер.

Потім леді Лессо попросила промовити «закляття, що може бути відмінене лише тим, хто його наклав».

— Варіанти відповідей?

Тремтячі Нещасливці підняли різьблені дощечки з криги:

ЕСТЕР: Закам'яніння.

АНАДІЛЬ: Закам'яніння.

АРАХНЕ: Закам'яніння.

СОФІ: Особливе закляття.

— Якби ж кохання було відповіддю на все, — сказала леді Лессо і присудила Софі ще одне п'ятнадцяте місце з п'ятнадцяти.

— Що сталося? — запитав Тедрос, коли він проштовхував її крізь чергу Щасливців.

— Просто невдалий початок...

— Софі, ти не можеш знаходитися у цьому Лісі без мене!

Вона простежила за його поглядом на похмурих Щасливців.

— Коли настане випробування, вони всі жадатимуть помсти.

— Просто роби те, що робила раніше! — благав Тедрос.

Софі скрипіла зубами, повертаючись до кімнати. Якщо Агата могла добре вправлятися у Школі Добра, то й вона зможе впоратися тут! Так, вона зварить жаб'ячі очі, вивчить мову велетнів, приготує дитину, якщо вона мусить це зробити! (Або нагляне за котлом принаймні.) Ніщо не зупинить її на шляху до її «Довго і Щасливо»!

Вона випнула груди, шарпнула двері і застигла. Її ліжко зникло. Дзеркало було розбите. А над головою висіли її старі речі, зв'язані у безголове тіло. На своєму ліжку Анаділь відірвала очі від книжки «Вбивство гарних дівчаток». Естер підняла очі від посібника «Як убивати найгарніших дівчаток».

Софі прибігла в офіс на верхньому поверсі.

— Мої сусідки хочуть порішити мене!

Леді Лессо посміхнулася з-за столу.

— Тобі це здалося.

Двері магічно зачинилися перед носом Софі.

Софі зіщулилася у темряві зали. Минулого тижня вона була найпопулярнішою дівчинкою у Школі! А тепер вона навіть не могла повернутися до власної кімнати?

Вона витерла очі. Але ж це не важливо, чи не так? Незабаром вона поміняє Школу — і все це лишиться позаду. Вона мала хлопчика, якого хотіла кожна дівчинка. Вона мала принца! Дві дурні відьми не рівня справжньому коханню!

Зверху почулися голоси. Вона сховалася у тіні...

— Естер сказала, що той, хто вб'є Софі під час випробування, стане Капітаном наступного року, — белькотіла Арахне, йдучи униз сходами. — Але це має виглядати, як випадковість, або нас виключать зі Школи.

— Ми повинні до того перемогти Анаділь! — сказала Мона, її зелена шкіра спалахнула. — Гадаю, вона мусила вбити її до випробування!

— Естер сказала, що під час випробування. Навіть Векс і Брон знають. Ти чула їхній план, як убити її? Вони обшукали озеро Добра, щоб знайти залишені яйця. Цю дівчинку можна вважати вже мертвою.

— Не можу повірити, що ми слухали лекції цієї зрадниці, — кипіла Мона. — Знаєш, іще трохи — і вона б умовила нас носити рожеве і цілуватися зі Щасливцями!

— Вона принизила нас усіх, і тепер вона заплатить, — сказала Арахне і зіщулила очі. — Нас чотирнадцятеро. Вона одна. Перевага не на її користь.

Їхні голоси віддалялися вологими сходами.

Софі залишилася у темряві. Не лише її сусідки, уся Школа хотіла, щоб вона померла. Безпечного місця не було ніде.

Ніде, крім...

У кінці темної затхлої зали двері до кімнати 34 зі скрипом відчинилися після третього удару. Визирнули два чорних ока.

— Привіт, красунчику! — процвірінчала Софі.

— Навіть не намагайся... ти любителька принца, ти лукава, ти...

Софі затисла ніс, промчала повз Горта і виштовхала його з її нової кімнати. Горт стукав і волав за дверима двадцять хвилин, доки Софі нарешті таки впустила його.

— Ти можеш допомогти мені вчитися до
комендантської години, — сказала вона, роз-
бризкуючи кімнатою лаванду. — Але спатимеш
не тут.

— Це моя кімната! — надувся Горт. Він
вклався на підлозі у чорній піжамі зі зловісни-
ми зеленими жабами.

— Але ж я тут, чи не так? А хлопчики
і дівчатка не можуть мешкати в одній кімнаті,
тож, звісно, ця кімната не може бути твоєю, —
сказала Софі, умощуючись на його ліжку.

— Але де я маю мешкати?

— Я чула, що загальна кімната Злості до-
сить зручна.

Ігноруючи скімлення Горта, Софі занурилася
у подушки і піднесла свічку до його записів.
Вона має виграти всі завтрашні випробування.
Її єдиною надією на виживання у «Випробуван-
ні казкою» було триматися поряд із Тедросом
і ховатися за його щитом увесь час.

— Принизити ворога, перетворити його на
курку — Банта парео дірості? — вона подиви-
лася скоса. — Це правильно?

— Софі, звідки ти знаєш, що ти не лихо-
дійка? — Горт позіхнув, згорнувшись на обго-
рілій підлозі.

— Бо я бачу себе у дзеркалі. Горте, у тебе
кепський почерк.

— Коли я дивлюся у дзеркало, я виглядаю,
як лиходій.

— Можливо, це тому, що ти і є лиходій.

— Тато казав мені, що лиходії не можуть кохати. Це неприродньо й огидно.

Софі розбирала незграбний почерк. «Щоб обернути Щасливця на кригу, зробити його душу холодною…»

— Тож я точно не можу кохати, — сказав Горт.

«Холоднішою, ніж ти вважав можливим… Тоді скажи ці слова…»

— Але якби я міг кохати, я б покохав тебе.

Софі повернулася. Горт тихо хропів на підлозі. Карлик, укритий злісними зеленими жабами.

— Горте, ти не можеш тут спати, — сказала вона.

Горт згорнувся міцніше. Софі відкинула ковдри і підійшла до нього.

— Візьми це, Пен, — тихо пробурмотів він.

Софі подивилася на нього — згорнувшись калачиком, він тремтів і пітнів.

Вона повернулася назад під ковдру. Піднесла свічку до записів — Софі намагалася вчитися, але його бурмотіння занурювало її у транс. Перш ніж вона отямилася, вже настав ранок.

Другий день минув так само благополучно, як і перший. Софі посіла ще три останні місця, третє з яких отримала на уроці «Тренування поплічників», не встигнувши вчасно примусити палець світитися, щоб знешкодити смердючого троля.

Вона бачила, як напружуються жили на шиї Тедроса, коли, затиснувши ніс, він тягнув її крізь чергу на обід.

— Може, я маю навмисно програвати? Чи ти хочеш вступити у випробування на три години раніше?

— Я намагаюсь так сильно, як тільки можу...

— Софі, яку я знаю, не намагається. Вона перемагає.

Вони їли у тиші.

— Де її хрещена фея зараз? — долинуло до Софі каркання Беатрікс.

На іншому боці Галявини, сидячи спиною до Софі, Агата виконувала домашнє завдання з Кіко. Наступного дня учасники провели два уроки, пристосовуючись до своєї нової форми для випробування — темно-синіх тунік і відповідних мантій із вовни, які мали капюшони і були оздоблені червоною парчею. З-поміж учнів, одягнутих в однакові мантії, неможливо було відрізнити Щасливця від Нещасливця, навіть якщо вдавалося розгледіти синю мантію у Блакитному Лісі. Коли доходило до одягу, Софі зазвичай була дуже прискіплива. Але сьогодні вона занурилася в нотатки Горта. Урок леді Лессо був наступним, а вона мала посісти перше місце.

— Лиходій убиває з єдиною метою — знищити свого Суперника. Того, хто стає сильнішим, коли ви слабшаєте. Тільки коли ваш Суперник буде мертвий, ви заспокоюєтеся, — сухотіла вчителька тупцювалася в проході. — Звісно, через те, що тільки найкращі Нещасливці бачать сни про Суперника, більшість із вас ризикує все своє життя так і не дізнатися про інше життя. Вважайте себе щасливчиками. Вбивство вимагає чистого Зла. Жоден із вас ще не досягнув такої чистоти, щоб убивати.

Софі мугикнула в її напрямку.

— Але оскільки випробування — це всьо-го-на-всього безпечне тренування, — леді Лессо посміхнулася до неї, — чому б нам не приготуватися до моєї улюбленої вправи?

Вона створила примарну принцесу з коричневими кучерями, рум'яними щічками і солодкою посмішкою.

— Практика вбивства. Переможе той, хто вб'є її у найжорстокіший спосіб.

— Нарешті щось корисне, — промовила Естер, дивлячись на Софі.

Хоча у кімнаті було холодніше, ніж будь-коли раніше, Софі пройняв піт. Через те, що принцеса (створена леді Лессо) зачинилася за дверима і підозріло ставилася до чужинців, Нещасливці мали бути дуже винахідливими, щоб убити її. Мона перетворила себе на продавчиню й подарувала принцесі отруйну помаду. Після того як леді Лессо створила нову дівчинку, Анаділь постукала у двері і залишила перед ними букет хижих квітів. Естер перетворилася на милу білку і запропонувала жертві блискучі повітряні кульки.

— Дякую! — принцеса просяяла, тим часом як повітряні кулі потягли її вгору, дедалі вище, до гострих бурульок на стелі.

Софі заплющила очі.

— Хто наступний? — запитала леді Лессо, зачиняючи двері за новою принцесою. — О, так. Ти.

Вона стукала довгими червоними нігтями по столу Софі. Тук-тук-тук. Софі почувалася хворою. Вбивство? Навіть якщо це був фантом, вона не могла вби...

У голові постало обличчя Звіра, що конав, і вона зблідла. Це було інше! Він був Злом! Будь-який принц учинив би так само!

— Ще одна невдача, схоже, — припустила леді Лессо.

Софі зустріла її погляд і подумала про Тедроса, що втрачає віру в неї. Вона пригадала чотирнадцятьох лиходіїв, які були переконані, що вони досить чисті, щоб убити. І їй здалося, що її щасливий кінець вислизає з рук...

«Софі, яку я кохаю, не намагається».

Стиснувши зуби, вона повз здивовану вчительку підбігла до дверей. Палець світився рожевим.

«Обернути Щасливця на кригу...»

Вона постукала у двері.

«Зробити його душу холодною...»

Двері відчинилися, палець Софі згас. Перед нею було її власне обличчя, тільки з довгим білявим волоссям, яке вона мала до вбивства Звіра. Щоб виграти це випробування, вона має убити... себе.

Софі побачила, як леді Лессо сміється у кутку.

— Чим я можу вам допомогти? — запитала принцеса Софі.

«Просто привид».

Софі скреготнула зубами і відчула, як запалав її палець.

— Я вас не знаю, — сказала принцеса, червоніючи.

«Холоднішою, ніж ти вважав можливим...»

Софі спрямувала на неї сяючий палець.

— Мати наказала мені ніколи не розмовляти з незнайомими людьми, — промовила принцеса стривожено.

«Промов це!»

Палець Софі замиготів — вона не змогла пригадати слова.

— Я повинна йти. Мати кличе мене.

«Вбий її! Вбий її просто зараз!»

— До побачення! — сказала принцеса, зачиняючи двері.

— Банта парео дірості!

Пуф! Принцеса перетворилася на курку. Софі схопила її, скочила на стілець, розбила крижане вікно і підкинула птаха до відкритого неба...

— Лети, Софі! Ти вільна!

Курка намагалася полетіти, потім зрозуміла, що не вміє цього робити, і розбилася, гепнувшись униз.

— Уперше мені шкода тварину, — зауважила леді Лессо.

Ще одна «п'ятнадцятка» стала черговим плювком в обличчя Софі.

Мабуть, єдиним, за що Софі любила Школу Зла, було те, що тут існувало чимало місць, щоб поплакати. Вона протиснулася за зруйновану арку і там заридала. Як вона подивиться в очі Тедросу?

— Ми наполягаємо на тому, щоб ви виключили Софі з випробування. — Софі впізнала грубий голос професора Менлі. Вона виповзла з-за арки і подивилася крізь щілину на смердючу класну кімнату. Але іржаві стільці, на яких зазвичай сиділи учні, цього разу були заповнені вчителями обох шкіл.

За кафедрою у вигляді черепа дракона стояла професорка Даві, вона поставила зверху прес-пап'є у вигляді гарбуза.

— Нещасливці планують убити її, Кларисо, — закінчив лисий бородавчатий Менлі.

— Біліусе, у нас розроблені застережні заходи для запобігання загибелі учнів.

— Будемо сподіватися, що вони більш надійні, ніж чотири роки тому, — відповів він.

— Я гадаю, ми всі згодні, що смерть Гарріка була випадковою! — спалахнула професорка Даві.

У кімнаті запанувала зловісна тиша. Софі могла чути власне поверхневе дихання.

Гаррік із Гавалдона.

Узятий із Бейном. Бейн зазнав невдачі. Гаррік загинув.

Її серце гамселило в ребра.

«Потрапити додому живим — це наш щасливий кінець».

Агата мала рацію.

— Існує ще одна причина, через яку Софі треба виключити з випробування, — сказав Кастор. — Феї доповіли, що вона і хлопчик-Щасливець планують діяти як команда.

— Як команда? — вигукнула професорка Даві. — Щасливець з Нещасливицею?

— Уявіть, якщо вони виграють! — скрикнула професорка Шікс. — Уявіть, що хоч одне слово про це почують у Лісах!

— Так, вона загине або усіх знищать разом зі Школою, — Менлі прогримів і сплюнув на підлогу.

— Кларисо, це просте рішення, — звернулася леді Лессо.

— Але не існує прецеденту для позбавлення випробування кваліфікованого учня! — заважила професорка Даві.

— Кваліфікованого! Вона не витримала жодного випробування цього тижня! — вигукнув Менлі. — Хлопчик переконав її, що вона Добро!

— Можливо, вона просто відчуває хвилювання через випробування, — припустила Принцеса Ума, годуючи куріпку на своєму плечі.

— Або вона обдурила нас усіх, примусивши думати, що вона велика надія Школи Зла! — сказала професорка Шікс. — Вона повинна була зазнати невдачі до випробування!

— То чому ж вона не зазнала невдачі? — запитала професорка Анемона.

— Щоразу, як ми намагалися завалити її, інший учень посідав останнє місце замість неї, — сказав Менлі. — Хтось утримував її від невдач!

Учителі зі Школи Зла голосно почали підтакувати.

— Це має сенс, — відповіла їм професорка Даві. — Якась загадкова зловісна людина, яку ніхто ніколи не бачив, просочується у вашу вежу і втручається у ваше оцінювання.

— Ви досить добре описали Директора, Кларисо, — сказала леді Лессо.

— Не будьте смішною, леді Лессо. Навіщо б Директор втручався в оцінювання учнів?

— Бо йому понад усе сподобалося б побачити, як найкращий учень Школи Зла переможе під щитом учня зі Школи Добра, — прошипіла леді Лессо, її фіолетові очі спалахнули. — Учениця, яку навіть я нерозумно вважала надією. Але якщо Софі виграє разом із жалюгідним принцем, я не буду стояти осторонь, Кларисо. Я не дозволю ані Директору, ані вам і вашим зарозумілим звірятам знищити працю мого життя. Почуйте мене зараз. Дозволивши Софі брати участь у випробуванні, ви ризикуєте більше ніж її життям. Ви ризикуєте отримати війну.

У кімнаті запанувала мертва тиша.

Професорка Даві прочистила горло.

— Можливо, вона зможе брати участь наступного року...

Софі осіла від полегшення.

— Ви підіграєте Злу! — закричав професор Еспада.

— Тільки для того, щоб захистити дівчинку... — тихо промовила Даві.

— Але Щасливець, хай там як, кохатиме її! — попередила Анемона.

— Тиждень у Катувальній кімнаті розв'яже цю проблему, — сказала леді Лессо.

— Я і досі не можу знайти Звіра, — нагадала Шеба.

— Тоді візьміть нового! — прогарчала леді Лессо.

— Отже, голосуємо? — цвірінчала Ума.

— ГОЛОСУВАННЯ ДЛЯ СЛАБАКІВ! — проревів Кастор, і серед учителів почався безлад. Куріпка Уми гиділа на вчителів Школи Зла,

Кастор намагався з'їсти птаха, а Поллукс знову втратив голову. Нарешті хтось гучно свиснув.

Усі повернулися до людини, яка стояла у кутку обгорілої кімнати.

— У цієї Школи існує тільки одна місія, одна єдина місія, — сказав професор Сейдер. — Утримати баланс між Добром і Злом. Якщо участь Софі у випробуванні порушує цей баланс, то вона повинна бути негайно дискваліфікована. На щастя, доказ цього балансу перед вашими очима.

Очі кожного змінилися. Софі намагалася розгледіти, на що вони дивляться, доки не зрозуміла, що їхні погляди спрямовані у різних напрямках.

— То ви погоджуєтеся, що баланс недоторканий? — запитав професор Сейдер.

Ніхто не сперечався.

— Тоді Софі буде змагатися у «Випробуванні казкою». Ми більше це не обговорюватимемо.

Софі проковтнула крик.

— Розумно, як завжди, Аугусте, — сказала леді Лессо, зводячись на ноги. — На щастя, невдачі дівчинки забезпечили те, що вона проведе більшу частину випробування без хлопчика. Сподіваємося, що вона загине так страшно, що ніхто не посміє повторити її помилки. Тільки тоді її історія закінчиться, як вона на те заслуговує. Можливо, вона навіть заслуговуватиме опису.

Вона вийшла з кімнати, і вчителі Школи Зла попрямували за нею.

Учителі зі Школи Добра вийшли геть, белькочучи одне до одного. Професорка Даві і професор Сейдер вийшли останніми. Вони йшли мовчки. Зеленувато-жовта сукня з високим коміром шелестіла поряд із його темно-зеленим костюмом.

— Що буде, як вона загине, Аугусте? — запитала Клариса.

— А що буде, якщо вона виживе? — сказав Сейдер.

Клариса зупинилася.

— Ви і досі вірите, що це правда?

— Так. Як вірю і в те, що Казкар розпочав її казку.

— Але це неможливо, це марення… це… — Кларису охопив жах. — Ось чому ви втрутилися?

— Навпаки, я не втручався, — сказав Сейдер. — Наш обов'язок полягає в тому, щоб дозволити історії розвиватися своїм шляхом…

— Ні! Що ви… — професорка Даві налякано прикрила рот рукою. — Ось чому ви відправили дівчинку ризикувати своїм життям? Через те, що ви вірите у ваше неправдиве пророцтво?

— На кону значно більше, ніж життя однієї дівчинки, Кларисо.

— Вона просто дівчинка! Невинна дівчинка! — професорка Даві задихнулася, закипаючи сльозами люті. — Її кров буде на ваших руках!

Коли вона втекла вниз сходами, і досі хлюпаючи носом, карі очі професора Сейдера затьмарилися сумнівом. Він не міг бачити Софі, яка ховалася неподалік від нього, намагаючись не тремтіти.

Сидячи на Галявині, Кіко міцніше загорнулася у шаль і облизала качан кукурудзи зі спеціями.

— Отже, я запитала усіх дівчаток, чи скажуть вони «так» Трістану, і вони відповіли — ні! Це означає, що він муситиме запросити мене! Авжеж, він може піти один, але, якщо хлопчик іде на Бал один, він отримує лише половину очок, а Трістан любить використовувати Доглядальну кімнату, тож він напевно запросить. Звісно, він може також звернутися до тебе, але ти запропонувала йому одружитися з Тедросом, тож я сумніваюся, що ти йому подобаєшся. Я не можу повірити, що ти це сказала. Ніби принци можуть одружуватися один з одним. Ну й що б вони робили потім?

Агата обгризала свій качан. На іншому кінці Галявини вона бачила Софі і Тедроса, які люто сперечалися біля входу до тунелю. Схоже, що Софі намагалася перепросити й обійняти його… навіть поцілувати… Але Тедрос відштовхнув її.

— Ти мене чуєш?

Агата повернулася:

— Зажди. Тож якщо дівчинку не запросять на Бал, тоді вона зазнає невдачі й отримає покарання, гірше за смерть. Але якщо хлопчик не піде на Бал, він отримає тільки половину очок? Це ж несправедливо!

— О ні, це правильно, — сказала Кіко. — Хлопчик може обрати самотність, якщо захоче. Але якщо дівчинка скінчить самотня… це рівнозначно смерті.

Агата ковтнула.

— Це смішно…

Щось упало до її кошика. Агата підняла очі і зустріла погляд Софі, яку Тедрос тягнув до черги Щасливців. Кіко тріскотіла далі, Агата дістала рожеву троянду зі свого кошика. Потім побачила, що вона виготовлена з пергаменту. Дівчинка обережно розгорнула квітку на колінах. Записка містила лише три слова.

Ти мені потрібна.

20
Секрети і брехня

Тарган проліз під дверима кімнати 66 і ледь не вистрибнув з власної оболонки. Агата дивилася на розбите скло, підвішені сукні, трьох сплячих відьом і помчала геть, доки хтось її не побачив. Але одна з відьом усе ж запримітила таргана. І лебедя на його животі.

Антени рухалися праворуч-ліворуч, Агата відчула аромат парфумів Софі, що тягнувся знизу кривими сходами із вологої зали. (Дорогою вона ледве не втрапила до лап нахабного самця-таргана.) Нарешті Агата знайшла Софі у загальній кімнаті. Перше, що вона побачила там, — це був Горт без сорочки, його обличчя почервоніло від натуги, наче у малюка на горщику. Після останнього натужного кректання він подивився на свої груди, де стирчали дві свіжовирощені волосини.

— Так! Чий дар може перевершити це?

На дивані поряд Софі заглибилася у «Збірку заклять для ідіотів».

Вона почула два комашині потріскування й одразу підняла очі. Горт випнув груди і підморгнув. Софі з жахом відвернулася, потім побачила помаду, що писала на підлозі за диваном:

«Ванна кімната. Принеси одяг».

Софі зневажала ванни Зла, але принаймні вони були безпечним місцем для зустрічі. Нещасливці, мабуть, мали якусь фобію щодо туалетів і цілковито їх уникали. (Вона не мала жодної гадки, що спричинило цей страх і де вони зрештою випорожняються, вона воліла про це не думати.) Двері застогнали, коли вона проскочила до темної залізної обителі. На іржавій стіні мерехтіли два смолоскипи, що відкидали тіні на раковини. Коли вона наблизилася до останньої кабінки, то побачила білу шкіру, що світилася крізь щілини у залізі.

— Одяг? — Софі просунула його під стійку.

Двері відчинилися, вийшла Агата, вдягнена у Гортову піжаму із жабами. Вона схрестила руки.

— У мене немає нічого іншого! — проскиглила Софі. — Все моє шмаття сусідки використали на ляльку-вішальника!

— Ніхто не любить тебе останніми днями, — Агата відсахнулася, ховаючи сяючий палець. — Цікаво чому.

— Послухай, мені дуже шкода! Я не можу просто піти додому! Не тоді, коли я нарешті отримала мого принца!

— Ти? Ти отримала свого принца?

— Ну, здебільшого я...

— Ти сказала, що хочеш повернутися додому. Ти сказала, що ми команда! Ось чому я допомагала тобі!

— Ми — команда, Агато! Кожна принцеса потребує помічника!

— Помічника! Помічника! — закричала Агата. — Ну ж бо, погляньмо, як наша героїня впорається з усім сама!

Вона рушила геть. Софі схопила її за руку.

— Я намагалася поцілувати його! Але тепер він у мені сумнівається!

— Відпусти...

— Мені потрібна твоя допомога...

— Я не допомагатиму, — відрізала Агата, проштовхуючись повз Софі. — Ти брехуха, боягузка і шахрайка.

— Тоді чому ти взагалі прийшла? — запитала Софі, її очі наповнилися слізьми.

— Стережись! Крокодилячі сльози призводять до крокодилячих зморшок, — вже в дверях посміхнулася Агата.

— Будь ласка, я зроблю будь-що! — розридалася Софі.

Агата повернулася.

— Присягнися, що ти поцілуєш його за першої ж нагоди. Присягайся своїм життям.

— Присягаюся! — закричала Софі. — Я хочу додому! Я не хочу, щоб вони вбили мене!

Агата витріщилася на неї.

— Що?

Відтворюючи голоси і жести, Софі істерично розповіла про зустріч учителів, невдачі у випробуваннях і боротьбу з Тедросом.

— Ми наближаємося до кінця, Софі, — сказала Агата, тепер бліда як примара. — Наприкінці казки завжди хтось помирає!

— Що нам тепер робити? — пролопотіла Софі.

— Ти виграєш випробування і поцілуєш Тедроса водночас.

— Але я не виживу! Я буду там три години сама, коли Тедрос не захищатиме мене!

— Ти будеш не сама, — гримнула Агата.

— Ні?

— Ти матимеш таргана під коміром, який вбереже тебе від біди. Тільки цього разу, якщо ти не поцілуєш принца, я проклинатиму тебе всіма закляттями Зла, які я знаю, аж поки ти цього не зробиш!

Софі обійняла її.

— О, Агато, я жахлива подруга. Але я маю все своє життя, щоб це виправити.

У коридорі почулися кроки.

— Іди! — прошепотіла Агата. — Мені потрібно перетворитися!

Софі обійняла її востаннє і, сяючи від полегшення, вислизнула з ванни назад під захист Горта. Хвилиною пізніше звідти ж виповз тарган і попрямував до сходів.

Обидві дівчинки не помітили червоного татуювання, що тліло у темряві.

За традицією за день до випробування уроки скасували. Замість цього п'ятнадцятеро Щасливців і п'ятнадцятеро Нещасливців мали час роззирнутися у Блакитному Лісі. Отже, поки вільні учні працювали над «Показом Здібностей», Софі пішла до Тедроса. Вона гостро усвідомлювала прохолоду їхніх стосунків.

Хоча решта земель уже відмирала повільною осінньою смертю, Блакитний Ліс був таким же блискучим і пишним, як і раніше. Протягом усього тижня учні намагалися дізнатися у вчителів, які перешкоди чекають на суперників, але ті нічого не знали. Директор створював випробування таємно, надаючи вчителям повноваження лише захищати кордони. Вчителі навіть не могли спостерігати за змаганням, оскільки він на всю ніч накладав на Блакитний Ліс закляття приховування.

— Директор забороняє нам втручатися, — пробурмотіла професорка Даві своєму класу, вочевидь, збентежена. — Він воліє, щоб випробування відтворювали небезпеку Лісів без обговорення й відповідальності.

Однак, коли суперники заглибилися в Ліс, ідучи позаду Софі й Тедроса, жоден із них не міг повірити, що наступної ночі це прекрасне місце перетвориться на пекельну пастку. Щасливці й Нещасливці пройшли повз сяюче поле папороті, проминули опосумів, що снідали у Сосновій ущелині, обігнули Блакитний струмок, повний форелі, перш ніж згадали, що вони вороги, і нарешті розділилися.

Тедрос пройшов повз Софі.

— Іди за мною.

— Я піду сама, — тихо промовила вона. — Я не заслуговую на твій захист.

Тедрос обернувся.

— Беатрікс сказала, що ти шахраювала, аби посісти перше місце. Це правда?

— Звісно ж ні!

— Тоді чому ти не витримала всі випробування перед змаганням?

На очі Софі набігли сльози.

— Я хотіла довести, що зможу вижити без тебе. Так, щоб ти пишався мною.

Тедрос подивився на неї:

— Ти програвала… навмисно?

Вона кивнула.

— Ти божевільна! — вибухнув він. — Нещасливці вб'ють тебе!

— Ти ризикуєш своїм життям, щоб довести, що я Добро, — зітхнула Софі. — Я також хочу боротися за тебе.

На секунду їй здалося, що Тедрос хоче побити її. Потім його щоки почервоніли, і він обхопив Софі руками.

— Коли я пройду крізь ці ворота, обіцяй мені, що ти будеш там.

— Я обіцяю, — заплакала Софі. — Заради тебе я обіцяю.

Тедрос подивився їй в очі. Софі витягла свої бездоганно нафарбовані губи…

— Ти маєш рацію, ти повинна зробити це самостійно, — сказав принц, відсторонившись. — Ти маєш почуватися тут упевнено і без мене. Особливо після того, як програла багато випробувань.

— Але… але…

— Тримайся подалі від Нещасливців, гаразд?

Він стиснув її руки і побіг, щоб наздогнати хлопчиків-Щасливців на гарбузовій галявині. До неї долинув різкий голос Чаддіка.

— Хай там як, а вона лиходійка, друже. Тож навряд чи отримає особливе ставлення від нас...

Софі не почула відповіді Тедроса. Вона стояла у самому серці тихої долини під синьою омелою.

— Ми й досі тут, — пробурмотіла вона.

— Все могло бути інакше, якби ти дотримувала моїх вказівок! — відповів тарган під її коміром.

— Три години — не так уже й погано, — зітхнула Софі. — Я маю на увазі, Нещасливці не можуть використовувати не схвалені закликання. Все, що ми можемо зробити, — це викликати шторм або перетворитися на лінивця. То що вони мені зроблять?

Щось торкнулося її голови. Вона озирнулася і побачила надріз на стовбурі дуба, біля якого вона стояла. Злостивий Векс сидів на гілці над нею із гострою палицею у руці.

— Просто цікаво, наскільки ти висока, — сказав Векс.

Блідий лисий Брон звісився з іншого дуба і перевірив позначку.

— Так.

Софі витріщилася на них.

— Як я вже казав, — промовив Векс, поворушивши гострими вухами, — просто цікаво.

— Я загину! — рюмсала Софі, утікаючи з Лісу.

— Не зі мною, — промовила Агата. — Я перемогла їх усіх на уроках і переможу їх завтра. Просто зосередься на отриманні поці...

Щось ударило її в голову.

— Що за... — Агата подивилася на мертвого таргана у траві. Ще чотири приземлилися поряд.

Софі й Агата повільно піднялися й побачили вежі Зла, охоплені рожевим туманом. З балконів на Галявину сипалися мертві комахи.

— Що відбувається? — запитала Софі.

— Винищення! — відповів голос.

Софі повернулася до Естер.

— Вочевидь, вони бігали по нашій Школі уночі. Це може загрожувати епідемією чуми. Після того як твоя подруга на неї хворіла.

Естер зняла з її плеча комаху.

— Крім того, це буде гарним попередженням тому, хто лізе туди, де його не має бути, чи не так?

Вона поклала таргана собі до рота і зникла між деревами Лісу, листя шелестіло під її ногами.

Софі задихнулася:

— Ти гадаєш, вона знає, що ти тарган?

— Звісно, знає, дурепо!

З Лісу почулися голоси Нещасливців.

— Іди! — прошипіла Агата, зісковзнувши з ноги Софі. — Ми не зможемо побачитися знову!

— Зажди! Як я виживу у вип...?

Але Агата вже зникла у тунелі Добра, залишивши Софі піклуватися про себе самостійно.

Феї проводили перевірку порушників комендантської години, починаючи з перших поверхів, тож Агата мала достатньо часу, щоб прокрастися до переходів і піднятися на поверх Доблесті. Як і кімнати решти вчителів, спальня Сейдера була з'єднана з кабінетом. Зламавши замок, вона зможе влаштувати йому сюрприз. Їй байдуже, що мерзотник не хоче відповідати на запитання. Вона прив'яже його до ліжка за потреби.

Агата знала, що це жахливий план, але хіба в неї був вибір? Вона не могла проникнути на випробування, а Софі ніколи не протримається сама протягом трьох годин. Сейдер був їхньою останньою надією потрапити додому.

Сходи вели просто до його кабінету — єдиних дверей на шостому поверсі Доблесті. На мармурі був викарбуваний рядок опуклих блакитних крапок. Агата пробігла по них пальцем.

— Учням заборонено заходити на цей поверх, — гримнув голос Сейдера. — Негайно поверніться до вашої кімнати.

Агата схопилася за дверну ручку і навела свій сяючий палець на замок...

Двері відчинилися самі собою.

Сейдера всередині не було, але він пішов не так давно. Простирадла в спальні були зім'ятими, чай на столі — теплим... Агата покружляла кабінетом. Полиці, стільці, підлога — все було захаращене книжками. Стіл був похований під ними на три фути, зверху купи лежало кілька розгорнутих книжок, рядки яскравих крапок були виділені колючими сріблястими зірочками на полях. Вона провела рукою по одній із виділених ліній, і з книжки вибухнула туманна сцена. Жіночий різкий голос промовив:

«*Привид не може спочити, поки не виконає своєї мети. Для цього він повинен використати тіло провидия*».

Агата дивилася, як примара влетіла у тіло бородатого дідугана, аж поки туман циклоном закрутився назад у сторінку.

Вона торкнулася крапок у наступній книжці:

«*У тілі провидия дух може знаходитися лише кілька секунд, перш ніж обидва — провидець і дух — будуть знищені*».

Перед очима два тіла змішалися, а потім перетворилися на пил.

Вона провела пальцем по ще одній лінії крапок.

«*Тільки найсильніші провидиці можуть прийняти дух...*»

«Більшість провидців умирають, перш ніж у них потрапить привид...»

Агата скривилася.

Якою була його одержимість...

«Пророцтва», — казали вчителі.

Чи може Сейдер бачити майбутнє?

Чи міг він побачити, яким чином вони можуть повернутися додому?

— Агато!

Біля дверей стояла професорка Даві.

— Увімкнулася сигналізація у Сейдера. Я гадала, що це витівки учня-таргана, що не дотримує комендантської години!

Агата проскочила повз неї до сходів.

— Два тижні мити туалети! — пронизливо вигукнула вчителька.

Агата озирнулася і побачила, як похмура професорка Даві змахнула руками над книжками Сейдера. Вона помітила, що Агата спостерігає за нею, і магічним чином грюкнула дверима.

Того вечора обом дівчаткам наснився дім. Софі снилося, що вона втікає від Естер крізь рожевий туман. Вона намагалася вигукнути ім'я Агати, але замість цього з її рота виповз тарган. Нарешті вона знайшла кам'яний колодязь і пірнула у нього, а потім опинилася у Гавалдоні. Софі відчула сильні руки — батько відніс її додому, там пахло м'ясом і молоком. Їй потрібно було у туалет, але він привів її на кухню, де на блискучому гаку висіла свиня. Якась жінка стукотіла по столу червоними нігтями. Тук-тук-тук. «Мамо?» — вигукнула Софі. Перш ніж жінка обернулася, батько поцілував Софі, побажав на добраніч, відкрив духовку і заштовхав туди доньку.

Софі прокинулася. Її так сильно підкинуло, що вона розбила голову об стіну і вдарила себе рукою.

Тим часом Агаті снилося, що Гавалдон палає. Слід палаючої чорної сукні привів її до Могильного пагорба, і коли вона дісталася на верхівку, побачила могилу замість рідного будинку. З могили долинали звуки, і вона почала копати, вона чула голоси дедалі ближче... Доки... не прокинулася від голосів біля сусідніх дверей.

— Ти сказала, що це важливо! — гримав Тедрос.

— Нещасливці кажуть, що вона шахраювала разом з Агатою! — промовила Беатрікс.

— Софі не дружить з Агатою! Агата — відьма...

— Вони обидві відьми! Агата перетворюється на таргана і підказує їй відповіді!

— Таргана? Ти не просто дріб'язкова і заздрісна, але й геть божевільна!

— Вони обидві лихі, Тедді, вони використовують тебе!

— Ти що, слухаєш Нещасливців? Ти знаєш, чому Софі не витримала ті випробування? Вона хотіла захистити мене! Якщо це лиходійство, то чим тоді займаєшся ти...

Вітер шумів занавісками — Агата не змогла почути решту, але незабаром двері глухо стукнули і Тедрос пішов. Агата намагалася знову заснути, але зрозуміла, що дивиться на рожеву паперову квітку, яка тремтить на мармуровому нічному столику, наче троянда на могилі.

Вона скрикнула і замислилася.

У всіх кімнатах гуртожитку було темно, крім тих, де мешкали учасники випробування, які не лягали до світанку, щоб підготуватися до наступної ночі. Агата у халаті, оздобленому мереживом, боса, навшпиньки спускалася рожевими скляними сходами. Поглянула вгору, видивляючись фей і вчителів...

П'ятьма поверхами нижче Тедрос спостерігав за нею крізь просвіти у сходах. Раптом він зацікавився — може, Беатрікс дійсно сказала правду?

Знявши чоботи, він пішов за Агатою по переходу до четвертого поверху Честі, тут знаходилася Бібліотека Чеснот. Тедрос присів. Він визирнув і побачив, як Агата пірнула у золотий колізеум книжок заввишки з двоповерховий будинок. Зазвичай тут порядкувала товстошкіра черепаха, але зараз вона спала на велетенському бібліотечному журналі з пером у руці. Щойно Агата знайшла те, що їй було потрібне, вона прослизнула повз рептилію і принца, який не зміг розгледіти книжку в її руках. Її кроки віддалялися по блакитному переходу, і невдовзі вона зникла.

Тедрос стиснув зуби. Який убивчий план мала відьма? Чи знає про це Софі і чи збирається зрадити його? Чи дві лиходійки досі були подругами? Принц скочив на ноги, серце шалено калатало — тоді почув дивний звук, що нагадував чиєсь дряпання.

Озирнувшись, він побачив, що перо закінчило щось писати у журналі черепахи і повернулося до лап істоти, яка спокійнісінько продовжувала хропіти.

Примруживши очі, він підсунувся, щоб заглянути у журнал.

Квіткова Сила: Вирощування Прикрас Для Кращого Світу (Агата, Чистота 51)

Тедрос пирхнув. Посварив себе за те, що сумнівався у своїй принцесі, і пішов по чоботи.

Правила «Випробування казкою» були стислими і чіткими. Коли згасав останній промінь сонця, перші двоє суперників заходили до Блакитного Лісу. Потім кожні п'ятнадцять хвилин заходили двоє наступних, згідно з їхніми досягненнями на уроках, аж доки остання пара не опинялася у Лісі через три години після першої. На «Випробуванні казкою» Нещасливці могли використовувати проти Щасливців свої здібності і будь-які заклаття, вивчені у класі. Водночас Щасливці могли захищатися затвердженою зброєю або контрзакляттями. Чаклунство Директора чатувало на них усіх. Інших правил не було. Учасник сам мусив розпізнати смертельну небезпеку і вчасно кинути зачаровану хустку додолу. Щойно вона торкалася землі, його у безпечний спосіб забирали із випробування. З першим променем сонця вовки проголошували кінець змагання, і, хто б не повернувся крізь ворота, його визнавали переможцем. Переможець завжди був один. Часто ставалося так, що його взагалі не було.

Зима настала дуже невчасно. На Галявину саме прибули суперники, їх зустріли крижані пориви вітру. Кожен хлопчик-Щасливець мав тільки один вид зброї і блакитний щит у вигляді повітряного змія, який пасував до синіх мантій. Більшість обрали луки і стріли (затуплені професором Еспадою, щоб ними можна було тільки оглушити, але не поранити), проте Чаддік і Тедрос обрали важкі тренувальні мечі. Поруч дівчатка-Щасливиці спокійно вправлялися у закликанні тварин і намагалися виглядати так безпомічно, наскільки це було можливо, щоб хлопчики захищали їх.

З іншого боку Галявини Нещасливці у мантіях тулилися до голих дерев і спостерігали, як учні, яких не обрали, юрбою вийшли з тунелів.

Щасливці були готові до вечірки з ночівлею — з подушками, ковдрами, кошиками зі шпинатним мусом, курчатами, шампурами, заварним кремом і глеками вишневого гренадіну. Тим часом Нещасливці, яких не обрали, вешталися біля свого тунелю у капцях і нічних ковпаках, готові втекти за перших ознак програшу своєї команди. Тоді, як вовки роздавали чарівні шовкові хустинки: білі — Щасливцям, червоні — Нещасливцям, — Кастор і Поллукс шикували суперників згідно з порядком входу. Оскільки вони отримали найгірші результати перед випробуванням, Софі і Кіко мали зайти одразу після заходу сонця.

Брон і Трістан — через 15 хвилин, потім Векс і Ріна — ще через 15 хвилин. І так аж до Естер і Тедроса, які заходили останніми.

У кінці черги принц узяв у вовка свою білу хустинку.

— Вона мені не знадобиться, — пробурмотів він і засунув її у чобіт.

На початку черги Софі стиснула червону хустку, ладна кинути її тієї самої миті, щойно зайде. Софі хотілося мати більше часу для примірювання одягу. Туніка була завелика у грудях, мантія волочилася по землі, синій каптур спадав на обличчя, тож здавалося, ніби вона не має голо...

Як вона може розмірковувати про одяг! Нажахана, вона вивчала натовп. І досі жодних ознак Агати.

— До нас дійшли чутки, що учні, які не пройшли відбір, можуть спробувати проникнути на випробування, — сказав Поллукс, бовтаючись поруч із Кастором, — вражаюча двоголова тінь у згасаючому сонячному світлі. — Тож цього року ми використали додаткові запобіжні заходи.

Спочатку Софі вважала, що він мав на увазі вовків, які охороняли кожен дюйм воріт. Але потім Кастор запалив смолоскип, і вона побачила, що ворота тепер були виготовлені не із золота, а із гігантських чорних і червоних павуків, що чарівним чином перепліталися.

Її серце обірвалося. Як тепер Агата зможе сюди потрапити?

— Якщо хтось шахрає, він заслуговує на смерть.

Вона повернулася.

— І я б не довіряв жодному із цих лиходіїв, — сказав Тедрос.

Його засмаглі щоки зарум'янилися від холоду. Він узяв її за руку, якою вона й досі тримала хустинку.

— Ти не можеш, Софі. Ти не можеш її облишити.

Без підказок Агати Софі просто безпорадно кивнула.

— Коли ми об'єднаємося, вони зроблять усе, щоб розділити нас, — Щасливці, Нещасливці, Директор, — сказав принц. — Нам потрібно захищати одне одного. Мені потрібно, щоб ти прикривала мені спину.

Софі кивнула.

— Ти не маєш нічого сказати?

— Поцілунок на щастя? — пискнула вона.

— На очах усієї Школи? — Тедрос розтягнувся у посмішці. — Це ідея.

Софі засяяла і з полегшенням витягнула губи.

— Довгий, — зітхнула вона. — Про всяк випадок.

— О, буде тобі довгий, — він посміхнувся. — Коли ми виграємо. Перш ніж я віднесу тебе до замку Добра.

Софі затнулася:

— Але... але... припустімо, що ми не...

Тедрос ніжно витягнув червоний шовк з її тремтячих пальців.

— Ми — Добро, Софі, — впевнено промовив він, заштовхуючи хустину якнайглибше до її кишені. — А Добро завжди перемагає.

У його яскравих блакитних очах Софі побачила відображення Естер, яка стояла позаду неї з опущеним каптуром, наче смерть із косою.

За мить вовки підштовхнули її й Кіко до протилежних кінців Північних воріт. Волохаті павуки зашипіли їй в обличчя, і вона почала задихатися. У паніці вона зиркнула на вежу Директора, що височіла над Лісом. В останньому спалаху сонця вона змогла побачити його силует, що визирав з вікна. Софі роззирнулася навколо у пошуках Агати, яка б могла її врятувати, але все, що вона побачила, — це небо над Лісом, яке ставало дедалі темнішим. З вежі Директора вибухнули сріблясті іскри, що вкрили Ліс розмитим серпанком...

— ПЕРША ПАРА, ГОТУЙТЕСЯ! — гримнув Кастор

— Ні... чекайте...

Лапи схопили її ззаду, і вона полетіла до павуків. Софі закричала, коли сотні волохатих лапок торкнулися її шкіри. Павучі ворота чарівним чином розчинилися, залишаючи її одну на освітленому смолоскипами краю Лісу. Завили вовки. Стіна павуків за нею знову з'єдналася.

Випробування почалося.

21

«Випробування казкою»

Налякана Софі повернулася до Кіко. Вони повинні триматися разом...

Але Кіко бігла на схід у бік Чорничних полів, озираючись назад, щоб переконатися, що Софі її не переслідує.

Софі швидко попрямувала західною стежкою до Блакитного струмка, там вона могла сховатися під мостом. Вона очікувала, що у Лісі буде зовсім темно, тож уранці примусила Горта навчити її заклинанню вогню. Але сьогодні вночі флюорисцентні дерева випромінювали холодне блакитне сяйво, створюючи у темряві арктичну заграву.

Хоча ефект був зловісним, вона зітхнула з полегшенням. Запалений смолоскип зробив би її легкою мішенню.

Софі ступила на поле папороті й відчула, як блакитні гілки торкаються її шиї. Її тіло розслабилося. Вона уявляла, що тут буде суцільне жахіття. Але Ліс був спокійнішим, ніж вона будь-коли бачила. Не було тварин. Жодних зловісних криків. Лише вона на ефірній луці і вітер, що дзвенів, як струни арфи.

Пробираючись крізь зарості папороті, Софі подумала про Агату. Може, хтось із учителів упіймав її, коли вона розробляла план? Чи, може, її перехопила Естер?

Софі відчула, як виступив піт.

«А може, Агата боїться допомагати мені?»

«Бо якщо я виграю разом із Тедросом, то ніхто не зможе відмовити мені змінити Школу». Вона зможе правити Добром, як благородний Капітан. Вона зможе отримати свого принца для «Довго і Щасливо» і стати королевою. Софі стиснула зуби. Якби ж не ця обіцянка про повернення додому! Якби ж вона змогла виграти це випробування сама, то їй не довелося б дотримувати слова!

Вона зупинилася. «Але я зможу! Подивіться на мене! Мої справи досить га...»

Почувся крик. Білі іскри здійнялися у небо. Кіко здалася.

У Софі підігнулися ноги. Скільки часу знадобиться нападнику Кіко, щоб відшукати її? Чим вона думала? Вона не зможе вистояти тут! Вона витягла з кишені хустку, червону, як кіновар...

ХРЯСЬ! Щось полетіло згори і впало їй під ноги. Вона витріщилася на сувій пергаменту, огорнутий стрічкою з тканини.

Тканини зі злими зеленими жабами. Софі подивилася вгору і побачила білу голубку високо над деревами. Голубка намагалася пролетіти...

ХРЯСЬ! Бар'єр вибухнув у небо полум'ям, щойно вона наблизилася до дерев. Учителі позбавили її шансів. Софі поквапилася розгорнути обпалений сувій...

«Йди до Саду тюльпанів.

Як засвітиться палець, поклади бутон тюльпана під язик і скажи "Флорадора Флоріана". Ти обернешся на маленький тюльпан.

Я виведу тебе. Поспішай!

Агата»

Софі полегшено присіла. Тюльпан! Ніхто ніколи не знайде її! О, як вона могла сумніватися в Агаті? Мила, вірна Агата! Софі винувато запхнула червону хустку назад до кишені і пішла за голубкою. Щоб дістатися Саду тюльпанів стежкою, їй доведеться пройти крізь Бірюзові хащі, а потім перейти Гарбузову галявину й нарешті Гай сплячих верб. Софі прямувала за Агатою заростями папороті до густих хащ, фосфоруюче листя освітлювало шлях холодним блакитним світлом. Софі бачила кожну намітку і кожен рубець на стовбурах, зокрема й нещодавно зроблений Вексом у неї над головою.

Раптом налетів вітер. Над стежкою затріпотіло листя. Вона не бачила Агату крізь верхівки дерев. Софі почула глухе бурмотіння — людина? Тварина? Але вона не зупинилася, щоб з'ясувати. Крик Кіко лунав у її голові, вона побігла стежкою, підхопивши задовгу мантію. Вона чіплялася за кущі й спотикалася через пеньки, вона ухилялася від колючих гілок, мчала повз щупальця синього листя, поки не вгледіла гарбузи і нетерплячу голубку між двома блискучими стовбурами дерев...

Хтось стояв між ними. Маленька дівчинка у червоному плащі з каптуром.

— Перепрошую? — озвалася Софі. — Мені потрібно пройти.

Незнайомка підняла очі. Це була зовсім не дитина. Вона мала каламутні блакитні очі і рожевий рум'янець на зморщених плямистих щоках, а жорстке сиве волосся було зібране у два кінські хвости.

Софі насупилася. Вона ненавиділа старих жінок.

— Я сказала, що мені потрібно пройти.

Жінка не поворухнулася.

Софі підійшла до неї:

— Ти глуха, чи що?

Карга скинула свій червоний плащ, і під ним виявилося брудне, товсте яструбине тіло. Софі відсахнулася, почувши її гучне каркання, і повернулася. Позаду неї ще двоє напівптахів-напівжінок прямували до неї.

Це були гарпії.

Агата навчала її — солодкоголосі співрозмовники? Сліпі мандрівники?

Потім вона побачила їхні пазурі, гострі, наче леза.

Пожирачки дітей.

Вони накинулися з жахливими криками, і Софі пірнула під крило. Коли галасливі монстри погналися за нею, їхні потворні обличчя були перекошені люттю. Вона мчала до кущів, аби сховатись, але кожен куточок заростей був освітлений яскравим блакитним світлом. Гарпії вхопили її за шию, і Софі полізла до кишені, торкнулася до червоного шовку... Ноги заплуталися у мантії — і вона покотилася в опале листя. Кігті ввігналися в спину. Софі закричала, відчувши, що її відірвали від землі. Гарпії потягнулися пащами до її обличчя...

Раптом стало темно.

Монстри збентежено завили — і випустили здобич із кігтів, Софі впала у бруд. У темряві дівчинка продерлася крізь гілки, намацала товсту колоду і сховалася за нею. Софі чула, як пазурі наосліп шкребуть по ґрунту, оскаженілі крики гарпій наближалися. Софі сахнулася і верескнула, наткнувшись на камінь. Монстри почули її й кинулися до засідки…

Хащі знову освітилися.

Гарпії задерли вгору обличчя і побачили голубку-Агату, яка зависла у височині. Її крила світилися помаранчевим. Агата махнула крилом — хащі потемніли. Агата махнула знову, й хащі стали світлими. Темні — світлі, темні — світлі, аж доки гарпії не зрозуміли. Дві з них полетіли до Агати, яка пронизливо скрикнула…

— Лети! — волала Софі.

Але Агата метушилася і билася так, наче забула, як літати. Близнюки-монстри мчали до безпорадної голубки, піднімалися дедалі швидше, вже простягли до неї кігті…

З бар'єру із жахливим тріском вибухнуло полум'я, і вони попадали вниз — обвуглене пір'я і плоть.

Остання гарпія витріщилася на їхні обпалені тіла. Повільно підняла очі. Агата посміхнулася і махнула сяючим крилом. Хаща освітилася. Монстр повернувся…

Софі розтрощила йому голову каменем.

У тиші Лісу гарпія задихалася і стікала кров'ю, самотня, на землі, ноги під плащем билися у конвульсіях. Софі глянула в небо.

— Я хочу помінятися місцями!

Але голубка вже була на півдорозі до гарбузів. Софі не залишалося нічого іншого, тільки безпорадно плентатися слідом, тримаючись за хустинку в кишені.

На тихій галявині гарбузи світилися тисячами відтінків блакитного. Софі вийшла на брудну стежку, що звивалася між осяйними сферами. Вона бубоніла собі під ніс, що це всього-навсього гарбузи, лише гарбузи і навіть Директор не може зробити їх страшними. Вона поквапилася, щоб не відставати від Агати...

Темні силуети виросли на стежці. Перед нею стояли двоє чоловіків.

— Привіт! — гукнула Софі.

Вони не поворухнулися.

Серце калатало, Софі наблизилася. Там були ще люди. Десять щонайменше.

— Що вам потрібно?! — закричала вона.

Знову жодної відповіді.

Вона наблизилася. Постаті були по сім футів заввишки, з довгими тілами, обличчями-черепами, а криві руки були зроблені з...

Соломи.

Опудала.

Софі видихнула.

Опудала вишикувались обабіч стежки, десятки їх висіли на дерев'яних хрестах, охороняючи гарбузи простертими руками. Гарбузи підсвічували їх профілі ззаду, було видно рвані коричневі сорочки, лисі голови з ряден і чорні відьомські капелюхи. Повільно йдучи між ними, Софі розглядала їхні жахливі обличчя — вирвані у ряднах очниці, свинячі носи і нашиті гидкі посмішки. Вражена, вона поквапилася вперед, роззираючись на шлях.

— Допоможи мені… — вона завмерла.

Голос линув з опудала поряд. Голос, який вона знала.

«Не може бути», — подумала Софі.

Вона пішла далі.

— Допоможи, Софі.. — тепер вона не помилялася.

Софі примусила себе рухатися уперед. «Моя мати мертва».

— Я всередині… — почувся слабкий голос.

Очі Софі наповнені сльозами. «Вона мертва».

— Я у пастці…

Софі повернулася. Опудало вже не було опудалом. З дерев'яного хреста на неї дивився чоловік, якого вона знала. Під чорним капелюхом були сірі очі без зіниць. Замість рук він мав два гаки для м'яса. Софі відсахнулася.

— Батько?

Він тріпнув шиєю і обережно зняв себе з хреста. Софі позадкувала просто до іншого опудала. Це теж був її батько, що злазив з хреста.

Софі озирнулася — всі опудала були її батьком, всі вони злазили зі стійок і прямували до неї, м'ясні гаки блищали у холодному блакитному світлі.

— Батьку, це я…

Вони наближалися. Софі притислася до хреста…

— Це я — Софі…

Далеко попереду голубка озирнулася і побачила, як Софі впала, скрикнувши, тим часом як опудала мирно стояли обабіч стежки.

Агата гукнула…

Софі наступила на гарбуз і впала. Вона озиралася і знову бачила батькове обличчя, позбавлене милосердя.

— Батьку, будь ласка!

Опудала підняли гаки. Серце Софі зупинилося… вона востаннє вдихнула і заплющила очі… Вода.

Холодна чиста вода.

Вона розплющила очі. Злива.

Галявина була порожня. Опудала на хрестах розпадалися на шматки під дощем.

У височині, над зливою, Агата махнула сяючим крилом, і дощ припинився.

Софі впала на мокру стежку.

— Я не зможу… Я не зможу вижити…

У далечині почулося виття. Її очі розширилися.

Наступна пара вступила до Лісу.

Занепокоєна, голубка скрикнула до неї і полетіла до Вербового гаю.

Тремтячи, Софі неквапливо посунула слідом, здивована, що її перелякане серце і досі б'ється.

Довга тонка стежка крізь Сплячі верби бігла униз схилом так, що Софі могла бачити потойбічне блакитне сяйво Саду тюльпанів унизу. Останнє зусилля — і вона опиниться у безпеці серед квітів. На мить їй стало цікаво, чому Агата не перетворить її на дерево або траву біля воріт... Потім згадала, що Юба навчив їх відчувати зачаровані дерева, а трава до кінця ночі буде затоптана. Ні, Агата добре вигадала. Один тюльпан з-поміж тисячі. Вона буде у безпеці до світанку.

Йдучи між вербами, Софі шукала очима наступну загрозу. Але сапфірові дерева спокійно стояли обабіч стежки, довгі звислі гілки сяяли немов люстри. Коли вона проминала їх, листя гойдалося над нею у повільному гарному ритмі, наче бісер, що вислизав із браслетів.

«Щось тут є. Не обманюйся».

Вовки знову завили біля воріт, шлунок стисло. Принаймні зараз у Лісі ще четверо: Брон, Трістан... а потім хто? Чому вона не запам'ятала черговість? Їй потрібно потрапити до Саду тюльпанів, перш ніж вони її знайдуть! Софі щодуху побігла, наздоганяючи голубку. Вона не помітила, що чим швидше вона біжить, тим швидше іскристі верби скидають листя, посипаючи її підозрілим блискучим пилом.

Потім голова стала важкою, а ноги ослабли.

— Ні...

Атакована листям, Софі спотикнулася.

— Сплячі верби...

Агата подивилася вниз і закричала. Софі нахилилася уперед і нюхала тюльпани... «Кілька кроків...»

Вона впала, квіти були за десять метрів.

Агата махнула на неї сяючим крилом, викликаючи вибух грому. Софі не рухалася. Агата випробувала заклинання дощу, граду, снігу, але відповіді не було. Шаленіючи, вона зацвірінькала улюблену пісню Софі, гидку оду принцам і весіллям...

Софі розплющила очі.

Несамовита голубка продовжувала співати, з кожною нотою вона дедалі більше фальшивила...

Агата задихнулася.

Сині каптури.

Двоє їх виднілося у хащах, двоє в гарбузах, ще двоє біля воріт. Вона не могла визначити, хто саме це був, але всі вони завмерли, ретельно дослухаючись, щоб точно визначити, звідки щойно линула пісня, яку вони почули. Потім вони почали бігти до тюльпанів. Агата поглянула на Софі, розпластану у бруді, а потім на сині каптури, які наближалися, щоб убити її...

Унизу Софі, учепившись нігтями за землю, просунулася вперед на кілька дюймів. Відчувши її спробу утекти, верби затріпотіли листям іще швидше, паралізуючи її м'язи. Агата безпорадно замахала крилами, голубка металася між Софі та її переслідувачами.

Софі задихалася і хрипіла, вона проповзла повз останні верби, бруд під нею перетворився на глинисті пелюстки. З тріумфом вона впала на великі сині квіти і вдихнула їхній запах, миттєво відроджуючись.

Вона поклала до рота бутон тюльпана, витягла з кишені записку Агати, палець сяяв рожевим...

— Флорадора фло... — вона завмерла.

На іншому боці саду Брон і Векс посміхалися до неї. В їхніх руках билися дві білі риби.

— Оцим ви збираєтеся мене вбити? — пирхнула Софі. — Рибою?

— Рибою бажань, — виправив Брон, риба стала чорною.

— Ми хочемо стати Капітанами поплічників, — усміхнувся Векс.

Хлопчики підкинули рибу в повітря, вона миттєво роздулася до розмірів Софі і кинулась до неї, клацаючи зубами, як піранья...

Скам'яніла Софі заплющила очі, відчула, що її палець палає...

Пуф! Рожева лисиця ухилилася від роздутих риб, які відскочили від землі, наче м'ячі. Софі чкурнула між ними чимдуж, лапи ковзали по тюльпанах...

Швидше! Потрібно щось зробити якомога швидше! Палець сяяв, готовий допомогти. Гепард! Лев! Тигр!

Пуф! Вона стала повільним рожевим бородавочником, що ледве шкандибав і голосно пукав. Софі з жахом хрюкнула. Розпухла риба відскочила від дерева і кинулася до її схованки. Вона випростала сяюче копито...

Пуф! Софі промчала між ними рожевою газеллю і почула, як рибини врізалися одна в одну. Вона дошкутильгала до Галявини, хапаючи повітря. Від воріт долинало вовче завивання, вона затремтіла.

Ворогів ставало дедалі більше.

Її великі зелені очі вдивлялися в темне небо у пошуках Агати. Але над нею не було нічого, окрім зірок.

Вона подивилася назад і підстрибнула. На іншому боці галявини під місячним світлом стояли Трістан і Чаддік. З незворушним обличчям Трістан вкладав стрілу в лук. Чаддік витягнув свій меч.

Софі хотіла побігти...

Ріна блокувала її втечу. Аравійська принцеса свиснула, і два золоті вовкодави підкралися до Софі ззаду, демонструючи гострі ікла, схожі на два ножі.

Софі озирнулася і побачила, як із-за дерев вийшла Арахне. Її палець світився. Ще двоє Щасливців вкладали стріли в луки. Рожева газель-Софі стояла оточена, її ноги тремтіли. Вона чекала на білу голубку, що врятує її.

— Зараз! — закричав Чаддік.

Хлопчики випустили стріли, Арахне змахнула пальцем, дві собаки кинулись уперед, коли

Софі викинула тремтяче рожеве копито і заплющила очі...

Стріли і прокляття пролетіли над її лускатою головою гримучої змії.

Софі зашипіла з полегшенням і поповзла у безпеку до дерев... над нею з'явилася тінь.

Вовкодав Ріни накинувся і схопив її в пащу.

Шаленіючи, Софі відчула, що її змія запалала рожевим...

Сідниці слона розчавили голову собаки. Коли Софі потупцяла з галявини, її хобот тремтів від жаху. Стріли Щасливців потрапили у її велике рожеве гузно, і вона від болю м'яко сіла на траву. Софі озирнулася назад на десятьох убивць у каптурах і двох риб, що стрибали просто до неї. Загнана в глухий кут, вона підняла сяючий слонячий хобот...

Прокляття, стріли, мечі, риби ледь торкнулися її пір'я, коли рожева папужка Софі злетіла в повітря...

Цвірінькаючи від радості, вона летіла дедалі вище, подалі від стріл, а потім побачила зблиск полум'я на бар'єрі. Софі перелякано відсахнулася й одразу відчула, як щось схопило її за крило.

Водяне ласо повільно тягнуло її до фігури у каптурі, що стояла посеред Блакитного струмка.

Софі кликала на допомогу, але потім її схопили ще кілька ласо, вони тягли її крізь гілки до постаті, що захопила її в полон, постаті, що стояла посеред струмка і підіймала воду сяючим зеленим пальцем. Вода повільно притягла папужку-Софі до блідих рук, і тінь відкинула каптур.

— Ти б стала гарною відьмою, Софі, — сказала Анаділь, погладивши їй дзьоб. — Навіть кращою за мене.

Папужка дивилася на неї благально. Пальці Анаділь схопили крихітне горло. Птах забився, але Анаділь стискала дедалі сильніше. Коли у Софі потемніло в очах, вона усвідомила, що палаюча зірка (останнє, що вона побачила) велично падала з неба, просто на чаклунку, яка стискала її шию...

Раптом голубка вирвала Софі з рук Анаділь і палаючими крильми злетіла у холодне небо.

Коли над верхівками дерев просвистіли стріли, Агата випростала сяюче крило, і стріли перетворилися на маргаритки. Вона летіла з палаючим крилом, доки мала сили, лапами тримаючи Софі, потім занурилася у темну соснову ущелину, де пташки впали на землю, одна на одну, розбризкуючи іскри.

Агата намагалася примусити світитися своє обгоріле крило. Воно замиготіло — Агата і Софі миттєво перетворилися на людей, обидві лежали, паралізовані болем. Софі поглянула на голі руки Агати, вони були вкриті пухирями. До того як Софі скрикнула, очі Агати розширилися, вона намалювала навколо них сяючим оранжевим пальцем уявне коло.

— Флорадора пінскорія!

Вони обидві перетворилися на тонкі деревця блакитної сосни.

У долину увірвалися Анаділь і Арахне. Вони оглянули пустельну ділянку.

— Я казала, що вони приземлилися у гарбузах, — сказала Арахне.

— Тоді йди першою, — запропонувала Анаділь.

— Хто з нас уб'є її? — запитала Арахне, повертаючись.

Анаділь приголомшила її витівкою. Вона дістала червону хустку з кишені Арахне і кинула її на землю. У повітря злетіли червоні іскри, й Арахне розчинилася у повітрі.

— Я, — відповіла Анаділь.

Червоні очі звузилися, вона роззирнулася навколо довгим прискіпливим поглядом.

— Ніку, я бачив її тут! — озвався Чаддік неподалік.

Анаділь недобре посміхнулася і рушила у напрямку голосу.

У темній тихій долині тремтіли два деревця.

Ніч тільки-но почалася.

За межами золотих воріт необрані Щасливці й Нещасливці чекали, коли ж ім'я Софі зникне з табло, як імена Кіко і Арахне. Але час спливав, ще більше імен зникало — Ніколас, Мона, Трістан, Векс, Тарквін, Ріна, Жізель, Брон, Чаддік, Анаділь — Софі вперто залишалася.

Чи об'єдналася Софі з Тедросом? Що означатиме їхня перемога? Принц і відьма… разом? Коли минуло кілька годин, Добро і Зло обмінялися поглядами — спочатку загрозливими… Потім зацікавленими… Потім сповненими надії… І перш ніж вони зрозуміли це, вони почали ходити одні до одних, обмінюватися ковдрами, їжею і вишневим гренадіном. Учні Школи Зла вважали, що їхня однокласниця зіпсувала одного зі Щасливців, а учні Школи Добра — що їхній кумир просвітив лиходійку, але це не мало значення. Бо дві сторони незабаром перетворилися на одну, яка вітала революцію принца й відьми.

Усередині холодної соснової долини деревця чекали слушної нагоди.

Вони чекали у тиші, яку роздирали крики. Вони вичікували, не зважаючи на звуки боротьби, що долинали до них, коли однокласники билися з ворогами і зраджували друзів. Вони чатували, коли біля струмка щось хапало дитину за дитиною. Вони чекали, коли повз них проходили тролі, вимахуючи скривавленими молотами. Вони пантрували, коли червоні й білі іскри освітлювали небо, доки не залишилося лише четверо суперників.

Потім Блакитний Ліс затих на тривалий час. Голод розривав їхні шлунки. Холод укрив їх паморозою. Хотілося спати. Але обидві рослини стояли доти, доки небо не стало світліти. Софі затримала дихання, бажаючи, щоб швидше зійшло сонце...

У долину пришкутильгав Тедрос.

У нього не було ані мантії, ані меча, тільки геть зім'ятий щит. Його туніка була розірвана на драбря, сріблястий лебідь на голих грудях виблискував з-під кривавих ран. Принц подивився на посіріле небо. Потім прихилився до сухої сосни, тихо дихаючи.

— Корпадора волвера, — прошепотіла Агата. — Це зворотне закляття. Йди до нього!

— Коли зійде сонце, — відповіла Софі.

— Він повинен знати, що з тобою все гаразд!

— Він дізнається про це за кілька хвилин.

Тедрос випрямився.

— Хто там?

Він подивився на деревця Агати і Софі. Хтось вийшов із тіні.

Тедрос притиснувся до дерева.

— Де твоя відьма? — прошипіла Естер, неушкоджена, у чистому плащі.

— У безпеці, — хрипло відповів Тедрос.

— Ага, я бачу, — усміхнулася Естер. — Ви ж команда.

Принц напружився.

— Вона знає, що я теж у безпеці. Коли ж ні, вона була б тут, щоб боротися разом зі мною.

— Ти впевнений у цьому? — запитала Естер, і її чорні очі зблиснули.

— Це те, що робить нас Добром, Естер. Ми віримо. Ми захищаємо. Ми кохаємо. А що маєш ти?

Естер посміхнулася.

— Приманку.

Вона підняла сяючий червоний кінчик пальця, і татуювання на її шиї відділилося, наливаючись кров'ю. Вражений Тедрос позадкував, а її демон наповнювався кров'ю дедалі більше і ледве не луснув. Естер прошипіла заклинання, її очі потьмяніли, шкіра втратила колір. Вона впала на землю в агонії і завила від люті, ніби розірвала власну душу. Потім частини тіла демона відокремилися одна від одної... Голова, дві руки, дві ноги.

П'ять окремих частин, кожна жива.

Тедрос стояв білий як сніг.

Усі п'ять частин демона кинулись до нього, замість блискавок вони мали кинджали. Він відбив голову і ногу щитом, але рука вразила його кинджалом у стегно. З криком він відмахнувся від руки, витягнув ніж із ноги і заліз на одне з двох дерев у долині...

Деревце Агати шмагнуло Софі.

— Допоможи йому!

— І померти розтерзаною на п'ять шматочків? — заперечила Софі.

— Він потребує тебе!

— Він потребує, щоб я була у безпеці!

Нога демона метнула ніж у голову принцу, але він вчасно перескочив на вищу гілку. Інші чотири частини дерлися до нього із занесеними кинджалами...

Потрапивши в пастку, Тедрос подивився вниз на Естер, яка, геть безсила, стояла навколішках і спрямовувала частини демона сяючим пальцем. Очі Тедроса розширилися, крізь листя він щось помітив.

Червоний шовк. У її черевику.

Частини демона жбурнули п'ять ножів, спрямованих у його органи. Коли вони пошматували сорочку, він зіскочив з дерева і з бридким тріском впав на зап'ясток.

Естер побачила, що він дряпається до неї. Вона люто повертіла пальцем, повернувши частини демона з новими ножами. Тедрос дивився їй у вічі, коли підповзав до неї. Посміхаючись, Естер високо підняла палець, частини демона повернулися, щоб його вбити. Цього разу помилки не має бути. Вона заревіла, полетіли ножі — принц тягнувся до її черевика...

Рот Естер розкрився від жаху, коли Тедрос притиснув її хустку до землі. Ножі впали у бруд, а частини демона зникли. Естер також зникла, її очі були широко розплющеними від потрясіння.

Тедрос упав на спину. Хапаючи повітря, він дивився у рожеве небо. Сходило сонце.

— Софі! — закричав хлопець.

Він глибоко вдихнув.

— СОФІ!

Гілки Агати з полегшенням звисли. Тоді вона побачила, що Софі притиснула свої гілки.

— Ти чого... Йди, дурна!

— Агато, я не маю одягу.

— Принаймні озвись, щоб він знав... — Агата зупинилася.

Вона помітила руку демона. Чомусь вона не зникла. Вона мерехтіла у повітрі, намагаючись залишитися.

Потім вона поповзла по траві і схопилася за ніж, що лежав на землі.

— Софі... Софі, йди...

— Ось-ось зійде сонце...

— Софі, йди!

Деревце Софі повернулося і побачило, як над плечем Тедроса здіймається ніж. Вона скрикнула і заплющила очі...

Лезо заглибилося. Тедрос занадто пізно побачив, як воно цілиться йому в серце.

Раптом щит відбив руку. З вереском кінцівка демона затремтіла і зникла.

Приголомшений, Тедрос подивився на неглибоку рану у м'язах грудей, на скривавлений ніж, що стирчав з них. Він поглянув на Агату, яка прикривалася його щитом.

— Досі не розумію, що робити з одягом, — пробурмотіла вона.

Збентежений Тедрос скочив на ноги.

— Але... Тебе не повинно... Що ти...

Він побачив, що за нею тремтить чагарник. Тедрос підняв свій сяючий золотим палець:

— Корпадора волвера!

Софі впала уперед і сховала своє тіло за чагарником.

— Агато, мені потрібен одяг! Тедді, ти міг би відвернутися?

Тедрос похитав головою.

— Але бібліотека, ця книжка... Ви шахраювали!

— Тедді, нам довелося... Агато, допоможи!

Агата підняла обпечений, сяючий палець на Софі, щоб загорнути її у лози, але Тедрос притримав її руку.

— Ти сказала, що будеш боротися разом зі мною! — він закричав, дивлячись на Софі за чагарником. — Ти сказала, що прикриєш мою спину!

— Я знала, що з тобою все буде добре... Агато, будь ласка!

— Ти збрехала! — сказав він, його голос надломився. — Все, що ти казала, було брехнею! Ти використала мене!

— Це неправда, Тедросе! Жодна принцеса не ризикує своїм життям! Навіть заради справжнього кохання.

Тедрос почервонів.

— Тоді чому вона ризикнула?

Софі простежила за поглядом принца на вкриту опіками Агату.

Агата побачила, як очі Софі повільно розширюються, ніби виявляючи ніж у спині. Але, перш ніж Агата хотіла виправдатися, в ущелині вибухнуло сонячне світло і вкрило золотом її тіло. Біля воріт завили вовки. У Лісі почулися кроки і голоси дітей.

— Вони це зробили!

— Вони виграли!

— Софі і Тедрос виграли!

Учні увірвалися в долину. Запанікувавши, Агата засвітила палець, і її голубка полетіла геть ще до того, як учні з'явилися у полі зору...

— Щасливці і Нещасливці! — вигукували одні.

— Відьма і принц! — вигукували інші.

— Всі вітайте Софі і Тед...

У Лісі стало тихо. З дерева дивилася Агата, як з'явилися ті учні, яких не обрали, а потім суперники, які програли, — зцілені й очищені магією, всі завмирали, дійшовши до цього місця. Софі ховалася за чагарником. Тедрос метав очима блискавиці...

Вони зрозуміли, що миру ніколи не буде.

Щасливці і Нещасливці розділилися — вороги назавжди.

Жодна зі сторін не почула сміху з боку напівзатіненої вежі, що здіймалася над ними усіма.

22

Сни про Суперника

Ти не бачила мою піжаму? — нюняв Горт за дверима Софі. — Ту, що із жабами.

Замотана у його зім'яті простирадла, Софі дивилася на вікно, яке вона закрила чорною ковдрою.

— Її для мене пошив мій батько, — хлипав Горт. — Я не можу спати без неї.

Але Софі просто дивилася у чорне вікно, ніби у темряві було щось, що бачила тільки вона.

Горт приніс із Трапезної ячмінну кашу, варені яйця, смажені овочі, але вона не відповіла на його стук. Цілими днями Софі просто лежала, наче труп, чекаючи, коли прийде її принц. Невдовзі її очі потухли. Вона не знала, якого саме дня це сталося. Вона не знала, чи було це уранці, чи вночі. Вона не знала, чи вона спала, чи ні.

У цьому похмурому тумані прийшов перший сон.

Потоки чорного і білого кольорів, потім вона відчула смак крові у роті. Вона вдивлялася у шторм киплячого червоного дощу. Вона намагалася сховатися, але не могла, бо була прив'язана до білого кам'яного столу фіолетовими колючими пагонами, її тіло було татуйоване дивними написами, які вона вже бачила раніше, але не могла згадати де. Біля неї з'явилися три старі карги, що співали і торкалися своїми кривими пальцями написів на її шкірі. Бабці співали дедалі швидше, доки у повітрі над її тілом не завис сталевий ніж, довгий і тонкий, наче в'язальна спиця. Вона намагалася звільнитись, але було пізно. Ніж упав, біль наповнив її живіт, і в ній щось народилося. Чисте біле насіння, потім молочна маса, більша, більша, поки вона не побачила, що це було... обличчя... занадто розмите, щоб розгледіти.

«Убий мене зараз», — сказало обличчя.

Софі прокинулася.

На краю її ліжка сиділа Агата, загорнута у брудне простирадло Горта.

— Я навіть не хочу чути про ці стосунки.

Софі не дивилася на неї.

— Ти можеш позичити мій затискач для носа для уроку Юби.

Агата стояла, освітлена через маленьку шпаринку у вікні.

— День третій — впізнай свою тварину за лайном!

Тиша ставала дедалі напруженішою. Агата схилилася до ліжка.

— Що я мала зробити, Софі? Я не могла дозволити йому померти.

— Це неправильно, — сказала Софі ніби до себе. — Ти і я... Це неправильно.

Агата наблизилася.

— Я бажаю для тебе тільки найкращого...

— Ні, — сказала Софі так різко, що Агата відкинулася назад.

— Я просто хотіла, щоб ми повернулися додому!

— Ми не йдемо додому. Ти це бачиш.

— Ти вважаєш, що я цього хотіла? — Агата вигукнула, роздратована.

— Чому ти тут?

— Тому що хотіла побачити, як ти. Я турбувалася про тебе!

— Ні. Чому ти тут, — сказала Софі, дивлячись у вікно. — У моїй Школі. У моїй казці.

— Тому що я намагалася тебе врятувати, Софі! Я намагалася врятувати тебе від прокляття!

— Тоді чому ти продовжуєш проклинати мене і мого принца?

Агата насупилася:

— Це не моя провина.

— Я гадаю, це тому що десь глибоко всередині ти не хочеш, щоб я знайшла кохання, Агато, — сказала Софі спокійним голосом.

— Що? Звіс...

— Я гадаю, ти хочеш привласнити мене собі. Усе тіло Агати завмерло.

— Це... — вона ковтнула. — Це дурня.

— Директор мав рацію, — сказала Софі, не дивлячись на неї. — Принцеса не може бути подругою відьми.

— Але ми друзі, — скрикнула Агата. — Ти єдина подруга, яку я коли-небудь мала!

— Ти знаєш, чому принцеса не може бути подругою відьми, Агато?

Софі повільно повернулася до неї обличчям.

— Тому що відьма ніколи не має своєї казки. Відьма повинна зруйнувати чиюсь, щоб бути щасливою.

Агата відігнала сльози.

— Але я не... я не відьма.

— ТО ОТРИМАЙ СВОЄ ВЛАСНЕ ЖИТТЯ! — закричала Софі.

Вона подивилася, як голубка вилетіла крізь чорне вікно, а потім заповзла під простирадла, поки не стемніло.

Цієї ночі Софі бачила інший сон. Вона бігла крізь ліс, голодніша, ніж будь-коли, доки не знайшла оленя з людським обличчям, таким само блідим, розмитим обличчям, як вона бачила попередньої ночі. Вона придивилася, щоб побачити, хто це був, але лице оленя тепер стало дзеркалом і в ньому вона побачила власне відображення. Проте воно належало не їй.

Це був Звір.

Софі прокинулася, обливаючись холодним потом, кров у венах палала.

За межами кімнати 34 Горт скрутився у спідній білизні, читаючи при свічках «Дар самотності».

Позаду зарипіли двері.

— Що про мене кажуть?

Горт завмер, ніби почув привида. Він обернувся, широко розплющивши очі.

— Я хочу знати, — сказала Софі.

Вона пішла за ним у темну залу, суглоби тріщали. Вона не пам'ятала, коли останнього разу ходила.

— Я нічого не бачу, — сказала вона, шукаючи відблиск лебедя на його грудях. — Де ти?

— Ось тут.

Спалахнув смолоскип, освітивши Горта. Вона відсахнулася. Кожен дюйм чорної стіни за ним був укритий плакатами, банерами, графіті:

«ВІТАЄМО! КАПІТАНА! ПЕРЕМОЖНИЦЮ ВИПРОБУВАННЯ! ЧИТАЧА-РЯТІВНИКА!»

Вони супроводжувалися принизливими карикатурами Щасливців, що жалюгідно помирали. Під стіною підлога була вкрита м'ясоїдними зеленими букетами, між зубами квітів стриміли записки:

Я хотів би мати твою пластику! Раван.

Ти — недосяжна викрадачка сердець! Мона.

Тедрос заслужив на це! Твоя подруга Арахне.

Софі виглядала здивованою.

— Я не розумію…

— Тедрос сказав, що ти використала його, щоб виграти Випробування, — промовив Горт. — Леді Лессо назвала це «Пасткою Софі» і сказала, що ти обманула навіть її! Вчителі кажуть, що ти найкращий Капітан Школи Зла, який коли-небудь був. Поглянь!

Софі простежила за його поглядом, спрямованим на ряд зелених коробок між букетами, обмотаних червоними стрічками. Вона відкрила першу і знайшла пергаментну картку:

Сподіваюся, ви пам'ятаєте, як цим скористатися.

Професор Менлі.

Під нею була накидка зі зміїної шкіри.

Кастор подарував їй мертву перепелицю, леді Лессо залишила різьблену крижану квітку, а Сейдер поклав мантію з випробування, цікавлячись, чи може вона люб'язно подарувати її для Виставки Зла.

— Який геніальний трюк, — підлещувався Горт, приміряючи плащ. — Перетворитися на рослину, зачекати, доки залишаться лише Тедрос і Естер, а потім вибити Естер, поки Тедрос спливатиме кров'ю, поранений. Але чому ти не вбила Тедроса? Всі його запитують про це, але він нічого не говорить. Я сказав, що ти не встигла, бо сонце зійшло.

Горт побачив вираз обличчя Софі, і його усмішка зникла.

— Це був трюк, чи не так?

Очі Софі наповнилися слізьми. Вона почала хитати головою...

Але на стіні перед нею було ще щось.

Чорна роза, між колючками стирчала записка, з якої стікало чорнило.

Софі взяла її до рук.

Шахрайка. Брехуха. Змія.
Ти там, де маєш бути.
Всі вітають відьму.

— Софі? Це від кого?

Серце тріпотіло, Софі понюхала гіркі чорні колючки, оповиті запахом, який вона так добре знала.

Отже, такою була нагорода за кохання.

Вона роздавила троянду, забризкавши Тедросові слова кров'ю.

— Від цього тобі стане краще.

У кімнаті 66 Анаділь вилила темно-жовтий відвар з казанка у чашку. Трохи пролилося на підлогу. Негайно з'явилися пацюки — вже на вісім дюймів більші, почали кусатися і дряпатися за те, щоб злизати краплі.

— Твій дар росте, — прокаркала Естер.

Анаділь сіла на край ліжка Естер з чашкою.

— Лише кілька ковтків.

Естер змогла зробити лише один, а потім знову відкинулась на подушку.

— Краще б я і не намагалася, — прохрипіла вона. — Вона занадто вправна. Вона вдвічі краща відьма, ніж я...

— Шх-х, не напружуйся.

— Але вона кохає його, — сказала Дот, скрутившись у ліжку.

— Вона вважає, що кохає, — відповіла Естер. — Так само, як ми всі колись.

Дот вирячила очі.

— Будь ласка, Дот. Ти гадаєш, що вона єдина Нещасливиця, яка заплуталася у тенетах кохання?

— Естер, досить, — з натиском промовила Анаділь.

— Ні, ну ж бо, говорімо правду, — сказала Естер, намагаючись сісти. — Усі ми відчували це ганебне хвилювання. Всі ми відчували цю слабкість.

— Але ці почуття неправильні, — сказала Анаділь. — Неважливо, наскільки вони сильні.

— Ось чому цей випадок особливий, — кисло промовила Естер. — Вона майже переконала нас, що вони правильні.

У кімнаті запанувала тиша.

— То що з нею відбувається зараз? — запитала Дот.

Естер зітхнула.

— Те саме, що сталося з усіма нами.

Цього разу тишу порушило віддалене цокотіння у повільному загрозливому ритмі. Три дівчинки відсунулися від дверей, коли клацання наблизилося до них, жорстке і чисте, наче удари батога.

Воно ставало дедалі гучнішим, чіткішим, поволі пройшло по гуртожитку і стихло біля їхньої кімнати.

Дот полегшено зітхнула.

Двері різко відчинилися. Дівчатка скрикнули. Дот гепнулася з ліжка...

Протяг потягнув підвішені сукні до смолоскипа над дверима, відкидаючи спалахи світла на затінені обличчя.

Її волосся блищало, наче гострі зубці, чорне так само, як і нафарбовані повіки і губи. Примарно-біла шкіра сяяла на фоні чорних нігтів, чорного каптура і чорного шкіряного одягу.

Софі зайшла до кімнати, високі чорні підбори черевиків стукали по підлозі.

Естер усміхнулася.

— Ласкаво просимо додому.

Дот з долу нервово подивилася на них.

— Але де ми знайдемо нове ліжко?

До неї повернулися три пари очей.

Вона навіть не встигла зібрати свої ласощі. У темному, похмурому коридорі Дот стукала у залізні двері, лякаючи тишу.

Але все було марно.

Три відьми об'єдналися в шабаш — і вона була виключена з нього.

Щасливці не святкували, коли Тедрос отримав значок Капітана. Як вони могли святкувати, коли Софі пошила його в дурні?

— Зло повернулося! — зловтішалися Нещасливці. — Школа Зла має Королеву!

Ось тоді Щасливці пригадали, що вони мають щось, чого немає у Нещасливців. Щось, що надавало їм перевагу.

Бал.

І Королеву туди не запрошено.

Перший сніг засипав Галявину крихтами льоду, що падали до тарілок Нещасливців з гучним дзеньком, коли вони намагалися схопити пліснявий сир застиглими пальцями. Нещасливці хижо поглядали на дівчаток-Щасливиць, які кружляли навколо, занадто зайняті, щоб турбуватися про погоду. Бал за два тижні, дівчаткам потрібно було владнати всі можливі домовленості, тому що хлопці все-таки змовилися не запрошувати до «Показу Здібностей». Наприклад, Ріна чекала, що Чаддік запросить її, тож вона пофарбувала стару сукню своєї матері, щоб та пасувала до його сірих очей. Але якщо Чаддік замість цього запросить Аву (вона заскочила його, коли він закохано розглядав портрет Білосніжки, тож йому могли подобатися бліді дівчатка), то її може запросити Ніколас — в такому разі вона виміняє білу сукню у Жизель, щоб збалансувати його засмаглу шкіру. А якщо Ніколас не запросить її...

— Мати каже, що доброта змушує людей почуватися бажаними, навіть коли їх узагалі ніхто не бажає, — вона зітхнула до Беатрікс, якій було нудно.

Софі зникла з горизонту. Беатрікс знала, що Тедрос запросить її. Не те щоб він це підтвердив. Принц ні з ким не спілкувався від самого випробування, ходив похмурий, як ніколи. Тепер Беатрікс відчула, що його настрій передається і їй, коли вона дивиться, як він влучає стрілами у дерево, під яким зазвичай сиділи він і Софі.

Тедрос наробив там уже чимало дірок, але полегшення не приходило. Подражнивши Тедроса кілька днів, тепер товариші намагалися його підбадьорити.

Кого хвилює, що він розділив перемогу з Нещасливицею! Кого хвилює, що вона терлася біля нього! Він таки виграв жорстоке випробування і переміг усіх. Але Тедрос відчував неймовірний сором, бо він був не кращим за свого батька. Він був рабом свого серця, а воно помилялося.

Однак він нікому не сказав про Агату. Він знав, що її це здивувало, адже щоразу, коли він говорив у класі, вона здригалася, ніби очікуючи, що він викриє її будь-якої миті. Але ще тиждень тому він залюбки б подивився, як її покарають, а тепер почувався розгубленим. Чому вона ризикувала своїм життям, аби врятувати його?

Може, вона казала правду про ту ґарґулью? Чи може бути так, що ця відьма насправді... не відьма?

Він подумав про те, як вона блукає гуртожитком з цими хитрими виряченими очима...

Тарган. Як сказала Беатрікс.

Тож Агата весь цей час допомагала Софі посідати перші місця? Вона, мабуть, ховалася у сукні Софі або в її волоссі, шепотіла відповіді і заклинання... Але як вона змусила його вибрати Софі у випробуванні з гарбузами?

Тедросу стало погано.

Демон складався з двох... Принцеса у труні, що вдарила його... Тарган, прихований у гарбузі...

Він ніколи не обирав Софі.

Щоразу він обирав Агату.

Тедрос із жахом озирнувся, шукаючи її, але Агати ніде не було видно. Він має триматися подалі від цієї дівчинки. Він має сказати їй, щоб вона трималася подалі.

Він має все це зупинити...

Йому на обличчя впав сніг. Засліплений водою, Тедрос побачив, як до нього наближаються тіні. Він витер очі і випустив лук.

Софі, Анаділь і Естер крокували в ногу з однаковим чорним волоссям, чорним макіяжем і недобрими поглядами. Шипінням вони відігнали Щасливиць, залишившись наодинці з Тедросом, налякані Щасливці розсипалися за його спиною. Анаділь і Естер стали позаду Софі, яка наблизилася до обличчя свого принца. З неба між ними падали зубчасті шматочки криги.

— Ти вважаєш, що я удаю кохання, — сказала Софі, оглядаючи його зеленими очима. — Ти вважаєш, що я ніколи не кохала тебе.

Тедрос намагався заспокоїти своє серце. Тепер вона була ще вродливішою, ніж будь-коли.

— Ти не можеш шахраювати з коханням, Софі, — сказав він. — Моє серце ніколи не хотіло тебе.

— О, я бачила, кого обирає твоє серце, — усміхнулася Софі і перекривила опуклі очі Агати і її особливі похмурі погляди.

Тедрос почервонів.

— Я можу це пояснити...

— Дай вгадаю. Твоє серце сліпе.

— Ні, просто воно обирає кого завгодно, окрім тебе.

Софі посміхнулася. Вмить вона ринула до нього — Тедрос витягнув свій меч, як і всі його товариші, що стояли позаду нього.

Софі слабко посміхнулася:

— Подивися, що сталося, Тедросе. Ти боїшся свого справжнього кохання.

— Повернися на свою половину! — закричав принц.

— Я чекала на тебе, — сказала Софі, її голос зривався. — Я гадала, ти прийдеш за мною.

— Що? Чому я мав прийти за тобою?

Софі подивилася на нього.

— Тому що ти обіцяв, — видихнула вона. Посміхнувшись, Тедрос озирнувся.

— Я не давав тобі жодних обіцянок.

Софі дивилася на нього приголомшено. Вона опустила очі.

— Я бачу.

Вона повільно підняла погляд.

— Тоді я буду такою, якою ти мене вважаєш.

Вона підняла палаючий палець, і мечі хлопчиків перетворилися на змій. Щасливці втекли. Тедрос підкинув ногою бруд у напрямку гадин, що звивалися і шипіли. Він озирнувся і побачив, як Софі витерла сльози, потім надягла каптур і поспішила геть.

Естер побігла слідом, щоб наздогнати її.

— Тобі краще?

— Я дала йому шанс, — сказала Софі, прискорившись.

— Будь певна. Все закінчилося, — заспокоїла Естер.

— Ні. Поки він не дотримає обіцянки.

— Обіцянки? Якої обіцянки...

Але Софі вже зайшла у тунель. Коли вона бігла повз покручені гілки, вона відчула, що на неї хтось дивиться. Крізь сльози і дерева вона не могла розгледіти обличчя на балконі — просто бліда біла пляма. Живіт зсудомило... Вона знайшла проміжок між листям, щоб приглядітися.

Але обличчя зникло, наче було звичайним маренням.

Наступного ранку Щасливці прокинулися і виявили, що всі поверхи залиті слизьким жиром. Потім хтось обсипав усе порошком, що викликав свербіж.

Третього ранку вчителі виявили у рамці спідню білизну замість портрета Красуні, а кабінети з цукерок були затоплені смердючим липким слизом.

Зважаючи на те, що феям не вдавалося зловити вандалів на гарячому, Тедрос і його товариші організували нічну охорону, патрулюючи зали від сутінків до світанку. Проте хулігани залишалися непоміченими. До кінця тижня розбійники заповнили басейни Доглядальної кімнати скатами, викривили дзеркала у залі, щоб поглузувати з випадкових перехожих, випустили перегодованих голубів у Трапезній, а зачаровані туалети у Школі Добра вибухали, коли учні сідали на них.

Розгнівана професорка Даві наполягала на тому, щоб Софі була притягнута до відповідальності, але леді Лессо заявила, що вкрай сумнівно, щоб один учень міг тероризувати цілу Школу без сторонньої допомоги.

Вона мала рацію.

— Це все вже не викликає задоволення, — пробурчала Анаділь після вечері у кімнаті 66. — Естер і я хочемо зупинитися.

— Ти отримала свою помсту, — сказала Естер. — Відпусти його.

— Я вважала, що ви лиходійки, — відповіла Софі зі свого ліжка, не відриваючи очей від книжки «Охоплені нічними жахами».

— Лиходії мають мету, — різко промовила Естер. — Те, що ми робимо, — це просто хуліганство.

— Сьогодні ми заразимо віспою бриджі хлопчиків, — сказала Софі, перегортаючи сторінку. — Зараз знайду заклинання для цього.

— Що ти хочеш, Софі? — запитала Естер. — За що борешся?

Софі зиркнула вгору.

— Ти будеш допомагати, чи я маю нас усіх здати?

Незабаром Тедрос мав у своєму нічному патрулі усі шість десятків хлопчиків, але напади Софі посилилися. Першої ночі вона примусила Естер і Анаділь зварити зілля, щоб перетворити озеро Добра на мул Зла, змушуючи магічну хвилю мігрувати у каналізацію. Зілля залишило на їхніх руках червоні опіки, але на світанку Софі знову відправила їх до Школи Добра, щоб натрусити вошей у ліжка Щасливців. Незабаром дівчатка так часто атакували — підкладали п'явок до вечірнього пуншу, випускали сарану під час уроку принцеси Уми, відпускали роздратованого бика на уроці «Фехтування», зачарували всі сходи Школи Добра так, що ті жахливо кричали від кожного кроку, — що половина вчителів Школи Добра скасувала свої заняття. Поллукс втрапив овечими ногами у свої власні пастки, а Щасливці почувалися безпечно, лише пересуваючись групами.

Професорка Даві увірвалася до кабінету леді Лессо.

— Ця відьма має бути виключена зі Школи!

— Нещасливці не можуть потрапити до твоєї Школи ані вдень, ані вночі, не кажучи вже про напади, — позіхнула леді Лессо. — Ми всі розуміємо, що цей злодій — Щасливець.

— Щасливець! Мої учні вигравали кожен конкурс у цій Школі протягом двохсот років!

— До цього часу, — посміхнулася леді Лессо. — І я не маю наміру відмовитися від моєї найкращої учениці без доказів.

Доки професорка Даві надсилала Директору листи, які залишалися без відповіді, леді Лессо помітила, що Софі віддаляється від сусідок, вже не мерзне у крижаному класі й огидно спотворює ім'я Тедроса на обкладинках своїх книжок.

— У вас все гаразд, Софі? — запитала леді Лессо, зачиняючи крижані двері після уроку.

— Так, дякую, — відповіла Софі, знітившись. — Я маю йти...

— Твоє отримання звання Капітана, твій новий одяг і твої нічні розваги... Це так важко прийняти.

— Я не знаю, про що ви говорите, — сказала Софі і прошмигнула повз неї.

— Ти маєш дивні сни, Софі?

Софі завмерла.

— А які сни вважаються дивними?

— Злі сни. Марення, які стають дедалі гіршими щоночі, — промовила леді Лессо позаду неї. — Коли ти починаєш почуватися так, ніби щось виросло у твоїй душі. Можливо, обличчя.

Шлунок Софі зробив кульбіт. Страшні сни тривали, все закінчувалося білим розмитим обличчям. Протягом останніх декількох днів по краях обличчя з'явилися червоні смуги, ніби воно окреслювалося кров'ю. Але вона не змогла нікого впізнати. Все, що вона знала, — що прокидається щоразу злішою, ніж раніше.

Софі повернулася.

— О, а яке значення мають такі сни?

— Вони означають, що ти особлива дівчинка, Софі, — лагідно промовила леді Лессо. — Якою ми всі будемо пишатися.

— Ох. Гм... Я, можливо, мала один або два.

— Це сни про Суперника, — сказала леді Лессо, її фіолетові очі замерехтіли. — Ти маєш сни про Суперника.

Софі подивилася на неї.

— Але... але...

— Не варто хвилюватися, дорогенька. Доки не з'являться симптоми.

— Симптоми? Які симптоми? Що станеться, коли виникнуть симптоми?

— Тоді ти нарешті побачиш обличчя свого Суперника. Того, хто стає сильнішим, коли ти слабшаєш, — спокійно відповіла леді Лессо. — Того, кого ти муситимеш знищити, аби вижити.

Софі зблідла.

— Але... але це неможливо!

— Невже? Я гадаю, цілком зрозуміло, хто є твоїм Суперником.

— Що? Я не маю...

Софі не дихала.

— Тедрос? Але я ж кохаю його! Ось чому я це робила! Я повинна повернути його...

Леді Лессо просто посміхнулася.

— Я розгнівалася! — закричала Софі. — Я не мала на увазі... я не хочу йому зашкодити! Я не хочу взагалі нікому шкодити! Я не лиходійка!

— Розумієш, не має значення, хто ми є, Софі. — Леді Лессо нахилилася надзвичайно близько, щоб прошепотіти. — Мають значення наші вчинки.

Її очі спалахнули.

— Але ще жодних симптомів, на жаль, — зітхнула вона і пішла до свого столу. — Зачиніть двері, коли підете.

Софі втікала занадто швидко, щоб потурбуватися про це.

Тієї ночі Софі не напала на Щасливців.

«Нехай він іде собі, — сказала вона до себе, накривши подушкою голову. — Нехай Тедрос іде».

Вона повторювала це знову і знову, поки зустріч з леді Лессо не стерлася з її пам'яті. Ці слова заспокоїли її, і вона відчула частинки свого колишнього я. Завтра вона буде люблячою. Завтра вона буде милосердною. Завтра вона знову буде доброю.

Але потім їй наснився ще один сон.

Вона бігла повз дзеркала, що відбивали її усміхнене обличчя, довге золоте волосся і яскраву рожеву сукню. В останньому дзеркалі були відчинені двері, а біля дверей на неї чекав Тедрос, величний у блакитному бальному костюмі під шпилями Камелота. Вона бігла і бігла до нього, але анітрохи не наближалася, доки до її справжнього кохання не потяглися смертельно гострі пагони шипшини, налиті багрянцем. Несамовита, вона проштовхнула себе крізь останні двері, щоб урятувати його, зламала підбор і впала йому до рук... Принц розтанув біло-червоною плямою, і вона впала у терен.

Софі прокинулася розлючена і забула про прощення.

— Середина ночі! Ти сказала, що все скінчено! — обурювалася Анаділь, йдучи за нею до тунелю.

— Ми не можемо продовжувати робити це без мети, — сердилася Естер.

— У мене є мета, — сказала Софі, озирнувшись. — Ви мене чуєте? У мене є мета.

Наступного дня Щасливці прибули на обід і побачили, що всі дерева на їхньому боці повалені. Всі, крім одного, під яким раніше сиділи Софі і Тедрос. На ньому було вирізане єдине слово:

«БРЕХУН».

Приголомшені вовки і німфи покликали вчителів і відразу ж утворили кордон між двома половинами Галявини. Тедрос увірвався між двома вовками.

— Припини. Негайно.

Кожен простежив за його поглядом, спрямованим на Софі, яка спокійно сиділа під засніженим деревом на половині Нещасливців.

— Або що? — запитала вона. — Ти мене спіймаєш?

— Тепер ти дійсно розмовляєш, як лиходійка, — зітхнув Тедрос.

— Обережно, Тедді. Що вони скажуть, коли ми будемо танцювати на Балу?

— Згода, тепер ти втратила це...

— А я гадала, що ти принц, — сказала Софі, кружляючи навколо нього. — Ти пообіцяв відвести мене на Бал просто на цьому місці. А принц завжди дотримує своєї обіцянки.

З усіх боків Галявини почулися зітхання. Тедрос виглядав так, ніби його вдарили у живіт.

— Бо принц, який не дотримує своєї обіцянки, — Софі провернула його до двох вовків, — це лиходій.

Тедросу відняло мову, щоки почервоніли.

— Але ані ти, ані я не лиходії, — сказала Софі. — Отже, все, що тобі потрібно зробити, це дотримати обіцянки — і ми знову станемо собою. Тедросом і Софі. Принцем і принцесою.

З невпевненою посмішкою вона простягнула йому руку між вовками.

— І жили вони Довго і Щасливо.

На Галявині запанувала мертва тиша.

— Я ніколи не візьму тебе на Бал, — випалив Тедрос. — Ніколи.

Софі забрала руку.

— Ну, — сказала вона тихо, — тепер усі знають, хто відповідає за напади.

Тедрос відчував, що Щасливці дивляться на нього з докором. Присоромлений, він побіг з Галявини. Софі спостерігала за ним, а з горла їй рвався крик, їй хотілося покликати його назад.

— Все це заради Балу? — почувся голос.

Софі повернулася до Естер і Анаділь.

— Це заради справедливості, — сказала вона.

— Ти сама по собі, — прогарчала Естер, Анаділь пішла слідом за нею.

Софі стояла, оточена враженими учнями, вчителями, вовками і феями, слухаючи своє власне неглибоке дихання. Вона повільно підняла очі.

Тедрос дивився на неї з вікна скляного замку. У слабких променях сонця його бліде обличчя виблискувало червоним.

Софі зустріла погляд того, хто вкрав її серце. Він знову покохає її. Він мусить. Бо вона знищить його, якщо він насмілиться покохати когось іншого.

23

Магія дзеркала

Похована під мереживними подушками, Агата чула лише відлуння чотирьох страшних слів. ОТРИМАЙ СВОЄ ВЛАСНЕ ЖИТТЯ.

Яке життя? Все, що вона пам'ятала до Софі, — це темряву і біль.

Софі допомогла почуватися нормальною. Софі допомогла почуватися потрібною. Без Софі вона була потворою, нічим, а...

Всередині все обірвалося.

«Відьма ніколи не має своєї казки».

Без Софі вона була відьмою.

Протягом шести днів Агата залишалася замкнутою у своїй вежі, слухаючи крики Щасливців, які зазнавали нових нападів. Усі спільні шкільні заходи були скасовані на невизначений термін, разом з обідами і лісовими групами. Чи була у цьому її провина? Чи відьми не залишають казки у руїнах? Оскільки крики назовні ставали дедалі панічнішими, її дедалі більше охоплювало почуття провини.

Потім напади припинилися.

Скупчившись у громадських кімнатах, Щасливці зачаїли подихи. Але, коли минули субота і неділя, Агата зрозуміла, що шторм минув. Софі може прийти, щоб перепросити, будь-якої хвилини. Вдивляючись у рожевий місяць, Агата обіймала подушку і молилася. Їхня дружба витримає це.

За дверима задзенькали феї. Вона озирнулася і побачила під дверима записку. Серце калатало, вона зіскочила з ліжка і схопила її у спітнілі долоні...

Шановні учні!

За шість днів відбудеться «Сніговий Бал». Всі випробування цього тижня продемонструють, чи готові ви до нього.

Незважаючи на недавнє втручання, подальших скасувань не буде. Наші традиції — це те, що відрізняє Добро від Зла. Навіть у найважчі часи Бал може стати вашим найкращим шансом знайти щастя.

Професорка Даві.

Агата застогнала і заховалася під рожевими простирадлами. Але, коли вона заснула, вона почала чути слова… *Бал… Мета… Щаслива…*

Вони виникали з темряви, лунали дедалі глибше, поки не посіялися в її душі, як магічне насіння.

Раван ішов навшпиньки до кімнати **66**, у темряві позаду нього блищали шість лебедів.

— Якщо напади припинилися, можливо, вона померла, — припустив Векс.

— Можливо, лиходії не чинять Зла щонеділі, — зауважив Брон.

— Або, може, Софі забула про цього дурного принца! — кинув Раван.

— Ти ніколи не забудеш свого кохання, — зітхнув Горт, який був у брудних кальсонах. — Навіть якщо вона вкраде твою кімнату і піжаму.

— Софі не мала права дозволяти собі кохати! — відповів Раван. — Першого ж разу, як я сказав батькові, що мені сподобалася дівчинка, він засунув мене у діжку меду і закрив у ведмежому барлогу на ніч. Відтоді мені ніхто не подобався.

— Першого разу, як я розповіла матері, що я вподобала когось, вона випікала мене у духовці годину, — погодилася Мона. — Тепер я не зважаю на хлопчиків.

— Коли мені вперше сподобався хлопчик, мій тато вбив його.

Група зупинилася і поглянула на Арахне.

— Може, Софі просто мала поганих батьків, — сказала вона.

Усі разом закивали головами на знак згоди і посунули до кімнати 66, ховаючись у сутінках. Зачаївши подихи, кожен знайшов шматок дверей для того, щоб притиснути вухо.

Вони нічого не чули.

— На три, — промовив губами Раван.

Нещасливці позадкували, готуючись штурмувати двері.

— Один... Два...

— Пий.

Це була Анаділь. Нещасливці знову притисли вуха до дверей.

— Вони... вбивають мене... — слабко прохрипіла Софі.

Хтось блював.

— У неї висока температура, Естер.

— Леді Лессо... Казала... Сни...

— Це нічого, Софі, — мурчала Естер. — Тепер спи.

— Мені... стане ліпше... до Балу? Тедрос... обіцяв...

— Заплющ очі, дорогенька.

— Сни, вони прийдуть... — Софі хрипло дихала.

— Шх-х, ми з тобою, — сказала Естер.

Стало тихо, але Раван і Нещасливці не рухалися. Тоді вони почули голоси біля дверей.

— Сни про обличчя, висока температура, одержимість… Леді Лессо має рацію! — прошепотіла Анаділь. — Тедрос — це її Суперник!

— Тож вона таки зустрічалася з Директором! — прошепотіла у відповідь Естер. — Вона у справжній казці!

— Тоді вся Школа має стерегтися, Естер. Реальні казки означають війну!

— Анаділь, нам треба, щоб Тедрос і Софі знову були разом! Перш ніж виникнуть симптоми!

— Але як?

— Твій дар, — прошепотіла Естер. — Але ми не можемо наказати душі! Це мине, і всі наші життя в небез…

Вона замовкла.

Раван повернувся до інших…

Двері відчинилися. Естер визирнула.

Але передпокій був порожній.

Уранці в понеділок Агата прокинулася із сильним бажанням піти на уроки. Покружлявши кімнатою, вона надягла зім'яту сукню і повибирала нитки з брудного волосся. Скільки днів вона мала чекати? Софі не хотіла перепрошувати? Софі не хотіла дружити? Вона роздавила паперову троянду Софі і викинула її у вікно.

«У мене буде власне життя!»

Вона шукала ще щось, щоб викинути, потім глянула на зібганий пергамент під ногами.

«Бал може бути вашим найкращим шансом...»

Агата схопила і знову перечитала записку професорки Даві. Її очі заблищали.

Ось воно! Бал був її шансом!

Усе, що їй було потрібно, — це щоб один із тих огидних, зарозумілих хлопчиків запросив її! Тоді Софі забрала б свої слова назад!

Вона втиснула мозолисті ноги у кломпи і помчалася сходами вниз, розбудивши всю вежу.

Вона мала п'ять днів, щоб знайти пару для Снігового Балу Щасливців.

П'ять днів, щоб довести, що вона не відьма.

Бальний тиждень здивував химерним початком, коли професорка Анемона, спізнившись на десять хвилин, з'явилася вдягнена в білу сукню з лебединого пір'я зі скандально коротким подолом, разом із пурпуровими панчохами, блискучими підв'язками і короною, яка виглядала, наче перевернута люстра.

— Ось, справжня бальна вишуканість, — вона причепурила пір'я. — Добре, що хлопчики не можуть запросити мене на Бал, бо багато з вас втратили б своїх принців!

Вона насолоджувалася заздрісними поглядами учениць.

— Так, хіба воно не божественне? Мені сказала імператриця Вайзілла, що у Путсі всі від такого шаленіють.

— Путсі? Де це — Путсі? — прошепотіла Кіко.

— Дім численних розгніваних лебедів, — сказала Беатрікс.

Агата вколола себе пером, щоб не розсміятися.

— Оскільки ваші женихи вирішили чекати до «Показу Здібностей», я прошу вас дуже серйозно поставитися до випробувань цього тижня, — сказала професорка Анемона. — Винятково гарні або погані результати можуть змінити наміри юнака!

— Припустімо, Тедрос обіцяв узяти Софі на Бал, — прошепотіла Ріна Беатрікс. — Принци не можуть знехтувати обіцянкою, якщо не сталось щось страшне!

— Деякі обіцянки мають бути порушені, — відповіла Беатрікс. — Але, якщо хтось спробує зруйнувати мою ніч із Тедросом, я обіцяю, що він чи вона не доживе до ранку.

— Звісно, не всіх запросять на Сніговий Бал, — попередила професорка Анемона. — Щорічно одна нещасна дівчинка не витримує, тому що хлопчик воліє отримати половину балів, аніж запросити її. І та дівчинка, яка не може знайти хлопчика, навіть за найсприятливіших обставин... Ну, вона повинна стати відьмою, чи не так?

Агата відчула на собі кожен погляд. Зазнає невдачі, якщо хлопчик її не запросить?

Тепер знайти пару було справою життя і смерті.

— Для сьогоднішнього випробування ви повинні спробувати побачити, хто буде вашою парою на Балу! — заявила вчителька. — Тільки коли ви чітко побачите обличчя хлопчика подумки, ви зрозумієте, що він теж бажає вас. Тепер утворіть пару із тим, хто сидить поруч із вами, і по черзі робіть пропозицію. Коли буде ваша черга приймати пропозицію, заплющте очі і придивіться, чиє обличчя ви побачите...

Агата повернулася до Міллісент, яка виглядала так, ніби її зараз знудить.

— Шановна, ам, Агато... ти станеш моєю принцесою на Балу? — видихнула вона, потім векнула так гучно, що Агата підстрибнула.

Вона жартує? Агата подивилася на свої кістляві кінцівки, бліду шкіру, обгризені нігті. Який хлопчик зважиться запросити її на Бал! Вона безнадійно поглянула на дівчаток, які заплющили очі в ейфорії, мріючи про обличчя своїх принців

— Це так чи без питань, — простогнала Міллісент.

Зітхнувши, Агата заплющила очі і спробувала уявити обличчя принца. Але все, що вона чула, — це голосні вигуки хлопчаків, які боролися за те, щоб не бути її парою...

«Для тебе нікого не залишилося, дорогенька».

«Але я вважала, що кожен хлопчик повинен піти з дівчинкою, професорко Даві...»

«Овва, останній убив себе, щоб не обирати тебе...»

Голосний сміх лунав у вухах. Агата заскрипіла зубами.

«Я не відьма».

Голоси хлопчиків пом'якшилися.

«Я не відьма».

Голоси відступили у темряву...

Але на їх місці нічого не було. Нема у що вірити.

«Я не!.. Я не відьма!»

Нічого.

Щось.

Білий безликий силует, народжений з темряви.

Він став перед нею на одне коліно... Він узяв її за руку...

— З тобою все гаразд?

Вона розплющила очі. Професорка Анемона дивилася на неї. Як і решта класу.

— Ом, так, я гадаю.

— Але ти... ти... посміхнулася! Справжньою посмішкою!

Агата сяяла:

— Я це зробила?

— Тебе зачарували? — скрикнула вчителька. — Це один з нападів Нещасливців...

— Ні... це було випадково...

— Але, дорогенька моя! Це було гарно!

Агата подумала, що вона може злетіти. Вона не була відьмою! Вона не була потворою!

Вона відчула, як повернулася посмішка, більша, світліша, ніж раніше.

— Якби ж тільки решта теж стало таким, — зітхнула професорка Анемона.

Усмішка зникла.

Занепокоєна, вона не витримала два наступних випробування, коли Поллукс називав її спроби «мерзенними», а Ума видихнула, що вона бачила ледарів з більшим шармом.

Сидячи на лавці перед уроком «Історії героїзму», Агата замислилася, чи може професор Сейдер насправді побачити її майбутнє. Чи знайде вона пару для Снігового Балу? Чи Софі мала рацію — і вона насправді відьма? Може, вона зазнає невдачі і помре тут, на самоті?

Проблема полягала в тому, що у Сейдера не можна було нічого запитати, навіть якщо він і був провидцем. Крім того, щоб усе з'ясувати, їй доведеться зізнатися, що вона вдерлася у його кабінет. Не найкращий спосіб завоювати довіру вчителя. Зрештою, це не мало значення, адже Сейдер не з'явився. Він вирішив провести тиждень, викладаючи у Школі Зла, стверджуючи, що «Історія» не може змагатися з бальним безумством. Замість себе він залишив банду неохайних сестер у старих сукнях викладати «Бальні звичаї й традиції». Дванадцятеро принцес танцю з відомої казки — кожна спромоглася завоювати принца на придворному балу.

Але, перш ніж вони змогли розповісти, як саме отримали своїх принців, дванадцятеро сварливих жінок почали сперечатися щодо правильної версії цієї історії, а потім почали кричати одна на одну.

Агата заплющила очі, щоб вимкнути їх. Незалежно від того, що сказала професорка Анемона, вона бачила чиєсь обличчя. Розмите, туманне... але реальне. Хтось хотів запросити її на Бал.

Вона стиснула зуби.

«Я не відьма».

Поступово з темряви з'явився силует, цього разу ближче, чіткіше, ніж раніше. Він став на коліно перед нею, підняв своє обличчя до світла...

Її розбудив крик.

На сцені дванадцятеро сестер гарчали і билися, наче горили.

— Як вони можуть бути принцесами? — скрикнула Беатрікс.

— Ось що стається після одруження, — зауважила Жизель. — Моя мати навіть припинила голити ноги.

— А моя не влазить у жодну зі своїх старих суконь, — промовила Міллісент.

— А моя не робить макіяж, — додала Ава.

— А моя їсть сир, — зітхнула Ріна.

Здавалося, Беатрікс зараз знепритомніє.

— Ну, якщо моя дружина спробує щось таке, вона може йти жити до відьом, — сказав Чаддік, кусаючи індичу ніжку. — На всіх цих картинах про щастя ніхто не бачив потворної принцеси.

Він помітив, що Агата сидить поруч.

— О-о! Без образ.

До обіду Агата геть забула про те, що потрібно знайти пару, і хотіла лише підійти до Софі. Але її, Естер і Анаділь ніде не було видно (як і Дот, власне), а Нещасливці на своєму боці Галявини здавалися чимось стурбованими. Тим часом вона могла почути, як Щасливиці хихотіли, як Чаддік переказував свою історію різним групам і щоразу його «Без образ» звучало дедалі образливіше. Ще гірше було те, що Тедрос продовжував дивно спостерігати за нею у проміжках між метанням підків (особливо дивно це було після того, як вона вивернула собі на коліна миску з тушкованим буряком).

Поряд із нею бебехнулася Кіко.

— Не засмучуйся. Це не може бути правдою.

— Що?

— Про двох хлопчиків.

— Про двох хлопчиків?

— Ну, ніби вони домовилися, що двоє хлопчиків підуть разом, щоб не запрошувати тебе.

Агата витріщилася на неї.

— О, ні! — скрикнула Кіко і побігла геть.

На «Добрих справах» професорка Даві дала
їм письмове завдання на те, як вони впораються
з моральними викликами на Балу.
Наприклад:

1. Якщо ви прийшли на Бал з кимось, хто не був вашим
   першим вибором, але ваш перший вибір, якого ви
   кохаєте без тями, запросив вас потанцювати, ви:

   а) Люб'язно повідомите, що, якщо він/вона хотів
   танцювати з вами, він/вона повинен був запро-
   сити вас на Бал.

   б) Станцюєте з ним/нею, але тільки швидкий рондель.

   в) Полишите свою пару заради вашого першого
   вибору.

   г) Запитаєте у своєї пари, чи він/вона вона почува-
   тиметься комфортно.

Агата відповіла, що це пункт «г». Внизу до-
писала:

«Якщо ніхто ніколи не запросить тебе на
Бал, не кажучи вже про танці, то це питан-
ня тебе не стосується».

2. Прибувши на Бал, ви помітили, що від вашої подруги
   нестерпно тхне часником і рибою. Однак ваша по-
   друга прибула з людиною, яку ви мрієте бачити своєю
   парою. Ви:

   а) Зробите своїй подрузі зауваження щодо непри-
   ємного запаху.

б) Нічого не скажете, бо це вина вашої подруги, що вона так тхне.

в) Не скажете нічого, тому що вам подобається спостерігати її збентеження.

г) Запропонуєте їй шматочок солодкої лакриці, не згадуючи про дихання.

Агата відповіла, що це пункт «а». І додала: «*Бо, врешті-решт, поганий запах є тимчасовим. А потворність залишається назавжди*».

3. Маленький голуб зі зламаним крилом залетів до зали Добра, упав на підлогу під час останнього вальсу, і йому загрожує серйозна небезпека. Ви:

а) Закричите і зупините танець.

б) Закінчите танець, а потім підійдете до голуба.

в) Відсунете голуба ногою під час танців, щоб він опинився у безпечному місці, а потім підійдете до нього.

г) Припините танець і врятуєте голуба, навіть якщо це збентежить вашого партнера.

Агата відповіла, що це пункт «г». «*Мій партнер уявний. Я впевнена, що він не буде проти*».

На всі 27 запитань вона відповіла аналогічно.

Повернувшись до столу, виготовленого з карамелі, професорка Даві перевірила тести і засунула їх під гарбузовий прес, її обличчя ставало дедалі похмурішим.

— Це те, чого я боялася, — спалахнула вона, кинувши тести учням. — Ваші відповіді марнославні, порожні, а часом зовсім лихі! Не дивно, що Софі пошила вас усіх у дурні!

— Напади припинилися, чи не так? — пробурмотів Тедрос.

— Не завдяки вам! — гримнула професорка Даві. Вона протягнула йому вкритий червоним тест. — Нещасливці виграють випробування, вкривають вашу Школу брудом, і ніхто не спіймав їх? У Школі Добра немає нікого, хто б переміг учня?

Вона передала тести вздовж ряду.

— Чи я повинна нагадати вам, що «Показ Здібностей» через чотири дні? І той, хто переможе, матиме Театр Казок у своїй Школі. Ви хочете, щоб Театр перемістився до Школи Зла? Ви хочете ходити із соромом до Школи Зла решту року?

Ніхто не зміг подивитися їй в очі.

— Щоб бути Добром, ви повинні довести, що ви Добро, Щасливці, — застерегла професорка Даві. — Захищати. Пробачати. Допомагати. Давати. Кохати. Це наші правила. Але лише від вашого вибору залежить, чи йти за ними.

Коли вона критикувала тести, викриваючи кожну неправильну відповідь, Агата відсунула свій подалі. Але потім вона помітила у куточку напис:

СТОВІДСОТКОВО ЗУСТРІНЕМОСЯ.

Коли феї виголосили кінець уроку, професорка Даві випхала всіх Щасливців за двері з глазурованого гарбуза, зачинила та замкнула їх.

Вона повернулася і побачила, що Агата стоїть біля її столу та їсть карамель.

— Отже, якщо я дотримую правил, — сказала Агата, гучно плямкаючи, — я не відьма.

Професорка Даві оглянула нову дірку в її столі.

— Тільки справжня Добра душа живе за правилами. Так.

— Навіть якщо моє обличчя зле? — спитала Агата.

— О, Агата, не будь...

— Навіть якщо моє обличчя зле?

Від її тону вчителька здригнулася.

— Я далеко від дому, я втратила єдину подругу, кожен ненавидить мене, і все, що я хочу, — це знайти щасливий кінець, — сказала Агата, почервонівши. — Але ви навіть не можете сказати мені правду. Мій кінець не пов'язаний із тим, що я роблю добро чи що у мені. Йдеться винятково про мій вигляд.

З її рота вилетіла слина.

— Я ніколи не мала жодного шансу.

Професорка Даві досить довго просто дивилася на двері.

Потім вона сіла на стіл поруч із Агатою, відламала карамельку і вкусила її, смачно сьорбнувши.

— Що ви подумали про Беатрікс, коли вперше її побачили?

Агата подивилася на цукерку у руці вчительки.

— Агато?

— Не знаю. Вона була прекрасною, — пробурчала Агата, згадавши про їхнє смердюче знайомство.

— А зараз?

— Вона відразлива.

— Чи вона стала менш гарною?

— Ні, але…

— То вона красива чи ні?

— Так, з першого погляду…

— Тож краса триває лише мить?

— Ні, якщо ти хороша людина…

— Тож те, що ти добрий, має значення? Я гадаю, ти скажеш, що справа у зовнішності.

Агата відкрила рот. Але нічого не сказала.

— Краса може лише заважати істині, Агато. Ви і Беатрікс маєте більше спільного, ніж ви вважаєте.

— Чудово. Я можу стати її власною тваринкою, — сказала Агата і відкусила карамельку.

Професорка Даві встала.

— Агато, що ти бачиш, коли дивишся у дзеркало?

— Я не дивлюся у дзеркала.

— Чому?

— Тому що коні і свині не проводять час, милуючись собою!

— Що ти боїшся побачити? — запитала професорка Даві, спираючись на гарбузові двері.

— Я не боюся дзеркал, — пирхнула Агата.

— Тоді зазирни у це.

Агата підняла очі і побачила, що двері біля професорки Даві перетворилися на гладке поліроване дзеркало. Вона відвернулася.

— Милий трюк. Він є у книжці?

— Подивися у дзеркало, Агато, — спокійно повторила професорка Даві.

— Це дурня.

Агата зіскочила зі столу і прошмигнула повз неї, нахилившись, щоб уникнути відображення. Але не змогла знайти дверну ручку...

— Випустіть мене!

Вона дряпала двері, заплющуючи очі щоразу, коли бачила себе.

— Ти зможеш піти, коли подивишся у дзеркало.

Агата намагалася засвітити палець.

— Випустіть... мене!

— Подивися у дзеркало.

— ВИПУСТІТЬ АБО...!

— Тільки один погляд...

Агата жбурнула у скло свій кломп. Дзеркало затремтіло і розбилося. Вона відвернулася від мерехтіння і пилу. Коли все стихло, Агата повільно підняла голову. Її зображення відбивалася у новому дзеркалі.

— Примусьте його зникнути, — стала благати вона, ховаючи обличчя.

— Просто спробуй, Агато.

— Я не можу.

— Чому?

— Тому що я потворна!

— А якби ти була вродливою?

— Подивіться на мене, — простогнала Агата.

— Припустімо, що була б.

— Але...

— Припустімо, ти була б схожою на дівчаток у казках, Агато.

— Я не читаю це сміття, — вигукнула Агата.

— Ти б не потрапила сюди, якби не читала.

Агата завмерла.

— Ти читаєш їх так само, як твоя подруга, дорогенька, — сказала професорка Даві. — Але цікаво, навіщо?

Агата довго нічого не говорила.

— Якби я була вродливою? — тихо запитала вона.

— Так, любонько.

Агата подивилася вгору, її очі блищали.

— Я була б щасливою.

— Це дивно, — сказала її вчителька, наближаючись до столу. — Саме це мені сказала Елі з Дівочої долини...

— Ну, потрійне вітання для Елі з Дівочої долини! — розсердилася Агата.

— Я відвідала її, дізнавшись, що вона хоче піти на Бал, але не може. Все, що їй було потрібно, — це нове обличчя і гарна пара взуття.

— Я не розумію, як це пов'язано з будь… — очі Агати розширилися. — Елі… Попелюшка?

— Не найкраща моя робота, однак дуже відома, — сказала вчителька, граючись пресом з гарбуза. — Ти знаєш, вони продають їх у Дівочій долині. Зовсім не схожа на карету Елі.

Агата відсахнулася.

— Але, але це означає, що ви…

— Найбільш бажана хрещена фея у Нескінченних Лісах. До ваших послуг, дорогенька.

В Агати запаморочилося у голові. Вона притулилася до дверей.

— Я попереджала тебе, коли ти врятувала ґаргулью, Агато, — промовила професорка Даві. — Ти маєш потужний дар. Достатньо Добра, щоб підкорити Зло. Достатньо, щоб знайти щасливе закінчення, навіть якщо ти заблукала! Все, що тобі потрібно, знаходиться всередині тебе, Агато. І тепер більше, ніж будь-коли, нам потрібно, щоб ти його звільнила. Але якщо саме краса стримує тебе, дорогенька…

Вона зітхнула:

— То з цим легко впоратися, чи не так?

Професорка засунула руку у свою зелену сукню і витягла тоненьку паличку з вишневого дерева.

— Тепер заплющ очі і загадай бажання.

Агата кліпнула, щоб переконатися, що вона не спить. У казках завжди карали таких дівчаток, як вона. Казки ніколи не виконували бажань потворних дівчиськ.

— Будь-яке бажання? — запитала вона, її голос тремтів.

— Будь-яке бажання, — відповіла їй хрещена фея.

— І я повинна сказати його вголос?

— Я не вмію читати думки, дорогенька.

Агата подивилася на неї крізь сльози:

— Але це... я ніколи нікому цього не казала...

— Слушний час.

Агата з тремтінням подивилася на паличку і заплющила очі. Може, це дійсно відбудеться?

— Я бажаю... — вона задихнулася. — Стати... ви знаєте...

— Я боюся, магія залежить від упевненості, — сказала професорка Даві.

Агата хапала повітря.

Вона могла думати лише про Софі. Софі дивилася просто на неї, наче вона була собакою.

Отримай своє власне життя!

Раптом її серце наповнилося гнівом. Вона стисла зуби, підняла голову і закричала:

— Я хочу бути вродливою!

Змах палички і гучний тріск.

Агата розплющила очі. Професорка Даві похмуро подивилася на розбиту паличку.

— Це бажання дещо амбіційне. Ми маємо зробити це у старомодний спосіб.

Вона випустила приголомшливий свист, і у вікно влетів акуратний ряд із шістьох рожевих семифутових німф з веселковим волоссям.

Агата позадкувала до дзеркала.

— Зачекайте… заждіть…

— Вони будуть ніжними, наскільки зможуть.

Агата спромоглася скрикнути, перш ніж німфи накинулися на неї, як ведмеді.

Професорка Даві заплющила очі, щоб не бачити розправу.

— Вони насправді дуже високі.

Агата розплющила очі у темряві. Вона почувалася дивно, ніби проспала кілька днів. Вона сонно подивилася на своє повністю одягнене тіло у зеленому кріслі…

Вона була у Доглядальній кімнаті. Німфи пішли.

Агата зістрибнула з крісла. Ароматичні басейни були заповнені водою і піною. Місце для макіяжу перед нею було заставлене сотнею пляшечок з воском, кремами, фарбами і масками. У раковині були використані бритви, ножі, пінцети. На підлозі були купи зістриженого волосся.

Агата стала навпочіпки.

Це була блондинка.

«Дзеркало».

Вона покрутилася навколо, але інші дзеркала зникли. Вона нестямно торкнулася волосся, шкіри. Все стало м'якше, тендітніше. Вона торкнулася губ, носа, підборіддя. Все відчувалося більш витонченим.

«Все, що їй потрібно, — це нове обличчя».

Вона впала назад у крісло.

«Вони це зробили».

Вони зробили неможливе! Вона нормальна! Ні, вона стала не просто нормальною. Вона мила! Вона приваблива! Вона...

«Вродлива!»

Нарешті вона зможе жити! Нарешті вона зможе бути щасливою!

Дрімаючи у гнізді навпроти дверей, Албемарль захропів особливо гучно, коли розчинилися двері.

— Доброї ночі, Албемарлю!

Албемарль розплющив одне око.

— На добраніч, Ага... О, Боже мій!

Агата посміхалася дедалі ширше, коли спускалася сходами на перший поверх.

Вона мала дістатися до позолоченого дзеркала біля Трапезної (вона запам'ятала розташування всіх дзеркал у школі, щоб уникати їх).

Агата відчувала легке запаморочення. Чи вона впізнає себе?

Вона почула зітхання і побачила, як Ріна і Міллісент витріщаються на неї крізь проміжок у спіральних сходах.

— Привіт, Ріно! — просяяла Агата. — Привіт, Міллісент!

Обидві дівчинки були надто приголомшені, щоб помахати у відповідь. Коли вона впливла у передпокій зі сходами, Агата посміхалася ще ширше.

Видершись на Обеліск легенд, Чаддік і Ніколас роздивлялися портрети колишніх Щасливиць.

— У кращому випадку Рапунцель мала 4, — сказав Чаддік, звисаючи з обеліску, як альпініст. — Але ця Мартін мала тверду 9.

— Дуже шкода, що вона закінчила конем, — додав Ніколас.

— Почекай, коли вони повісять на стіну Агату. Вона скінчить...

— Ким? Ким я скінчу?

Чаддік повернувся до Агати. І застиг з відкритим ротом.

— Кішкою? — Агата усміхнулася. — Я, здається, з'їла твій язик.

— О-о-о, — простогнав Ніколас, а Чаддік зіштовхнув його зі стовпа.

Посміхаючись настільки широко, що стало боляче, Агата неквапливо йшла до сходів Честі до Трапезної. Вона пропливла під королівськими блакитними арками до золотих подвійних дверей, готова зіткнутися з дзеркалом усередині, готова відчути те, що Софі відчувала все своє життя, але, щойно вона потяглася до них, двері відчинилися перед її обличчям.

— Вибачте...

Агата почула голос, перш ніж побачила хлопця. Вона повільно підняла очі, серце калатало. Тедрос дивився на неї, виглядаючи настільки спантеличеним, що вона вирішила, ніби якимсь чином закляла його якимсь лиходійським заклинанням.

Він закашлявся, наче намагався повернути собі голос.

— Ом. Привіт!

— Привіт! — сказала Агата, дурнувато посміхнувшись.

Мовчання.

— Що на вечерю?

— Каченя, — проскрипів він і знову покашляв.

— Вибач. Просто ти виглядаєш... Ти виглядаєш так...

Раптом Агату охопило дивне почуття. Це лякало її.

— Я знаю... Не як я... — вона вигукнула і побігла за ріг.

Вона промчалася коридором і залізла під портретну раму.

Що вони зробили! Хіба вони поміняли їй душу, коли подарували нове обличчя? Чи замінили вони її серце, коли дали їй нове тіло? Чому її долоні спітніли? Чому її шлунок тремтить? Де її колючі слова для Тедроса, що завжди були на губах? Що на небесах і землі може примусити її посміхнутися хлопцеві? Вона завжди ненавиділа хлопців! Вона б ніколи не посміхнулася йому, навіть під занесеним мечем...

Агата усвідомила, де вона.

Портрет, під яким вона сиділа, був не портретом.

Пітніючи від страху, вона встала, щоб подивитися у величезне дзеркало, готова побачити незнайомку.

Агата шоковано заплющила очі.

Знову розплющила їх.

«Але басейни... пляшки... біляве волосся...»

Вона притулилася до стіни, налякана.

«Бажання... паличка...»

Це була частина обману хрещеної феї.

Бо німфи взагалі нічого не зробили. Вона глянула на масне чорне волосся і випуклі очі, з жахом упала на підлогу.

«Я і досі потворна! Я і досі відьма!»

Заждіть.

А як же Албемарль? А як же Ріна, Чаддік... *Тедрос?*

Вони також були дзеркалами, чи не так? Дзеркалами, які сказали їй, що вона більше не потворна. Агата повільно підвелася, знову повернулася до свого відображення. Вперше в житті вона не відвернулася.

«Краса може лише заважати істині, Агато».

Усі ці роки вона вважала, що вона є те саме, що її зовнішність. Огидна, зла відьма.

Але у залах вона відчула щось інше. На мить вона розкрила своє серце для світла.

Агата лагідно торкнулася свого обличчя у дзеркалі. Воно світилося зсередини.

Обличчя, яке ніхто не впізнав, тому що воно було щасливе.

Тепер вороття назад немає. Хлібні крихти зникли з темної доріжки. Натомість вона мала правду, яка поведе її вперед. Правду, більшу за будь-яку магію.

«Я була вродливою весь час».

Агата вибухнула глибокими чистими риданнями, але не припиняла посміхатися.

Вона не почула крики когось далекого, хто прокинувся від найстрашнішого з її снів.

❧ 24 ❧
Надія у туалеті

У чні Школи Добра і Зла вважали, що магія означає заклинання. Але Агата знайшла щось більш потужне в усмішці.

Куди б вона не йшла, вона помічала роззявлені роти і здивований шепіт, ніби вона отримала магію, потужнішу, ніж учні і вчителі коли-небудь бачили до того.

Потім одного дня, поспішаючи на ранкові уроки, Агата помітила, що її теж зачарували.

Тому що вона вперше з нетерпінням чекала на них.

Інші зміни були так само хитрими. Вона помітила, що запах її форми вже не викликає відрази. Тепер вона не боялася вмиватися і не мала нічого проти розчісування волосся. Вона так захопилася репетиціями на танцювальному майданчику, що підстрибнула, коли вовки провили кінець уроку. І там, де вона колись знущалася з домашніх завдань, тепер Агата читала задані сторінки і захоплювалася розповідями про героїнь, які перехитрили зловісних відьом, помстилися за смерть батьків, принесли в жертву свої тіла, свободу і навіть життя заради справжнього кохання.

Згорнувши підручник, Агата подивилася на фей, що прикрашали для Балу Блакитний Ліс яскравими ліхтарями. Те, що може зробити Добро, насправді прекрасне. Вона б не визнала цього кілька тижнів тому. Але тепер, коли вона лежала у ліжку у світлі ліхтаря, Агата розмірковувала про свою кімнату в Гавалдоні і не могла пригадати, чим вона пахла. Раптом вона спіймала себе на тому, що не пам'ятає колір очей Різника... Голос матері...

Це сталося за два дні до Балу. «Показ Здібностей» мав відбутися наступного вечора. Поллукс вирушив класами — його голова була причеплена до панцира старої черепахи, — щоб оголосити правила.

— Увага, увага, увага! За наказом Директора Школи Добра, Просвітництва і Чарівності і Школи Зла та...

— Та кажіть уже, — вигукнула професорка Анемона.

Поллукс бундючно пояснив, що «Показ» був змаганням у здібностях між Добром і Злом, де десятеро найкращих Щасливців і Нещасливців виходили на сцену, щоб презентувати свій дар.

— Наприкінці конкурсу переможець отримає Корону, а Театр Казок магічно перейде до його Школи.

— Звісно, Театр не переходив віками, — хмикнув Поллукс. — Наразі він міцно вріс.

— А хто суддя? — запитала Беатрікс.

— Директор. Хоча ви його не побачите, звісно, — пирхнув Поллукс. — Тепер, щодо одягу. Я пропоную вам обрати одяг скромних, стриманих коль...

Професорка Анемона штовхнула його голову до дверей.

— Достатньо! Завтра надійдуть пропозиції, та єдине, про що ви маєте думати, — це про обличчя вашого принца!

Учителька обійшла кімнату. Агата спостерігала, як дівчатка приймали уявні пропозиції із заплющеними очима, носи наморщилися від напруження, а Поллукс стогнав за дверима.

Усередині Агати все обірвалося.

З її рейтингом вона обов'язково потрапить до команди «Показу»! Демонстрація здібностей? Але ж вона не мала дару! Вона не мала здібностей! Хто її запросить, якщо вона зганьбиться перед цілою Школою! І якщо ніхто не запросить її...

— Тоді ти відьма, і ти зазнаєш невдачі, — нагадала їй Міллісент, коли вона так і не змогла побачити обличчя.

Агата провела весь урок Уми із заплющеними очима, але все, що вона змогла побачити, — це розмитий силует, що розлітався пилом щоразу, як вона наближалася. Збентежена, вона повернулася у замок і помітила кількох учнів, які перебували у передпокої. Вона підійшла до Кіко.

— Що відбувається?

Агата зачаїла подих. Прикрашене ангелами Ч тепер було спотворене несамовитими червоними смугами...

ВВЕЧЕРІ

— Що це означає? — запитала Агата.

— Те, що Софі знову нападе на нас, — відповів голос.

Агата повернулася до Тедроса. Він був у блакитній безрукавці, спітнілий після фехтування. Раптом він засоромився.

— О-о, вибач... Мені потрібна ванна.

Розхвилювавшись, Агата перевела очі на стіну.

— Я гадала, що напади закінчилися.

— Цього разу я її спіймаю, — сказав Тедрос, споглядаючи на стіну біля неї. — Ця дівчина отруює тут усе.

— Їй боляче, Тедросе. Вона вважає, що ти не дотримав обіцянки.

— Обіцянка нічого не варта, якщо вона отримана неправдою. Вона використала мене, щоб виграти випробування, і тебе вона теж використала.

— Ти її не знаєш, — заперечила Агата. — Вона і досі кохає тебе. Вона і досі моя подруга.

— Оце так, ти маєш кращу душу, ніж я, тому що я не розумію, що ти бачиш у ній. Я бачу лише, що вона хитра відьма.

— Тож придивись краще.

Тедрос повернувся.

— Або придивися до когось іншого.

Агаті знову стало зле.

— Я запізнююся, — сказала вона і помчала сходами.

— На «Історію» туди.

— До ванної кімнати, — сказала вона.

— Але це хлоп'яча вежа!

— Я віддаю перевагу чоловічим… туалетам. Вона сховалася за скульптурою напівоголеного водяника, хапаючи ротом повітря. Що відбувається з нею! Чому вона не може дихати поряд із ним? Чому вона відчуває нудоту щоразу, коли він дивиться на неї? І чому він зараз дивився на неї, ніби вона... дівчинка! Агата проковтнула крик.

Вона має припинити атаки Софі. Якби Софі відступила, благала Тедроса про прощення, то і досі була б надія, що він прийме її назад! Це було б щасливим закінченням цієї казки! Тоді не було б дивних поглядів, кульбітів у шлунку, страху, що вона втратила контроль над своїм серцем.

Тим часом як учні й викладачі юрбилися біля стіни, Агата чкурнула до Оранжереї Мерліна, яка нарешті повернулася до своєї колишньої слави. Вона побігла до останньої скульптури молодого Артура, що стояла посеред ставка, м'язиста рука витягувала меч з каменя. Тільки тепер вона бачила не Артура, а його сина, який підморгував їй. Агата спалахнула від жаху і скочила у холодну воду.

— Пропусти! — гримнула Агата на своє відображення на мосту. — Я маю зупинити Софі, перш ніж вона...

Її очі розширилися:

— Зажди. Де я?

До неї посміхалася чарівна принцеса з темним зачесаним волоссям, в чудовій темно-синій сукні з ніжним золотим листям, рубіновою підвіскою на шиї і в тіарі з синіх орхідей.

Провина скрутила живіт Агати. Вона впізнала цю криву усмішку.

— Софі?

Добро з Добром,
Зло зі Злом.
Повертайся до своєї вежі, перш ніж станеться біда».

— Ну, тепер я, безумовно, Зло, так що дозволь мені пройти, — наказала Агата.

— Чому це? — запитала принцеса. — Тому що ти все наполягаєш на тій стрижці?

— Тому що я розмірковую про твого принца!

— Вчасно.

— Добре, то дозволь мені... що? — насупилася Агата. — Але це недобре! Софі, це ж твоє справжнє кохання!

Принцеса посміхнулася.

— Я попереджала тебе минулого разу.

— Що? Хто попереджав, коли...

Тепер Агата пригадала останній раз, коли вона була тут.

— Він твій.

У неї розширилися очі.

— Але це означає... це означає... що я...

— Безсумнівно, Добро. Тепер, якщо дозволиш, ми маємо підготуватися до Балу.

І з цим принцеса-відображення щезла, залишаючи бар'єр непорушним.

— Ем. Це вже шостий, — сказала Кіко, спостерігаючи, як Агата їсть ще один шматок вишневого пирога.

Агата проігнорувала її зауваження і напхала рот, заїдаючи провину. Вона розповість Софі. Так, вона розповість усе Софі. Софі істерично розсміється і поставить її на місце. Вона принцеса? Тедрос — її справжнє кохання?

— Ти це їстимеш? — Агата вдавилася.

— А я вважала, що ти прогресуєш, — зітхнула Кіко, підштовхуючи свій шматок.

Жуючи його, Агата зосередилася на проникненні до Школи Зла. Під час перших нападів учителі оточили вежі Добра антимогрифськими чарами, оскільки вони зрозуміли, що Софі вдирається, як міль, жаба чи лілія. Але Софі увесь цей час знаходила шлях до Школи Добра. «Тож має бути інший шлях», — подумала Агата. Не вагаючись, вона попрямувала з Трапезної до місця, куди вона завжди ходила, коли потребувала відповіді.

Агата відразу ж помітила нове доповнення у Галереї Добра. Просочена кров'ю сорочка Тедроса з випробування мала власну шафу і напис «Випробування століття» поряд із коротким описом зловісного союзу Тедроса і Софі. Вона бачила десятки відбитків пальців на склі, без сумніву, закоханих дівчаток. Відчувши нудоту, Агата вирушила до виставки «Історія Школи». Вона схопила дюжину карт, що відображували вежі, їх збирали тут роками. Дівчина намагалася знайти в них приховані проходи, але незабаром її погляд затьмарився і вона усвідомила, що опинилася у знайомому куточку. Агата пройшла повз усі портрети Читачів аж до того, що змальовував її й Софі біля озера. Вона з сумом дивилася на ті часи, коли вони були найкращими подругами. Невдовзі високо у вежі Директора Казкар напише кінець їхньої казки. Як далеко опиняться вони від цього сонячного берега?

Вона подивилася на картину поруч із нею, останню у рядку. Темне зображення дітей, які жбурляли книжки з казками у багаття, а полум'я і хмари диму поглинали Нескінченні Ліси.

«*Пророцтво Читача*», — сказала леді Лессо.

Чи таким було майбутнє Гавалдона?

Її скроні пульсували, вона намагалася зрозуміти все це. Кому яке діло, якщо діти спалять книжки? Чому Гавалдон такий важливий для Сейдера і Директора? А як щодо решти сіл?

«*Решти сіл?*»

Вона сприйняла слова Директора як незавершену думку. Світ був зроблений із селищ, таких як її Гавалдон, що знаходилися десь за Лісами. Але чому ж їх не було у цій галереї? Чому їхніх дітей не забирали?

Коли шия затерпла, вона знову повернулася до хмар диму, що клубочилися навколо намальованих дітей. Тому що тепер вона бачила, що це взагалі не хмари.

Це були тіні.

Великі і чорні. Повзли з палаючих Лісів у село.

І вони не були людьми.

Раптом її власна тінь на стіні збільшилася. Агата обернулася, нажахана...

— Професоре Сейдер, — скрикнула вона.

— Боюсь, що я не дуже гарний художник, Агато, — сказав він і закрив валізу, що пасувала до його костюма кольору конюшини. — Відгуки на моє нове видання були досить стриманими.

— Але що це за тіні?

— Вирішив перевірити, коли знайшов тут кілька колючок, що зникли з Виставки Зла. Іноді злодії поводяться саме так, як ви очікуєте, — він зітхнув і попрямував до дверей.

— Заждіть! Чому це ваша остання картина? — наполягала Агата. — Це так закінчиться казка про Софі і мене?

Професор Сейдер повернувся назад.

— Бачте, Агато, провидці просто не можуть відповідати на питання. Дійсно, якби я відповів на ваше запитання, то втратив би десять років життя у вигляді покарання. Саме тому більшість провидців — такі жахливі дідугани на вигляд. Досить припуститися кількох помилок, щоб навчитися не відповідати на них. На щастя, я сам припустився тільки однієї.

Він посміхнувся і знову зібрався геть.

— Але мені потрібно знати, чи Тедрос — справжнє кохання Софі! — закричала Агата. — Скажіть мені, чи він поцілує її?

— Ви про щось дізналися у моїй галереї, Агато? — сказав Сейдер, обертаючись.

Агата побачила навколо себе опудала тварин.

— Вам подобаються опудала з учнів?

Він не посміхнувся.

— Не кожен герой досягає слави. Але ті, хто спромігся, мають щось спільне.

Очевидно, він хотів, щоб вона вгадала, що це таке.

— Вони вбивають лиходіїв? — запитала вона.

— Без питань.

— Вони вбивають лиходіїв.

— Подумайте глибше, Агато. Що поєднує наших найвеличніших героїв?

Вона простежила за його скляним поглядом, спрямованим на королівські блакитні стяги, що звисали зі стелі, кожен з яких прославляв визначного героя. Білосніжка у труні, Попелюшка на скляних підборах, Джек убиває велетня, Гретель заштовхує відьму у духовку...

— Вони знаходять щастя, — сказала вона стримано.

— Добре. Я маю повернутися до створення опудал.

— Зачекайте...

Агата сконцентрувалася на прапорах і напружила мозок. Глибше. Під поверхнею що спільного мали ці герої? Правда, всі вони мали красу, доброту, славу, але з чого вони починали? Білосніжка жила у тіні своєї мачухи. Попелюшка була служницею для двох звідних сестер. Мама Джека сказала йому, що він дурний. Батьки Гретель залишили її в Лісі на вірну смерть...

Спільним був не кінець.

А початок.

— Вони довіряли своїм ворогам, — сказала Агата професору.

— Так, їхні казки почалися, коли вони зовсім не очікували цього, — сказав Сейдер, і сріблястий лебідь на кишені костюма заблищав яскравіше. — Після закінчення нашої Школи вони пішли у Ліси, очікуючи на героїчні битви з монстрами і чаклунами, але їхні казки розпочалися просто в їхніх власних будинках. Вони не зрозуміли, що лиходії живуть надзвичайно близько від нас. Вони не зрозуміли, що для того, щоб знайти щасливе закінчення, герой повинен спочатку подивитися собі під ніс.

— Тож Софі слід шукати під носом, — вигукнула Агата, коли він попрямував геть. — Це ваша порада.

— Я казав не про Софі.

Агата мовчки витріщилася на нього.

— Передай, що не потрібно турбуватися, — сказав він біля дверей. — Я вже знайшов заміну.

Двері зачинилися за ним.

— Заждіть!

Агата вибігла, різко розчинивши їх.

— Ви збираєтеся...

Але професора Сейдера не було у коридорі. Вона побігла у передпокій зі сходами, але там його теж не було. Він просто зник.

Агата стояла між чотирма сходами, почуваючись зле. Було щось, що вона ніяк не розуміла. Щось, що підказувало їй: вся ця історія неправильна. Але потім вона почула слова, що билися в її голові, вимагаючи її уваги.

«Під вашим носом».

Саме тоді вона його побачила.

Слід від шоколадної крихти, прокладений угору сходами Честі.

Шматочки шоколаду були розсипані по трьох прольотах блакитного скла, по мозаїці з раковин на спальному поверсі й різко обривалися перед санвузлом хлопчиків.

Агата приклала вухо до прикрашених перламутром дверей і відсахнулася, коли двоє Щасливців вийшли з кімнати навпроти.

— Вибачте… — затнулася вона. — Я, ну, просто…

— Це та, яка любить туалети для хлопчиків, — почула дівчинка, коли вони пройшли повз.

Зітхнувши, Агата штовхнула двері.

Туалетні кімнати Честі були більш схожі на мавзолеї — з мармуровими підлогами, фризами з водяниками, які билися зі зміями, пісуарами з блакитною водою і величними кабінками зі слонової кістки, кожна з сапфіровим унітазом і ванною.

Якщо туалети Щасливиць були просочені парфумами, то тут вона вдихнула запах чистої шкіри з натяком на піт. Вона слідувала за шоколадною стежкою вздовж кабінок і вологих ванн. Раптом їй стало цікаво, якою з них користувався Тедрос… Вона стала червоною як буряк. «З якого часу ти розмірковуєш про хлопчиків! З якого часу ти розмірковуєш про ванни! Ти повністю втратила ро…»

Сопіння долинуло з останньої кабінки.

— Привіт! — озвалася Агата.

Без відповіді.

Вона постукала у двері.

— Вибачте, — відповів низький голос, вочевидь, підроблений.

— Дот, відчиняй двері.

Після тривалої тиші двері відчинилися. Одяг Дот, волосся, кабінка були вкриті шоколадними крихтами, наче вона намагалася перетворити туалетний папір на звичну їжу, але отримала лише гармидер.

— Я вважала, що Софі моя подруга! — плакала Дот. — А потім вона забрала мою кімнату і подруг, і тепер мені нікуди йти!

— То ти мешкаєш у туалеті для хлопчиків?

— Я не можу розповісти Нещасливцям, що вони вигнали мене! — рюмсала Дот, висякавшись у рукав. — Вони знущатимуться з мене ще більше, ніж тепер!

— Але там має бути щось інше...

— Я намагалася проникнути у вашу Трапезну, але феї покусали мене!

Агата скривилася. Вона знала, яка саме фея це була.

— Дот, якщо хтось знайде тебе тут, то тебе виключать зі Школи!

— Краще бути виключеною, ніж безпритульною лиходійкою без друзів, — ридала Дот у долоні. — Хіба Софі сподобалося б, якби хтось зробив таке з нею? Хіба їй сподобалося б, якби ти забрала її принца? Ніхто не може бути таким злим!

Агата ковтнула.

— Я просто маю поговорити з нею, — сказала вона схвильовано. — Я допоможу їй повернути Тедроса, гаразд? Я все виправлю, Дот. Я обіцяю.

Ридання Дот перетворилися на хлипання.

— Справжні друзі можуть зробити все правильно, якими б поганими вони не здавалися, — наполягала Агата.

— Навіть такі відьми, як Естер і Анаділь? — Дот хлипнула.

Агата торкнулася її плеча.

— Навіть відьми.

Дот повільно визирнула зі своїх долонь.

— Я знаю, Софі каже, що ти відьма, але ти взагалі не підходиш для нашої Школи.

Агаті знову стало зле.

— Слухай, як ти потрапила сюди? — вона насупилася, витягнувши шоколадну крихту з волосся Дот. — Шляху між двома Школами більше не існує.

— Звісно, існує. Чи в який спосіб, на твою думку, Софі проникала сюди всі ці ночі?

Агата від несподіванки вчепилася Дот у волосся.

25

Симптоми

Шумна каналізаційна річка тяглася по довгому тунелю від Школи Добра до Школи Зла і переривалася лише Катувальною кімнатою на півдорозі між двома школами. Звір тривалий час охороняв це місце, де чиста вода з озера перетворювалася на каламутний бруд з рову. Проте протягом останніх двох тижнів Софі проходила тут вільно і, безумовно, пройде тут сьогодні ввечері, як і обіцяла. Єдиною надією Агати було

зупинити її, перш ніж вона повернеться до Школи Добра.

Агата трималася за стіни тунелю, наближаючись до Катувальної кімнати. У її грудях все стислося. Софі ніколи не розповідала про покарання. А якщо Звір залишив невидимі шрами? Чи, може, завдав болю такими засобами, що ніхто не міг уявити?

— Зачекай, поки вони не накинуться, щоб убити його.

Агата покрутила головою.

— Тедрос повинен уважати, що ти врятувала його від смерті, — лунав голос Анаділь.

Пітніючи, Агата кинулася уздовж стіни каналізації, поки не побачила три тіні, що зігнулися перед іржавими решітками підземелля.

— Всі Щасливці вважають, що це Анаділь нападала, а не ти, — сказала Естер, її голос дзвенів над ревучим потоком. — Тедрос подумає, що ти врятувала його. Він подумає, що ти ризикувала своїм життям.

— І тоді він мене покохає? — запитала третя тінь.

Агата смикнулася від подиву.

Естер напружилася.

— Хто там?

Агата вийшла з тіні — Естер і Анаділь скочили на ноги. Третя тінь повільно повернулася.

У тьмяному світлі Софі виглядала безкровною, виснаженою і значно худішою.

— Моя дорога, дорога Агато.

В Агати пересохло в роті.

— Що відбувається? — проскреготіла вона.

— Ми допомагаємо принцу виконати свою обіцянку.

— Інсценуючи напад?

— Демонструючи, як я його кохаю, — відповіла Софі.

З Катувальної кімнати почулися голосні рохкання і вереск.

Агата повернулася назад.

— Що це було?

Софі посміхнулася.

— Анаділь відпрацьовує свій дар перед «Показом Здібностей».

Агата ступила уперед, щоб роздивитися, що у камері, але Естер притримала її. Агата визирнула над її плечем і побачила три гігантські чорні морди, що стирчали з-за ґрат, демонструючи гострі, як леза, ікла. Вони щось нюхали.

Краватку Щасливця з вишитою *Т*.

— Вони не дуже добре бачать, бідні створіння, — зітхнула Софі. — Орієнтуються за запахом.

Агата зблідла.

— Але ж це... це належить Тедросу...

— Я зупиню їх, перш ніж вони завдадуть шкоди, звісно. Просто добряче налякаю.

— А якщо вони нападуть на когось іншого?

— Хіба не цього ти хотіла? Щоб я знайшла кохання? — сказала Софі, не кліпаючи. — На жаль, це дійсно найбезпечніший спосіб усе владнати.

Агата не могла говорити.

— Я скучила за тобою, Аггі, — тихо промовила Софі. — Дійсно.

Вона похитала головою.

— Все це дивно. Агаті, яку я знаю, сподобалася б зала, повна мертвих принців.

Ще один жахливий крик долинув із підземелля. Агата побігла до дверей, але Анаділь спіймала її і притисла до стіни...

— Софі, ти не можеш цього зробити! — благала Агата, борючись з Анаділь. — Ти маєш перепросити у нього! Це єдиний спосіб усе владнати!

Софі дивилася здивовано.

— Підійди-но ближче, Агато.

Агата звільнилася від Анаділь і ступила у світло смолоскипа, що падало з Катувальної кімнати.

— Софі, будь ласка, послухай мене...

— Ти виглядаєш... іншою.

— Вечеря Щасливців майже закінчилася, Софі, — нагадала Анаділь, натякаючи на нетерпляче рохкання у камері.

— Софі, ти зможеш перепросити у Тедроса на «Показі», — сказала Агата, перекрикуючи їх. — Коли буде твоя черга на сцені, тоді всі побачать, що ти добра.

— Мені здається, що стара Агата подобалася мені більше, — сказала Софі, вивчаючи її обличчя.

— Софі, я не дозволю тобі напасти на мою Школу…

— Твою Школу! — Софі голосно крикнула до Агати. — Тож тепер це твоя Школа, так?

Вона вказала на мул, що доходив до середини.

— Ти кажеш, що це моя Школа?

— Ні, звісно, ні… — Агата затнулася. — Тедрос усе зрозуміє, Софі! Він хоче когось, кому він зможе довіряти!

— О-о-о, тепер ти знаєш, чого хоче мій принц?

— Я хочу, щоб ти його повернула!

— Ти знаєш, я не вважаю, що цей одяг тобі личить, Агато, — сказала Софі, підступаючи до неї.

Агата відступила.

— Софі, я на твоєму боці…

— Ні, боюся, що він узагалі тобі не личить.

Агата послизнулася і впала за дюйм від бурхливої річки. Вона поповзла уперед і застигла, нажахана. Так само, як Анаділь і Естер.

На них дивився Звір — велике чорне тіло застрягло у мулі біля річкової стіни, мертві очі налилися кров'ю. Агата повільно підняла голову і побачила Софі, яка дивилася на нього.

— Добро ніколи не хоче шкодити, Агато. Але іноді кохати означає покарати лиходіїв, які стали на твоєму шляху.

Зверху почулися вигуки.

— Вечеря закінчилася, — видихнула Анаділь. Естер відірвала очі від Звіра...

— Тепер, Анаділь! Звільни їх зараз!

У паніці Анаділь підняла палаючий палець, щоб відчинити дверцята камери.

— Я повинна застерегти його, — вигукнула Агата, схопившись на ноги, але її притисли до підлоги.

Вона підняла очі, здивована. Естер притисла її на місці на півдорозі до річки.

— Ти ще не второпала? — прошипіла вона на вухо Агаті. — Тедрос — це її Суперник! Якщо у неї почнуться симптоми, ніщо не втримає її від того, щоб убити його! Ми рятуємо його життя!

— Ні... це Зло, — прохрипіла Агата. — Це Зло!

Софі підійшла і глянула, як вона звисала над краєм між осадом і озером.

— Будь ласка, Естер. Просто допоможи їй повернутися в її справжню Школу...

Агата почула, як клацнув замок, побачила тіні велетенських істот, що верещали біля ґрат...

— Будь ласка, Софі, не роби цього...

Софі, зустрівшись із нею очима, пом'якшилася.

— Не хвилюйся, Агато. Цього разу я отримаю щасливий кінець.

Її обличчя стало холодним.

— Тому що там не буде тебе, щоб усе зруйнувати.

Естер штовхнула Агату в бурхливий мул. Її потягло до Школи Зла, вона захлиналася і відпльовувалася, марно намагаючись розплющити заліплені очі. Але коли мул захопив її у свій бурхливий потік, вона навмання випростала руки, вхопилася за холодну шкіру... й потягла Софі.

Обидві дівчинки пірнули в глибоку темряву. Налякана Агата відштовхнула Софі і метнулася до середини потоку з чистої води попереду. Вона озирнулася і побачила віддалений силует, який бився і занурювався у мул. Софі не вміла плавати. Задихаючись, Агата обирала між прозорою водою і Софі. З останнім подихом вона пірнула, поплила вперед, схопила Софі за талію і потягла її до поверхні. Їхні голови випірнули над брудом далеко внизу по каналізації Школи Зла...

— Допоможи... — пробулькала Софі.

— Тримайся за мене, — закричала Агата, потягнувши її з вируючого мулу.

Задихаючись, вона намагалася дістатися стіни, але з Софі у неї нічого не виходило. Або вона відпустить її, або зможе побороти течію.

— Не дай мені померти, — благала Софі.

Агата схопила її міцніше і попрямувала до стіни. Її пальці зісковзнули, і хвиля бруду їх розділила. Пірнувши, вона потяглася за Софі, але спіймала лише її скляний підбор. Вона бачила, як її подруга тоне, занурюючись у темряву.

Раптом їх обох підхопили сріблясті гачки...

Приголомшені, дві дівчинки озирнулися і побачили, що мерехтлива хвиля тягне їх із бруду у прозору блакитну воду. Вже на гребені хвилі вони зрозуміли, що можуть дихати, і полегшено видихнули. Коли їхні очі зустрілися, Агата побачила, що обличчя Софі стає сумним, наляканим, ніби вона прокинулася від страшного сну. Зачарована хвиля розділила їх, збираючись повернути кожну до належної Школи. Очі Агати широко розплющилися.

До них прямувала знайома тінь, чорна і крива. Перш ніж Агата закричала, тінь врізалася у хвилю і звільнила дівчаток від неї. Тінь схопила їх своїми довгими пальцями і потягла геть від за́мків, до зовнішніх берегів озера. Агата побачила, що Софі бореться з тінню, і приєдналася до неї. Отримавши кілька стусанів, тінь послабила хватку, але коли Софі потяглася до Агати, тінь схопила лиходійку за ноги й викинула її з води з приголомшливою силою. Задихаючись від жаху, Агата намагалася відплисти геть, але тінь накинулася і потягла її вперед у напрямку рифів з гострого каміння. Дівчина заплющила очі і вже благала про миттєву смерть, аж тут відчула, як Директор схопив її тіло мертвою хваткою і викинув з озера в холодне нічне повітря.

Агата вдарилася об землю так сильно, що була впевнена, що знепритомніє.

Але якимось чином їй удалося залишитися при тямі. Вона розплющила очі і побачила величезні дерева, обвиті фіолетовими пагонами шипшини. Це мала бути якась територія Школи Добра. Агата спробувала сісти, але її тіло вибухнуло болем — і вона впала назад у калюжу бруду. Чому Директор напав на хвилю? Як він міг викинути її сюди без усіляких пояснень? Думки пульсували гнівом і замішанням. Вона розповість професорці Даві про те, що сталося… вона вимагатиме відповіді… Але спочатку вона має повернутися до Школи.

Агата підняла голову. Все, що вона бачила, — це ті самі величезні дерева, вкриті фіолетовими пагонами. Це місце, мабуть, десь неподалік від того поля квітів, куди вона і Щасливиці потрапили першого дня. Але де озеро? Агата озирнулася назад і помітила між деревами якийсь полиск.

Відчуваючи полегшення, вона поповзла вперед, перемагаючи біль, поки не опинилася досить близько, щоб роздивитися.

Вона роззявила рота від здивування.

Це було не озеро. Це були золоті гострі ґрати з написом:

«ПОРУШНИКІВ БУДЕ ЗНИЩЕНО».

Школа Добра сяяла високо за ними, шпилі світилися синім і рожевим.

Агата була не на землях Школи. Вона була у Лісах.

— Агато! — десь поряд покликала Софі.

Агата зблідла.

Директор звільнив їх.

Вона відчула полегшення, потім страх. Все, що вона коли-небудь хотіла, — це піти додому з Софі. Але те, що трапилося у підземеллі, налякало її.

— Агато! Де ти?

Агата не промовила жодного слова. Чи повинна вона знайти її? Чи має втекти сама? Її серце шалено калатало. Але як вона могла піти зараз? Коли нарешті знайшла своє місце.

— Агато! Це я!

Біль у голосі Софі вивів її із трансу. «Що зі мною сталося?»

Софі мала рацію. Вона почала вірити, що це була її Школа, її казка. Вона навіть почала сподіватися, що обличчя, яке вона постійно бачила, належить...

«Ніхто не може бути таким лихим», — так сказала Дот.

Агата спалахнула від провини.

— Софі, я йду! — закричала вона.

Софі не відповіла. Раптом стривожившись, Агата посунула у напрямку останнього вигуку, голова лебедя мерехтіла у темряві. Щось торкнулося ноги.

Вона подивилася униз і побачила пагін фіолетової шипшини, що тягнувся до стегна. Вона відштовхнула його, але він схопив її за другу ногу. Вона відсахнулася, але ще два схопили її за руки, пагонів ставало дедалі більше, аж поки вони не огорнули все її тіло. Агата намагалася звільнитися, але колючки втримували її на землі, наче ягня для заклання.

Потім з'явився великий, товстий і темний пагін і поповз по її грудях. Він зупинився у дюймі від її обличчя і почав вивчати її своїм пурпуровим вістрям. Пагін повільно відкинувся назад і націлився на її лебедя.

Сталь відтяла шип. Теплі бронзові руки витягли Агату...

— Тримайся біля мене! — закричав Тедрос, відсікаючи пагони своїм тренувальним мечем.

Приголомшена Агата притислася до його грудей, коли він, стогнучи від болю, протистояв нападу шипшини. Незабаром він переміг і потягнув Агату з Лісу до гостроверхих воріт, які засяяли, упізнавши учнів Школи, і розчинилися, звільняючи вузький шлях двом Щасливцям. Коли ворота за ними зачинилися, Агата подивилася на Тедроса, який шкутильгав. Він був укритий кривавими подряпинами і в пошматованій сорочці.

— Мав підозру, що Софі заходила через Ліси, — видихнув він. Тедрос підхопив її на руки до того, як вона змогла заперечити. — Тож професорка Даві дала мені дозвіл узяти декілька фей і вийти за ворота. Треба було здогадатися, що ти будеш намагатися зловити її самостійно.

Агата безглуздо вирячилася на нього.

— Дурна ідея, що принцеса може самостійно спіймати відьму, — сказав Тедрос, його піт капав на її рожеву сукню.

— Де вона? — прохрипіла Агата. — Вона у безпеці?

— Погана ідея для принцеси — турбуватися про відьом, — сказав Тедрос, стискаючи руки навколо її талії.

Її шлунок вибухнув метеликами.

— Постав мене, — пискнула вона.

— Ще одна погана ідея для принцеси.

— Опусти мене!

Тедрос послухався, Агата відсторонилася.

— Я не принцеса! — вигукнула вона, поправляючи комір.

— Як скажеш, — погодився принц, його очі сковзнули вниз.

Агата простежила за його поглядом, спрямованим на її поранені ноги і потоки блискучої крові. Вона побачила кров...

Тедрос посміхнувся:

— Один... Два... Три...

Вона знепритомніла.

— Безумовно, принцеса, — сказав він.

Тедрос поніс її до шести фей, що гралися в озері, і завмер. Софі дивилася на нього, стоячи навколішки у мертвій траві, чорні шати кровоточили.

— Агата?

— Ти! — просичав Тедрос.

Софі стала на його шляху і простягла до нього руки.

— Віддай її мені. Я заберу її.

— Це твоя вина! — різко відповів Тедрос, міцніше притискаючи Агату.

— Вона врятувала мені життя, — зітхнула Софі. — Це моя подруга.

— Принцеса не може бути подругою відьми!

Софі спалахнула, палець засяяв рожевим. Тедрос побачив це — і його палець миттєво засяяв золотим, піднятий на захист...

Обличчя Софі повільно розслабилося. Її палець потускнів.

— Я не знаю, що зі мною сталося, — прошепотіла вона зі слізьми.

— Навіть не намагайся, — загарчав Тедрос.

— Це все Школа, — ридала вона. — Це вона змінила мене.

— Відійди геть!

— Будь ласка, дай мені шанс!

— Геть!

— Дозволь довести, що я добра!

— Я тебе попередив, — сказав він, рухаючись.

— Тедросе, вибач! — закричала Софі, але він просто відсунув її вбік і рушив далі.

— Добро пробачає, — прошепотів голос.

Тедрос зупинився. Він подивився на Агату, що заслабла у його руках.

— Ти обіцяв їй, Тедросе, — тихо промовила Агата.

Він дивився на неї, приголомшений.

— Що? Що ти кажеш...

— Візьми її до за́мку, — сказала Агата. — Покажи всім, що вона твоя принцеса на Балу.

— Але вона... вона...

— Моя подруга, — сказала Агата, зустрічаючи приголомшений погляд Софі.

Тедрос повертався то до Агати, то до Софі.

— Ні! Агато, слухай мене...

— Дотримай слова, Тедросе, — сказала Агата. — Ти мусиш.

— Я не можу... — благав він...

— Пробач їй. — Агата зазирнула йому в очі. — Для мене.

Тедросу перехопило голос, він втратив запал.

— Іди, — сказала Агата, вирвавшись із його рук. — Я повернуся з феями.

Бідолашний Тедрос зняв рештки блакитної сорочки і накинув їй на плечі. Він хотів сперечатися.

— Іди, — сказала вона.

Тедрос не міг дивитись на неї і сердито відвернувся — його поранена нога не витримала. Софі кинулася до нього і підставила плече йому під руку, охопивши груди.

Принц відсторонився.

— Будь ласка, Тедді, — прошепотіла Софі зі сльозами. — Я обіцяю, що змінюся.

Тедрос відштовхнув її, намагаючись встояти. Але потім він побачив Агату позаду Софі, її погляд нагадав йому про обіцянку.

Тедрос намагався боротися з собою… Намагався сказати собі, що обіцянки можуть бути порушені… але він знав правду. Він обм'як, спираючись на Софі.

Здивована Софі допомогла йому йти. Вона боялася промовити хоч слово. Тедрос повернувся до Агати, яка відчула полегшення і плелталася позаду них. Принц покірно зітхнув і пошкандибав уперед за підтримки Софі. Софі тягнула його до озера щосили, задихаючись і відсапуючись. Мало-помалу вона відчула, що Тедрос піддається її обіймам. Невпевнено позирнувши на нього, вона посміхнулася крізь сльози. Її ніжне обличчя висловлювало покаяння. Нарешті принц спромігся посміхнутися у відповідь.

З-за хмар з'явився неповний місяць, укривши їх сріблястим світлом. Коли він і Софі досягли озера, Тедрос поглянув на їхні тіні, що йшли поряд, його чоботи біля скляних підборів, його скривавлене відображення у мерехтінні води, що сяяло поряд із… потворною старою каргою.

Тедрос нажахано повернувся, але поруч була лише вродлива Софі, яка проводжала його до Школи Добра. Він знову подивився на озеро, однак тепер вода була вкрита хмарами. Він здригнувся.

— Я не можу… — задихнувся він.

— Тедді? — вигукнула Софі.

Він кинувся назад і підхопив Агату, яка від здивування закашлялася.

Софі зблідла.

— Тедді, що я зробила...

— Тримайся подалі від нас! — сказав він, притискаючи Агату до грудей. — Тримайся подалі від нас обох.

— Нас? — скрикнула Софі.

— Тедросе, зажди! — благала Агата. — А як же..?

— Нехай вона знайде дорогу до Школи Зла, — закричав принц і підняв сяючий палець, щоб викликати фей.

Софі здригнулася, приголомшена. Агата подивилася на неї, благаючи пробачення. Але обличчя її подруги було безжалісним. Вона стала червоною від дикої люті і ненависті.

— ПОДИВИСЯ НА НЕЇ! — пролунало над озером.

Агата побіліла.

— ВОНА ВІДЬМА! — закричала Софі. Тедрос повільно обернувся з убивчим поглядом.

— Поглянь.

Софі із жахом дивилася, як феї закрутилися навколо двох Щасливців. Агата, яка була у Тедроса на руках, мала такий самий вираз.

Наразі вона побачила, що всі вони були у правильних школах.

Софі дивилася, як феї понесли геть Агату та її принца. Вона стояла нерухомо на березі озера, видихаючи тепле повітря, самотня у темряві. Її м'язи скрутило від напруження, кулаки стискалися до хрусту. Кров вирувала, ставала дедалі гарячішою, тіло палало вогнем. Вона подумала, що зараз вибухне, раптом підборіддя прорізав гострий біль. Софі торкнулася його.

Там щось було.

Вона мацала підборіддя, намагаючись зрозуміти, що це, поки не відчула мокрі бризки. Вона позадкувала, коли піднялася висока хвиля, загортаючи її у тінь...

Софі влетіла крізь вікно у кімнату 66 разом із купою мулу.

Естер і Анаділь схопилися з ліжок.

— Ми шукали тебе скрізь, де ти була...

І досі торкаючись обличчя, Софі проповзла повз них до останнього шматка дзеркала, що залишився на стіні, і похолола.

На її підборідді була велика чорна бородавка.

Софі несамовито вхопилася за неї і потягла... а тоді побачила у відображенні сусідок, блідих як стіна.

— Симптоми, — видихнули вони.

Мокра і тремтяча Софі кинулася сходами до кабінету на верхньому поверсі і підірвала замок пальцем.

Леді Лессо вискочила зі спальні у нічній сорочці, витягнувши палець. Софі миттєво відірвалася від підлоги, хапаючи ротом повітря.

Леді Лессо опустила руку і м'яко поставила Софі на підлогу. Повернувшись до Софі, вона широко розплющила очі й обхопила її тремтяче обличчя гострими червоними нігтями.

— Якраз перед «Показом», — сказала вона, пальці пестили роздуту чорну бородавку. — На Щасливців чекає сюрприз.

Софі не мала слів...

— Іноді наші поплічники знають нас краще, ніж ми самі, — дивувалася леді Лессо.

Софі похитала головою, не розуміючи. Вчителька прошепотіла їй на вухо:

— Він чекає на тебе.

Смолоскипи у замках згасли, залишивши тільки самотній повний місяць. Він освітлював тінь, що мчала Блакитним Лісом. Вдягнена у чорний плащ зі зміїної шкіри, Софі продиралася крізь зарості папороті і дубів. Коли вона дісталася величезного кам'яного колодязя, вона знову і знову всім тілом навалювалася на камінь, що закривав його отвір, поки той не зрушив. Вона залізла у відро й опустилася глибоко у темряву. Промінь місячного світла осяяв дно. На гладкій білій стіні на неї чекав Грімм, його щоки і крила почорніли від бруду. Стіни навколо нього були вкриті тисячами малюнків того самого обличчя. Обличчя, намальованого червоною помадою. Обличчя, яке вона не змогла розгледіти у снах. Але тут, глухої ночі, в її Суперника з'явилося ім'я.

І це був не Тедрос.

26

«Показ Здібностей»

До кабінету професорки Даві! — наказав Тедрос феям, коли він і Агата злетіли у небо, залишаючи криваві сліди.

— У мою кімнату, — наказала Агата феям, що несли її.

— Але ж ти поранена! — зауважив Тедрос, здригаючись.

— Якщо ми комусь розповімо, що сталося, то все стане ще гірше, ніж воно вже є, — відповіла Агата.

Феї потягли їх у різні боки.

— Зачекай! — закричав Тедрос.

— Не кажи нікому! — гукнула Агата, віддаляючись у напрямку рожевих шпилів.

— Ти будеш на «Показі»? — заволав Тедрос, відлітаючи у напрямку Блакитних.

Але Агата не відповіла, бо він і його феї зменшились до крихітних спалахів світла.

Коли її власні феї піднялися у темне небо, вона подивилася на сріблясту вежу, що відкидала тінь на Затоку. Серце Агати стискалося. Директор попереджав їх. Він бачив їхні душі наскрізь. Вона загорнулася у закривавлену сорочку Тедроса, а феї злітали дедалі вище у хмари, де розгулював крижаний вітер. Коли Агата зазирнула в освітлені вікна, де виднілися силуети учнів, які готувалися до Балу, почуття провини і збентеженість перетворилися на гнів.

«Лиходії найближчі до нас».

Лиходії у мантіях найкращих друзів.

О, так, вона буде на цьому «Показі».

Адже Сейдер мав рацію.

Це ніколи не було казкою Софі.

Ця казка належала їй.

— Отже, жодного нападу не було? — запитала професорка Анемона, п'ючи сидр.

Професорка Даві стояла біля вікна у своєму кабінеті і дивилася на вежу Директора, залиту червоним світлом передзахідного сонця.

— Профссор Еспада сказав, що хлопчики нічого не знайшли. Тим часом Тедрос даремно витратив половину ночі, оглядаючи землі. Можливо, це й був задум Софі. Лишити без сну наших найкращих хлопчиків.

— Дівчатка теж зовсім не спали, — зауважила професорка Анемона, витираючи сидр із лебедя на нічній сорочці. — Будемо сподіватися, що вони виглядатимуть гідно, коли їх запрошуватимуть.

— Що ж там відбувається, чого ми не повинні бачити? — запитала професорка Даві, дивлячись на вежу. — У чому мета нашої підготовки учнів до цих випробувань, якщо ми не можемо бути там поряд із ними?

— Але ж, Кларисо, нас не буде поряд із ними у Лісі.

Професорка Даві відвернулася від вікна.

— Тому він забороняє нам втручатися, — сказала професорка Анемона. — Неважливо, наскільки жорстокі діти одне до одного, ніщо не може підготувати їх до вкрай жорстоких їхніх власних історій.

Професорка Даві якийсь час мовчала.

— Ви маєте йти, дорога, — промовила вона нарешті.

Професорка Анемона поглянула на захід сонця і схопилася.

— Лишенько! Ви застрягнете зі мною на всю ніч! Дякую за сидр.

Вона підійшла до дверей...

— Еммо!

Професорка Анемона озирнулася.

— Вона лякає мене, — сказала професорка Даві. — Ця дівчинка.

— Ваші учні готові, Кларисо!

Професорка Даві вичавила посмішку і кивнула.

— Невдовзі ми почуємо їхні переможні крики, чи не так?

Емма послала їй повітряний поцілунок і зачинила двері.

Професорка Даві спостерігала, як сонце ховалося за горизонт. Коли небо стало темним, вона почула, як позаду неї клацнув замóк. Вона швидко підійшла до дверей і посмикала їх... а потім вистрілила в них чарівною паличкою, розстріляла їх пальцем... Але двері були зачинені магією, могутнішою ніж її.

Її обличчя нервово скривилося, потім повільно розслабилося.

— Вони будуть у безпеці, — зітхнула вона, прямуючи до спальні. — Вони завжди у безпеці.

О восьмій вечора, перед Балом, учні зайшли до Театру Казок, щоб побачити, що він був повністю підготовлений для цієї події. Над кожною половиною плавала люстра з десяти свічок у вигляді лебедів: над половиною Школи Добра вони горіли білим, а над половиною Школи Зла — синьо-чорним. Між ними ширяла сталева корона «Показу», сім довгих гострих шипів виблискували у світлі полум'я, чекаючи на нічного переможця. Спочатку прибули Щасливиці, готові до запрошень на Бал, — у барвистих вечірніх сукнях, вони нервово усміхалися. Коли вони увійшли до західних дверей, розмахуючи стягами з білими лебедями і прапорами, на яких красувався напис «КОМАНДА ШКОЛИ ДОБРА», скляні квіти оббризкали їх парфумами, а кришталеві фризи ожили.

— Вітаю, о, чесна дівчинко! Чи ваш талант виграє нам корону? — видихнув кришталевий принц, б'ючись із драконом, що вивергав гарячий туман.

— Я чула, що Нещасливиця Софі досить грізна. Ви зможете перемогти її? — вдихнула кришталева принцеса поряд із ним.

— Я не в команді, — зізналася Кіко.

— Завжди є хтось, хто залишається позаду, — сказав принц і проштрикнув дракона.

Крізь східні двері влетіли галасливі Нещасливці, вимахуючи химерними написами «КОМАНДА ШКОЛИ ЗЛА». У руках Горта розвівався чорний прапор із лебедем. Він змахнув ним так енергійно, що збив зі стелі ряд сталактитів, примусивши Нещасливців утікати у пошуках сховку. Коли він обирав собі місце, то зауважив, що обпалені знаки на стінах перетворилися на монстрів, які пожирали селян, і на відьом, які варили дітей. Фризи на половині Школи Зла теж ожили — різьблені принци кричали, коли різьблені злодії їх проштрикували, розбризкуючи усюди чорну кров.

— Хто все це зробив? — витріщився він, забризканий чорною рідиною.

— Директор, — відповів Раван, закриваючи вуха через верески. — Не дивно, що він забороняє вчителям бути присутніми.

Тим часом прибули останні Нещасливиці і Щасливці, їх привели вовки і феї, які також відчули хвилювання у кімнаті без дорослих. Лише Тедрос виглядав незворушно. Він пришкутильгав у кремових бриджах і блакитній сорочці із незатягнутою шнурівкою. Його обличчя було у жахливих подряпинах. Він когось пошукав очима поміж Щасливців, а потім розчаровано сів на своє місце.

Спостерігаючи за ним, Естер напружилася.

— Де Софі? — прошипіла вона Анаділь, не звертаючи уваги на Дот, що поглядала на них зі свого місця.

— Вона не повернулася від Лессо! — прошепотіла Анаділь.

— Може, Лессо вилікувала її?

— Або, можливо, симптоми посилилися! Припускаю, вона напала на Тедроса!

— Але на ньому немає ознак, Анаділь, — зауважила Естер, дивлячись на принца. — Коли у лиходія починаються симптоми, його Суперник стає сильнішим!

Але, зсутулений на своєму місці, Тедрос виглядав змученим і слабким.

Анаділь подивилася на нього.

— Але якщо Суперник Софі не він, то хто?

За ними відчинилися двері Щасливців, у Театр прослизнула найгарніша принцеса, яку вони коли-небудь бачили.

Вона була вдягнена у темно-синю сукню з ніжним золотим листям, довгий оксамитовий шлейф тягнувся по проходу. Її блискуче чорне волосся було високо зачесане і прикрашене тіарою з синіх орхідей. Навколо її шиї була рубінова підвіска, яка на білій шкірі виглядала наче крапля крові на снігу. У великих чорних очах спалахували золоті блискітки, а губи блищали рожевим.

— Трохи запізно для нових учнів, — сказав Тедрос.

— Вона не новенька, — зауважив Чаддік поруч із ним.

Тедрос простежив за його поглядом, спрямованим на чорні кломпи, що визирали з-під сукні, і задихнувся.

Приховуючи посмішку, Агата пройшла повз Беатрікс, яка закам'яніла, хлопчиків, які пускали слину, дівчаток, які раптом почали тривожитися за свої запрошення на Бал, і сіла поруч із Кіко, яка дивилася вражено.

— Чорна магія? — вгледілася Кіко.

— Доглядальна кімната, — прошепотіла Агата, відзначивши порожнє місце Софі.

Вона бачила, що Тедрос теж це помітив. Він озирнувся, і його великі блакитні очі зустрілись з її очима.

Через прохід Естер і Анаділь зблідли — вони все зрозуміли.

— Ласкаво просимо на «Показ Здібностей».

Учні звернули увагу на білого вовка на сцені, поряд із ним сновигала фея.

— Сьогоднішній вечір буде складатися з двадцяти дуелей, згідно з місцями, що ви посіли, — виголосив він. — Спочатку свій дар продемонструє Щасливець із десятим місцем, а потім це саме зробить Нещасливець із десятим місцем. Директор визначить переможця і публічно покарає невдаху.

Учні нетерпляче оглянули Театр у пошуках Директора. Вовк пирхнув і продовжив:

— Потім ми перейдемо до пари з дев'ятим місцем, потім — з восьмим і так далі, аж до пари з першим місцем. Наприкінці змагання той, кого Директор визначить найкращим, виграє Корону «Показу» і його Школа отримає Театр Казок на наступний рік.

Щасливці скандували:

— НАША! НАША!

А Нещасливці:

— НІ-НІ-НІ!

— Те, що тут немає вчителів, не означає, що ви можете поводитися наче тварини, — гримнув вовк, фея замерехтіла, погоджуючись. — Мені байдуже, якщо для встановлення порядку мені доведеться вдарити принцесу чи навіть двох, щоб «Показ» закінчився швидше.

Щасливиці зітхнули.

— Якщо у вас є питання, залиште їх при собі. Якщо вам потрібен туалет, робіть це у штани, — гарчав вовк. — Тому що двері заблоковані і «Показ» починається.

Агата і Тедрос зітхнули з полегшенням. Естер і Анаділь теж.

— Що б не сталося сьогодні ввечері, Софі не буде частиною цього.

Щасливці виграли перші чотири змагання, залишивши Нещасливців страждати від покарань Директора. Брон почав відригувати метеликів, Арахне по всьому Театру наосліп шукала своє єдине око, яке, підстрибуючи, каталося повсюди, гострі вуха Векса набрякли до розміру слонячих — всі вони стали жертвами невидимого судді «Показу», який, здавалося, насолоджувався покаранням Зла. Агаті стало зле, коли вона побачила, що ще одна свічка Нещасливця згасла. Мине ще три дуелі — і настане її черга.

— Який твій талант? — штовхнула її Кіко.

— Вдалий макіяж можна брати до уваги? — запитала Агата, їй було незатишно, бо вона помітила, що Щасливці й досі крадькома витріщаються на неї.

— Неважливо, як вони дивляться на тебе, Агато! Жоден принц не запросить того, хто програв Злу!

Агата завмерла. У голові крутилося чимало думок, але тільки одна з них була важливою. Якщо її не запросять...

«*Ти зазнаєш невдачі*».

Агата повернулася до сцени. Зараз їй був потрібен дар.

— Відрекомендовую Нещасливця Равана! — вигукнув вовк, а фенікс, висічений спереду сцени, спалахнув зеленим.

Раван, з його чорним волоссям і великими чорними очима, подивився на Щасливців, які нудилися й позіхали, готові до ще одного кульгавого прокляття або лиходійського монологу. Він кивнув своїм сусідам по кімнаті, вони витягли з-під лавок барабани і почали бити в них. Раван почав скакати з ноги на ногу, потім додав різкі рухи руками, і, до того як Нещасливці отямилися, один із їх найкращих лиходіїв почав...

— Танок? — здивувалася Естер.

Барабанний бій пришвидшувався, тупіт Равана голоснішав, а очі стали зловісно червоними.

— Червоні очі у лиходія, — пробурмотів Тедрос. — Це щось новеньке.

Але потім почувся різкий звук, наче щось луснуло. Спочатку вони гадали, що щось сталося із Равановими ногами, але потім побачили, що щось відбулося із його головою, бо на плечах лиходія вилізла друга поруч із першою. Він знову затупотів, і з'явилася третя голова, потім четверта, п'ята, і так аж до десяти голів, що вишикувалися на шиї у відразливий ряд. Барабани замовкли, тупотіння припинилося, Раван зістрибнув зі сцени, висунув десять набряклих язиків і вибухнув потужним полум'ям.

Нещасливці схопилися на ноги і здійняли дикий лемент.

— Хто зможе це перевершити? — сплюнув Раван. Коли розвіявся дим, у нього знову була одна голова.

Агата зауважила, що вовки — охоронці Школи Зла — не виглядали враженими.

Натомість феї збуджено дзижчали. «Можливо, вони побилися об заклад на остаточний рахунок», — подумала вона, переключаючись на власний невідомий дар. Нещасливці показували дедалі кращі результати, на відміну від Щасливців. Вона не могла покрутити стрічки, зробити пару трюків з мечем або зачарувати змій. Як вона могла довести, що вона — Добро?

Агата побачила, що Тедрос знову дивиться на неї, і всередині дівчинки усе стислося й перехопило подих. Увесь цей час вона вважала, що повернутися додому із Софі було її щасливим кінцем. Але ні. Її щасливий кінець був тут, у цьому чарівному світі. З її принцем.

Як далеко вона тепер від свого кладовища. Тепер вона мала власну історію. Своє власне життя.

Очі Тедроса були прикуті до неї, вони світилися, повні надії, наче більше нікого не існувало.

«Він твій», — обіцяло їй відображення, одягнене так само, як вона зараз. Вона пішла до Доглядальної кімнати, сподіваючись почуватися так само, як усміхнена принцеса на мосту.

Але чому тоді вона не посміхається? Чому вона і досі думає про...

Софі?

Тедрос посміхнувся ще яскравіше і промовив самими губами:

— Який твій дар?

Усередині Агати все обірвалося. Незабаром настане її черга.

— Відрекомендовую Щасливця Чаддіка! — оголосив білий вовк, вирізьблений фенікс засяяв золотом.

Нещасливці освистали Чаддіка і закидали його кашею. Оздоблення половини Школи Зла теж активізувалося — на обгорілих стінах з'явилися сцени, де хлопчика били, спалювали, відрубували йому голову, а лиходії, висічені на лавках, жбурляли у нього тріски. Чаддік склав укриті білявим волоссям руки на кремезних грудях і сприйняв усе це з безтурботною посмішкою. Потім він натягнув лук і вистрілив у напрямку лавок. Стріла зрикошетила від лавок, зачіпаючи вуха і шиї Нещасливців, відбилася від стіни, обагривши обгорілі малюнки, торкнулася кожного зображення, нарешті всі персонажі сцен застогнали, а потім ураз замовкли. Ще одна свічка Зла згасла.

Посмішка Равана зникла. Його підняло у повітря невидимою силою. На обличчі вибухнуло свиняче рило, ззаду з'явився хвіст, і він гепнувся у прохід з гучним зойком.

— Щасливці виграють, — вовк усміхнувся.

«Дивно, — подумала Агата. — Чому він радіє, коли його сторона програла?»

— Залишилося ще дві пари до твоєї черги! — прошепотіла Кіко.

Серце Агати затріпотіло. Вона не могла зосередитися, її розум метався між Софі і Тедросом, між хвилюванням і провиною. «Дар… Подумай про дар». Вона не могла ані перетворитися на Могрифа, бо вчительське контрзакляття і досі діяло, ані використати жодне з її улюблених заклять, бо всі вони були лихими.

— Я просто викличу птаха абощо, — пробурмотіла вона, намагаючись згадати уроки Уми.

— О, а як же птах зможе сюди потрапити? — поцікавилася Кіко, кивнувши на замкнені двері.

Агата зламала свій щойно нафарбований ніготь.

Оскільки її дар, як і раніше, сидів замкнутий у Катувальній кімнаті, Анаділь спробувала відчинити двері заклинанням, але наштовхнулася на магію, що була занадто сильною, і отримала покарання у вигляді купи смердючих клопів, які посипалися їй на голову. Потім на сцену вийшов Горт для змагання з Беатрікс. З часу «Випробування казкою» Горт поліпшив свій рейтинг, щоб посісти місце у «Показі», а це, як він пообіцяв, нарешті примусить інших його поважати. Але зараз вже понад чотири хвилини на сцені він переважно хрюкав і пихкав, намагаючись витиснути волосся з грудей.

— Я поважатиму його, якщо він сяде, — пробурчала Естер, коли Нещасливці почали свистіти.

Але, щойно час вичерпався, Горт випустив жахливий стогін, його шия надломилася. Він застогнав — його груди роздулися. Він ахнув — його щоки розпухли. Він крутився, звивався, смикався і з первинним риком вибухнув з одягу.

Усі вражено попадали на свої місця.

Горт вишкірився, величезні м'язи були вкриті темно-коричневим хутром, а з пащі стирчали мокрі й довгі ікла.

— Він... перевертень? — задихнулася Анаділь.

— Людина-вовк, — відповіла Естер, подумки пригадавши труп Звіра. — Має більше контролю, ніж перевертень.

— Бачите? — Горт-вовк загарчав на всіх них. — Бачите?

Його вираз несподівано змінився, і з гучним «пуф-ф» він повернувся до свого сухого безволосого тіла і пірнув за сцену, щоб прикритися.

— Я беру назад слова про контроль, — зауважила Естер.

Проте Нещасливці вважали, що вони виграли, аж поки Беатрікс не вийшла на сцену у пишній персиковій сукні, тримаючи знайомого білого кролика, і заспівала таку захопливу й солодку пісню, що незабаром всі Щасливці підспівували їй:

Я можу бути злою,
Я можу бути різкою,
І це не значить,
       що я не можу змінитися.
Але хто буде завжди поряд,

Хто буде завжди чесний.
Саме для того я стану долею.
Надійним другом.
Не швидкоплинною емоцією.
Тедросе, чи я не заслуговую
       на твою руку?

— Вони будуть ідеальною парою, чи не так? — Кіко зітхнула до Агати.

Коли вона помітила, що Тедрос нарешті приєднався до співу, здивована такою щирою віддачею, Агата теж посміхнулася. Десь усередині Беатрікс жило зернятко Добра. Лише був потрібен дар, щоб відкрити його.

Агата кліпнула і побачила, що Тедрос посміхається до неї, наче впевнений, що вона має значно кращий дар. Дар, гідний сина Камелота. Це був той самий погляд, яким він колись дивився на Софі.

Перш ніж вона зганьбила його.

— Нещасливиця Естер проти Щасливиці Агати! — сказав білий вовк після того, як Горт був покараний голками дикобраза.

Агата зів'яла. Її час вичерпався.

— Без Софі Естер — наша остання надія, — гикнув Брон, породивши нову партію метеликів.

— Вона, мабуть, так не вважає, — набурмосився слоновухий Векс, дивлячись, як Естер важко опустилася на сцену.

Незабаром вони дізналися причину. Бо коли Естер випустила свого демона, він спромігся видмухнути лише трохи кіптяви. А потім повернувся на її шию. Вона болісно кашляла, схопившись за серце, ніби це невелике зусилля виснажило її.

Але якщо Естер здалася без бою, її товариші по команді не мали наміру робити те саме. Як і всі лиходії, коли замайоріла поразка, вони просто змінили правила. Коли Агата йшла до сцени, відчайдушно намагаючись придумати дар, вона почула шепіт...

— Зроби це! Зроби це!

Тоді голос Дот:

— Ні!

Вона повернулася саме вчасно, щоб побачити хлопчиків, які скупчилися над червоним підручником заклинань. Векс підняв палаючий червоним палець, вигукнув заклинання... Агата завмерла і знепритомніла.

Єдиним звуком у Театрі був тріск сталактита на стелі.

Він упав.

Тедрос схопив Векса за обвислі вуха. Брон схопив Тедроса за комір і пожбурив його у люстру, учні ухилялися від свічок, що сипалися додолу й запалювали проходи. Щасливці вискочили на лави Нещасливців, а Нещасливці запалювали і жбурляли у них мертвих метеликів з-під сидіння Брона.

Агата повільно вийшла на сцену і побачила, як Нещасливці і Щасливці кидали одне в одного взуття через палаючий прохід — кломпи, черевики і високі підбори летіли крізь дим, наче ракети.

«Де охоронці?»

Крізь млу вона побачила вовків, які били Нещасливців, і фей, що бомбардували Щасливців, підживлюючи полум'я своїм пилком. Агата потерла очі і подивилася знову. Вовки і феї робили цю бійку... ще гіршою?

Тоді вона побачила одного фея-хлопчика, який кусав кожну гарненьку дівчинку, яку міг знайти.

«Я не хочу вмирати».

«Я теж не хотів», — відповів білий вовк.

Умить Агата все зрозуміла.

Вона змахнула сяючим пальцем, і вздовж проходу вибухнула блискавка, що всіх приголомшила.

— Сісти, — наказала вона.

Усі послухалися, зокрема вовки і феї, які присоромлено позадкували до проходу. Агата ретельно вивчила цих охоронців обох шкіл.

— Ми гадаємо, що знаємо, на якій стороні знаходимось, — сказала вона у тиші. — Ми вважаємо, що знаємо, хто ми є. Ми розподіляємо життя на Добро чи Зло, людей — на красенів чи потвор, принцес чи відьом, правильне чи неправильне. Вона подивилася на кусючого фея. — А якщо ми маємо щось спільне?

Фей озирнувся на неї, сльози текли з його очей.

«Загадай бажання», — думала вона.

Наляканий фей похитав головою.

«Все, що тобі потрібно зробити, — це загадати бажання», — благала Агата.

Фей плакав, змагаючись із собою...

Зараз відбувалося те саме, що й із Рибою і з ґаргульєю, Агата почала чути його думки.

«Покажи їм...» — промовив знайомий голос.

«Покажи їм правду...»

Агата сумно посміхнулася до нього. «Бажання виконано».

Вона підняла руку, і приголомшливе блакитне світло вибухнуло вгору з тіл фей і вовків, які повністю завмерли.

Вражені учні спостерігали за духами людей, які ширяли у блакитному світлі над застиглими тілами. Деякі духи були їхнього віку, більшість були старшими і мудрішими, але всі вони були вдягнені у свою шкільну форму — ті, що мали одяг Школи Добра, висіли над тілами вовків, а ті, що мали одяг Школи Зла, — над феями.

Онімілі учні повернулися до Агати за поясненнями.

Агата подивилася на лисого Бейна, що плавав над тілом фея. Хлопчик, який кусав гарненьких дівчаток у Гавалдоні, тепер був уже на кілька років старший, його колись пухкі щоки запали і були мокрими від сліз.

— Якщо ти не досягнеш успіху, ти станеш рабом протилежної сторони, — сказала Агата. — Це покарання Директора.

Вона повернулася до старого сивочолого чоловіка над білим вовком, який заспокоював дух молодої дівчини над феєю.

— Вічне покарання за нечисту душу, — промовила Агата, показавши на молоду дівчину, що плакала у руках старого. — На його думку, це очистить цих поганих учнів. Перебування у неправильній Школі стане їхнім уроком. Це те, чого навчає нас цей світ. Що ми можемо перебувати тільки в одній Школі, але не в іншій. Однак залишається питання.

Вона подивилася на фантоми: всі так само налякані і безпорадні, як Бейн.

— Чи це правда?

Її рука втратила стійкість. Фантоми замерехтіли і занурилися назад у свої тіла фей і вовків — і ті повернулися до життя.

— Я б звільнила їх, якби змогла, але його магія занадто сильна, — сказала Агата, її голос тремтів. — Я просто хочу, щоб мій дар мав кращий кінець.

Коли вона спускалася сходами зі сцени, вона почула хлюпання і підняла очі. Вона побачила вовків, фей, дітей з обох боків, які витирали очі.

Агата сіла біля Кіко, чий макіяж перетворився на мішанину з рожевого і блакитного.

— Я так ненавиділа цих вовків, — рюмсала вона. — А тепер я хочу їх обійняти.

Через прохід Агата побачила Естер, яка посміхалася крізь сльози.

— Це змушує мене замислитися, на чиїй я стороні, — тихо промовила Естер.

Дев'ята свічка Зла згасла над нею.

Естер стояла, жалюгідно зітхаючи. Миттєво стеля вибухнула зливою киплячої чорної нафти. Вона заплющила очі, коли нафта наблизилася...

Вона потрапила на хутро.

Естер роззирнулася і побачила трьох вовків, що закрили її, їхні тіла обпекло паруючою нафтою. Задихаючись від болю, вони подивилися вгору, сповіщаючи Дирєктора, що їм уже достатньо покарань.

У повній тиші всі дивилися одне на одного, немов правила гри несподівано змінилися.

— Дивіться, він має бути добрим, — прошепотіла Кіко Агаті. — Якби він був злим, він би їх убив за це!

— О-остання дуель, — затинався білий вовк, відчуваючи, як йому пощастило. — Нещасливиця Софі проти Щасливця Тедроса. Через те, що Софі відсутня, перейдемо до Тедроса.

— Ні.

Тедрос підвівся.

— «Показ Здібностей» закінчено. Ми бачили Добро, яке не можна перевершити. — Він вклонився Агаті, визнаючи поразку. — Вона, безсумнівно, переможець.

Агата зустріла погляд його ясних блакитних очей. Уперше вона не думала про Софі.

Обидві сторони зиркнули на блискучу корону, сподіваючись, що вона благословить вибір принца.

Натомість вони почули гучний стук.

27

Невиконані обіцянки

С початку ніхто не розумів, звідки долинає стук. Але потім почувся інший. Ще голосніший. Хтось був за дверима Нещасливців.

— «Показ» завершено! — вигукнув вовк.

Ще два удари.

— Я вважала, що вчителі залишилися замкненими у кімнатах, — прошепотіла Агата.

— Тож це, вочевидь, не вчитель, — прошепотіла Кіко, яка не зводила очей з Трістана.

Агата зіткнулася з поглядом Естер. Вражені, обидві дівчинки повернулися до дверей, здригаючись від іще одного гучного стуку.

— Вас не пустять! — гримнув вовк.

Стукіт припинився.

Агата зітхнула.

Тоді двері повільно самі по собі відчинилися. У Театр Казок увійшла людина, загорнута у чорну мантію. Сотні очей дивилися, як незнайомка повільно йде вздовж проходу нечутними кроками, мантія зі зміїної шкіри тягнулася позаду, як весільний шлейф. Плавно, тихо чорна тінь піднялася на сцену і стала під Короною, луска на мантії мерехтіла у світлі, голова похитувалася, як у кажана.

Двері зачинилися.

З-під мантії висунулися бліді пальці і відкинули каптур.

Софі подивилася на присутніх. Її ніс і підборіддя були вкриті бородавками. У пофарбованому чорному волоссі з'явилися білі пасма. Її смарагдові очі тепер були темно-сірими, а шкіра стала такою прозорою, що було видно вени.

Вона повільно огледіла натовп, налякані обличчя, і її посмішка ставала дедалі ширшою. Тоді вона побачила Агату, величну у синьому, і її посмішка зникла. Софі дивилася на неї, сірі очі затьмарив жах.

— Я бачу, що у нас нова принцеса, — сказала вона спокійно. — Вродлива, чи не так?

Агата повернулася до неї, більше не відчуваючи жалю, більше не бажаючи догодити.

— Але придивіться ближче, діти, і побачите, що вона упир, прийшла, щоб висмоктати наші душі, — зітхнула Софі. — Оскільки в неї немає власної.

Агата затремтіла. Але вона витримала її спопеляючий погляд. Аж раптом Софі повернулася до Тедроса і посміхнулася.

— Мій дорогенький Тедді! Хто б міг подумати, що ми зустрінемося тут. Я вважаю, що ми і досі маємо довести наші справи до кінця.

— «Показ» завершено! — закричав Тедрос. — Переможця вже обрано.

— Я бачу, — сказала Софі. — Тоді що це таке?

Вона підняла угору свій кістлявий палець. Усі звернули очі на Корону — вона і досі не була нікому присуджена.

— Це погано, — сказала Естер Анаділь. — Це дуже погано.

Тедрос підвівся.

— Просто йди, — вигукнув він до Софі. — До того як остаточно зганьбишся.

Софі посміхнулася.

— Боїшся?

Тедрос випнув груди, намагаючись стриматися. Він відчував на собі погляди Щасливців, як тоді, на Галявині, коли Софі розповіла про обіцянку.

— Покажи нам, Тедді, — солодко промовила Софі. — Покажи мені щось, із чим я не зможу впоратися.

Тедрос стиснув зуби, змагаючись зі своєю гордістю.

Векс раптом помітив на підлозі обгорілий напис «КОМАНДА ШКОЛИ ЗЛА». Його очі засяяли надією.

— ПОКАЖИ! — вигукнув він і штовхнув Брона, який підстрибнув. — ПОКАЖИ! ПОКАЖИ!

Пристрасно бажаючи вирвати перемогу з лап поразки, Нещасливці почали вигукувати.

— ПОКАЖИ! ПОКАЖИ!

— Ні, зупиніться! — закричала Естер. Вона і Анаділь озирнулися...

Лиходії дивилися на них, як на зрадниць, і дві відьми швидко приєдналися до скандування.

Вигуки Нещасливців ставали дедалі гучнішими, але Тедрос не рухався.

Щасливці нетерпляче чекали, коли їхній Капітан прийме виклик. Усі, крім Агати, яка заплющила очі.

«Не роби цього. Це те, чого вона хоче».

Ревіння було чутно звідусіль. Агата розплющила очі...

Тедрос ішов на сцену.

— Ні! — закричала вона, але гучні оплески заглушили її.

Відділена шістьма футами, Софі дуже солодко посміхнулася, а принц у відповідь пильно подивився. Він не промовив жодного слова, бо Нещасливці вигукували: «ЗЛО! ЗЛО! ЗЛО!» — а Щасливці відповідали: «ДОБРО! ДОБРО! ДОБРО!» Здалека долинули розкоти грому, а підбадьорення ставало дедалі гучнішим, злішим, поки не заглушило бурю назовні. Тедрос виглядав напруженим тим часом, як посмішка Софі ставала дедалі ширшою. Агата тремтіла від жаху, дивлячись, як посмішка Софі стає дедалі нахабнішою, аж поки принц не вибухнув люттю, його палець засяяв золотом, і вже здавалося, що він нападе...

Він упав навколішки. Зала шоковано замовкла. Нещасливці переможно заволали. Агата побіліла.

Зітхнувши від розчарування, Софі підійшла до принца. Вона м'яко взяла його за лляне волосся і глянула у налякані блакитні очі.

— Я нарешті виконала своє домашнє завдання, Тедді. Хочеш побачити?

— І досі моя черга.

Він дістав свій тренувальний меч. Софі відсахнулася. Але замість того, щоб вразити її, Тедрос став на одне коліно, обернувся до проходу, простягнув лезо у бік натовпу...

— Агато з Нескінченних Лісів.

Він поклав меч.

— Ти будеш моєю принцесою на Балу?

Софі застигла. Нещасливці замовкли.

У мертвій тиші Агата намагалася відновити дихання. Тоді вона побачила обличчя Софі, шок перетворювався на біль. Дивлячись на запалі, перелякані очі подруги, Агата втрапила у стару пастку темряви і сумнівів...

Доки хлопчик не повернув її.

Хлопчик на одному коліні, який роздивився її крізь образи гоблінів, трун, гарбузів.

Хлопчик, який обрав її задовго до того, як вони обоє зрозуміли це.

Хлопчик, який тепер просить обрати його.

Агата подивилася на свого принца.

— Так.

— Ні! — Беатрікс закричала і скочила на ноги.

Чаддік став навколішки перед нею.

— Беатрікс, ти будеш моєю принцесою на Балу?

Один за одним Щасливці ставали на коліна.

— Ріно, ти будеш моєю принцесою на Балу? — запитав Ніколас.

— Жизель, ти будеш моєю принцесою на Балу? — запитав Тарквін.

— Аво, ти будеш моєю принцесою на Балу?

Хлопчики створили захопливу гармонію, простягаючи руки з пропозицією. Кожна дівчинка чула власне ім'я, кожна зітхала, аж поки не залишилася тільки одна, яку ніхто не обрав. Сльози засліпили Кіко, і вона витирала їх, розуміючи, що зазнала невдачі…

Аж раптом вона побачила перед собою Трістана на одному коліні.

— Ти будеш моєю принцесою на Балу?

— Так! — вигукнула Кіко.

— Так! — сказала Ріна.

— Так! — відповіла Жизель.

Театр заповнили хвилі захопливого щастя...

— Так! Так! Так!

Море кохання захопило навіть Беатрікс, яка вичавила свою найкращу усмішку і взяла Чаддіка за руку:

— Так!

Нещасливці спостерігали за цим через прохід. Їхні обличчя почали змінюватися. Одне за одним їхні насуплені обличчя ставали сумними, в очах з'явився біль. Горт, Раван, Анаділь, навіть Естер... Ніби вони теж хотіли мати таку радість. Як би вони теж хотіли почуватися бажаними! Нещасні розбиті серця... Лиходії пом'якшилися, змії втратили отруту.

Але одна змія і досі мала її.

Софі не зводила очей з Агати, коли Тедрос узяв її на руки. Очі Софі перетворилися на розпечене вугілля. Її тіло тремтіло, вкрите потом. Чорні нігті поранили долоні. Ненависть піднялася з глибини її душі, вивергнулася лавою і вивільнила пісню її серця. Дивлячись на щасливу пару, Софі підняла руки, її пісня стала пронизливою. Чорні сталактити над нею перетворилися на гострі дзьоби, що закаркали, наповнюючись життям.

Раптом зі стелі зірвалися ворони, які кидалися на все, що траплялося їм на шляху.

Діти попадали у пошуках укриття, затуляючи вуха від пронизливих криків, бо Софі почала верещати на октаву вище.

Феї кинулися до Софі, але ворони з'їли їх усіх, крім тієї, що ледве встигла прошмигнути крізь тріщину у стіні. Вовки затисли вуха лапами і були також беззахисні, птахи безжалісно розтинали їм горлянки. Білий вовк схопив молодого коричневого вовка, відкинув воронів, його ніс і вуха були скривавлені, але зграя потягла обох вовків за сцену і там прикінчила. Однак коли птахи хотіли зробити те саме з учнями...

Софі припинила співати, і ворони розчинилися у повітрі...

Скімлячи від болю, всі повільно повернулися до лиходійки на сцені. Тільки Софі не дивилася на них. Всі простежили за її очима, а вона дивилася на Корону «Показу», що колихалася у повітрі, і нарешті ожила, щоб обрати переможця. Вона спустилася униз, похитуючись між Добром і Злом, туди-сюди, туди-сюди, нарешті визначилася і тихо опустилася на голову Софі.

Вона скривилася у посмішці.

— Не забудьте про винагороду.

Агата побачила смуги білого, що стирали сцену позаду Софі, смуги, які вона вже бачила раніше...

— Тікайте! — заволала вона.

Білі смуги витерли стіни, захопили проходи. Учні кинулися до дверей, але було запізно...

Театр Казок зник у спалахах біліла, викинувши учнів обох шкіл у передпокій Добра. Щасливці впали на рожеві сходи, а Нещасливці —

на блакитні. Коли блискавки і вітер розбили кольорові віконні вітражі, Естер та інші лиходії побігли угору сходами Честі і Доблесті. Але Естер не встигла дістатися до сходового майданчика, вона послизнулася і зісковзнула вбік.

Вона висіла на балюстраді на одній руці. Естер помітила Дот, яка повзла поряд...

— Дот! Дот, допоможи!

— Вибач, — шморгнула носом Дот, продовжуючи повзти. — Я допомагаю тільки сусідкам.

— Дот, будь ласка!

— Я живу у туалеті! Ви, дівчатка, зрадниці і погані друзі, і ви змусили мене стидатися, що я лихо...

— ДОТ! — Дот вхопилася за руку Естер тієї самої миті, як вона розтиснула пальці.

Щасливцям так не пощастило. Коли вони відчайдушно дряпалися сходами Чистоти і Милосердя, Софі взяла приголомшливу ноту, і скляні сходи вибухнули. Гарні хлопчики і дівчатка впали на мармур. Софі завищала на одну ноту вище. Фойє розверзлося під ногами, тріснуло, як тонкий лід, і розбилося на сотні шматків. Оглушені Щасливці падали одне на одного і провалювалися у розколи, що розверзлися під ногами. Вони силкувалися вхопитися за розбитий мармур і залишки сходів, але нерівні схили підлоги були занадто крутими, і діти з жахливими криками скочувалися до країв. Коли вони вже падали на уламки, вони намагалися втриматися за розколоті роги мармуру. Щасливці трималися, використовуючи останні унції волі, відчуваючи смертельну темряву унизу.

— Агато! — кричав Тедрос, перестрибуючи через мокрі від дощу щілини і розломи, він витягав учнів, відчуваючи дедалі більший відчай.

— Агато, де ти?

Подивившись через кімнату, він побачив біля високого розбитого вікна дві бліді руки, що чіплялися за уламок розваленої стіни.

— Агато! Я йду! — він подолав кам'яні впадини, заліз по шматках розбитих сходів, дедалі вище до мармурового обриву.

Він стрибнув і досягнув гострої верхівки скелі, протиснувся крізь скло і схопив руку на протилежному краю...

Софі кинулася йому в обличчя.

Нажаханий Тедрос позадкував до краю. Унизу Щасливці благали про допомогу.

— Якщо принци рятують принцес, цікаво... — сказала Софі, Корона виблискувала на її мокрому від дощу волоссі. — Хто рятує принців?

— Ти обіцяла... — Тедрос затинався, шукаючи порятунок. — Ти обіцяла змінитися!

— Невже? — Софі пошкребла череп. — Гаразд. Ми обоє дали обіцянки, яких не дотримали.

Вона пронизливо заверещала.

Принц упав навколішки. Спостерігаючи, як він хрипить від болю, Софі завищала ще тонше.

Паралізований Тедрос відчув, як з носа пішла кров, а вуха запалали. Софі повільно нахилилася і поклала палець на його губи, що тремтіли. Потім вона посміхнулася, дивлячись у його приголомшені блакитні очі, і випустила вбивчий крик...

Агата штовхнула її до відчиненого вікна, Корона злетіла з голови і зникла десь у темряві.

Скривавлений і слабкий Тедрос спробував допомогти їй. Агата озирнулася.

— Допоможи іншим!

— Але...

— Негайно! — крикнула Агата, міцніше притискаючи Софі до вікна.

Зібравши всі свої сили, Тедрос зіскочив зі скелі до постраждалих однокласників. Почувши його крик унизу, Агата відвернулася від Софі, щоб переконатися, що він у безпеці. Софі швидко вдарила ногою — і Агата розбила обличчя об підвіконня. Вона захиталася, з носа текла кров.

— Леді Лессо мала рацію, — сказала Софі, стоячи перед нею. — Ти стаєш сильнішою, коли я слабшаю. Ти виграєш, коли я програю. Ти моя Суперниця, Агато!

Софі підійшла до неї.

— Ти знаєш, звідки я знаю? — її обличчя затьмарилося сумом. — Тому що я буду щасливою тільки тоді, коли ти помреш.

Агата відступила до вікна, намагаючись засвітити палець.

Чотирма прольотами вище Естер, Анаділь і Дот продерлися до зали Честі, унизу ще лунали крики й розкоти грому.

— Нагородження відбулося! — кричала Естер, відчиняючи двері вчительських кімнат. — Де це ми?

Вона зазирнула за ріг і вгледіла там...

Професорка Анемона, професорка Даві і професор Еспада застигли на бігу з широко розкритими ротами, ніби вони були захоплені закляттям тієї миті, коли поспішали до передпокою.

— Естер...

Естер разом із Анаділь визирнула у вікно зали. На Напівдорожньому мосту блискавка освітила леді Лессо, професорку Шікс і професора Менлі, які завмерли з такими самими наляканими виразами.

— Може, ми зможемо їх повернути до життя? — запитала зблідла Дот. — Це просто заклинання Приголомшення.

— Це не заклинання Приголомшення.

Анаділь постукала по шкірі професорки Даві і почула глухий звук.

— Закам'яніння, — зробила висновок Естер, пригадуючи урок Лессо. — Тільки той, хто наклав закляття, може його зняти.

— Але хто це зробив? — пробелькотіла Дот.

— Той, хто не хоче, щоб вчителі втрутилися, — сказала Анаділь, дивлячись на сріблясту вежу над Затокою.

Дот здригнулася:

— Але це означає...

— Що ми самі по собі, — сказала Естер.

На бурхливому мармуровому острові, що височів над зруйнованим фойє, Агата стояла віч-на-віч навпроти Софі.

— Ми не повинні бути ворогами, Софі, — благала вона, намагаючись запалити палець за спиною.

— Ти зробила мене такою, — видихнула зі слізьми Софі. — Ти забрала у мене все.

Агата побачила Тедроса і Щасливців, які дерлися по камінню, здригаючись від болю і страху. Крізь спалахи блискавки вона побачила Нещасливців, які спостерігали за ними з вежі на іншому боці Затоки і тремтіли з такими самими виразами. Серце Агати гуло. Зараз все в її руках.

— Ми можемо знайти тут щасливий кінець, — благала вона, відчуваючи, що її палець стає гарячим. — Ми обидві можемо знайти щасливий кінець.

— Тут? — посміхнулася Софі. — Що сталося з «піти додому», Аггі?

Агата затиналася у пошуку відповіді...

— Ага, я бачу, — сказала Софі, усміхаючись ширше. — Тепер у тебе є Бал. Тепер у тебе є принц.

— Я просто хотіла бути подругою, Софі, — відповіла Агата, її очі наповнилися сльозами. — Це все, що я коли-небудь хотіла.

Софі завмерла.

— Ти ніколи не хотіла бути подругою, Агато. Ти хотіла, щоб я була потворною подругою.

Чарівним чином шкіра на її щоках укрилася ще глибшими зморшками.

Палець Агати потускнів від збентеження.

— Софі, ти сама це робиш із собою!

— Ти хотіла, щоб я була у Школі Зла, — скипіла Софі — в неї виросли нігті.

— Ти можеш бути доброю, Софі! — закричала Агата, грім заглушив її.

— Ти хотіла, щоб я була відьмою, — сказала Софі — в її очах полопалися кровоносні судини.

— Це неправда! — Агата позадкувала до вікна.

— Ну, дорогенька, — посміхнулася Софі — в неї зникли зуби, — бажання потрібно виконувати.

— Ні!

Софі штовхнула Агату в бурю.

Агата полетіла до блискучого мосту назустріч смерті… Тедрос закричав…

Фей кинувся і підхопив Агату з виснажливим зусиллям. Він опустив її на мокрий камінь. Бейн мовчки подякував Агаті з Гавалдона за все Добро, що вона зробила. Потім, коли вона зробила перший подих, він зробив останній і помер на її мокрій долоні.

Коли блискавка освітила вежу, Софі подивилася на Агату, обличчя якої зблідло від потрясіння. Софі бачила, що на іншому боці Затоки Нещасливці дивилися на неї, здригаючись від жаху.

Вона повернулася до Тедроса і Щасливців, які ховалися по закутках унизу, а нажахані Естер, Анаділь і Дот дивилися зі сходів.

Софі підхопила шматок скла і витерла з нього краплі дощу.

Мокре волосся було геть сивим. Її обличчя вкрилося великими чорними бородавками. А очі стали чорними, як у ворони.

Вона витріщилася в мокре скло, завмерла від паніки.

Але згодом паніка поступово минула, а її обличчя сіпнулося з дивним полегшенням, наче вона побачила щось усередині себе.

Її порепані губи скривилися в посмішці. Потім почувся сміх полегшення і свободи... Гучніше, вище...

Софі кинула скло, відкинула голову назад і почала жахливо реготати — у цьому було Зло, прекрасне Зло, занадто чисте, щоб опиратися.

Раптом вона подивилася на Агату. З жахливим криком застереження вона накинула зміїний каптур і зникла у ночі.

28
Відьма з Нескінченних Лісів

Коли траплялось щось жахливе, моя мати завжди казала: «Знайди у цьому щось добре», — Естер відсапувалася, пробігаючи повз скам'янілих Кастора і Бізля у залі Капостей.

— Коли траплялося щось жахливе, мій тато завжди говорив: «Їж», — Дот задихалася, повертаючи за ріг.

Вони врізалися у Мону й Арахне...

— Що відбувається? — закричала Мона.

— Йдіть до своєї кімнати! — гаркнула Естер. — І не виходьте звідти!

Мона і Арахне забігли до кімнати і замкнули двері.

Естер і Дот помчали сходами й побачили Горта, Равана і Векса.

— Йдіть до своєї кімнати! — закричала Дот. — І не виходьте звідти!

Хлопчики подивилися на Дот, потім на Естер.

— Негайно! — гаркнула Естер, і хлопчики поквапилися геть.

— Припустімо, що я твій поплічник, — надулася Дот. — Тоді ми не будемо в одному класі наступного року!

— Це якщо Школа ще існуватиме! — відрізала Естер.

Вони бігли через передпокій зі сходами, розганяючи наляканих Нещасливців по їхніх кімнатах.

— Але є одна гарна річ, — сказала Дот. — Жодного домашнього завдання!

Естер раптом зупинилася, широко розплющивши очі.

— Дот, ми не готові до справжньої відьми. Ми першокурсники!

— Це Софі, — сказала Дот. — Та сама дівчинка, яка любить парфуми і рожеве. Нам просто потрібно її заспокоїти.

Естер криво посміхнулася.

— Знаєш, іноді ми тебе недооцінюємо.

— Ой, дурниці, — почервоніла Дот і кинулася вперед. — Може, Анаділь знайшла її.

Після того як вони очистили решту Школи Зла, дві виснажені дівчинки пошкандибали до кімнати 66, де побачили, що їхня сусідка лежить на кублі з простирадл.

— Всі позамикалися у своїх кімнатах, — сказала Дот, обмахуючись тунікою.

Витерши піт, Естер похмуро подивилася на Анаділь:

— Ти шукала Софі?

— Я не мала потреби, — видихнула Анаділь. — Вона йде сюди.

— Сюди? — пирхнула Естер. — Звідки, на біса, ти це знаєш?

Анаділь відкинула простирадла, показуючи Грімма, зв'язаного і з заткнутим ротом.

— Він сказав мені.

У Школі Добра Чаддік і Тедрос у скривавлених і розірваних сорочках стояли на варті за межами загальної кімнати Доблесті.

Усередині тісної брудної схованки дівчатка сопіли у руках своїх обранців, а Беатрікс і Ріна ходили між пораненими хлопчиками із мазями і пов'язками. До того часу, коли зійшло сонце, вони теж спали.

Тільки Агата не сміла відпочивати. Скрутившись у кріслі зі шкіри зебри, вона думала про дівчинку, яка колись принесла їй огірковий сік і печиво з висівок, яка кликала її на прогулянки і довіряла свої мрії.

Цієї дівчинки вже не було. Замість неї була відьма, яка прагнула її смерті.

Вона дивилася крізь вікно на міст, де стояли скам'янілі вчителі, а внизу застигла магічна хвиля. Це не випадковість, не велика помилка. Все це було частиною плану Директора. Він хотів, щоб двоє Читачів розпочали війну.

«Але на чиєму він боці?»

Сонце заповнило кімнату, але Агата не зімкнула очей і чекала на подальші дії Софі.

У кімнаті 66 ранок прийшов і пішов. Так зробив і день.

— Ви не маєте щось попоїсти? — запитала Дот зі свого ліжка.

Естер і Анаділь витріщилися на неї, між ними шкабарчав Грімм із кляпом у роті.

— Я відучора нічого не їла, а я більше не можу їсти шоколад, через вас я жила у туалеті, тепер шоколад мені нагадує...

Естер витягла з Грімма кляп.

— Де Софі?

— Прийде! — закричав Грімм.

— Коли? — спитала Естер.

— Почекай, — відповів Грімм.

— Що?

— Грімм прийшов. Грімм чекає.

Естер подивилася на Анаділь.

— Через це ми тут?

У дверях повернувся ключ, і всі троє сховалися під ліжка.

— Грімм?

Софі прослизнула всередину, зняла чорну мантію і повісила її на гачок.

— Де ти?

Вона огледіла кімнату. Софі пошкребла шкіру голови гострими брудними нігтями.

Коли на підлогу впали пасма білого волосся, дівчатка задихнулися.

Софі озирнулася і побачила, як щось куйовдиться під простирадлами.

— Грімм?

Вона обережно підкралася до ліжка...

Дівчатка втрьох накинулися ззаду.

— Тримай зап'ястки! — кричала Естер, обгорілими простирадлами вона прив'язувала до ліжка ноги Софі. Анаділь зафіксувала зап'ястки Софі над головою поруч із Ґріммом, а Дот била купідона подушкою по голові, щоб зробити хоч щось корисне.

— Можливо, ви забули, — зітхнула Софі. — Але я на вашому боці.

— Тепер ми всі на одному боці, — прошипіла Естер. — Проти тебе.

— Я захоплююся такими приємними намірами, Естер, але ж ти не належиш до Щасливців.

При світлі Естер помітила, що обличчя Софі посічене зморшками.

— Ти будеш тут гнити, доки ми не з'ясуємо, як відродити вчителів, — сказала Естер, ховаючи руки, що тремтіли.

— Просто знайте, що я прощаю вас усіх, — зітхнула Софі. — Перш ніж ви перепросите.

— Ми не будемо перепрошувати, — зауважила Естер. Вона дала Анаділь і Дот знак, щоб ті йшли геть.

Анаділь схопила з гачка мантію Софі.

— Ви повернетеся до мене.

Вони дивилися на Софі, яка посміхнулася, демонструючи втрату ще кількох зубів.

— Ось побачите.

Естер здригнулася і зачинила за собою двері.

Двері відчинилися. До кімнати зазирнула Дот:

— Ти не маєш чогось попоїсти?

Естер витягла її і знову зачинила двері.

Грімм миттєво прожував кляп і виплюнув його.

— Гарний хлопчик, — сказала Софі. Вона погладила Грімма, коли він перегриз її пута. — Ти добре зробив, затримавши їх тут.

Вона відчинила свою шафу і витягла з неї старий швейний комплект і ящики з тканиною й нитками.

— Я була дуже зайнята, Грімм. І повинна багато чого зробити.

БУМ!

Софі повернулася до дверей.

БУМ! БУМ!!

Зовні Анаділь прибивала дошки, вішала замки і закручувала гвинти в її двері, а Естер і Дот підпирали двері статуями й лавами із зали. Естер угледіла Нещасливців, які визирали з їхніх кімнат.

— ЗАЛИШАЙТЕСЯ ВСЕРЕДИНІ! — гримнула вона — і двері позачинялися.

— Я почуваюся жахливо, — сказала Дот. — Вона наша сусідка!

— Хай там як, а це не наша сусідка, — сказала Естер.

Усередині Софі мугикала під стук молотка. Під її сяючим пальцем голка шила сама собою.

— Їм просто доведеться все це зняти, — зітхнула вона, згадавши, коли її в останній раз замикали у кімнаті. — Все це марно.

Раннім вечором Щасливці відчували неспокій і почали групуватися, щоб узяти ванну. Потім вони перейшли до Трапезної, де зачаровані горщики на кухні продовжували готувати, незважаючи на скам'янілих німф навколо них. Учні наповнили тарілки карі з гуски, сочевичним салатом і фісташковим шербетом і поїли за круглими столами у незграбній тиші. За головним столом Агата намагалася упіймати погляд Тедроса, але він із нещасним виглядом просто гриз курячу кістку. Вона ніколи не бачила, щоб він виглядав так стомлено — темні кола під очима, бліде обличчя, якась пляма на підборідді. Він єдиний не узяв ванну.

Тиша стояла, аж поки вони почали їсти шербет.

— Ой, я не знаю, чи знаєте ви, але, м-м-м, зала Добра? — Кіко знітилася. — Вона і досі... ціла.

Сто дев'ятнадцять голів піднялися.

Кіко піднесла шербет до спітнілого обличчя.

— Тож ми могли б, якби захотіли, м-м-м, як і раніше провести, ви знаєте... — вона проковтнула. — Бал.

Усі дивилися на неї.

— Чи ні, — пробелькотіла Кіко.

Її однокласники повернулися до шербету.

За хвилину Міллісент відклала ложку.

— Ми готувалися увесь цей час.

— І ми ще маємо дві години, — сказала Жизель.

Ріна зблідла.

— Чи достатньо часу?

— Я доберу музику! — сказав Трістан.

— Я перевірю залу! — підхопив Тарквін.

— Всім одягатися! — проголосила Беатрікс, натовп облишив ложки і став на ноги.

— Ну ж бо, з'ясуймо! — почувся голос Агати. — Феї і вовки мертві, вчителі зачаровані, Школа напівзруйнована, вбивця на волі, а ви хочете провести Бал?

— Ми не можемо відмовитися через відьму! — відповів Чаддік.

— Ми не можемо відмовитися від наших суконь! — скорботно промовила Ріна.

Щасливці вибухнули розлюченою згодою.

— Вчителі будуть пишатися!

— Добро ніколи не поступається Злу!

— Вона хоче занапастити наш Бал!

— Всі, замовкніть.

Кімната затихла. Щасливці повернулися до Тедроса, який і досі сидів.

— Агата має рацію. Зараз ми не можемо провести Бал.

Його однокласники посідали, киваючи. Агата видихнула.

— Спочатку ми знайдемо відьму і вб'ємо її, — гарчав Тедрос.

Агата стисла кулаки, а Щасливці вибухнули вигуками.

— Вбити відьму! Вбити відьму!

— Ви вважаєте, що вона просто чекає на нас? — вигукнула Агата, схопившись зі стільця. — Ви гадаєте, що можна запросто прогулятися до Школи Зла і вбити справжню відьму?

Вигуки припинилися.

— Що ти маєш на увазі під «справжньою» відьмою? — Беатрікс витріщилася на неї.

Кіко зблідла, зрозумівши:

— Казкар дійсно пише вашу казку, це правда?

Агата кивнула, і в кімнаті почулось нервове хихотіння.

— Ми не знаємо, хто контролює ці казки, — сказала Агата, перекриваючи їх. — Ми не знаємо, чи Директор добрий, чи злий. Ми навіть не знаємо, чи Ліси і досі мають баланс Добра і Зла. Все, що ми знаємо, — це те, що Софі хоче моєї смерті і вб'є будь-кого на своєму шляху. Отже, я кажу, що ми повертаємося до загальної кімнати Доблесті і чекаємо.

Усі погляди звернулися до Тедроса, який похмуро дивився на неї.

— Але я — Капітан цієї школи, — відповів він, — і я кажу, що ми атакуємо.

Погляди металися між ним і його принцесою.

— Тедросе, ти довіряєш мені? — м'яко запитала Агата, дивлячись на нього.

Запанувала тиша. Її питання повисло у повітрі, Тедрос почервонів під її поглядом.

Принц відвернувся.

— Назад до кімнати Доблесті, — пробурмотів він.

Оскільки Щасливці підкорилися його наказам і похмуро доїдали, Агата торкнулася його плеча.

— Ти вчинив правильно...

— Я збираюся узяти ванну, — відповів він. — Хочу виглядати гарно, коли ховатимусь, наче дівчисько!

Агата дозволила йому вирватися уперед. Коли Тедрос пішов із зали, біля дверей його зустріла Беатрікс.

— Ну ж бо, прослизнемо до Школи Зла, Тедді! Ми вб'ємо цю відьму разом!

— Роби, як тобі сказали, — скипів Тедрос і проскочив повз неї.

Почервоніла Беатрікс дивилася, як він іде.

За кілька хвилин, коли Щасливці повернулися до своєї тюрми у кімнаті Доблесті, вона проскочила по переходу до своєї кімнати, де на неї чекав голодний білий кролик, який стрибав угору-вниз.

— Ти отримаєш вечерю, Тедді, — сказала вона, підхопивши його. — Але спочатку ти маєш її заробити.

Естер прокинулася у темряві, коли на Дзвіниці пробило вісім. Заслинена, вона відірвала книжку «Відміна Проклять», яка прилипла до її щоки, і подивилася на Дот і Анаділь, зсутулених за меблями, що закривали їхню кімнату.

Естер зірвалася на рівні і подивилася поверх їхніх голів. Двері кімнати 66 були не порушені.

Естер полегшено видихнула, а потім задихнулася. У кінці зали щось рухалося. Вона перелізла через безлад із меблів і підкралася до сходів.

Коли вона наблизилася, побачила три зсутулені фігури, що кралися сходами. За хвилину з'явилися ще дві...

Естер чекала за балюстрадою, поки не побачила ще тіні. Вона запалила смолоскип...

Мона, Арахне, Векс і Брон витріщилися на неї.

— Чому ви не у ваших кімнатах? — заричала Естер.

— Ми хочемо допомогти! — сказала Мона.

— Ми хочемо битися! — зауважив Векс.

— Що? Що ти...

Тоді Естер побачила те, що було у їхніх руках.

Анаділь бачила сни про каналізацію, а Дот — про боби, коли обидві прокинулися, відчувши, що їх хтось копає у животи.

— Дивіться! — Естер простягла чорну картку із зеленими блискітками і примарно-білим написом.

— Це мило. Хоча навряд чи варте того, щоб нас розбудити, — сказала Дот. — Що за помста?

— Жодної помсти! — вигукнула Естер.

— Тоді навіщо ти написала це? — спитала Анаділь.

— Це не я, ідіотки!

Обидві дівчинки подивилися на неї. Потім кинулися до сходів.

— Як вона вийшла? — закричала Анаділь, перестрибуючи по дві сходинки за один раз.

— Вона зробила це ще до того, як прийшла! — відповіла Естер.

Годинник пробив пів на восьму.

— Вона дуже гарна у капостях.

Дот спустилася сходами.

— Як гадаєш, що це буде за помста?

— Ще більше ворон? — сказала Анаділь.

— Отруйні хмари? — сказала Естер.

— Запалювальні бомби, закладені в обох школах, що вибухнуть водночас? — запитала Дот.

Естер зблідла.

— Вважаю, що вони всі мертві!

Вони пробігли крізь передпокій, повз Трапезну, повз Виставку Зла, до вкритих павутинням, прикрашених різьбленими черепами дверей у віддаленому кінці Школи. Відкинувши чорне запрошення, Естер відчинила двері, і три дівчинки посунули до зали Зла, підготовленої для бойні.

Дот кинула лише один погляд і знепритомніла. Дві інші втратили подих.

— Це помста? — сказала Естер зі сльозами.

Біля входу до зали кролик Тедді вискочив з-під сходів і схопив картку, що викинула Естер. Він обережно затис її зубами. Потім, мріючи про груші, сливи й інші смаколики, пострибав назад, щоб розшукати свою хазяйку.

Притулившись до стіни у загальній кімнаті Доблесті, Агата намагалася не стуляти очі, але повіки ставали дедалі важчими, аж поки вона не почала схилятися вбік. Чиїсь руки підхопили її. Вона зиркнула на Тедроса у спідній сорочці, рум'яного і мокрого після ванни.

— Спи, — промовив він. — Я поряд.

— Я знаю, що ти через мене засмутився.

— Тс-с-с, — сказав він, стискаючи її міцніше. — Більше жодних суперечок.

З винуватою посмішкою Агата здалася його сильним рукам і заплющила очі.

Двері загальної кімнати розчинилися.

— Тедді! — увірвалася Беатрікс.

Щасливці прокинулися.

Тедрос роздратовано підняв очі.

— Вони йдуть! — заволала Беатрікс і простягла йому чорну картку. — Вони йдуть, щоб убити нас!

Тедрос прочитав білий напис. На його шиї поздувалися вени.

— Я так і знав!

Агата намагалася зазирнути йому через плече, але він підвівся на ноги.

— УВАГА!

Щасливці одразу посідали.

— Цієї самої миті лиходії планують помститися нам, — проголосив Тедрос. — Всі Нещасливці зараз об'єдналися із Софі. Наша єдина надія — напасти на Школу Зла, перш ніж вони прийдуть до нас. Вирушаємо о 21:00!

Агата стояла вражена.

— Готуймося до війни! — заревів Тедрос, відчиняючи двері.

— Війна! — заревів Чаддік і повів Щасливців за собою. — Готуймося до війни!

Приголомшена Агата підняла картку. Коли вона читала, її очі спалахнули.

— Ні! Не нападайте!

Вона вибігла із загальної кімнати... і під її ногою промайнув чийсь черевичок. Агата влетіла у стіну — в очах потемніло.

— Ой, — сказала Беатрікс і побігла за рештою.

Агата розплющила очі. Вона відчула пекучий головний біль і побачила порожню залу. Стогнучи від болю, вона пішла за відбитками взуття по переходу до вежі Честі, а потім до Сховища Гензеля. Нарешті вона почула зловісні звуки, як меч вдарявся об камінь.

Вона заглянула до кімнати з твердого цукру і побачила, що хлопчики-Щасливці нагострюють справжні мечі, стріли, сокири, булави, ланцюги, які вони забрали зі Зброярні.

— Скільки киплячого масла? — озвався один.

— Досить, щоб засліпити їх усіх! — вигукнув інший, проводячи мечем по точилу.

У кімнаті з льодяників Ріна переробляла сукні дівчаток на більш практичні для боротьби, тим часом як Беатрікс озброїла кожну дівчинку мішечком гострих каменів і дротиків із шипів.

— Але хлопчики готувалися до війни на уроках, — простогнала дівчинка.

— А ми ніколи не вчилися битися! — промовила інша.

— Ви хочете стати рабами лиходіїв? — вибухнула Беатрікс. — Вас примусять готувати дітей, їсти серця принцес і пити кінську кров...

— І носити чорне? — вигукнула Ріна.

Щасливиці ковтнули.

— Тоді швидко вчіться, — сказала Беатрікс.

У зефірній кімнаті Кіко і Жизель запалили десятки смолоскипів, а у кімнаті з жувального драже Ніколас і купа хлопчиків вирізали таран.

Агата знайшла Тедроса в останній кімнаті з Чаддіком і двома іншими хлопцями, вони нахилилися над рукописною картою професорки Даві.

— Звідки ти знаєш, що зала Зла тут? — запитав Чаддік.

— Це лише здогад, — відповів принц. — Агата єдина, хто бував у цій проклятій Школі, але я не можу знайти її. Скажи Беатрікс, щоб пошукала її ще раз.

— Я позбавлю вас цього клопоту.

Хлопчики повернулися до Агати.

— Нам потрібна твоя допомога, — сказав Тедрос, посміхаючись.

— Я не буду допомагати Капітану, який веде свою армію на смерть, — сказала Агата.

Тедрос почервонів від здивування.

— Агато, вони збираються вбити нас!

— Зараз Добро збирається атакувати, щоб убити нас усіх, — зауважила вона, тримаючи чорну картку. — Зло не атакує! Софі хоче, щоб ти напав!

— Хоч раз я і відьма дійшли згоди, — сказав Тедрос. — То ти зі мною чи ні?

— Я забороняю тобі.

— Я тут чоловік, а не ти!

— То дій як чоловік!

Годинник пробив дев'яту годину.

Дзвони на вежі загули, хлопчики нервово дивилися на Тедроса й Агату.

Пролунав останній удар дзвону.

Агата побачила сумнів в очах Тедроса і зрозуміла, що вона перемогла. Вона лагідно посміхнулася і потяглася до його руки, але Тедрос відштовхнув її. Він дивився на неї, а його обличчя ставало дедалі червонішим…

— МИ ВИРУШАЄМО НЕГАЙНО! —

крикнув він — і зала вибухнула ревищем.

Коли три його лейтенанти побігли шикувати військо, Тедрос схопив карту і кинувся геть.

Агата стала йому на заваді. Перш ніж вона промовила хоч слово, він схопив її за талію.

— Агато, ти довіряєш мені? — видихнув він.

Вона роздратовано зітхнула.

— Звісно, але...

— Добре.

Він зачинив двері.

— Мені шкода, — сказав він крізь щілину в дверях. — Але я твій принц і збираюся тебе захистити.

— Тедросе! — Агата билася об цукеркові двері. — Тедросе, вона вб'є вас усіх!

Крізь щілину вона бачила, як він веде на війну свою армію Добра, озброєну смолоскипами, зброєю, тараном. Учні Школи Добра вигукували кровожерливо:

— Вбити відьму! Вбити відьму!

В освітленій полум'ям залі танцювали їхні спотворені тіні — темні і криві, а потім вони зникли, наче марево, створене чарами.

Від жаху в Агати застигла кров. Вона має потрапити до Школи Зла раніше за Тедроса і його армію. Але що вона може зробити, щоб урятувати їх?

«Лише коли твій Суперник помре, ти відчуєш полегшення», — сказала леді Лессо.

З очей потекли сльози. Болісне рішення було ухвалене.

Віддати себе Софі, і ніхто інший не помре.

Нехай відьма переможе.

Це єдиний щасливий кінець, що був прийнятним.

З диким криком вона штовхала і била двері, потім жбурнула у них стіл із цукерок, але двері не піддавалися. Вона кидала стільці у глазуровані стіни, стрибала по підлозі з патоки... залишався тільки один вихід із цієї кімнати. Пітніючи, Агата визирнула у вікно.

Вона піднялася на підвіконня у своїй синій сукні і чорним кломпом намацала виступ. Їй в обличчя дмухнув прохолодний вечірній вітер, вона приставила другу ногу і схопилася за мотузку із золотими ліхтариками, якими феї прикрасили вежу перед Балом. Відчайдушно потягнувшись, вона відштовхнулася від вузького виступу й обкрутнулася навколо своєї осі. Вона була настільки високо над Напівдорожнім мостом, що скам'янілі вчителі на ньому виглядали, наче жуки. Різкий вітер стугонів у вухах. Вона затремтіла настільки сильно, що ледь не зісковзнула. Крізь скляний перехід вона могла бачити, як смолоскипи наповнюють вежу Честі й шикуються у напрямку Тунелю з дерев. Вона мала всього-на-всього кілька хвилин до того, як Добро потрапить просто у тенета Зла. Агата потягла за ліхтарик і виявила, що він прикріплений досить міцно. Вона подивилася на сплетіння ліхтариків, що огорнули вежу, — сяючий шлях, що приведе її до мосту.

«Будь ласка, будьте досить міцними», — помолилася Агата.

Вона схопилася за мотузку, стрибнула з виступу і почула, як тріщить мотузка. Її тіло пірнуло, врізалося у скляний виступ, і за мить до того, як вона впала, щось промайнуло і вдарилося за дюйм від її щоки. Агата схопилася у відчаї і лише потім роздивилася, що це було...

Стріла.

Висячи на ній, вона шоковано озирнулася навсібіч, її рух був надзвичайно вчасним, адже ще одна стріла ледь не влучила їй в другу щоку. З темряви вилетіла хмара стріл, націлених просто в неї. Оскільки сталеві наконечники знову і знову свистіли поруч, Агата заплющила очі і почала чекати на останній вбивчий постріл.

Дзижчання припинилося. Агата розплющила очі. Стріли склалися у хаотичну драбину, що спускалася до самого низу вежі. Вона не сумнівалася у тому, хто хоче її смерті. Вона просто злазила униз по стрілах на Напівдорожній міст так швидко, як могла. Агата пробігла між скам'янілими вчителями, випроставши руки у пошуках бар'єра, який так і не з'явився. Армія Тедроса прибула на Галявину і виявила, що тунелі Добра і Зла геть заросли і крізь них неможливо пройти, а тим часом Агата безперешкодно потрапила у лігво лиходіїв.

Високо у вікні вежі Злості Грімм прибрав свій лук.

— І не збила навіть волосини з її голови, — сказала Софі, пестячи його. — Як ти хотів.

Грімм покірно щось пробурмотів, а Софі поглянула на армію Тедроса, яка марширувала навколо рову, а потім униз на Агату, яка на самоті ввійшла до Школи Зла.

— Чекати вже зосталося недовго, — сказала вона.

Вона змела зі столу пасма сивого волосся і продовжила шити — ляльковод радісно смикав за мотузки.

Агата очікувала, що її схоплять відразу, як вона зайде до Школи Зла. Але коли вона проскочила крізь вологе фойє, то не побачила там ані охоронців, ані пасток, ані ознак війни. Школа Зла була неприємно тихою, тільки залізні двері, що відчинялися і зачинялися у глибині передпокою, неприємно скрипіли. Вона зазирнула досередини і знайшла Театр Казок, незіпсований і відновлений, з однією різницею. Там, де раніше, спереду кам'яної сцени, було зображення фенікса, який повставав із попелу, тепер було щось нове...

Волаюча відьма, оточена воронами.

Здригаючись, Агата прокралася до зали Зла. «Але, дорогі Нещасливці, ми помстимося...»

Що Софі примусить Нещасливців зробити із нею? Вона думала про всіх найстрашніших лиходіїв, про яких читала у казках. Перетворити її на камінь? Демонструвати її відтяту голову? Приготувати з неї пиріг?

Хоча було дуже холодно, Агата відчула, як її щоки палають, коли вона повернула за ріг.

Прокотити її у діжці із цвяхами? Вирвати її серце? Заповнити її шлунок камінням?

Піт змішувався зі сльозами, коли вона дивилася на сотні відбитків ніг...

Спалити? Зарізати?

Вона побігла, готова до тортур і смерті, бажаючи, щоб коли-небудь вона і Софі знайшли одна одну в іншому світі, без принців, без болю, і зі страшним криком кинулася крізь прикрашені різьбленими черепами двері...

Вона задихнулася. Зала Зла була перетворена на чудову бальну кімнату, яка блищала зеленою мішурою, чорними кульками і закрученими свічками, що освітлювали фрески смарагдовими спалахами світла. У залі височіла крижана скульптура двох звитих докупи змій. Навколо неї Горт і Дот товклися у ритмі вальсу, Анаділь обіймала Векса, Брон намагався не наступити на зелені ноги Мони, а Естер і Раван схилялися одне до одного і шепотіли, коли ще якась лиходійська пара починала танцювати.

Раванові сусіди підхопили музику тростяними скрипками, і ще кілька пар вийшли на паркет. Незграбні, боязкі, але осяяні щастям, вони танцювали під написом:

ПЕРШИЙ
ЩОРІЧНИЙ ЛИХОДІЙСЬКИЙ
«НЕ БАЛ»

Агата почала плакати. Музика зупинилася.

Вона витерла очі і побачила, як Нещасливці витріщаються на неї. Пари розпалися. Обличчя почервоніли від сорому.

— Що вона тут робить? — вигукнув Векс.

— Вона розповість Щасливцям! — сказала Мона.

— Ловіть її! — закричала Арахне.

— Я це владнаю, — сказав голос.

Естер пройшла крізь натовп. Агата повернулася.

— Естер, слухай-но...

— Це вечірка для лиходіїв, Агато, — промовила Естер, підкрадаючись до неї. — А ти не лиходійка.

Агата притислася до стіни.

— Зачекай — не...

— Я боюся, що потрібно зробити тільки одне, — сказала Естер, за нею виросла тінь.

Агата прикрила обличчя.

— Вмерти?

— Залишитися, — сказала Естер.

Агата дивилася на неї здивовано. Як і Нещасливці.

Векс вказав.

— А... але... вона...

— Ласкаво просимо, це моя гостя, — сказала Естер. — На відміну від Снігового Балу, наш Не Бал не має жодних правил.

Агата похитала головою, заміть слів з її очей полилися сльози.

Естер торкнулася її плеча.

— Ось як ми знайшли залу, — сказала вона, її голос зривався. — Я гадаю, вона хотіла, щоб ми отримали те, чого не змогла мати вона. Може, це її спосіб перепросити.

Агата розридалася.

— Вибач теж...

— Я штовхнула тебе у каналізацію, — хлипнула Естер. — Ми всі припустилися помилок. Але ми їх виправимо, чи не так? Обидві школи разом.

Агата плакала так сильно, що її тіло здригалося.

Естер напружилася.

— Що це?

— Я намагалася, — плакала Агата. — Я намагалася їх зупинити.

— Зупинити кого...

— Вбити лиходіїв! Нещасливці, помріть!

Естер повільно повернулася.

— Вбити лиходіїв! Нещасливці, помріть!

Нещасливці гуртом побігли до гігантських вікон і почали вдивлятися у ніч. Унизу, біля крутого пагорба, армія Добра йшла вздовж рову — їхня зброя блищала у світлі смолоскипів.

Натхненне сяйво зникло з облич лиходіїв. Вони знову заховалися у своїх мушлях. У вікно увірвався вітер і загасив свічки, залишаючи залу темною і холодною.

— То ти прийшла попередити, що твій принц поспішає убити нас? — запитала Естер, дивлячись на лютий натовп. — Забагато для кохання.

— Вам не потрібно боротися з ними, — наполягала Агата. — Нехай побачать те, що і я.

Естер повернулася, її очі палали.

— І нехай вони сміються над нами? Дозволити їм нагадати нам, хто ми є? Потворні. Нікчемні. Невдахи.

— Ви не такі!

Але Естер знову стала небезпечною дівчинкою, яку вона знала раніше.

— Ти нічого не знаєш про нас, — загарчала вона.

— Ми однакові, Естер! — благала Агата. — Дозвольте їм побачити правду. Це єдиний шлях!

— Так, — спокійно промовила Естер. — Є тільки один шлях.

Вона вишкірила зуби.

— Звільніть відьму!

— Ні! — закричала Агата. — Саме цього вона прагне!

Естер посміхнулася.

— І нагадайте нашій принцесі, що стається, коли невинні діви йдуть куди не слід.

Агата закричала, коли її оточили тіні лиходіїв.

А зверху, у гнилій вежі, натовп із п'ятдесятьох Нещасливців відсунув останні меблі і вирвав останній цвях з кімнати 66. З диким ревом вони відчинили двері і налякано відступили. До них повернулася зморщена, бридка карга у розкішній рожевій бальній сукні. Вона потерла блискучу лисину і посміхнулася чорними яснами.

— Дайте вгадаю, — посміхнулася Софі. — На нашу вечірку завітали несподівані гості.

29

Зло красиве

Агата розплющила очі, вражена арктичним холодом. Вона лежала на спині, запечатана у матову скляну труну. Зовні виднілися десятки розмитих силуетів. Запанікувавши, вона хотіла піднятися, але її тіло було заморожене.

Це було не скло. Це була крига.

Вона намагалася вдихнути більше повітря, але не змогла. Очі вибалушилися, щоки посиніли... Потім темні тіні розійшлися, і з'явився

рожевий привид. Агата язиком протерла лід. До неї посміхалася Софі — лиса і потворна. У неї в руках була сокира з Катувальної кімнати. Агата зробила останній подих, її очі благали милосердя. Софі дивилася на неї крізь лід, пробігла пальцями по обличчю Агати... і підняла сокиру.

Десь закричала Естер.

Сокира розбила лід, руйнуючи труну, і зупинилася за волосину від обличчя Агати. Вона впала на мокру підлогу, хапаючи повітря.

— Заморозити бідну принцесу? — зітхнула Софі. — Так з гостями не поводяться, Естер.

— Стріли — це ти... — затнулася Агата, відповзаючи назад. — Ти привела мене сюди, щоб убити...

— Вбити тебе? — Софі виглядала обуреною. — Ти гадаєш, я можу вбити тебе?

Агата побачила на іншому боці кімнати Естер, яка стояла поряд із Анаділь і Дот і вражено дивилася на те, що колись було їхньою сусідкою, — лису зморщену каргу.

— Насправді я хочу, але не можу, Агато, — промовила Софі. Вона поворушила сяючим пальцем, і сокира зникла. — Я просто не можу.

Вона розглядала своє гниле обличчя у повітряній кулі.

— Моя поведінка останньої ночі була неприємною.

— Неприємною? — Агата закашлялася. — Ти виштовхнула мене у вікно!

— А ти б не вчинила так само? — запитала Софі, роздивляючись у кульці відображення Агатиної синьої сукні. — Якби я забрала все, що було твоїм.

Софі повернулася, рожева сукня блищала.

— Але це твоя казка, Агато. І ми закінчимо її ворогами чи друзями.

— Д-друзями? — пробелькотіла Агата.

— Директор сказав, що так не буває. І можливо, ми обидві вважали, що він мав рацію, — сказала Софі. Шкіра навколо бородавок розлізлася. — Але як він міг нас зрозуміти?

Агата відсахнулася з огидою.

Софі кивнула.

— Зараз я потворна, — тихо погодилася вона. — Але я можу бути щасливою тут, Агато. Я дійсно можу. Ми там, де маємо бути. Ти — у Школі Добра. Я — у Школі Зла.

Її очі пройшлися декорованою залою.

— Але Зло може бути красивим, чи не так?

Вікна освітилися смолоскипами.

— Софі, Щасливці біля воріт! — закричала Анаділь, озираючись.

— Помста, — сказала Агата, здригаючись. — Ти сказала, що бажаєш помсти.

— А як іще я мала заманити сюди Добро, Агато? — сумно промовила Софі. — Як іще показати їм, що все, що ми хотіли, — це власний Бал?

— Софі, вони йдуть! — закричала Дот.

Унизу Щасливці таранили двері замку.

— Але тепер ми закінчимо все це, чи не так? — Софі витягла з кишені вузлуватий кулак.

Очі Агати розширилися. Вона щось тримала у руці.

— ВОНА НАГОРІ! — Щасливці прорвалися досередини.

— Агато, — сказала Софі, схилившись до неї зі стиснутим кулаком.

— ВБИТИ ВІДЬМУ! — волали Щасливці, штурмуючи сходи.

Софі простягнула їй плямистий кулак.

— Моя подруго... моя Супернице...

Агата тремтіла від страху. Софі розтиснула пальці і впала на одне коліно.

— Чи ти потанцюєш зі мною?

Агата задихнулася.

БУМ! Щасливці гамселили по дверях Зали.

— Софі, що ти коїш! — закричала Естер.

Софі простягла Агаті руку.

— Ми покажемо їм, що все скінчено.

Двері тріщали.

— Один танок для миру, — пообіцяла Софі.

— Софі, вони вб'ють нас усіх! — кричала Естер.

Софі й досі простягувала руку.

— Один танок для щасливого закінчення, Аггі.

Паралізована, Агата подивилася на неї. Дверіі замки піддавалися.

Бородавки Софі були мокрі від сліз.

— Один танок, щоб урятувати моє життя.

— На три! — кричав Тедрос іззовні.

Софі глянула на Агату з широко розплющеними вугільними очима.

— Це я, Аггі, бачиш?

Здригаючись, Агата вивчала її потворне обличчя.

— Один!

— Агато, будь ласка.

Агата відступила назад, перелякана.

— Будь ласка... — благала Софі, шкіра на її обличчі тріскалася. — Не дай мені померти лиходійкою.

Агата відскочила від неї.

— Ти — Зло...

— Добро пробачає.

Агата завмерла.

— Чи ти не належиш до Добра?

— Два!

Агата, зітхнувши, схопила її руку.

Софі обгорнула навколо неї свою кістляву руку і закружляла у вальсі. Естер дала знак, і сусіди Равана почали грати любовну мелодію.

— Ти — Добро, — видихнула Софі і поклала голову Агаті на плече.

— Я не дозволю їм зашкодити тобі, — прошепотіла Агата, стискаючи Софі міцніше.

Софі торкнулася її щоки.

— Хотіла б я сказати те саме.

Агата подивилася на неї. Софі зловісно посміхнулася.

— Три!

Тедрос зі звіриним криком увірвався на чолі своєї армії і заніс меч позаду Софі...

— Смерть ві...

Тоді він побачив вальс у повному розквіті.

Софі повернулася до нього з Агатою у руках. Тедрос впустив меч.

— Бідний Тедді, — промовила Софі, рухом припиняючи музику. — Щоразу, як він знаходить принцесу, виявляється, що вона відьма.

Тедрос подивився на Агату, приголомшений.

— Ти з... нею?

— Вона бреше! — закричала Агата, марно намагаючись вирватися з рук Софі.

— Як ти вважаєш, вона пережила падіння? Чому вона спробувала зупинити твою атаку? — сказала Софі, обійнявши її міцніше. — Так, Тедді, боюся, що твоя бальна пара є й моєю.

Тедрос простежив очима за поглядом Софі, спрямованим на напис над залою. Щасливці позаду нього зблідли.

— Не слухай її! — закричала Агата. — Це пастка!

— Агато, все гаразд, дорогенька. Ти можеш сказати йому, — прошамкотіла Софі. Вона повернулася до Тедроса, роздратована. — Вона хотіла зачекати, а потім встромити меч тобі в горло.

Тедрос подивився на Агату широко розплющеними очима.

— Це неправда! — закричала вона.

— У мене є доказ! — вона повернулася. — Естер! Дот! Скажіть їм!

Але Естер, Дот та інші Нещасливці дивилися на армію Добра, що принесла смертельну зброю для різанини. Естер повернулася до Агати і нічого не сказала.

Агата побачила, як згасло світло в очах принца. Позаду нього Щасливці повернули зброю від Софі до неї.

— Ні! Почекай! — вона звільнилася і впала до рук Тедроса. — Ти маєш повірити мені! Я на твоїй стороні!

— Дійсно! — здивувалася Софі. — Але як так сталося, що принц замкнув тебе в одній вежі, а ти опинилася тут, в іншій?

Агата відчула, як напружилися руки Тедроса. Вона подивилася у його безкровне обличчя.

— Відповідай їй, — сказав він.

— Я прийшла, щоб допомогти тобі... я злізла.

— Злізла! — заклекотіла Софі. — Униз із вежі!

Тедрос подивився на високі шпилі Школи Добра.

— Там були с-с-стріли, — затнулася Агата.

— Я не знаю, чого вона соромиться, — вишкірилася Софі, дряпаючи голову. — Вона продумала кожен крок. Свій прихід до Школи Добра, вашу зустріч у Лісі, напад на «Показі»… Всі частини великого плану Агати, щоб ти вважав, що вона Добро. О, окрім цієї чудової нової посмішки. Це все була чорна магія.

Агата не могла дихати.

— Тільки найкраще Зло може замаскуватися під Добро, — сказала Софі, дивлячись на неї. — Агата ще краща, ніж я.

Тедрос відійшов від Агати.

— Принцеса не піддасть сумніву мою владу, — сказав він, червоніючи.

— Тедді, зажди… — благала Агата.

— Принцеса не запитала б, чи я чоловік.

— Подивися, що вона робить із тобою…

— Я знав, що ти відьма, — вигукнув він, його голос зривався. — Я знав увесь цей час.

— Ти не довіряєш мені? — плакала Агата.

— Моя мати питала те саме у батька, — сказав Тедрос, стримуючи сльози. — Але я не припущуся його помилки.

Його очі метнулися до Екскалібура, що лежав між ними. Принц кинувся за ним, але Агата схопила меч першою і, скочивши на ноги, витягла його уперед. Перелякані Щасливці приготували зброю.

— Бачиш? — посміхнулась Софі. — Меч до горла.

Агата глянула на неї, потім на Тедроса, що дивився на свій меч... Вона опустила його.

— Ні! Я просто... я не хотіла...

Обличчя Тедроса налилося кров'ю.

— Підготуватися до атаки!

Агата позадкувала.

— Тедросе, послухай мене!

Тедрос схопив лук Чаддіка.

— Тедросе, зачекай...

— Я гірший за батька. — Тедрос підняв погляд, його очі блищали. — Тому що я і досі кохаю тебе.

Він випустив стрілу їй у серце.

— Ні! — закричала Агата.

— Плі!

Тієї самої миті, як Тедрос вистрілив у Агату, Щасливці жбурнули камені, дротики, олію у беззахисних Нещасливців...

Софі змахнула сяючим пальцем саме тоді, коли стріла встромилася Агаті у груди. Зброя перетворилася на маргаритки і впала на підлогу.

Нажахані Нещасливці озиралися, приголомшені тим, що ще живі. Агата повільно повернулася.

— Навчилася у моєї улюбленої принцеси, — сказала Софі.

Агата, ридаючи, опустилася на землю.

Погляд Тедроса метався між ними, його обличчя було охоплене жахом. Софі диявольськи посміхнулася.

— Ти ніколи не був гарним у таких викликах, Тедді?

— Ні!

Тедрос упав навколішки, схопив Агату до рук. Вона відштовхнула його.

— Тепер кінець. Принц намагався вбити свою принцесу, — веселилася Софі.

Вона взяла маргаритку, призначену Агаті, і радісно її понюхала.

— На щастя, тут було Зло, щоб її врятувати.

Тедрос поглянув на неї знизу вгору, пригнічений.

— Тож напрошується питання, звісно... — Софі облизала потріскані губи. — Що станеться, коли Зло стане Добром?

Цього разу, коли вона посміхнулася, Тедрос побачив блискучі білі зуби. Він відсахнувся, вражений. Перед його очима бородавки Софі зникли, глибокі зморшки розгладилися, свіжа персикова шкіра засвітилася молодістю. З блискучого черепа виріс каскад білявого волосся, а губи налилися соковитим блиском. Агата повільно визирнула з долонь і побачила, що очі Софі палають смарагдово-зеленим, а старе тіло розквітає, аж поки велика лиходійка не стала так само вродливою у своїй рожевій сукні, як раніше, ні, кращою, ніж будь-коли раніше.

— Ідіть, ідіть негайно… — попередила Агата, але Щасливці були паралізовані, дивлячись на щось за спиною Софі.

Агата озирнулася. Естер подивилася на неї, тепер одягнена у рожеве. Її тонке волосся перетворилося на довгі густі пасма, вузьке обличчя стало округлим, а татуювання набули чудового червоного кольору. Поряд біле волосся Анаділь стало каштаново-коричневим, червоні очі — зеленими, тим часом як кругле тіло Дот набуло вигинів піскового годинника. Горт дивився на своє відображення у повітряній кульці — щелепа стала квадратною, на підборідді з'явилася ямочка, а чорний одяг перетворився на блакитний кітель Щасливця. Раван побачив, що його масна шкіра очистилася, Брон підняв сорочку і розглядав, як з'являються м'язи, Арахне пробіглася пальцями по двох нових очах, Мона торкалася гладенької кремової шкіри. Доки всі навколо не перетворилися. Лиходії витріщалися одне на одного — всі у формах Школи Добра.

Софі посміхнулася Агаті.

— Я ж тобі казала, що Зло може бути красивим, чи не так?

— Відступаємо! — закричав Тедрос, повертаючись до своєї армії.

— Ми не закінчили, Тедді. — гримнула Софі. — Ти і твоя армія увірвалися на Бал. Ти і твоя армія напали на беззахисну Школу. Ти і твоя армія намагалися винищити кімнату бідних учнів, які бажали насолодитися найщасливішою ніччю у нашому житті. І тут постає інше питання...

— Відступаємо негайно! — волав Тедрос.

— Що станеться, коли Добро стане Злом?

За спиною Тедроса почулися вигуки.

Агата повернулася і побачила, як Беатрікс скрикнула від болю, коли її спину з тріском згорбило. Її волосся посивіло, її обличчя вкрилося старечими плямами, а рожева сукня перетворилася на чорне лахміття на сухих кістках. Позаду неї весь одяг Щасливців повільно перетворювався на гниле шмаття Школи Зла. З тіла Чаддіка виросли металеві шипи, Міллісент ридала, бо її шкіра стала зеленою, Ріна скрикнула і почала скребти щоки, вкриті коростою, Ніколас крутився навколо, одноокий і горбатий. Одне за одним Щасливці, які напали на лиходіїв, ставали потворними, Агата єдина була захищена від покарання... Поки нарешті Софі повернулася до Тедроса, лисого, худого, в огидних шрамах, перед його армією лиходіїв.

— Вітаймо принца! — знущалася вона.

Гарні Нещасливці тицяли у потворних Щасливців і приєдналися до неї у хорі тріумфального сміху, змітаючи останні ознаки поразки.

Агата схопила меч і навела на Софі.

— Твоя війна зі мною! Нехай вони йдуть!

— Але ж, дорогенька, — посміхнулася Софі, — двері відчинені.

Спотворені Щасливці помчалися до них. Усі, крім постарілого худого Тедроса, який тепер блокував їм шлях.

— Будь ласка, Тедді, скінчи цю війну, — закликала Агата.

— Я не можу залишити тебе, — проскрипів принц.

Агата подивилася у його сумні звірині очі.

— Цього разу ти маєш мені довіритися.

Тедрос покачав головою, занадто присоромлений, щоб сперечатися...

— Відступаємо! — звернувся він до Школи. — Відступаємо!

Зі змученим криком він повів потворних Щасливців до дверей. Двері голосно грюкнули перед їхніми обличчями.

— Ви всі дійсно повинні вивчити свої правила, — зітхнула Софі.

Тедрос і його армія повернулися наполохані.

— Зло нападає, Добро захищається, — сказала Софі.

— Ви напали, — вона посміхнулася. — Тепер ми захищаємося.

Вона проспівала три високі ноти. Агата раптом почула назовні гарчання, що ставало дедалі голоснішим, доки вона не впізнала ці звуки.

— БІЖІТЬ! — заволала вона.

Двері відчинилися — і три величезні щури налетіли на завмерлу армію Тедроса. Щурів очолював Грімм. Щури, великі, як коні, гарчали і притискали Щасливців до стін, змітали зі сходів, виштовхували крізь скляні вікна до рову. Перш ніж парубки з армії Доблесті змогли дістати мечі, щури повалили їх, як іграшкових солдатиків.

— А я гадала, що мій дар залишиться непоміченим, — звернулася здивована Анаділь до Дот.

Між ними промайнув колючий дротик. Дівчатка повернулися й побачили Тедроса і потворних Щасливців, які відчайдушно хапалися за зброю.

— Ну ж бо! — вигукнув Тедрос.

Дот пірнула, щоб сховатися від граду стріл, тим часом як ошатні Нещасливці відповіли прокляттями. Дві школи зіткнулися у битві клинків і заклинань. Летіли дротики, мечі відбивали блискавки, а пальці з обох сторін спалахували різними кольорами. Щури звільнилися від Грімма і, закинувши Аву на люстру, вкусили Ніколаса за спину.

Грімм швидко злетів і почав стріляти в Агату запаленими стрілами. Вона сховалася за колоною і підняла сяючий палець, коли він випустив ще одну. Стріла перетворилася на мухоловку і вчепилася Грімму в руку. Агата озирнулася і побачила, що химерні Беатрікс, Ріна і Міллісент товклися біля неї.

— Якщо ти можеш перетворити стріли на квіти, — запитала зі сльозами Беатрікс, — чи зможеш ти повернути нам красу?

Агата проігнорувала її, вона спостерігала з-за колони за ревищем бійні. Кольорові заклинання літали між двома сторонами, засипаючи підлогу зачарованими тілами. Біля вікна два щури загнали у куток Тедроса і його нажаханих друзів, демонструючи гострі, як леза, зуби.

Агата повернулася до дівчаток.

— Ми повинні їм допомогти!

— Немає сенсу, — прохлипала Міллісент.

— Подивися на нас, — зауважила Ріна.

— Ми не маємо за що битися, — ридала Беатрікс.

— Ви маєте Добро, щоб за нього боротися! — закричала Агата, тим часом як щури жерли зброю хлопчиків.

— Неважливо, як ви виглядаєте!

— Тобі легко казати, — сказала Беатрікс. — Ти і досі гарна.

— Наші вежі не Чарівність і Краса! — різко промовила Агата. — А Доблесть і Честь! Саме це є Добром, ви, дурні боягузки!

Вони мовчки витріщилися, коли Агата кинулася у вир битви, поспішаючи врятувати хлопчиків від щурів. У неї щось врізалося і відкинуло до стіни. Приголомшена, Агата побачила, що Софі осідлала найбільшого пацюка і знову насувається на неї.

Агата намагалася знайти заклинання, але було занадто пізно...

Беатрікс вистрибнула перед щуром і викинула руку. Зі стелі полився чарівний дощ і залив підлогу. Щур послизнувся і врізався в атакуючих Нещасливців. Софі впала на підлогу.

— Є ще одна річ у Добра, — Беатрікс посміхнулася Агаті, Ріна і Міллісент стояли обабіч. — Ми потрібні одна одній.

Софі роззирнулася навколо і побачила, що Щасливці віднайшли мужність і дали відсіч Нещасливцям. Чаддік використав свої шипи і проштрикнув щурові серце, Тедрос використав хвіст іншого щура, щоб залізти йому на шию, тим часом як Щасливці зв'язували наляканих Нещасливців своїми чорними туніками і ременями...

Раптом і її руки й ноги опинилися зв'язаними чарівною лозою.

— Ти забуваєш, що ми у казці, — Софі почула голос позаду себе.

Пручаючись, Софі повернулася до Агати, яка стояла над нею з сяючим пальцем.

— Врешті-решт, Добро завжди перемагає, — промовила Агата.

Софі обм'якла у путах.

— І це правда, — сказала вона, поглянувши на Агату.

Раптом Агата зрозуміла, що Софі дивиться взагалі не на неї. Вона роздивлялася крайню фреску на стіні зали — там була зображена юрба, що стоїть навколішки перед Казкарем. Казкарем, що світиться, наче зірка, у руках Директора.

Обличчя Софі розповзлося у зловісній посмішці.

— Якщо я сама не напишу закінчення.

Вона змахнула сяючим пальцем — і дощові калюжі на підлозі миттєво стали глибшими, вода збила Агату й обидві армії з ніг. Учні борсалися, намагаючись утримати голови над поверхнею, але вода піднімалася дедалі вище, перетворюючись на море, що сягало стелі, поки вони не почали тонути. Роздуті щоки посиніли, вони повернулися до Софі, яка закривала розбите вікно своїм зв'язаним тілом. Вона підступно посміхнулася, а потім дозволила собі впасти.

Вода ринула у вікно, і двісті учнів водоспадом вилетіли з вежі у морозне нічне повітря і попадали у рів.

У смердючому мулі війна одразу ж відновилася, але, коли обличчя і одяг були вкриті брудом, учні не могли розгледіти одне одного у слабкому світлі світанку. Естер товкла Анаділь обличчям у багно, вважаючи, що вона Щасливиця, Беатрікс вдарила у щелепу Ріну, гадаючи, що то Нещасливиця, Чаддік душив найближчого до нього Тедроса, який відповів, впившись гнилими зубами у шию найкращого друга.

Правила порушувалися так шалено, що учні почали змінюватися від рожевого до чорного, від чорного до блакитного, від потворного до гарного, від гарного до потворного, туди-сюди дедалі швидше, що вже було не зрозуміло, хто є Добро, а хто Зло.

Жоден із ворогів не помітив, що далеко у Затоці дівчинка у рожевому дерлася по вежі Директора, цеглина за цеглиною, чіпляючись за стріли Грімма. І що далеко внизу за нею лізе принц, освітлений місячним сяйвом. Якщо придивитися, було видно, що принц мав чорне блискуче волосся, залізну волю, ухилявся від стріл амура, навколо нього тріпотіла блакитна...

Сукня.

Якщо придивитися уважніше, можна було зрозуміти, що то був узагалі не принц.

30

Жодного Довго і Щасливо

Продираючись крізь вікно зі сріблястої цегли, Софі скрипіла зубами.

«Добро завжди перемагає».

Її Суперниця мала рацію. Доки живий Директор, доки Казкар у його руках, доти вона не зможе помститися. Єдиний засіб зруйнувати щасливий кінець Агати — це знищити обох: перо і його захисника.

Софі проштовхнула тіло у вежу Директора і піднесла сяючий палець...

Він потьмянів.

Порожня кам'яна кімната була заставлена сотнями свічок, що освітлювали червоним полум'ям краї книжкових шаф і полиць.

Пелюстки червоної троянди вкривали кам'яну підлогу. Струни невидимої арфи тихо грали приємну мелодію.

Софі скривилася. Вона приїхала на війну, а знайшла весілля. Добро було ще більш жалюгідним, ніж вона вважала.

Тоді вона побачила Казкаря.

Він висів без охорони на іншому боці кімнати над їхньою спільною з Агатою казкою, що лежала на затіненому кам'яному столі.

Софі підкралася до смертельно гострого пера повз розсипані пелюстки і мерехтливі свічки. Коли вона наблизилась до пера, на сталі засвітився напис. Її очі палали, ледь дихаючи, вона потяглася до пера, але воно смикнулося і вкололо її у палець. Здивована Софі сахнулася.

На Казкаря потрапила єдина крапля її крові, вона побігла борозною у глибокому написі, доки не досягла смертоносного вістря. Підживлене новими чорнилами, перо загорілося яскраво-червоним і скочило до книжки, люто перегортаючи сторінки. Уся її казка розгорталася перед очима в яскравих картинках і спалах слів — ось вона побачила Тедроса на церемонії Привітання, ось схвалилася від свого принца на випробуванні, ось стала свідком його пропозиції Агаті, ось спокусила на війну армію Добра і навіть піднялася по стрілах до цієї вежі — нарешті Казкар знайшов чисту сторінку і одним єдиним змахом намалював криваві обриси. Вони одразу стали кольоровими, і Софі побачила, як її блискуче зображення з'являється тут, у цій кімнаті, де вона була зараз.

Неперевершена у рожевій бальній сукні, на малюнку вона дивилася в очі гарному незнайомцеві — високому, стрункому, у розквіті сил і краси. Софі торкнулася його обличчя на сторінці...

Сяючі блакитні очі, шкіра, як мармур, примарне біле волосся...

Він не був незнайомцем.

Він наснився їй останньої ночі у Гавалдоні. Принц, якого вона обрала зі ста претендентів на Балу в замку. Той, хто міг стати її єдиним.

— Усі ці роки я чекав, — сказав теплий голос.

Вона повернулася і побачила, як Директор у масці йде до неї через усю кімнату. На густому білому волоссі криво сидить іржава корона. Його тіло повільно розпрямлялося, поки він не став високим і стрункким. Тоді він зняв свою маску і відкрив алебастрову шкіру, різьблені щоки і живі блакитні очі.

Софі напружилася.

Він був принцем з картини.

— Ти... м... м-молодий...

— Це все було випробуванням, Софі, — промовив Директор. — Випробуванням, щоб знайти моє справжнє кохання.

— Твоє справжнє… мене? — зітхнула Софі. — Але ти добрий, а я лиха!

Директор посміхнувся.

— Можливо, ми маємо розпочати звідси.

Високо на стіні башти звисла Агата, вона лізла по стрілах, встромлених у сріблясту цеглу, ухиляючись від нових, Грімм літав навколо вежі Директора. Коли купідон знову націлився в неї з лука, вона потяглася до наступної стріли, але та зламалася й випала зі стіни.

Вона повернула голову. Грімм продемонстрував жовті акулячі зуби і прицілився їй в обличчя…

Він завмер, наче приголомшений птах, і впав з неба у темні води унизу.

Агата озирнулася і побачила, як згасає наведений на неї палець Естер. Та стриміла у глибокому мулі, а її тіло було скуте ланцюгами. При місячному світлі Агата побачила обличчя Естер, сповнене жалю, що вона втратила такий шанс закінчити цю війну. Щасливці отримали контроль над битвою. Лиходії боролися проти своїх кайданів, знову потворні, тоді як четверо Щасливців ударами утримували на землі Горта — людинововка.

Агата відчула, що остання стріла тріщить у її руці.

— Допоможіть… — видихнула вона, її ноги бовталися в повітрі.

Стріла зламалася…

І перетворилася на твердий лід, що ухопив її за руку.

Агата повернулася і побачила у долині зелене сяйво пальця Анаділь, що вказував на застиглу стрілу.

Потім над її головою наступна срібляста цегла перетворилася на темно-коричневу. Агата відчула густий солодкий запах, потяглася і встромила руку просто в густий шоколад. Видираючись по шоколаду, вона озирнулася на Затоку.

Там гордо світилося блакитне сяйво Дот.

Коли наступна цеглина перетворилася на шоколад, Агата потяглася до неї з посмішкою. Здавалося, що відьми змінили сторони.

— Я був там увесь час, — промовив Директор, його холодне гарне обличчя пломеніло у перших променях сонця. — Привів до тебе Агату тієї ночі, коли викрав тебе. Робив так, щоб ти не зазнала невдачі у перші дні в Школі. Відчинив двері на «Показі». Загадав загадку, відповідь якої привела тебе до мене... Я втручався у вашу казку, тому що знав, як вона мусить закінчитися.

— Але це означає, що ти... — непевно промовила Софі. — Ти лихий?

— Я дуже дбав про мого брата, — напружено сказав Директор, дивлячись на бурхливу війну між школами. — Нам навіки довірили

Казкаря, тому що наш зв'язок перевершував протистояння наших душ. Поки ми захищали один одного, ми залишалися безсмертними і гарними, Добро і Зло перебували в ідеальному балансі. Кожен так само гідний і могутній, як інший.

Він обернувся.

— Але Злу потрібно бути єдиним.

— То ти вбив свого брата? — запитала Софі.

— Як ти намагалася вбити свою дорогу подругу і коханого принца, — посміхнувся Директор. — Але неважливо, скільки б я не намагався керувати Казкарем... Добро виходило переможцем у кожній новій казці.

Він пестив символи на пері.

— Тому що там було щось більше, ніж найчистіше Зло, Софі. Щось, що ти і я не зможемо мати.

Нарешті Софі зрозуміла. Її вогонь перетворився на горе.

— Кохання, — сказала вона тихо.

— Саме тому Добро щоразу перемагало, — промовив Директор. — Вони б'ються одне за одного. Ми можемо боротися тільки за себе. Моєю єдиною надією було знайти щось міцніше, щось, що дасть нам шанс. Я полював на кожного провидця у Лісах, поки один не дав мені відповідь. Той, хто сказав мені: те, чого я потребую, прийде з-за меж нашого світу. Тож я шукав усі ці роки, обережно, щоб зберегти баланс, хоча моє тіло і надія слабшали... аж тут з'явилася ти. Та, що назавжди порушить баланс. Могутніша за кохання Добра.

Він торкнувся її щоки.

— Кохання Зла.

Софі не могла дихати, відчуваючи його холодні пальці на своєму обличчі.

Губи Директора скривилися в посмішці.

— Сейдер знав, що ти прийдеш. Твоє серце так само темне, як і моє. Ти — Зло, чия краса може відновити мою власну.

Його руки перемістилися на талію.

— Якщо ми об'єднаємося, щоб довершити союз Зла. Якщо ми одружимося з метою заподіяння шкоди, знищення, покарання... Тоді нарешті у нас буде за що боротися.

Дихання Директора досягло її вуха.

— Жодного Довго і Щасливо.

Дивлячись на нього, Софі нарешті зрозуміла. Він мав такий самий, як у неї, зловісний холод, такий самий біль в очах. Задовго до Тедроса її душа знала, хто її пара. Не осяйний лицар, який б'ється за Добро. Не хто-небудь з Добра взагалі. Всі ці роки вона намагалася бути кимось іншим. Вона припустилася багатьох помилок на цьому шляху. Але нарешті вона мала повернутися додому.

— Поцілунок, — прошепотів Директор. — Поцілунок для Недовго і Нещасливо.

По щоках Софі побігли сльози. Після всього цього вона матиме «своє» щасливе закінчення.

Вона піддалася обіймам Директора, і він притягнув її до себе. Коли він охопив її шию і потягся за її казковим поцілунком, вона ніжно подивилася на принца своїх мрій.

Але тепер його обличчя розтріскалося.

Червона плоть проглядала крізь світлу шкіру. Позаду нього пелюстки троянди перетворювалися на личинки, а запалені червоні свічки відкидали пекельні тіні. Зовні вранішнє небо затуманилося пекельним зеленим туманом, а замок Школи Добра став кам'яним. Коли зів'ялі губи Директора торкнулися її, Софі відчула, що її погляд заслало червоним, вени запалали кислотою, її тіло почало розкладатися так само, як його. Вона зазирнула в очі свого принца, сподіваючись побачити там кохання, що їй обіцяла ця казка, кохання, що триватиме вічність...

Але побачила тільки ненависть.

Зруйнована поцілунком, вона нарешті зрозуміла, що ніколи не знайде кохання ані в цьому житті, ані в наступному. Вона була Злом, завжди Злом, і ніколи не знайде щастя і спокій. Коли її серце розбилося від смутку, вона без бою поступилася темряві і раптом почула відлуння десь у глибині душі.

«Це не те, що ми є, Софі».

«Це те, що ми робимо».

Софі вирвалася з обіймів Директора — і він відлетів до кам'яного столу. Через це Казкар і книжка посунулись до стіни. У Казкарі вона побачила своє напівзгниле обличчя, межа пройшла від чола до підборіддя. Не дихаючи, вона кинулся до вікна, але шляху вниз не існувало.

Крізь моторошний зелений туман вона побачила далекий берег. Зникли зброя, заклинання, обидві сторони. Ями з брудом були наповнені чорними тілами, дітьми, які кидалися на всіх, до кого могли дотягнутися, товкли обличчям у бруд, рвали волосся і шкіру, викручували і дряпали без жодного жалю.

Софі дивилася на цю війну, яку розпочала вона, на Добро і Зло, що зараз билися взагалі ні за що.

— Що я накоїла? — видихнула Софі.

Вона повернулася до Директора, який борсався на підлозі.

— Будь ласка, — попросила Софі. — Я хочу бути доброю!

Директор підняв червоні очі, шкіра навколо тонкої посмішки зморщилася.

— Ти ніколи не зможеш стати доброю, Софі. Ось чому ти моя.

Він повільно наближався до неї. Налякана Софі сахнулася до вікна, коли він простягнув до неї руки, щоб схопити...

Раптом іззаду її охопили м'які теплі руки і витягли у нічне небо.

— Затримай дихання! — закричала Агата, коли вони падали.

Міцно обійнявшись, дівчатка врізалися обличчями у приголомшливо холодну воду.

Крижане озеро відняло подих, заморозило кожен дюйм шкіри, але вони не розривали обіймів. Їхні переплетені тіла занурилися в арктичну глибину, вони щосили пливли до сонячного світла. Але, випірнувши, Агата побачила чорну тінь, що прямувала просто до них.

З мовчазним криком вона підняла сяючий палець — піднялася гігантська хвиля, що понесла їх подалі від Директора і викинула на безплідний берег Школи Зла.

Агата примусила себе стати навколішки і почула крики бою навколо, галасливі, слизькі діти без облич і імен лупцювали одне одного, наче звірі.

На відстані з мулу піднялося тіло.

— Софі? — прохрипіла Агата.

Бруд відвалився, і Агата з жахом притислася до берега.

Старий, згнилий Директор наближався до неї з Казкарем у руці. Булькаючи, вона дерлася на берег по тілах, масні чорні руки дряпали її обличчя, мул затягував, як пливун. Агата бачила, що Директор проходив скрізь, не помічений учнями, які билися. Борсаючись у багні, вона витягла себе з чорної колотнечі на мертву траву, звелася на ноги, щоб бігти...

Директор стояв перед нею, з голого черепа визирала плоть.

— Я очікував більшого від Читача, Агато, — промовив він. — Звісно, ти знаєш, що відбувається з тими, хто перешкоджає коханню.

Агата спалахнула.

— Ви ніколи не отримаєте її, поки я жива.

Блакитні очі Директора налилися кров'ю.

— Так і написано.

Він підняв Казкаря, наче кинджал, і з пронизливим криком пожбурив його в Агату.

Потрапивши в пастку, Агата заплющила очі...

Чиєсь тіло штовхнуло Агату на землю.

Агата розплющила очі.

Біля неї лежала Софі, з її серця стирчав Казкар. Директор заволав від потрясіння.

Війна навколо них припинилася.

Скривавлені учні повернулися у приголомшливій тиші і побачили свого стілого зловмисного очільника, що застиг над тілом відьми, яка врятувала життя принцеси. Тілом однієї з них. На брудних обличчях Щасливців і Нещавливців з'явилися жах і сором. Вони зрадили одне одного і програли справжньому ворогові. Захопившись безглуздою помстою, вони зрадили рівновазі, яку їм довірили захищати. Але коли сотні очей подивилися на Директора, молоді обличчя учнів скам'яніли від рішучості. Водночас сріблясті голови лебедів на формах Школи Добра і Зла стали сліпучо білими й ожили з криком і тріпотінням. Крихітні птахи умить стали вільними, зірвалися у ранкове небо і злилися у блискучий силует.

Директор зблід, коли підняв очі на світлого привида зі знайомим обличчям зі сніжним волоссям, білими щоками і теплими блакитними очима...

— Ти дух, брате, — скривився Директор. — Ти не маєш влади без тіла.

— Поки що, — відповів голос.

Він повернувся і побачив професора Сейдера, який шкутильгав з Лісів крізь шкільні ворота, увесь подертий шипами. Сейдер з тремтінням поглянув на привида у небі.

— Будь ласка.

Добрий брат кинувся вниз і врізався у тіло Сейдера.

Сейдер здригнувся, широко розплющивши карі очі, а потім упав навколішки із заплющеними очима. Він повільно розплющив блискучі блакитні очі.

Директор здивовано відсахнувся. Шкіра на руках Сейдера поросла білим пір'ям, розриваючи його зелений костюм. Наляканий Директор перетворився на тінь, утік по мертвій траві до озера, але Сейдер злетів у повітря слідом за ним — людські руки перетворилися на гігантські білі крила лебедя. Він кинувся униз і схопив тінь дзьобом. З приголомшливим пташиним криком він розірвав тінь, і на поле битви посипався дощ із чорного пір'я.

З неба Сейдер подивився на Софі, яка лежала в обіймах Агати. У великих карих очах забриніли сльози. Це перша й остання річ, яку він зміг побачити. Він приніс свою жертву. Сейдер перетворився на золотий пил і зник.

Учителі вибігли із замків, вільні від прокляття Директора. Професорка Даві зупинилася першою, потім позаду неї стала решта викладачів. У леді Лессо тремтіла щелепа, Клариса схопила її за руку. Професорка Анемона, професорка Шікс, професор Менлі, принцеса Ума — всі мали однаковий наляканий, безсилий вигляд. Навіть Кастора і Поллукса не можна було відрізнити. Всі нахилили голови у траурі, розуміючи, що було запізно навіть для рятівної магії.

Перед ними діти зібралися навколо Софі, яка вмирала на руках в Агати. Заплакана Агата марно намагалася спинити кровотечу.

Тедрос опустився біля них.

— Дозволь мені допомогти, — сказав він, узявши Софі до рук.

— Ні... — прохрипіла Софі. — Агато.

Тедрос мовчки залишив її у руках своєї принцеси.

Агата притисла Софі до грудей, її руки були у крові.

— Ти зараз у безпеці, — тихо промовила Агата.

— Я не хочу... бути... Злом, — видихнула Софі крізь ридання.

— Ти не Зло, Софі, — прошепотіла Агата, торкнувшись її зів'ялої щоки. — Ти — людина.

Софі слабко посміхнулася.

— Тільки якщо я маю тебе.

В її очах замиготіло.

— Ні… ще не… — Софі зробила зусилля.

— Софі! Софі, будь ласка! — задихалася Агата.

— Агато, — Софі зробила останній подих. — Я люблю тебе.

— Зажди! — закричала Агата.

Крижаний вітер згасив останній смолоскип, і потемнілий замок Школи Добра зник у темній імлі.

Ридаючи і здригаючись, Агата цілувала холодні губи Софі.

Чорне пір'я тріпотіло на мертвій землі під ногами дітей. Агата поклала голову на мовчазне серце Софі і ридала у жахливій тиші. Позаду них холодний кривавий Казкар став сірим — його робота була нарешті виконана.

Учителі обійняли дітей, а Агата і досі тримала тіло, розуміючи, що має відпустити його. Але вона не могла. З мокрим від крові Софі обличчям вона слухала, як навколо неї здійнявся плач, як вітер гуде у збуреному мулі, чула власне поверхневе дихання біля мертвого тіла.

Й удари серця.

Губи Софі знову набули кольору життя.

Сяйво зігріло шкіру.

З грудей припинила текти кров.

Її шкіра відновила свою красу, і з важким вдихом її ясні смарагдові очі розплющилися.

— Софі? — прошепотіла Агата.

Софі торкнулася її обличчя і посміхнулася.

— Кому потрібні принци у нашій казці?

Сонце вибухнуло крізь туман, покривши два замки золотом.

Коли трава навколо позеленіла, Казкар спалахнув новим життям і злетів назад у свою вежу в небі. На берегах одяг дітей — чорний, рожевий, блакитний — перетворився на однаковий сріблястий, раз і назавжди відмінивши розподіл. Радісні учні і викладачі кинулися до дівчаток, але раптом відступили. Софі й Агата почали мерехтіти, і за кілька секунд їхні тіла стали напівпрозорими. Вони повернулися одна до одної, бо у повітрі ці двоє чули те, що решта не могли, — гучні дзвони міського годинника дедалі ближче...

Очі Софі сяяли.

— Принцеса і відьма...

— Друзі, — видихнула Агата.

Вона повернулася до Тедроса. Він із криком потягнувся до неї...

— Зажди!

Світло просочилося крізь його пальці.

Й дівчатка зникли.

Зміст